O GRANDE INCÊNDIO

SHIRLEY HAZZARD

O grande incêndio

Tradução
Luiz Antonio Oliveira
de Araújo

COMPANHIA DAS LETRAS

Título original
The great fire

Capa
Rita da Costa Aguiar

Foto de capa
Bettmann/ Corbis/ Stock Photos
Burstein Collection/ Corbis/ Stock Photos

Preparação
Valéria Franco Jacintho
Beti Sawaya Kaphan

Revisão
Cláudia Cantarin
Marise Simões Leal

Dados Internacionais de Catalogação na Publicação (CIP)
(Câmara Brasileira do Livro, SP, Brasil)

Hazzard, Shirley, 1931-
O grande incêndio / Shirley Hazzard ; tradução de Luiz Antonio Oliveira de Araújo. — São Paulo : Companhia das Letras, 2006.

Título original : The great fire
ISBN 85-359-0804-8

1. Ficção inglesa — Escritores australianos I. Título.

06-1940 CDD-823

Índice para catálogo sistemático:
1. Ficção : Literatura australiana em inglês 823

[2006]
Todos os direitos desta edição reservados à
EDITORA SCHWARCZ LTDA.
Rua Bandeira Paulista, 702, cj. 32
04532-002 — São Paulo — SP
Telefone: (11) 3707-3500
Fax: (11) 3707-3501
www.companhiadasletras.com.br

Para F. S.

Parce que j'ai voulu te redire Je t'aime
Et que ce mot fait mal quand il est dit sans toi
Louis Aragon

A autora deseja agradecer a afeição constante e o paciente estímulo a este trabalho particularmente aos seguintes amigos:

Christopher Cooper, colega dos tempos da China,
Morton N. Cohen,
Jonathan Galassi,
Donald Keene.

SH

PRIMEIRA PARTE

1.

Agora ia começar. A inevitabilidade percorreu o trem como uma exalação. Ouviam-se batidas, risos nervosos, assobios e a gritaria dos retardatários. O megafone despejava anúncios incompreensíveis em inglês e japonês. Na plataforma, antes mesmo que o trem partisse, os rostos assumiram a expressão de quem fica.

Leith ia sentado à janela, o corpo balançando docilmente ao sabor do movimento do trem. Não tardaria a constatar que a chuva continuava a cair na periferia carbonizada de Tóquio, infestando até mesmo o vagão com aquele cheiro espectral de cinzas. Por ora, estava ocupado em examinar uma fotografia do pai. Aldred Leith segurava um livro na mão direita — não o lia, apenas observava a imagem do pai na contracapa.

Era um daqueles retratos de autor à mesa de trabalho. Simulando uma interrupção momentânea, o homem estava parcialmente voltado para a câmara, o cotovelo esquerdo apoiado no mata-borrão, a mão direita espalmada sobre o joelho. Tinha traços finos e bem desenhados, olhos claros, uma pálpebra semicerrada. A boca tensa. Testa alta, cabelo denso, branco, comprido. Tronco encorpado, mas não em demasia; vestia-se sem afetação, roupa velha e de boa qualidade. Na infância, Leith se perguntava como era possível o pai andar sempre bem vestido se quase não comprava roupa: uma aparente incongruência, como andar permanentemente com barba de dois dias por fazer.

Mais contida que serena, a expressão era enigmática. Os móveis que o circundavam não davam muitas pistas — na parte superior da escrivaninha de madeira escura viam-se escaninhos e pequenas gavetas fechadas. A escrivaninha era parte tão importante do ambiente familiar, inseparável das variações de humor do pai — parecendo mesmo, para o menino, gerar essas variações —, que até aquele momento o filho nunca a examinara com olhos de adulto. Para tomar esse distanciamento, fora necessário um conflito mundial, uma ausência durante a guerra, uma viagem mundo afora, uma longa peregrinação pela Ásia, uma manhã chuvosa num trem estrangeiro.

Na escrivaninha não havia telefone, nem relógio ou calendário. O vaso com rosas, saltando, implausível, à vista, teria, possivelmente, sido tomado de empréstimo de outra sala pelo fotógrafo. Sobre o mata-borrão, duas páginas manuscritas estavam encobertas pela manga do paletó de tweed. Canetas e lápis se abriam em leque no porta-lápis, junto a uns livros novos, cujos títulos, apenas legíveis, eram os de traduções dos romances de Oliver Leith feitas no pós-guerra. Havia notas fiscais espetadas em uma haste metálica, uma salva com clipes e um peso de papel de ônix. Impossível imaginar cores, a não ser as das flores contrabandeadas; nenhum objeto ali, fosse pela forma, fosse pelo material, convidava ao contato das mãos. Nenhuma fotografia. Nada que sugerisse intimidade ou afeto.

O filho adulto julgou a fotografia desprovida de amor. O pai, tão famoso por escrever sobre o amor — amor por si próprio, pelos lugares, pelas mulheres e pelos homens —, cultivava uma notória distância no convívio íntimo. A vida dele, da esposa, assim como a do filho, era uma sucessão de deslocamentos: havia romances de amor ambientados em cenários que iam desde a Manchúria até Madagáscar. O livro mais recente, resultado de um inverno inclemente na Grécia, não era exceção. E se intitulava *Os gelos do Partenon*.

Se o homem se levantasse e saísse do retrato, o tronco robusto pareceria minguar no atarracado das pernas curtas. A estatura mais elevada do filho, ainda que não excessiva, devia-se à mãe, assim como os olhos escuros.

Durante todo esse tempo, o corpo de Leith foi ganhando velocidade. Ele abandonou o livro e se interessou pelo mundo do outro lado da janela: a cidade molhada cedia lugar às plantações, as plantações encharcadas se rendiam à paisagem. O conjunto ocasionalmente interrompido por um túnel abrupto ou pelo açoite de um trem em sentido contrário. O corpo seguia avançando, ainda que prostrado no banco. O corpo tinha histórias para contar — incontáveis cidades, vilarejos, países, inumeráveis encontros: aos olhos de outrem, tal privação e tanto empenho constituiriam um feito. O próprio pai de Leith tinha encenado o truque da mobilidade, consumindo-se em receptividade e novas impressões. O filho procurava recordar as despedidas nas plataformas de estação.

Tinha o compartimento modesto e exíguo só para si. A porta trancada e a chave em seu bolso. Tudo estava limpo, a janela fora lavada. O resto do trem ia apinhado de japoneses famintos, maltrapilhos. Mas os vencedores viajavam confortavelmente, protegidos por suas fardas estrangeiras. À frente e atrás dele, os vencidos se acotovelavam nos bancos duros e na imundície dos corredores: homens, mulheres e crianças mergulhados no miasma da resignação. Em meio aos vapores de humanidade e ao fedor de uma latrina asquerosa. Embora contrariado, Aldred Leith sentiu-se agradecido pela solidão e espalhou seus pertences no banco em frente. Depois de passar algum tempo contemplando a Ásia pela janela, tirou outro livro da sacola de lona, um livro diferente, mais pesado.

Naquela primavera de 1947, Leith estava com trinta e dois anos. Não se considerava moço. Tal como outros da sua geração, talvez nunca tivesse se sentido jovem, pois nascera sob o signo da Grande Guerra. Na criança ensimesmada, assim como no estudante imaginativo e viajado, o desejo fora de crescer: virar adulto e ir embora. Na universidade, onde se saíra bem e fizera amizades, ele se diplomou com distinção. Então veio a marcha forçada da retomada da guerra. Depois disso, não havia como voltar e recuperar a juventude ou recomeçar. Na esteira de tantas mortes, a necessidade de acumular vida se tornara tão urgente quanto opressiva.

Até onde era possível rastrear, seus antepassados paternos, ainda que fossem profissionais sérios, tinham se deixado levar por um certo pendor para a excentricidade. O avô, que os parentes ridicularizavam por ser um pobretão diletante, calara todas as bocas ao inventar, já em idade avançada, um processo mecânico simples, com o qual fizera fortuna. O pai de Aldred, tendo começado a vida como um geólogo cujas pesquisas da juventude em regiões montanhosas — o Butão, o Cáucaso — rendiam artigos brilhantes, não tardara a substituí-los por contos cruéis e não menos brilhantes. Os romances subseqüentes, asperamente românticos, proporcionaram-lhe independência e celebridade. Mesmo tendo renunciado à geologia, ele conservaria um traço dessa primeira profissão, inserindo-o com autoridade em um ou outro trecho das suas diversas narrativas: rochas jurássicas da Groenlândia Oriental e estratos lavosos de ilhas remotas faziam parte de algumas tramas. Na casa de Oliver Leith, em Norfolk, havia um retrato a óleo do jovem geólogo galgando geleiras com as perninhas curtas. Um quadro importante, ainda que absurdo, tanto quanto uma pintura de Benjamin Robert Haydon.

A mãe de Leith, londrina de nascimento, descendia de escoceses. Não faltavam parentes de bochechas coradas, muito bem relacionados. A bela e alta casa de pedra, nas proximidades frias de Inverness, servia de ponto de encontro dos primos nos verões anteriores à Segunda Guerra Mundial. Aldred não era filho único: uma irmã mais nova morrera de difteria na infância. A partir de então, sua mãe passara a acompanhar o marido nas viagens, levando o filho com eles.

Sempre com o pé na estrada, desde aquela época, ele pensou olhando pela janela para o devastado litoral do Japão. Dois anos antes, terminada a guerra, tentara criar um ponto fixo para si, uma espécie de base a partir da qual pudesse empreender suas viagens — na época, a decisão lhe pareceu estar em suas mãos. Em vez disso, a uma imensa distância de qualquer coisa parecida com um lar, ele se perguntou, com indiferença, qual a circunstância que em breve viria transformar a história.

Autoconfiante, acostumara-se aos seus próprios estados de espírito e não ligava para um ocasional toque de fatalismo. Tinha certa fama também, ainda que completamente diferente da do pai e, em absoluto, não procurada.

Já anoitecia quando ele chegou. O trem se atrasara muito, mas o soldado australiano encarregado de ir buscá-lo estava à espera na plataforma improvisada: “Major Leith?”.

“Está esperando há muito tempo?”

"Ora, que nada." Desceram uma escada mal iluminada. Um jipe estava estacionado no cascalho. "Eu trouxe um livro."

Puseram a bagagem a bordo e embarcaram. Numa estrada precária, em que os ciclistas pedalavam na escuridão, foram se desviando dos buracos grandes e passando cautelosamente pelos pequenos. Respiravam poeira e, através dela, maresia.

Leith perguntou: "O que você estava lendo?".

O soldado apalpou o chão com a mão desocupada. "Foi minha namorada quem mandou."

A mesma fotografia: Oliver Leith à escrivaninha. Na capa, o título em branco, o céu de cobalto e a Acrópole coberta de neve.

Leith tirou seu exemplar do bolso do impermeável.

"Não acredito!"

Eles riram, dando um pouco de vivacidade ao cáqui da farda. O motorista não tinha mais que vinte anos: um garoto forte, de rosto liso, agradável. Olhos cinzentos, bem separados, muito vivos. "Conhecido seu?"

"É meu pai."

"Não acredito!"

Agora estavam perto do mar, seguindo o leito de uma ramificação abandonada da estrada de ferro. Os solavancos eram de partir as costelas. Apenas se divisava um arco de formas litorâneas, bem longe das docas em ruínas: montanhas com luzes escassas e uma negra caligrafia de árvores margeando a silhueta das ilhas íngremes. A realidade do primeiro plano, escombros de um porto bombardeado e de navios emborcados, era bastante visível e, naquele ano, podia ser encontrada quase em qualquer parte da Terra.

O motorista ficou olhando para a ferrovia. "O senhor também escreve?"

"Não assim."

"Nunca é tarde."

O rapaz considerava o acompanhante alguém que evidentemente já passara da época das descobertas. Com uma diferença de idade de mais de uma década, eles estavam definitivamente separados pela guerra. O jovem soldado, convocado quando as armas se calaram, estava em paz com esse superior — afável e todo camaradagem, raramente batia continência ou o chamava de senhor, formalidades já superadas. Também intuitivamente, os dois compartilhavam o mal-estar dos conquistadores: o opróbrio de se acharem a alguns quilômetros de Hiroshima.

"Você está se dando bem aqui?" O homem tinha voz grave, baixa. Se fosse o caso de lhe atribuir uma cor, seria azul-marinho, ou o que as vendedoras das lojas sofisticadas chamavam de bordô.

"Não posso me queixar. Não há muito o que fazer quando a gente está de folga, a não ser encher a cara. Nenhuma garota, nenhuma que valha a pena. Há muita gente trabalhando por nós, quase não sobra o que fazer. Muita vagabundagem nessa tal Ocupação."

A noite caiu, espalhou-se cruamente ao longo dos píeres com fortes luzes oficiais. Chegando à guarita de uma sentinela, os dois foram conduzidos a um molhe de madeira. Quando saíram do jipe, um vento forte sacudiu o casaco aberto do oficial. Agora ele ouvia o mar e sentia seu cheiro, vislumbrando o movimento negro sob as tábuas lascadas. Viu pela porta de um barracão uma mesa de metal com um telefone de campanha e uma canequinha de chá: o interior sombrio e triste que, no universo militar, fazia as vezes de lar. Dois marujos da Marinha australiana examinaram seus documentos. Mostraram a indiferença e a leve hostilidade da indolência perturbada. Olharam para as fitas coloridas em sua farda. Um pequeno gerador elétrico produzia, além do barulho constante, um bafejo quente. Alguém gritou: "Cuidado com a corda".

No fim do molhe, uma lancha derramava a luz dos faróis nas ondas refletoras enquanto os homens faziam hora, e, sob as tábuas toscas, deslizava a água saturada não só do óleo, do alcatrão e dos detritos dos navios virados, como também do lixo mais recente dos vitoriosos. Adiante desse mar interior — se bem que não totalmente rodeado por terra —, abria-se o oceano. Durante dois anos inteiros, Leith tinha viajado pela China, de barco, balsa, chata e sampana, percorrendo rios, lagos e canais. O oceano não cruzara muito o seu caminho.

"Bom, acho que o senhor já pode ir para lá. Mas ele, o brigadeiro, não está. Foi a Kobe."

"E quando volta?"

"Bom, deve voltar hoje à noite. Calculo que vá direto para casa. Na montanha, é lá que ele mora. Não na ilha."

"Será que na ilha tem algum lugar para eu passar a noite?"

"Ora, todo o espaço do mundo. Parece o Palácio de Buckingham no dia em que o rei abdicou."

Leith e o motorista saíram do jipe. "Vou precisar de você amanhã. Qual é o seu nome?"

"Brian Talbot, senhor."

Juntos colocaram o equipamento de Leith na lancha, onde um marinheiro silencioso estava postado ao leme. Saltando para junto da bagagem, Leith gritou: "Então, adeus", e Talbot ergueu a mão. Partiram, balançando num mar veloz, a brisa espargindo sal ao se erguer, um céu estrelado acima das colunas semoventes de nuvens. As luzes do porto foram se afastando, assim como as pálidas luzes do vilarejo. Nos morros e nas ilhas, reinava uma escuridão antiga, cujos poucos lampiões esparsos — a querosene ou de sebo — eram trêmulos e amarelados: parcos ao iluminar e indispensáveis.

"Nenhuma luz de barco de pesca?"

O piloto disse: "Só draga-minas". E acrescentou um comentário que o vento levou, de modo que o soldado só conseguiu ouvir "minas".

Lá atrás, no píer, Talbot provavelmente estava mostrando o livro — "É o pai dele" — com um leve sentimento de traição. Mas o importante era ter o que contar. Comentariam a fileira de fitas: "A condecoração". Na embarcação, Leith ia calado como se estivesse sozinho. A solidão, o frio que subia do mar, fluía suavemente também das costas de seu companheiro. Mais além, a ilha se tornou eletricamente presente numa rede de luzes.

No tumulto que dominava a existência de Aldred Leith havia anos, as chegadas continuavam despertando interesse. Com a diminuição do entusiasmo, aumentara a curiosidade. A ocasião reavivava a ilusão da descoberta, como o despertar num quarto estranho, para voltar a se perguntar não só onde se está mas quem se é, para se desfazer de suposições e até de certezas. No mar, aquela noite, tais expectativas eram insignificantes. Antes, na oscilação do trem, Leith havia escrito para um companheiro do tempo de guerra: "A paz nos obriga a inventar o nosso próprio futuro". Besteira, pensou, e rasgou a carta mentalmente. Não faltava introspecção com que se ocupar, sistemas inteiros de introspecção. Não era nisso que estava a deficiência. Negar o exterior e o imprevisível fazia com que o autocontrole dificilmente valesse a pena. Era como aceitar um futuro em que não houvesse coincidência ou sorte.

Ele pensou, Como o estado de espírito muda as coisas, da mesma maneira que um acidente.

Cascatas de gotas amargas se precipitaram no barco. O casaco de Leith inflou como uma vela. As luzinhas de bordo, esmeraldas e rubis oscilantes, teriam mostrado o homem a sorrir — como um homem pode sorrir intimamente por qualquer motivo: pela lembrança de uma garota ou pela perspectiva de um bom jantar; pelo desconcerto de um inimigo ou de um amigo. Como uma mulher sorri por causa de um elogio ou de um vestido novo. No caso de Leith, naquele momento, era o incidente do livro compartilhado que o divertia: ele e o jovem soldado aparecendo em Kure com o mesmo livro na mão — coisa rara, mas possível.

O motor parou. Estavam entrando a sotavento de uma ilha que vinha ao seu encontro numa ramificação de luzes brancas. No molhe, um marinheiro fardado aguardava com um croque. A lancha parou, embicou, adernou, exalou suspiros roucos. Havia um cais pavimentado, borrifado pela espuma e manchado pelas marés — uma plataforma, cuja escadaria imponente ia dar num portal de colunas em ângulo: uma paródia de Veneza, bastante calcada no trabalho de Niccolo Musso. A academia naval dos vencidos transformara-se em hospital dos vencedores.

E quando, perguntou-se ao mesmo tempo que retribuía a saudação do marinheiro antípoda, vou me misturar aos derrotados propriamente ditos? Essa é a razão da minha vinda aqui. Isso e Hiroshima.

Arriou a sacola com o seu equipamento sobre as pedras do piso, saltou para a borda molhada e dispensou o barco com um gesto. Deteve-se um momento à beira do cais, quase sem pensar; apenas aspirando a noite e suas negras ondulações.

Lá dentro, o vestíbulo, cujas vigas e arquitraves ameaçavam derrubar o prédio, tinha piso de granilito, abrasado pela luz. E outra escada enorme ecoava com botas e vozes ocidentais, dentre as quais sobressaíam, ora em tom mais baixo, ora estridente, as de jovens mulheres ocidentais, som surpreendente para ele, que não o ouvia fazia muitos meses. Homens e mulheres fardados, todos ocidentais, subiam e desciam: ativos, ainda que sem muita determinação, despreparados para a paz. Olhavam de relance para o recém-chegado que subia junto com eles, as mulheres reparavam naquele homem sólido.

Quando ele registrou sua chegada, indicaram-lhe um quarto alto e estreito com um catre do Exército, um cobertor e uma cadeira bamba. O pequeno cômodo apresentava um ocidentalismo pouco convincente: as dimensões, a porta, a janela, tudo desenhado de orelhada por projetistas japoneses pouco viajados. A janela alta dava para um tubo de ventilação. A lâmpada nua oscilava. A única coisa familiar a Leith era a pesada sacola de lona, que, jogada a seus pés quando ele se sentou no catre, assumiu, com sua camaradagem gasta e pesada, o contorno malhado de um cachorro velho: gorducho e obediente.

Depois de atirar algumas coisas na cadeira e vedar a abertura do frio tubo de ventilação, Leith saiu. Num escritório, encontrou uma australiana quarentona e disforme, muito falante, tão simpática quanto o seu vestido de lã marrom. Ele perguntou pelo professor Gardiner.

"Está descansando." Como se Gardiner fosse um passarinho engaiolado ou tivesse morrido. "Esteve no médico e foi tirar uma soneca. Já não é tão jovem, o senhor sabe, e também esteve em combate."

"Posso deixar um bilhete para ele?" Leith pegou um pedaço de papel, escreveu nele e o dobrou. Fez a pergunta inevitável: "A senhora é do Exército, não?".

"Oh, sou esposa de militar, só estou ajudando um pouco." Foi irônica ao falar do consorte heróico. "Meu marido é do Batalhão de Comunicações. Faz só uma semana que cheguei. Éramos cem esposas num navio pequeno, de Sydney a Kure, cinco semanas sem parar. Quer dizer, fizemos escala na Nova Guiné, mas só para o abastecimento de água, ninguém desembarcou... Mas que maravilha foi essa minha primeira viagem! De manhã, chá nas cabines, camareiros chineses, roupa lavada. Oh, as ilhotas, o oceano. Nenhuma preocupação, bastava não deixar as crianças caírem no mar." Continuou tagarelando, cinco semanas sem parar. "Fazia quatro anos que algumas mulheres não viam o marido. Mal se casaram, e o maridinho já se mandou para a guerra. No navio, os oficiais nos paqueravam. Havia um menos..."

Leith lhe entregou o bilhete.

"Quer dizer que o senhor é o major Leith. Há dias que ele está à sua espera. Andava bem nervoso." Olhou para as fitas vermelhas. "Ele vai descer para jantar. O senhor precisa passar pelo escritório central." Ela achou os olhos dele, digamos, bonitos.

Uma seta pintada à mão o conduziu à Administração. À luz fraca, um soldado de farda cáqui, da sua idade, estava catando milho numa antiga máquina de escrever e demorou um pouco para se voltar.

O segundo-sargento Wells, de Ballarat, disse: "O senhor não pegou a chave", e a entregou, estava amarrada num cordão. "Ainda não vimos seus documentos."

Os papéis foram examinados. "É, mandara-nos recebê-lo. Arranjar um quarto individual." A observação lhe saiu carregada de hostilidade: Não tem nenhum outro inglês por aqui.

"Não faz mal, só vou ficar uma noite."

"Hum, o quarto é ali, o senhor já se instalou, não?" Folheou as credenciais, algumas em caracteres chineses. "Como é que vou entender isto aqui?"

"Há uma tradução anexa."

"É em japonês?"

"Não. Passei dois anos na China."

"Bem-vindo à civilização, então. O senhor precisa assinar o recibo da chave. E devolvê-la quando for embora. O refeitório fica no primeiro andar, o senhor vai ouvir o gongo. Enquanto espera, pode ir tomar um drinque no salão."

Na descida, ao chegar a um descanso da escada, Leith sentiu cheiro de hospital — de hospital militar na retaguarda, em cuja rotina eram comuns as sopas e os sabonetes anti-sépticos. Os hospitais de campanha, ao contrário, tinham o cheiro forte da mortalidade: morrinha de intestinos expostos e de sangue putrefato, de agonia, medo, decomposição. O seu próprio e terrível ferimento, agora apenas um largo e longo vergão no flanco esquerdo, que começava a desaparecer, pois ele o sofrera no último outono da guerra, um ano depois do episódio da medalha. Antes disso, na Tunísia, havia sido atingido do mesmo lado, e o coração e o pulmão escaparam por um triz. "Você tem muita sorte", disse-lhe o oficial médico que tratara da ferida, quase resmungando. O paciente retrucara: "É, uma puta sorte mesmo". E o médico, com frio sarcasmo: "Você está vivo, não está? O que mais queria?".

Uma guerra havia chegado ao fim, e, como era de se supor, tivera sorte. Conseguira muito, ainda que não tudo, longe disso.

Comprido e estreito, o salão devia ter sido um dormitório. Estava mobiliado com algumas poltronas vermelhas de couro falso e um balcão improvisado, apoiado em cavaletes, no fundo do salão, onde uns vinte recrutas e uma dezena de enfermeiras conversavam, riam e flertavam sob um toldo de fumaça de cigarro, deixando cair a cinza dos dedos e a bebida dos copos de papel. Na mesa, uma fileira de garrafas e restos de nozes e de batatas fritas. Os homens estavam bêbados em graus variados. À noite, as mulheres mais jovens soltavam o cabelo, obrigatoriamente preso durante o serviço. Algumas eram bonitas e tinham trocado a farda por vestidos coloridos e usavam braceletes de bronze de canhão, pretos e dourados, improvisados pelos camelôs japoneses com fragmentos de guerra encontrados e vendidos aos conquistadores nas ruas das cidades em ruínas. Duas ou três moças cantarolavam e rodopiavam ao som de uma música imaginária, enquanto um soldado, ajoelhado a seus pés, montava um gramofone a partir de um emaranhado de fios.

Essa era a cena, para quem quisesse recordá-la depois, numa noite de primavera de 1947, na ilha de Ita Jima, no mar Interior do Japão.

Leith entrou e parou, surpreendendo-se uma vez mais com a presença e as vozes de moças ocidentais e com a naturalidade delas.

O homem mais velho, de terno claro, afundado numa poltrona, evidentemente nunca tivera nada a ver com o que não fosse vida civil: frágil, magro, miúdo, exalava ar civil. Um sujeito amarrotado, resto de homem demolido.

Um jovem oficial que se encontrava por ali cedeu lugar a Leith. "Eu já estava de saída mesmo."

Os dois agradeceram. Gardiner apertou a mão de Leith. "Eu o vi subindo a escada à noitinha. Reconheci você pelas cartas."

Palavras, pensou Leith, que poderiam ter sido usadas por uma mulher. "Fiquei com medo de não conseguir chegar. Houve atrasos por toda parte."

"Embarco de manhã. Temos a noite toda, até de madrugada." Embora incongruentes com a situação, também essas palavras se pareciam com as de uma amante. Calaram-se, silenciados por tudo quanto poderiam dizer.

Na palidez de Gardiner transparecia o cruel encarceramento de três anos e nove meses. Seu aperto de mão era de uma branquíssima porcelana da China. Os olhos de água-marinha, excessivamente brilhantes, por causa do estado de saúde. Haviam dito a Leith: "Ele não dura mais do que alguns meses, todo o organismo está falhando. Velho demais para a idade, só tem sessenta e um anos".

Do agitado fundo do salão, os rapazes e as moças os observavam. Gardiner disse: "Você está chamando a atenção".

"Sou uma novidade."

"Uma celebridade." Gardiner empregou a palavra com benevolência: uma expressão que ganhara força durante o seu afastamento do mundo. "É, nós dois estamos curtidos. Eu, como se não faltasse mais nada, peguei tuberculose. Foi o que constataram. O médico me receitou um remédio novo, dos Estados Unidos, um verdadeiro inferno. Os efeitos colaterais, como dizem. Efeitos colaterais, efeitos secundários. Fui mandado de volta à Inglaterra assim, sem mais nem menos. Repatriação. *In patria*. Mas acontece que o meu território sempre foi aqui."

Os pais de Gardiner, orientalistas, tinham se fixado no Japão muito tempo antes. Nascido em Bremen, o pai dera aula em universidades britânicas, tornara-se súdito britânico. Durante a Grande Guerra, anglicizara o nome original, Gaërtner. No dia mais curto de 1941, o governo japonês oferecera a proteção do Eixo ao seu único filho, propondo-lhe que invocasse a paternidade alemã. Ele tinha preferido a cadeia.

"Pode me chamar de Ginger. Não há tempo para hierarquias. Ginger. Em outros tempos, quando eu tinha cabelo, ele era vermelho."

O gramofone começou a tocar:

A hubba-hubba-hubba, hello, Jack —
A hubba-hubba-hubba, just got back —
Well, a hubba-hubba-hubba,
Let's shoot some breeze,
Say whatever happened to the Japanese?
A hubba-hubba-hubba, ain't you heard?
A hubba-hubba-hubba, got the word
I got it from a guy who's in the know;
*It was mighty smoky over Tokyo.**

* Oba-oba, oi, Jack — / Oba-oba, eu cheguei agorinha — / É, um oba-oba, / Vamos levar um papo, / Contar o que rolou com os japorongas? / Um oba-oba-oba, você não soube? / Oba-oba, todo mundo sabe / Quem me contou foi um cara muito por dentro; / Uma baita fumaceira lá em Tóquio. (N. T.)

Os rapazes e as moças puseram-se a bater palmas e a cantar com o disco.

A friend of mine in a B-29
Dropped another load for luck.
As he flew away he was heard to say,
*A hubba-hubba-hubba, Yuk! yuk!**

O professor Gardiner pôs-se a cantarolar baixinho, uma melodia que nada tinha a ver com a música que então se ouvia. "Precisamos descer para jantar. Um andar. A comida é uma porcaria. As minhas maneiras à mesa, deploráveis. Eu tenho este tremor... você reparou, sem dúvida. Vem desde a Primeira Guerra, mas agora piorou. Efeitos, efeitos secundários. Você se importa se formos num passo mais pausado? As escadas são um inferno para mim."

Leith o ajudou a se levantar, de modo que pudesse alinhar os ossos.

Os japoneses serviram comida enlatada à longa mesa rodeada de gritos e fumaça, como num refeitório de estudantes, e distribuíram garrafas de cerveja e bebidas fortes. Gardiner recebeu a saudação de médicos e enfermeiras, assim como de pacientes vestindo roupão.

"O pessoal é bom, mas o lugar é meio quieto. Não esperava tanta paz."

"Amanhã vou conversar com o diretor. Tenho de mudar para a base — um conjunto de casas nas montanhas, não? É lá que vão me alojar."

Gardiner parecia incomodado.

* Um amigo meu num B-29/ largou outro carregamento de sorte/ quando ele partiu, nós o ouvimos dizer/ um oba-oba, eca! eca! (N. T.)

"Minha dentadura é um inferno, que porcaria que me deram! Meus dentes foram arrancados a socos ou acabaram caindo no campo de prisioneiros. Não ligue para isso. Nas montanhas, é? A sede é perfeita, sabe? Não é como isto aqui. Mesmo o lugar, no bosque, é lindo. Há um valezinho, profundo como o diabo, com uma cachoeira e um templo. A propriedade costumava ser o retiro de um almirante até que, nos anos 30, construíram o prédio para a academia. Agora não, agora é do Driscoll e sua equipe. Encheram aquilo de pré-fabricados, barracões Nissen, essas coisas; é bem provável que você fique num deles."

"Preciso de espaço para os meus papéis."

Mas Gardiner continuava pensando na casa japonesa. "Sim, um bonito lugar. Está sob proteção. Só a usam para jantar. Agora é do Driscoll e sua gente. O brigadeiro Driscoll."

"Ele é médico?"

"Administrador hospitalar. Acho que também é formado em medicina."

"E que tipo de homem ele é?"

Um gesto vago. "Ninguém gosta deles, de Driscoll e da esposa. Ele é um sujeito intratável. Ressentido, sabe, inseguro. Bebe muito, agride. Hostil. O pessoal detesta isso, é claro. Os visitantes são enviados para lá, quer dizer, os visitantes importantes. Quase nenhum americano, os americanos têm a sua base em Kure e o resto do Japão para fazer o que bem entenderem. Além de ingleses, como é o seu caso, ou de australianos, como os Driscoll — há cientistas, historiadores, jornalistas. O que os atrai é Hiroshima. Vêm inspecionar os lugares, passam alguns dias, dormem lá na montanha. É muito úmido lá, demais."

Um japonês esguio estava recolhendo os pratos sujos e substituindo-os por limpos: pratos de plástico do Novo Mundo, cujas diversas cores em tons pastel — rosa, amarelo, azul-celeste — combinavam-se à medida que eram cuidadosamente distribuídos. Mudo, o homem que servia mantinha os olhos baixos.

Leith suspirou: "Vou passar semanas com uma família assim". Agora, pensou, conversariam a sério. E o próprio Gardiner pôs um par de óculos de aros de metal, predispondo-se a isso.

"Você vai passar o tempo todo viajando. Mas já vou avisando: quem manda é a mulher. Uma filha casada acaba de partir para Honolulu — sorte sua. Dois filhos mais moços chegaram, um casalzinho estranho — um rapaz muito doente, ao que parece, e uma mocinha linda, uma sereia. Eu os vi rindo juntos, os únicos que riem por lá. Quanto a Driscoll, é o tipo de sujeito que ocupa os cargos mais altos no momento. No Japão, eles têm poder."

Leith se admirou de tanta insistência no irrelevante Driscoll. "Afinal, que poder ele pode ter sobre mim?"

"É", Gardiner sorriu, "tomara que você saiba se cuidar."

Leith corou, receando que o outro tivesse entendido que ele estava aludindo à condecoração.

Reclinaram-se na cadeira, educados demais para serem pilhados se examinando mutuamente. Gardiner via um homem experimentado de trinta e poucos anos, notável na sua constituição, testa, boca e mãos: tudo aquilo que importava, segundo diziam. O orgulho — ou a reticência — deveria ser mero resultado da solidão. Aquele homem provavelmente passara muito tempo sozinho.

Ele prosseguiu: "Sim, você está acima de suspeitas. Tem certificado de bravura".

"Muita gente demonstrou mais bravura. Você mesmo."

Com a colher de plástico, o professor provou um flácido pudim.

"Você tem um certificado para comprovar. Mas talvez já esteja farto dessa condecoração."

Leith anuiu com um gesto. "Em todo caso, acho que esse tipo de virtude vai perder o encanto. Os jovens estão se afastando das proezas marciais. Se a gente viver para ver, essas condecorações vão acabar sendo encaradas como uma incriminação."

"Não faça pouco-caso. Você também é jovem." Gardiner disse: "Isto aqui é uma droga", apontando para o pudim. "Alguém precisava combater Hitler. Eu mesmo quis voltar, em 1940, quando vi que iriam começar a guerra. Mas um amigo do serviço secreto veio de Londres me visitar e disse que, para eles, eu seria mais útil aqui. Pois é, eis o resultado. Mas com você é diferente, você está inaugurando a sua nona vida."

"Em alguns países, dizem que os gatos só têm sete vidas." Leith disse abruptamente: "Tenho tantas perguntas a fazer, mas não queria incomodá-lo. Em primeiro lugar, preciso de um professor".

Gardiner vasculhou um dos bolsos, de onde tirou um papel dobrado. "Esta é uma possibilidade. Ele era bibliotecário, parece uma pessoa decente. Tem licença dos americanos. Não se pode fazer nada sem ela."

"E então encontrei... E logo em Tóquio, onde não esperava encontrar..."

"O despotismo?"

"E eu entre os derrotados. No quartel-general, fui recebido por um caxias histérico que se achava importantíssimo. Contou que o último visitante estrangeiro que cruzara o seu caminho fora mandado de volta com um pontapé. E disse: 'Confiscamos o passaporte dele'."

"Por um tempo lá, você estava na corte de Harum-al-Raschid." Gardiner perguntou: "É casado?".

"Divorciado, tive um casamento de tempo de guerra." Depois de uma pausa, prosseguiu: "Nós nos casamos no Cairo. Então fui enviado para o deserto, e ela, para Colombo. O tempo foi passando, e a gente quase sem se ver. Ela arranjou outro. Eu também, durante algum tempo. Concluímos que foi a vida que nos separou... coisa comum. Ela resolveu se casar de novo. Quando nos encontramos em Londres, na primavera de 1945, para os trâmites do divórcio, tive a impressão de que, no fundo, poderia ter dado certo. Mas era tarde, a paz levou cada um para um lado". Fazia dois anos que quase não pensava nessas coisas. Mas aquele único e derradeiro dia em Londres tinha sido dos mais intensos, consultando advogados, passeando juntos no parque molhado e, enfim, fazendo amor num quarto alugado. O hotel, pequeno e decente, não criara nenhuma dificuldade: os passaportes ainda eram de marido e mulher. Oh, Moira, ele dissera, que história triste a nossa. E ela derramara lágrimas silenciosas que não pretendiam mudar coisa nenhuma. O pescoço arqueado, o cabelo espalhado e o dia morrendo na janela molhada. O casamento estava desfeito, tinha se evaporado com as lembranças e os encontros e separações da guerra — as cartas cada vez mais elaboradas, os pensamentos, os beijos, os remorsos. O advogado recebera os honorários. O verdadeiro casamento, o indissolúvel, fora apenas no momento em que se sentaram na cama de aluguel e choraram uma fatalidade mais antiga do que o amor.

Gardiner disse: "E da minha mulher, você soube?".

Leith fez que sim. "Não sofri uma perda como a sua."

"Passei um ano sem saber de nada. Só descobri quando começaram a zombar de mim, no campo."

A esposa japonesa de Gardiner, numa tentativa de se reunir a ele na prisão, fora declarada indigente pelas autoridades e repudiada pelos pais. Suicidara-se em 1943. Gardiner disse: "No dia da sua morte, ela tentou me enviar com segurança alguns exemplares dos meus primeiros livros, os do tempo em que nos conhecemos. Foi tudo o que deixou, pobrezinha da minha menina". E continuou: "A gente sempre volta a pensar nessas coisas. Não é possível fechá-las como se fecha o compartimento de um navio danificado, apenas para mantê-lo navegando ou pelo menos flutuando". E disse: "Existir é uma dificuldade".

"Um dos motivos pelos quais os homens continuam lutando é que lutar parece simplificar."

"Você que fez isso deve saber. E ainda é moço. As relações pessoais vão resgatá-lo, muita coisa ainda vai acontecer. Depois de tanta morte, viver chega a ser uma surpresa."

Está se referindo ao amor, Leith pensou com indulgência. Às vezes ele próprio pensava a mesma coisa e com a mesma indulgência. A noite se dissipava, Gardiner estava encolhido. As discussões propostas para a ocasião, como o acidente compartilhado por eles na Ásia, recuaram, e Leith não pôde restaurar a importância que havia atribuído a elas.

Gardiner disse: "No meu quarto há duas cadeiras. Teríamos mais privacidade lá". No entanto, quando voltaram a subir ao salão, ele mudou de idéia: "Melhor descansar um pouco".

Encontravam-se novamente no cômodo comprido, com o gramofone aos gritos. Os beberrões remanescentes estavam espalhados, taciturnos, nas poltronas vermelhas; uma mulher florida continuava rodopiando lentamente, solitária, no pico da desaceleração.

Sweetheart, if you should stray
A million miles away
*I'll always be in love with you...**

Leith puxou um divã de vime e auxiliou Gardiner a se sentar. O professor disse: "Foi a escada".

* Querida, mesmo que eu ande milhões de quilômetros por aí / Sempre vou gostar de você... (N. T.)

"Vou pegar uma bebida para você."

Voltou com um conhaque. Gardiner estava inclinado para o lado no seu assento de vime — um velho abatido, que disse: "Daqui a um minuto estarei melhor", e seus dedos não conseguiam segurar o copo de papel. A cor e a textura lembravam um pão amanhecido. Aldred Leith lhe segurou a mão, murmurando: "Ginger".

Ginger disse: "Desculpe. Lamento muito..." e "Obrigado por tudo".

Leith se agachou junto ao sofá. Um oficial com divisas vermelhas se aproximou e também se ajoelhou. Alguém tirou a agulha do disco estridente, fazendo-o chiar.

2.

Na manhã cristalina, acompanhado de Talbot, Leith tomou o caminho dos morros verdejantes; evitaram a região portuária, contornando as lâminas esmeraldinas dos arrozais. Pararam subitamente o jipe, saltando em meio ao capim áspero para ver o mar, as ilhas, e passar alguns momentos observando o pequeno navio branco que zarpava, velho, simples, bem desenhado, e que teria levado Gardiner a Hong Kong no primeiro trecho de sua viagem cancelada. Dizem que os homens e as mulheres rejuvenescem na morte, porém Gardiner, já sem a dentadura, com o maxilar frouxo atado para sempre, parecera incomensuravelmente murcho na noite em que morrera. Aproando para o seu destino, o naviozinho passou por entre as ilhas, gloriosamente banhado pela luz da manhã, seguindo a rota azul, sulcada pelos draga-minas. O homem que observava estava consciente das ervas japonesas sob as suas botas — consciente da terra, do pedregulho e dos matagais mirrados ondulando ao seu redor. Havia moitas de flores silvestres e manchas de vermelho e púrpura, de verônicas ou saxífragas mais exóticas. Leith estava consciente do retardo.

De longe, numa saliência maior do arrozal terraplanado, uma figura humana virou-se e olhou para ele: uma figura solitária, com chapéu de palha cônico e uma camisa vermelha que lhe chegava até os joelhos.

Nesse meio-tempo, o jovem motorista aproveitou para urinar atrás de um arbusto. Quando retomaram a viagem, com Leith ao volante, Talbot observou: "O senhor parece não ter dormido muito".

"Dormi algumas horas. Já não havia nada que eu pudesse fazer por ele, coitado."

"Que triste para o senhor, começar logo com isso."

"Com a morte, você quer dizer. Será um mau presságio? Bom, era eu que estava lá. Ninguém sabia ao certo quem era ele. Mais uma baixa de guerra, tardia." Efeitos colaterais, efeitos secundários. Ontem a essa hora, eu não o conhecia. Agora ele está morto, e sou o único a chorá-lo.

Embrenharam-se num bosque.

"Pinheiros, não?", perguntou o rapaz, indiferente.

"Cedros, os mais altos. Pinheiros são aqueles, à direita."

"Não nos ensinaram nada sobre árvores. Em Sydney, havia acácias e as baías de Moreton." Matas de vimeiro, cavalinhas. "O chão é arenoso." A seguir, continuou: "A gente ouvia falar mais nas árvores inglesas, por causa dos livros e das músicas: corações de carvalho, faias, bétulas. De como elas são verdes e úmidas, e de como se fingem de mortas no inverno. Pareciam bem mais espetaculares do que as acácias e o sertão".

Leith disse: "A minha terra, se é que tenho uma, fica perto do mar do Norte. Um lugar desolado no inverno, varrido pelo vento e pelo granizo. Amargo, solitário. Onde eu moro não há floresta, só aglomerados de árvores, todas plantadas. Que não deixam de ter a sua beleza".

"Que beleza?"

"Oh, as mudanças da luz, do céu, e a planície. Quase uma sensação de separação da terra firme." Ele riu. "Longe de lá, e quase sempre estou longe, fico sentimental." Leith notou como freqüentemente ele qualificava a menção à pátria: se é que tenho uma, quase sempre estou longe.

Brian Talbot disse: "Eu queria conhecer outros lugares antes de me fixar". Tinha a fixação por líquida e certa. Líquida e certa. A mulher e os filhos, a casa e a hipoteca, a cerca viva e o jardineiro, o carro. "Acho que estar aqui não deixa de ser um começo." Não parecia muito convencido de que aqueles cenários pouco amistosos e aquele povo impenetrável — incansável, desprovido de humor, recluso — correspondessem ao seu projeto.

Pensar o deixava vulnerável. Era o modo de ser australiano: bastava alguém dizer algo fora do comum, para que estourassem as gargalhadas — boas gargalhadas, que pouco tinham a ver com afabilidade. Era preciso estar alerta. Mesmo assim, acabava-se sucumbindo à curiosidade. Mas Leith não era do tipo que se aproveitasse disso.

"Agora, Talbot, já não há necessidade de guerra para se conhecer o mundo — dificuldades talvez, carnificina não. Até há pouco, a guerra era a saída para a maioria dos homens." Sentar praça no Exército ou na Marinha. Jovens recrutas com sonhos de transformação: de conquista, saqueio, fornicação. Em alguns, até mesmo o sonho de conhecimento. Inconcebíveis, de antemão, a imundície rubra e a cova rasa.

Os anseios femininos mal se tinham esboçado; presumivelmente, não iam além do acasalamento e da maternidade. Sobretudo o primeiro fornecia um propósito: *a sua sina*. A mulher que se bandeasse era desterrada pelas outras. Por balançar o barco em vez do remo.

Os pneus lançavam ruidosamente terra e pedregulho para o alto. Os operários passavam por eles em duplas ou em grupos de quatro, todos descendo a ladeira, todos levando carga, todos calados quando o veículo se aproximava, evitando o olhar daqueles estrangeiros invulneráveis, que trajavam fardas impecáveis. Envoltas em escuros andrajos, as mulheres arrastavam os pés: uma com um grande feixe de gravetos às costas, outra, curvada ao peso de uma criança atada ao seu corpo.

O homem pensou, A sua *sina*. Que palavra bruta.

E disse: "É o diabo, Talbot".

Talbot olhou para o acostamento. Não tinha contado com aquela disputa permanente entre a determinação de uma força superior e a humanidade irritante das coisas. Qualquer demonstração de ternura provocaria o riso de seus companheiros — para lhes calar a boca talvez, já que ficavam tão desconcertados quanto ele. No entanto, o homem ao volante sentia a mesma coisa — e, com as suas fitas coloridas e a bela medalha, não poderia ser acusado. Haviam dito a Talbot que aquele guerreiro, embora ferido e capturado, fugira da prisão e voltara à frente de batalha no último inverno da guerra européia. Pelo menos era o que contavam, e provavelmente, em parte, era a pura verdade. Coisas claras e diretas, fáceis de entender.

"O senhor fala japonês, major?"

"Estou começando a aprender. Conheço dialetos chineses, pois estudei na China durante a infância. Agora vou precisar de alguém que me ensine japonês." Naquela manhã, em Kure, havia mandado chamar o professor recomendado por Gardiner.

Talbot olhou para as próprias mãos, que estavam espalmadas nos joelhos. Mãos jovens, aparentemente sem veias, largas, flexíveis, modestamente capazes e com unhas cortadas e limpas. Comparou-as com as do seu acompanhante, na direção: bronzeadas, definidas, largas na palma e com dedos longos, experientes como o dono. Por extensão das impressões, Brian teve vontade de perguntar, O senhor é casado? Mas se conteve.

Leith disse: "O professor veio hoje de manhã. Você o viu: idoso, respeitável. Se eu combinar as aulas com ele — dependendo do que encontrar aqui —, você não gostaria de participar? Seriam algumas horas por semana; posso dar um jeito com a sua unidade, não vai ser difícil".

Era um verdadeiro desafio. Brian tentou se esquivar: "Mas o senhor, o senhor está mais adiantado. Já sabe muita coisa".

"Vou estudar por mais horas, é provável que ele venha me dar aula aqui em cima. No seu caso, seria separado, com os colegas que quiserem participar. Seria lá embaixo, em Kure, perto do quartel." Leith completou: "Pense".

O impulso do rapaz era de recusar o convite. Uma coisa tão esquisita, e iria dar um trabalhão. A palavra de ordem era desprezar os japoneses, ridicularizá-los, matá-los. Eles se comportavam como animais. Ninguém aprendia aquela língua. Ninguém estudava idioma nenhum, nem o próprio. Talbot tinha estudado um pouco de francês no colégio, por obrigação: *Je m'appelle Brian, donnez-moi à manger, je suis né em Australie. Donnez-moi à boire*. Quando chegara a Kure, deram-lhe um livro de frases feitas elaborado para as forças de ocupação, mas ele nunca o usara. "Bom, obrigado. Está bem, vou pensar. Eu aviso."

Já imaginava a zombaria dos colegas. No entanto, diante deles, defenderia a idéia.

Perguntou: "Ahn, quanto será que isso vai...?".

"Deixe comigo, é pouca coisa." Leith pensou no professor, na sua pobreza.

"Então ficaria por sua conta?"

"Ficaria por minha conta."

Seguiram viagem, menos satisfeitos. Dois ou três quilômetros mais, e então chegariam.

* * *

O brigadeiro Driscoll veio da lagoa. Atleta na juventude, tentava manter a tensão de outrora, barricando-se contra qualquer desafio. Molhado e seminu, seu corpo exibia as marcas das proezas do passado, músculos e tendões salientes no tecido, como as raízes de uma árvore velha a romper o calçamento — impressão confirmada pelo pescoço taurino, cavado por pálidas rugas. Na cabeça, no peito, nos membros, o cabelo e os pêlos crespos eram grisalhos.

Driscoll gritou, "Dench", bem alto, embora o subordinado fardado estivesse ao seu lado. Dench, um baixote, já havia registrado a chegada de Aldred Leith. Cochichando ao ouvido de Driscoll, deixava seu olhar vaguear pelas pedras e pela terra batida do caminho, entre os agrupamentos de azaléias, por um barracão Nissen no bosque. Durante todos os meses de convivência que se seguiriam, o capitão Dench nunca olharia o major Leith nos olhos.

Driscoll parou. O termo *petrificado* poderia ter nascido com ele. Parou e disse: "Água doce", e, quando Leith se acercou, começou a se enxugar, esfregando a toalha com vigor circular no emaranhado dos pêlos do peito e no cabelo. "Nunca bebi isso, nunca pensei que fosse nadar nisso." Inflou as bochechas e escarrou. Sob as sobrancelhas arrepiadas, o olhar irascível. "Nem ao menos engulo essa droga de casa de banho deles." Voltou-se para Leith: "Na Austrália, temos o oceano".

Leith concordou. "Que sorte."

"Isso mesmo." Mergulhou o rosto no áspero tecido da toalha, as mãos pressionando os olhos. "A maior sorte do mundo." Os dois continuaram caminhando. Dench, um fantasma acinzentado, seguiu-os tossindo. "Você é Leith, não? Chegou bem na hora do almoço." E acrescentou: "Aqui a gente não espera ninguém".

Leith estava olhando para uma casa entre árvores, evidentemente a que Gardiner tanto havia elogiado. Quase esquecera os Driscoll, aos quais Gardiner atribuía uma grande propensão à beligerância e cuja inclinação ao ressentimento não compreendia. Agora seria agradável ver a casa e, o que ele acabava de descobrir, o jardim interno, que começava a apontar: uma pequena superfície de seixos, na qual um homem todo de preto compunha motivos concêntricos com um uma escova de cabo comprido.

Detiveram-se na soleira insignificante.

"Já viu seu alojamento?"

"Já."

"Acabamos de mandar construir aquele troço de madeira compensada. Fica meio longe, mas até que é confortável. De vez em quando, o lugar é usado como rancho. Um pouco de cor local. A gente gosta de ser sociável." Driscoll se interrompeu para gritar: "Melb! Venha cá".

Vestida de rayon vermelho, sua esposa se aproximou.

A sra. Driscoll era de estatura apenas mediana; a ilusão de ser mais alta se devia à cabeça grande, enérgica, aos ombros marciais e ao cabelo branco e penugento, cujo penteado alto dava a sua contribuição. Por trás dos óculos, no centro das lentes grossas, seus olhinhos brilhavam com dura vivacidade. Para Leith, que avançou, estendendo a mão, ela disse: "Lamento pelo senhor". Voz esganiçada, repassada de hipocrisia. "Chegar num dia tão úmido. Já estávamos indo almoçar. Usamos uma mesa decente, nada de comer no chão. Mas imagino que o senhor prefira as coisas à japonesa."

"Não tenho preferência."

"Quanto a mim, sou uma pessoa bastante determinada."

Ainda que imune a ela, Leith aguardou antes de avaliar seu impacto. Driscoll, por sua vez, embora conservasse certa hostilidade ensaiada, parecia ter perdido parte do brilho exterior. Uma parceria, sem dúvida, mas não das mais simétricas.

Dench retornou trazendo uma roupa militar num cabide.

Melba estava dizendo: "Nós não esperamos. Não fazemos cerimônia com ninguém. A delegação parlamentar foi embora sexta-feira, agora recebemos um grupo de universitários. Para nós, todos são iguais, não fazemos distinção".

Com o auxílio de Dench, Driscoll lutou para se enfiar na farda.

Leith começou a pensar na possibilidade de arranjar um quarto na cidade.

A mulher disse: "Não costumamos usar de subterfúgios: falamos com toda franqueza. Nós, australianos, somos muito autênticos".

Driscoll interveio: "Somos gente boa. Temos os nossos defeitos, vocês também, mas nosso coração é de ouro".

Para além dos tabiques, a casa se abria para um jardim de pedras artificialmente dispostas e de árvores anãs. Não havia nenhuma vista, ou sensibilidade, para florestas, colinas, ou para o mar: a distância tinha sido esconjurada e aprisionada.

"Esses jardins horrendos."

Leith a tinha esquecido.

Houve uma leve comoção devido às saudações, e homens ocidentais se sentaram à mesa. Ao tomar seu lugar, Leith se sentiu aliviado porque avistou um acadêmico corpulento que ele conhecia de Nanquim, um historiador chamado Calder que, mudando de lugar, instalou-se ao seu lado, talvez com a mesma sensação de alívio. Uma pequena amostra da solidariedade engendrada por Driscoll.

Calder disse: "Então você chegou".

"E bem na hora, pelo que disseram."

Alguém murmurou: "Aqui a gente não espera ninguém", e se ouviram risos clandestinos, como num colégio. A cada extremidade da longa mesa, um Driscoll vigiava. Barry Driscoll estava contando que preferia os cães aos gatos, que lia livros de verdade, não romances, e que achava ópera uma palhaçada. Como havia dito Gardiner, os Driscoll eram um sintoma inquietante do poder recém-conquistado: que Melba e Barry estivessem em ascensão não era bem o que se esperava da paz. Chegava até mesmo a parecer que as hostilidades não tinham cessado.

Eles haviam se agarrado vorazmente a um futuro que ainda estava pouco claro para Leith e ao qual chamariam de sua própria essência.

Ofereceram cerveja e pequeninos cálices de saquê. Serviram os pratos, o chá, e havia flores flutuando numa tigela. Duas mulheres de quimono, possivelmente mãe e filha, deslizavam de um lado para o outro, pondo e tirando as travessas. A moça, extremamente miúda, tinha um corpo quase infantil; sua discrição era tão notável que dava vontade de observar como ela a praticava. O rosto da mais velha era um inexpressivo emaranhado de rugas. Também havia um jovem, envergando uma escura roupa japonesa, que ia e vinha e parecia mandar.

Calder contou a Leith que o rapaz tinha estudado algum tempo na Inglaterra, filho de embaixador ou ministro de legação. Levado para lá para servir de intérprete, convertera-se em uma espécie de mordomo: "Só Deus sabe o que passa pela cabeça dele".

Em frente, acabava de se sentar um garoto de idade indeterminada, um ocidental que as mulheres tratavam com muita solicitude — ele, por sua vez, falou-lhes desajeitadamente na língua delas, um tanto empertigado; depois examinou os presentes com os olhos claros e desapaixonados. Sob a cabeleira, o rosto era triangular. Na pele alheia ao sol, os lábios, inesperadamente carnudos, pulsavam com movimento e cor. Sua alimentação era especial, ele tinha dificuldade para ingeri-la. Curvado e anguloso, sofria de alguma anomalia. Também nesse aspecto, Leith recordou as palavras de Gardiner.

Gardiner, que, um dia antes, naquela mesma hora, estava vivo, aguardando-o. Que estava se revelando indispensável.

A uma extremidade da mesa, um engenheiro civil de Bradford começou a narrar uma experiência em Kagoshima — um daqueles casos em que o viajante era o esperto e os habitantes nativos, venais ou infantis. Ele disse: "Só estou relatando os fatos", desconfiado de que qualquer coisa pudesse ser considerada ficção. Leith, meio de lado, meio escutando, examinava as flores avermelhadas, o verniz vermelho, as xícaras de cerâmica e os talheres ocidentais. Viu uma mão em repouso. Estava estendida sobre a mesa, onde jazia como o silêncio. Esperou que a outra aparecesse, tal como um observador de pássaros aguarda a chegada do parceiro, o acasalamento. E a mão direita não tardou a vir, empurrando uma tigela de molho antes de se estirar ao lado da companheira, enquanto o soldado olhava com prazer.

"Sr. Leith."

Do outro lado da mesa, o garoto, sorrindo, parecia tudo acompanhar.

"É verdade..." A voz nem totalmente trêmula nem infantil. À parte os olhos claros, o rosto erguido era feito uma máscara: as aberturas — dos olhos e das narinas — precisas e próximas a ponto de lembrar o focinho de um gato. E, tal como um gato, com certo encanto de clarividência.

O rapaz estendeu a mão. Leith precisou se levantar para apertá-la.

"Benedict Driscoll."

Então esse era o filho deles.

"Por que o senhor percorreu a China?"

"Era uma coisa que eu queria fazer e que me propuseram." Responder com candura, sem um sorriso indulgente, foi exorcizar a suspeita gratuita que continuava de sentinela em ambas as pontas da mesa. "Mas não posso dizer que percorri o país. Fui obrigado a ficar no sul, por causa da guerra civil. Tinha esperança de seguir a rota do norte, trilhada antigamente por um viajante italiano, mas ela estava intransitável." O que fora possível para o monge Carpini em 1245, no passado heróico, tornara-se impossível em 1946 para um homem moderno, em pleno vigor da juventude. "E nem sempre viajei a pé. Muitas vezes segui de trem, carroça ou charrete ou mesmo em lombo de mula. Ou pelo rio."

"Mas era a idéia em linhas gerais." O rapaz baixou a vista, acanhado com o que o movia.

"Mas que talvez tenha permanecido necessariamente inconclusa, a não ser na mente do viajante. Quero dizer, em uma viagem não se pode conhecer tudo, como se houvesse apenas um objetivo, nem realizá-lo cabalmente."

Benedict disse: "Pode ser perigoso saber fazer bem apenas uma coisa. Corre-se o risco de ficar preso a um único campo do conhecimento".

Calder interferiu: "E por que não?". Era de novo um professor, ralhando com um calouro. "Se a pessoa empenhou sua energia, se dedicou a vida a isso. É fácil falar na erudição como se fosse restritiva, julgar a partir da pura ignorância. Eu não julgaria uma pessoa pelo seu conhecimento de Erasmo, por exemplo, mas é possível que tenha o direito de fazê-lo."

"Erasmo?" O garoto pousou os olhos em Calder. Os demais ficaram atentos. "Erasmo de Roterdã nasceu em 1466, não em Roterdã, como talvez se suponha, e sim em Guda. Seu nome real provavelmente era Geert. Estudou em Paris e, com relutância, ordenou-se sacerdote no formidável ano de 1492. Em

1499, fixou-se em Oxford. Deu aula de grego em Cambridge, mas escrevia principalmente em latim. Morreu na Basiléia em 1536, sem a assistência de um padre. Paradoxalmente, é lembrado pela sua tradução do Novo Testamento."

Calder sorriu. "Muito bem." Leith riu com vontade. Benedict, satisfeito, estava cansado devido à sua breve exposição. O jovem mordomo se aproximou e, curvando-se, ajudou-o a se levantar. Os comensais se dispersaram.

Calder disse: "Puxa, isso me surpreendeu". Queria fumar, conversar um pouco. Porém Leith lhe disse: "Eu estava esperando uma oportunidade para conhecer o jardim".

Nesse momento, praticamente se materializando na presença deles, a sra. Driscoll anunciou: "Agora vamos fechar isto aqui. O pessoal precisa fazer a limpeza".

"Fim de expediente nos jardins do Oriente", Calder observou.

Leith seguiu pela trilha que conduzia ao seu alojamento, uma caminhada à sombra de pinheiros nodosos, vergados pelas ventanias, pois aquela ladeira, algumas ondulações adiante, ficava totalmente exposta ao mar. Vendo que Benedict seguia, amparado, um pouco à frente, retardou o passo para não interferir.

Melba Driscoll vinha atrás dele.

"Agora o senhor conhece a nossa tragédia."

Leith disse: "A senhora tem um filho maravilhoso".

"Foi diagnosticado. Não tínhamos certeza, mas agora um especialista de Londres..." Ela acrescentou: "Já passamos por tanta coisa".

Ele disse: "Uma doença cruel". Não suportava aquela mulher, mas não queria se sentir desleal com o garoto. Ciente disso, a mãe se valeu do trunfo da doença do filho.

"As pessoas não têm idéia. Quem mais sofre é o pai, que foi um campeão." Aproximou-se, baixando a voz. "A mãe sempre agüenta mais. As mulheres têm uma força especial. Somos muito fortes, Aldred."

Evidentemente, ele não gostou do seu nome naqueles lábios, e ela sabia disso.

Driscoll se colocou ao seu lado. "Fizemos o possível. Foi ao melhor especialista. Tentou-se de tudo." A solenidade se endereçava a Leith, como quem quer falar a estranhos com afetada formalidade. "Não se poupou nenhuma despesa."

Percebendo outra presença, Leith virou a cabeça na expectativa de se safar.

Melba disse: "Esta é a nossa caçula. Helen. Cumprimente o cavalheiro". Ela ainda disse a Leith: "Pena o senhor não ter conhecido a mais velha".

Ginger tinha dito, Sorte sua.

A mocinha lhe apertou a mão com doçura.

Ele disse: "Eu estava curioso, queria saber a quem pertencia essa mão".

Ela retirou a mão, sorrindo, e tocou o próprio corpo.

Melba não conseguiu suportar aquilo. "Está vendo a semelhança? Todo mundo vê." Queria dizer, Comigo.

"Estou vendo, sim, claro. Notável." Menos surpreendente do que o fato de a jovem Driscoll se parecer tanto com o irmão era o fato de compartilhar com Benedict a dessemelhança com os pais. O que mais impressionava era a aparência sadia da garota. Como se, naquela criança, Benedict tivesse sido recriado irradiando saúde, com brilho no cabelo, exuberância na pele — a sua versão saudável. Na segunda tentativa, a natureza obtivera êxito. Os olhos apresentavam a mesma claridade incomum e eram mais redondos.

Ela dedilhou os botões azuis.

Aldred disse: "Como a caricatura de uma linda mão".

A moça deve ter ficado com vontade, naquele momento, de olhar para a própria mão a fim de vê-la sob essa luz. Mas o prazer se conservaria e seria mais bem desfrutado a sós.

Ela disse: "Preciso ir. Ben e eu vamos ler".

Barry lamentou. "Quando eu tinha a idade dela, ninguém conseguiria me prender dentro de casa."

"Obrigada", ela disse. A palavra só podia se endereçar a Aldred. Sua voz tinha certa leveza, não tanto da infância, mas aquela que precede a experiência feminina, pois o amor, assim como a gripe, provoca certa rouquidão. Ela se afastou com muita compostura, mas, e o homem viu, deu os últimos passos correndo para ir ter com o irmão.

Melba disse: "Eles são inseparáveis. Desde que Helen começou a engatinhar".

"Não é uma boa vida para uma criancinha." Foi o comentário complacente de Barry.

"Mas um faz companhia ao outro. Aqui não há nada para os jovens." Com um gesto, Melba abarcou todo o arquipélago, até as ilhas Curilas. "Mesmo que o meu pobre filhote pudesse."

Os dois irmãos tinham estado no estrangeiro desde o Natal, aos cuidados de um amigo inglês. Fora feito o diagnóstico. Então se iniciara a longa viagem por mar. Sua apreensão com a iminência da chegada podia ser imaginada: o reencontro, as restrições. Leith percebeu que os Driscoll usavam a filha para cuidar do filho. E também percebeu que, por ora, esse abuso constituía a única salvação para a moça.

No quarto, encontrou cartas sobre a mesa e sentou-se na cama para lê-las. Esqueceu os Driscoll em favor das outras descobertas do dia: a sinuosa subida contornando os arrozais verdes, a última vista da brancura do navio de Ginger e seu bom, divertido e indeciso motorista.

Havia uma breve carta de seu pai, a qual ele separou para responder. Um extrato bancário em excelente papel marfim e timbrado em alto-relevo com letras cursivas: o primeiro papel de carta fino que manuseava em anos. O reduzido número de cartões assinalava a diminuição da correspondência — para algumas pessoas, fazia tempo demais que ele se ausentara. Uma boa carta havia sido postada em Bombaim por um amigo do Exército, que agora navegava rumo a Hong Kong. Uma única folha de uma mulher, que logo ingressaria na categoria dos cartões-postais, incluía fotografias: "Estive em Setsuan no início da primavera". As manchas de neve no alto, a florescência abaixo e o íngreme vilarejo avançando até a beira do rio. Homens e mulheres de roupa acolchoada, trabalhando, sorrindo para o fotógrafo com surpresa resignada.

Se fosse para ter saudade, seria disso.

A maior preocupação de Leith, na época, era com o trabalho, o meio pelo qual concebia a vida futura. Empenhara-se em avaliar as conseqüências da guerra no contexto de uma antiga sociedade em extinção. Esse empreendimento visionário e absurdo o havia absorvido por dois anos e, até certo ponto, influenciaria o resto de sua vida. Seu tema — a perda e a ruptura — estava se disseminando mundo afora. Junto com a escolha sombria, viera muita felicidade nas comunidades remotas. Houvera encontros singulares, transcendentes. Aldred não desejava explicar ou controlar. A debandada coletiva para a vagabundagem confirmara uma necessidade de solidão — uma medida do que poderia ser criado pela vontade, mesmo entre os outros. Dos fatos da guerra ele havia arrancado os elementos solitários da maturidade. Agora, queria descobertas para as quais se sentia disponível, que pudessem alterá-lo, como as pessoas se deixam alterar, involuntariamente, por uma grande obra de arte ou por uma efusão de conhecimento silencioso.

Aldred Leith desenvolvera um estoicismo que poderia ter sido uma condição temporária da sua guerra, do seu trabalho ou das viagens. Sabia, porém, que era preciso conservar a capacidade de afeto para que não acabasse reduzida a cartões-postais. E sabia que a sensibilidade da juventude não era nenhuma garantia contra a indiferença ulterior. Quanto a esse aspecto, seu pai servia bem de advertência. Em Oliver Leith, a intensa e abundante jazida de afeto original estava esgotada: agora ele trabalhava apenas com a lembrança da emoção autêntica. O filho tinha consciência de que era mais flexível e menos egoísta que o pai — ainda que dotado, como sempre lhe deram a entender, de menos talento.

Depois de responder a tudo, exceto à boa carta de Bombaim, ele saiu e subiu até um barracão que lhe fora indicado como sala comunitária, de onde era possível despachar a correspondência. Daquela elevação, podia-se admirar a casa original no seu platô abrigado. Notou que não estava fechada e que um ou dois vultos percorriam os cômodos à luz do entardecer. Consciente de que sua obstinação não levaria a nada de bom, enveredou ladeira acima, suspirando, passando por um aglomerado de íris, pela pequena lagoa, pelo tanque no qual o brigadeiro se banhara de manhã. De costas para os barracões toscos e para a sala comunitária não visível, Leith voltou a se lembrar de Ginger, que havia dito: É lindo. E era mesmo: não fosse pela presença do brigadeiro Driscoll, o lugar seria um paraíso. Mas isso naturalmente se aplicava ao mundo inteiro.

A princípio, ele não ligou a voz à casa. Alguém estava gritando, não por socorro, mas num paroxismo, um ataque. Não com voz de mulher, embora parecesse ser; mas num lamento agudo, reconhecível de outras cenas de violência. Um homem histérico. O homem era Barry Driscoll, aos berros diante do jovem japonês que fora descrito, à mesa, como seu mordomo. Mesmo ameaçado pelo corpo de Driscoll, o rapaz não se encolhia nem recuava, a não ser talvez diante da chuva de saliva que, visível num feixe de luz, aparecia como um pontilhado. Tampouco se podia dizer que ele estava impassível. A palavra mais adequada seria *imponderável*.

Entrando, Leith se deteve a certa distância das costas de Driscoll. O jovem evidentemente o viu, mas não demonstrou, permanecendo com os olhos fitos nos de Driscoll. Leith compreendeu que o rapaz havia pegado a chave e retornado à casa em horário proibido. Esse tinha sido o seu crime. As imprecações de Driscoll eram o pior que se podia desejar; e Leith já vislumbrava um futuro em que pudesse esquecê-las.

Imaginou que o jovem tivesse ido para lá com um propósito parecido com o seu, embora mais importante: passar uma hora na solidão e na atemporalidade.

Dando-se conta da situação em questão de segundos, Driscoll girou nos calcanhares e continuou gritando no mesmo tom: "E que diabos você veio fazer aqui?" — como se o ultraje tivesse sido combinado. Qual um pugilista ou dançarino, oscilava de um pé para o outro, quase sapateando. O desembaraço dos dois homens que o observavam o enfureceu tanto quanto o desanimou: a presença de uma testemunha geralmente tem esse duplo efeito. Com a volta da prudência, veio uma transpiração pesada e o instinto de defesa.

Ele e Leith se se olharam fixamente e, naquele momento, se odiaram.

Para ganhar tempo, Driscoll repetiu: "Por que você veio aqui?".

Não havia resposta a dar àquela pergunta ou a qualquer coisa que Driscoll viesse a dizer depois. Mentalmente, Leith viu os três de pé à luz inclinada do sol, como versões discrepantes de masculinidade. Passado um momento, olhou para o outro lado da mesa: o jovem japonês estava exatamente como antes — a não ser pelo fato de agora eles se olharem nos olhos.

Leith deu meia-volta e saiu da casa. Driscoll estava segurando um molho de chaves novas em folha, que seria uma arma brutal se atirado no rosto de alguém, mas ele já não oferecia esse tipo de perigo e se pusera a pensar em como encobrir aquela sua exposição. Poderia ter havido outros incidentes, registrados ou ocultados, ao lado dos quais tal surto não ficaria nada bem.

Olhando para trás ao alcançar a sala comunitária, Leith viu que o japonês também saíra e estava tomando outro rumo: uma figura esguia que logo desapareceu entre as árvores, sem dúvida à procura de outras formas de abrigo.

Leith estava à porta de seu barracão quando lhe ocorreu que a beira relvada em que este se encontrava talvez confinasse com o vale de que falara Gardiner. (Estava se habituando aos lembretes de Ginger e os achava reconfortantes.) Lá embaixo, deviam ficar o templo, a fonte, a pequena cachoeira, e, ali por perto, em meio ao maciço de plantas, o acesso ao caminho que o conduziria a eles. Depois da cena com Driscoll, perdera a vontade de fazer a excursão, preferindo deixá-la para uma ocasião mais favorável. Pensando apenas em explorar a trilha, aproximou-se da borda da ribanceira. De frente para o poente, resguardou os olhos com a mão.

Continuava às voltas com o incidente na casa japonesa, não tanto examinando, mas sim vendo-o, como antes, com os olhos da mente: os três homens postados em silenciosa geometria. Àquela hora, todos os três, dispersos por aquelas colinas, o estavam revendo, numa espécie de fantástica e singular comunhão. Ele recordou as palavras de Calder a respeito do japonês ascético: "Só Deus sabe o que passa pela cabeça dele", e se perguntou o que poderia fazer por ele, além da troca de olhares.

Mal tinha andado cinqüenta metros quando tornou a ouvir vozes. Falavam em inglês, e ele se deu conta de que estava próximo do último barracão e de que os falantes lhe eram conhecidos. Avançando, conseguiu avistar, por entre as moitas de arbustos, o rude exterior daquela casa maior e a janela aberta emoldurando o casal de irmãos: a moça concentrada e de costas para ele, e a cabeça e os ombros do rapaz totalmente reclinados no alto espaldar de uma cadeira de rodas. Absorvidos, como amantes, e igualmente envolvidos na atitude de dar e receber.

Tendo evidentemente trocado algumas palavras, ambos riram — um riso contido, simultâneo, como um sorriso audível. (Lá estava Ginger novamente: "Os únicos que riem por lá".) Tudo voltou ao silêncio: a moça, o rapaz e o homem na vereda, temendo incomodá-los. Momentos depois, ouviu-se uma vez mais a voz da garota — e num tom de recomeço, pois ela lia: "O funeral do último imperador se realizou adequadamente, a capital ficou silenciosa e submissa". Acostumada a ler em voz alta, ela o fazia sem tropeços nem exageros. Durante sua narrativa das derradeiras ilusões de Bizâncio, Helen fez uma pausa. Mas o irmão não fez comentários, e ela concluiu a antiga história.

3.

Leith trabalhou até tarde em suas anotações e, à meia-noite, deu uma repassada na lição de japonês, repetindo novos sons e subtons. Naquele estágio, a competência parecia uma improbabilidade empolgante, e ele foi dormir pensando nisso.

Despertou ao amanhecer — por força do hábito, já que o quartinho continuava às escuras — no rastro de um sonho opressivo, mas irrecuperável. Também por hábito, sabia que a sensação desagradável o acompanharia a manhã toda, cuja primeira luz ele deixou entrar de golpe pela porta e pela janela. Repassando os fatos do dia anterior, voltou a pensar em procurar um quarto no vilarejo, embora isso envolvesse a base norte-americana. Recordou o irmão e a irmã na janela, a mocinha com o livro, lendo.

No banheiro minúsculo e malcheiroso, molhou o rosto e a cabeça e, para se secar, sacudiu-se feito um animal molhado. Então fez a barba, vestiu-se rapidamente, preferindo calçar botas para o passeio até o templo.

Agora o sol já ia alto, secando a umidade do vale. ("Muito úmido, úmido demais", fora o comentário de Ginger.) Leith ladeou cautelosamente a casa maior, preferindo não repetir a aventura da tarde anterior, quando, ao voltar a pensar no assunto, imaginou que Benedict o tivesse visto. A trilha oculta era apenas um carreiro de urtigas e espinhos pisoteados, e talos ásperos, em tufos, como moitas de cardos.

Passou por uma janela quadrada, aberta, mas protegida por uma tela de arame fino. O modesto parapeito ficava à altura da sua cintura. A maior parte do quarto vista de relance por ele era ocupada por uma cama ampla, que deixava espaço para uma cadeira, uma mesa pequena e uma cômoda castanha. Na mesa junto à cama, um livro, um abajur e um frasco com um líquido rosado. Roupa de baixo estava jogada sobre a cômoda e, no chão, alinhava-se um par de pequeninos sapatos — alguns poucos detalhes, que, filtrados pela fina tela de arame, ganhavam o valor de uma composição, fornecendo uma espécie de moldura para a moça na cama.

Deitada de lado, com o lençol a lhe cobrir o quadril alçado, Helen tinha o corpo inclinado como que para acompanhar o braço livre estirado além do colchão. Um movimento leve havia lhe desvelado o ombro. A inocência — da juventude e do sono — mostrava-se íntegra e indefesa, se bem que involuntariamente prefigurasse conhecimento do fato. Assim permaneceria a garota, certa manhã de um ano prestes a se iniciar, no abandono, na ocasião, simulado.

O homem não retardou o passo. Mas, seguindo adiante, visualizou mais precisamente o quadro, evocando o perfil quase esbatido no volume do travesseiro e sob o desalinho dos cabelos. Que a imagem o agradasse era natural, também natural era, talvez, certa tristeza.

Tendo logo encontrado o caminho, iniciou a descida pelo mato rasteiro que deveria conduzir a uma clareira, visível dali. Surpreendeu-se com a ausência do canto dos pássaros. O sol estava quase a pino. Os fungos brilhavam como bolhas nos troncos das árvores. Os pés de Leith escorregaram em cogumelos — digitais, grumosos, amarelados como dedos manchados de nicotina. A trilha pareceu se extinguir bruscamente, não obstante fosse fácil perceber a continuação do seu percurso rumo ao pequeno vale. O riacho ou sua cachoeira tornou-se audível, e, lá embaixo, brilhava uma sugestão de telhado antigo, de cerâmica.

Chegar lá era o seu objetivo, embora não pudesse atingi-lo naquele dia.

O corpo estava estendido no centro da clareira, numa poça de sangue, as entranhas parcialmente contidas pela veste colorida e por uma obi afrouxada. Os pés com chinelos se projetavam, intocados. O soldado estava habituado àquele fenômeno de pés intactos, inocentes, despropositados.

Claro. É provável que o tenha dito em voz alta.

Antes do amanhecer, enquanto ele dormia, ali jorrara aquela emanação de um ato extremo. Agora o homem compreendia o pressentimento que tivera pela manhã.

A cabeça não tinha ferimento: o rapaz agira sozinho.

As moscas e as formigas já faziam seu trabalho, e se podia sentir o cálido odor da deterioração imediata. O sangue começava a se coagular. No entanto, o corpo ainda estava quente quando Leith o virou ligeiramente pelo ombro esquerdo erguido — o braço direito ficara por baixo, em contato com a arma ensangüentada. A cabeça tombou para trás; o jovem rosto se mostrava horrivelmente pálido, os olhos em sua última aflição. Olhos que, horas antes, haviam trocado com Leith a sua humanidade ferida. Levantando-se, Leith se deu conta de que dali, por entre as árvores, o mar era visível. O lugar tinha sido escolhido a dedo, talvez depois de demorada consideração.

Na Alemanha, quase no fim da guerra, uma mulher debruçada sobre um dilaceramento semelhante erguera os olhos e o fitara: "*Mein Mann*". Leith, imaginando-a velha e alquebrada, constatara que não passava dos vinte anos.

Ele se lembrou dos jovens dormindo lá em cima, não convinha que vissem aquilo.

Ao subir a ladeira para notificar o suicídio, soube que Driscoll havia saído, estava na ilha. Encontrou Dench, que trouxe os homens com o devido equipamento. Leith ficou algum tempo com eles, depois foi se lavar no quarto. Dench mostrou-se ressentido, como se Leith tivesse alguma culpa. Driscoll acharia aquilo detestável, que Leith, depois de presenciar os antecedentes, também desse com as conseqüências. Ele próprio se sentia secretamente culpado, como se, com aquele olhar de confirmação, tivesse participado do ato.

Precisava escrever seu relatório sobre o acontecimento dessa manhã e sentou-se para trabalhar — era isso que fazia quando se encontrava mais indeciso. Não falara com o falecido, nem mesmo o tinha visto, senão por alguns momentos no dia da sua chegada. Uma impressão de reserva, possivelmente vulnerável a situações de derrota. Era provável que o rapaz não tivesse familiaridade com a prática militar. (Isso era o máximo que ele poderia sugerir a Driscoll — que entenderia de imediato.) Nada sabia da vida particular do defunto, nem da situação dos seus familiares mais próximos, o que talvez pudesse ajudar a entender o que ocorrera.

O entendimento estava ali, ao alcance, bastava indagar. Mas ninguém se dispondo a fazê-lo, tudo permaneceria obscuro. Se algo assim se repetisse, Driscoll corria o risco de ter problemas. Mas as coisas não costumam se repetir com exatidão, e o único resultado seria o ódio de Driscoll por Leith.

Sentando-se na cama, ele tirou as botas. Ouviu uma batida na porta e se levantou de meias para abri-la. Era a moça, Helen, com meia garrafa de conhaque na mão.

"Achamos que o senhor talvez quisesse um pouco disso."

"Entre. Quanta gentileza!" Ele não tinha comido e não desejava beber, mas foi buscar um copo na minúscula cozinha. Os dois se sentaram lado a lado na cama, ela com um vestido estampado, ele descalço, ainda envergando a camisa e a calça que não tivera tempo de trocar. Acreditava que não queria que ela estivesse ali, no entanto, estava encantado com o seu embaraço e com a atenção que ela lhe dava. Lembrou-se de como a vira na cama.

Ela disse: "Aki está preparando o café-da-manhã. Ben achou que o senhor gostaria de comer conosco".

Uma vez mais, Leith acreditou que não queria fazer aquilo, porém disse: "Com prazer". Tomou o conhaque só para agradá-la, mas o trago lhe fez bem. "Primeiro preciso me lavar. Pode ser daqui a meia hora?"

Ela respondeu: "Oh, sim", preparando-se para ir embora.

Leith surpreendeu-se com o impulso de tomá-la nos braços, o que obviamente não fez. Todavia, entre eles perpassou certa ternura em reação ao horror daquela manhã. O mundo inteiro, pensou Leith, precisa de conforto.

Quando Helen se foi, ele fez a barba e se meteu no chuveiro do banheiro apertado, penteou-se diante do espelho enfumaçado e notou o efeito da experiência em suas feições, não simplesmente como uma abertura de antigas feridas. Vestiu-se à paisana — pôs a camisa branca e o paletó de linho reservado para as ocasiões civis. O paletó, durante muito tempo devolvido à sua amarrotada origem vegetal, tinha sido passado e pendurado. E ele registrou o fato de que qualquer pessoa, bem-vinda ou não, podia entrar no seu quarto à vontade. Guardou o rascunho do seu depoimento.

Observou a depressão que se formara na cama em que tinha se sentado com a moça. Pensou em quanto tempo fazia que não ficava a sós com uma mulher num quarto e conseqüentemente tratou de se fazer apresentável: um gato se lavando após a indispensável refeição. Procurando um presente para levar, deu com a brochura azul e branca intitulada *A poesia do século: pontes para o presente*, trazendo, na quarta capa, uma fotografia do jovem editor segurando o queixo em meio a pensamentos profundos demais para suscitar lágrimas. Deviam ter concluído o trabalho no terreno ensangüentado, pois já não se ouvia nenhum barulho. A porta do barracão maior estava aberta.

Embaixo da janela, estendido numa *chaise longue*, o irmão, apoiado no travesseiro e em algumas almofadas listradas, mantinha os pés ligeiramente erguidos sobre um calço de borracha, evidentemente cortado para aquele propósito. Vestia um roupão de algodão preto, uma espécie de quimono sem cinto, sobre o qual suas mãos se quedavam entrelaçadas. Na barriga, sobre o tecido escuro, um livro virado para baixo subia e descia com a sua respiração. Parecia observar a parede à sua frente: a frágil parede do quarto, no qual era bem possível que a morte viesse buscá-lo.

Leith pensou no quanto havia de morte a persegui-lo.

Ao lado do rapazinho, Helen estava sentada numa cadeira baixa, da altura do divã. A mesma manhã que roçava o cabelo escasso do irmão brilhava na cabeleira densa da irmã, descendo por seus braços sadios. Eles se aperceberam instantaneamente da presença de Leith: a moça se levantou às pressas, o rapaz fez um gesto para compensar a imobilidade. Ficaram satisfeitos ao vê-lo e manifestaram isso a ele. Evitaram falar na tragédia. Helen agradeceu-lhe o livro, toda sorriso nos olhos claros. Seu entusiasmo o deixou envergonhado por ter escolhido o volume do qual mais facilmente poderia abrir mão.

Ela armou uma mesa desmontável. Ele se sentou numa cadeira de aspecto militar. Helen lhe ofereceu uma xícara num pires com a mão trêmula, a ponto de fazer tilintar a louça — tanto, que Leith, ao aceitá-la, chegou a dizer: "Esta manhã a deixou trêmula".

"Acontece às vezes. Desde que eu era...", ia dizer "jovem", mas mudou de idéia, "... pequena."

Benedict sorriu. "Há dois anos."

Talvez se perguntassem se o tremor não era uma antecipação da doença do irmão.

A moça acrescentou: "Quando fico entusiasmada".

"Nós dois estamos entusiasmados", disse Benedict, "com a sua chegada."

Leith percebeu que era verdade. Mas disse também com franqueza: "Vocês são muito gentis comigo", e tirou um pãozinho doce de uma lata. "Estão lendo Gibbon?"

"A leitura em voz alta o incomoda?"

"Não. Adoro ouvi-la. A melhor coisa em muito tempo."

Contaram-lhe que haviam lido a obra toda no navio, ao retornar de Londres, e agora estavam retomando as passagens prediletas. Também estavam lendo Carlyle, coisa que talvez ele ouvisse — "Pois é um livro ruidoso, à sua maneira".

"Mais entusiasta do que ruidoso."

Helen disse: "Mas o entusiasmo é magistral".

Leith disse: "Eu acho...".

"O quê?"

"Que, quando se trata dos grandes temas, pode haver muitos tipos de livros, os que conquistam a nossa simpatia e os que a afastam. A verdade pode ser uma síntese ou uma impressão."

Para ele, era uma novidade falar assim com uma criança. Mas, por outro lado, uma garota de talvez quinze anos — que conhecia história e era capaz de dizer "magistral" —, uma garota já iniciada em sua secreta vida biológica, certamente era alguém que havia se despedido da infância. Leith olhara discretamente, como os homens e os meninos olham para as meninas, para a forma suave dos seus seios apontando no belo vestido.

Ela queria fazer perguntas sobre os grandes fatos da vida dele, mas lhe faltava coragem. Entretanto, talvez houvesse tempo, e um dia ele falaria de si espontaneamente.

Benedict compreendeu que, por ora, sua irmã o havia abandonado para ficar com aquele homem. Em breve, ou enfim, a prolongada parceria de ambos deixaria de existir, mas não seria tão já. Naquela manhã, estarem juntos era um consolo para os três, e, em cada um, ia e vinha o pensamento: Se tivéssemos agido de outro modo, o homem poderia estar vivo.

Benedict disse: "No Japão deveria ter havido suicídios em massa com a capitulação. Por que não houve? Porque o imperador decidiu não morrer?"

"É o que pergunto também. Um membro da família imperial cometeu *seppuku*, porém isso foi abafado. Pode ser que, logo depois da derrota, tenha havido mais suicídios do que imaginamos. Coisa que não foi estudada nem divulgada." Leith continuou: "Pensei que poderia saber mais sobre isso percorrendo o país. No entanto, aqui mesmo, a coisa se manifestou de uma hora para outra".

O rapazinho disse: "É o que a guerra nos traz".

Leith preferiu não dizer: Para mim, foi a segunda dessas mortes em poucas horas. Era constrangedor falar em morte com aquele menino doente, e com sua irmã. Repousando a xícara na mesa, reclinou-se na cadeira e cruzou a perna sobre o joelho. Precisava apresentar uma declaração juramentada que envolvia o pai dos garotos. Haveria uma sindicância, por perfunctória que fosse. O morto — Leith ainda não sabia o seu nome — teria sido brutalizado ou, de alguma maneira, levado a se suicidar?

Não era um prisioneiro, e sim um inimigo recente sob custódia. A degradação viera com ele. Leith o vira durante alguns momentos. Recebendo insultos. Os dois haviam trocado um último olhar de camaradagem.

Se escrevesse tal coisa, não poderia continuar lá. Mas, por outro lado, ele já não havia tentado ir embora?

Havia manchas de sangue em suas meias claras. Os jovens provavelmente tinham reparado. Ele se levantou, perguntando: "Vocês me permitem voltar em outra ocasião?".

Benedict respondeu: "Seria ótimo".

Quando se separaram, a morte tornou a rondar cada um deles. Removida a bandeja, Benedict se deitou com os braços sobre o peito, isolando-se. E lá estava Helen em sua cadeira, sozinha e confusamente agitada.

Por fim, ajoelhou-se junto à *chaise longue*, abraçou o irmão e pousou a cabeça em suas mãos cruzadas. Não fosse o movimento dos dedos dele nos cabelos da irmã, era como se estivessem ambos dormindo.

Ele disse: "Você está pensando no que vai acontecer".

Leith redigiu, com todas as formalidades, a declaração já esboçada, copiando com exatidão o termo para Driscoll. (Haviam lhe prometido uma eventual máquina de escrever portátil, assim como folhas de papel-carbono.) Seu olhar recaiu sobre a carta, posta antes de lado, para o amigo do Exército, que, ocupado agora com crimes de guerra, encontrava-se a caminho do Oriente. Mentalmente, ele havia elaborado uma resposta — "Caro Peter" —, mas os assuntos (Tóquio, o mar do Japão e a morte de Gardiner) se reportavam exclusivamente ao dia anterior. Seria necessário recomeçar.

Era meio-dia. Ele daria uma subida para deixar a cópia do relatório para Driscoll, depois de guardar bem o original. Conservara o rascunho. Por ora, estava sentado ali, com o cotovelo na mesa, o queixo na palma da mão, feito o poeta da capa da antologia, pensando no cabelo ralo de Benedict e na mão trêmula da menina.

Caro Peter,

Quando receber esta carta, você certamente estará em Hong Kong, lugar pelo qual tenho afeição. Na minha infância em Xangai, Hong Kong desempenhava o papel de segundo violino em relação ao grande porto do comércio chinês, e agora, provavelmente, deve estar em ascensão. A minha aventura japonesa, no seu segundo mês, começa a tomar forma. O papel de conquistador continua estranho e desagradável. Às vezes, prevalecer tão completamente sobre outro ser humano leva a equívocos — não me refiro a sistemas ou regimes, mas a indivíduos. Coisa, para mim, muito diferente das improvisadas personificações do vencedor e do vencido, que sucessivamente cruzaram o seu e o meu caminho durante a guerra. Estou contente — você não? — com o fim da nossa vida militar.

Precisando trabalhar nesta região, fixei-me nas colinas que dominam Kure — quer dizer, perto de Hiroshima, onde iniciei minhas pesquisas. Tanto quanto na China, continuo sendo um franco-atirador, sem nenhum apoio de fontes oficiais. O sigilo das informações sobre a catástrofe e suas conseqüências é controlado aqui pela American Bomb Survey, e é tal, no caso de não-americanos, que procurei pôr a salvo minhas escassas anotações. Mesmo esta carta, que nada tem de conspirativa, segue por mão segura. Um contraste com as minhas excursões na China, onde eu passeava por conta própria em meio ao caos.

Aqui nas montanhas, o comandante é um administrador hospitalar da Austrália. Ele e a esposa são um casal terrível. Têm um filho doente e notável e uma menina que é um desafio. Vendo esses jovens, chego a pensar que um filho pode nascer delicado em plena crueldade e, mesmo assim, ter sensatez e noção de justiça. Graças a Deus, não há explicação para isso.

Pretendo visitá-lo quando você já estiver instalado. T. V. Soong está assumindo o controle em Kuan-Tong e leva com ele um exército particular. Soongs e Chiang Kai-sheks, assim como a crédula Washington, vão nos custar caro no fim, que está próximo. Veremos o dilúvio: a iniqüidade arcaica varrida pelo novo Juggernaut do doutrinarismo. Entrementes, penso em visitar Cantão novamente e dar uma olhada em Soong e em suas Tropas de Sal. Ou talvez seja apenas saudade da China. Ter saudade da China é um hábito de anos. Eu tinha essa sensação mesmo quando estava lá, um paradoxo emblemático daquele país misterioso. De qualquer modo, vai ser bom revê-lo, e neste hemisfério.

Tendo assinado, dobrado e selado a carta, Leith escreveu em seu caderno de anotações:

Soube que Benedict Driscoll tem vinte anos. Sofre de uma enfermidade chamada ataxia de Friedreich, que o incapacita e terminará por matá-lo. Foi o que diagnosticaram em Londres, há três meses, quando ele gozava de relativa mobilidade. De lá para cá, o mal se desenvolveu, como que estimulado pela sua identificação. A família, oriunda de Sydney, morou um ano em Bengala, onde Driscoll, o pai, exerceu um cargo burocrático qualquer, sob o comando do governador Richard Casey, um australiano. Em Londres, a mãe largou essas duas crianças desamparadas aos cuidados de seu ex-preceptor, um inglês que conheceram na Austrália. São muito cultos, um casalzinho maravilhosamente poético, que vive da literatura e nela se liberta. Eles têm razão de se apegar a ela: foi quem os pariu.

A idade de Helen, ainda um enigma. Catorze talvez? Quinze? Querendo passar por mais velha, a garota não a revela. Dentro de dez anos, certamente vai disfarçar no sentido contrário. As mulheres não tardam a ser obrigadas a parecer mais jovens do que são.

Desde a noite da morte de Gardiner, a noite das garotas dançantes de Ita Jima, descobri lembranças que nada tinham a ver com a guerra. Geralmente de mulheres, meus amores da juventude — Aurora, Gigliola. Não tanto de Moira, talvez porque a nossa história tenha tido o seu desfecho em Londres, num epílogo quase ritual. É a incompletude que nos persegue.

Depois de escrever essas notas, Leith guardou o caderno num cofrinho ordinário que havia adquirido, junto com outros documentos e uma caixa de lápis chamados Vênus.

4.

Sem condições de freqüentar a escola em Sydney, Benedict recebera instrução em casa. Os Driscoll tinham arranjado um preceptor: um inglês empobrecido e caído em desgraça, como tantos outros imigrantes na Austrália. Chamava-se Bertram Perowne. Diziam que era de uma família importante, e, com seus modos finos e reservados, certamente parecia adequado ao papel. Todavia, nunca reclamava dos parentes, embora fosse óbvio que a família, importante ou não, nada fazia por ele. Bertram trabalhava em uma loja de manhã e ia para a casa dos Driscoll depois do almoço. Helen, que voltava do colégio às três horas, participava das aulas do irmão.

Bertram regressara à Inglaterra em plena guerra, supostamente convocado para uma missão cerebral relacionada com codificação. Mas isso também era um boato, ao qual ele nunca se referia em suas cartas.

Benedict disse: "Para nós, ele era Adão, aquele que deu nomes às coisas".

Helen acrescentou: "O nosso anjo da guarda".

Leith achava que Bertram tinha sido tanto Robinson Crusoé quanto Sexta-feira.

Fora ele que cuidara dos dois jovens na Inglaterra, onde parecia dispor de alguns recursos. Surpreendentemente, a mãe levara os garotos da Índia para a Inglaterra — pois, no final da guerra, os Driscoll tinham conhecido alguma coisa do mundo e passado aquele ano inesperado em Bengala. O cargo na Índia imperial fora mais um degrau na ascensão de Barry a Kure. Para estar disponível para ajudar por ocasião da mudança para o Japão, a mãe deixara os filhos em Londres, com Bertram. Foi ele quem fez companhia a Benedict durante os exames médicos e levou os irmãos até Nápoles, a fim de retornarem ao Oriente.

Leith achou que seria interessante ouvir a versão de Bertram.

Em certa medida, sentia-se o sucessor do antigo preceptor. Aquele casalzinho segregado queria conhecer a história do mundo. Também gostariam de conhecer a história dele. Ambos lhe perguntavam, Como foi isso? Onde aconteceu aquilo? Interrogavam-no sobre sua juventude, suas viagens, suas andanças pela China. Mas raramente, como ele observou, sobre a guerra — por timidez e, possivelmente, por sentir que a conflagração devia se iluminar por si mesma.

Não o desagradava, depois de tão prolongado silêncio, contar um pouco da sua própria história.

Perguntaram-lhe acerca do seu nome, do qual nunca tinham ouvido falar.

"Ninguém nunca ouviu. Quando eu era menino, diziam que era o nome de um sábio. Depois, descobri que se tratava de um sábio venerável, um velho excêntrico: o patriarca. Era o nome do meu avô e combinava bem com ele. Mas meu avô também o carregara desde a infância." Leith se recordou dele: um velho espigado, muito alto, com cabelo branco no topo da cabeça, tal um nimbo de nuvens nas alturas. De vez em quando o Aldred mais velho dava ao neto um soberano de ouro com a efígie da rainha Vitória, retirado de uma caixa sobre o aparador da lareira. Dizia ao menino: "Nunca me incomodei com esse nome, a gente acaba se acostumando".

Os irmãos perguntaram: "Como você aprendeu chinês?".

"Eu tinha nove anos, e isso aconteceu graças a uma garotinha de cinco."

No seu décimo ano, morando com a mãe em uma suíte de hotel em Xangai, Aldred freqüentava um colégio das Concessões Internacionais para crianças estrangeiras. Na época, seu pai se ocupava dos exilados russos em Harbin. No saguão do hotel em Xangai, o garoto observava as idas e vindas, sobre o piso de mármore, dos taipanes das *hongs* principescas — os príncipes mercantis britânicos, os norte-americanos, os franceses, os holandeses e os dinamarqueses, com interesses na costa da China e do Sião. Certa vez, o sr. Seth, o banqueiro, lhe pagara um sorvete no café. Havia o jovem Moller, dono de uma fortuna na Marinha mercante e de uma coleção de cavalos que o menino desejava ver, e S. T. Williamson, alto e corpulento, proprietário de uma casa comercial em Hong Kong — não tão opulenta quanto a de Jardine ou a de Butterfield, mas comparável a elas. Havia viúvas pálidas e doentias, que não suportavam o clima. Havia mulheres européias e eurasianas, de mundana beleza. Havia russos brancos, com a sua perda histórica. Os turistas saíam dos grandes vapores, iam passear no *Bund* com sombrinhas e eram assediados pelos mendigos. Uma vez ou outra, chegava da Europa a realeza com seu séqüito. Havia o calor do Tigre. Havia o frio intenso e as chuvas. Havia o vento do rio Amarelo, vindo do interior.

No saguão e no elevador, Aldred sempre via a menina inglesa com sua *amah*. Era uma criaturinha rosada e branca, chamada Charlotte.

Fitas coloridas prendiam os cachos ruivos de Charlotte. Seus lindos vestidos tinham as diminutas palas bordadas em casinha de abelha. Certa ocasião, estava a reboque da mãe, reservada e distante, ou quem sabe estivesse com os pais — o pai também era distante, mas de um ruivo mais discreto. A vitalidade que faltava aos pais, a filha tinha de sobra. Charlotte era vista com mais freqüência na companhia da *amah* vestida de preto, que a adorava, e com quem a espevitada garotinha mantinha animadas conversas no dialeto de Xangai.

Um dia, durante a terrível estação dos tufões, Aldred estava subindo de elevador com a mãe, enquanto o ascensorista chinês, anunciando de cor os andares — *sam lau, sei lau* —, a cada parada, abria a porta pantográfica com a mão enluvada para que ela não ringisse. Charlotte também estava no elevador com a *amah* e o pai. Ia traduzindo a serena discussão deste com a babá, e o fazia com tanta rapidez e eficiência, sem nenhuma bravata, que até mesmo o discreto ascensorista sorriu. A mãe de Aldred, uma presença atenta, mantinha-se junto ao painel lateral, o vestido de seda esvoaçante ao sopro de um ventilador de teto, que também agitava seu chapéu de palha de Bali, fino como gaze. Ela se chamava Íris. Sua figura flexível complementava o aprumo de terno branco do pai inglês, pilar do *establishment*, e da *amah*, baixinha e atarracada, de túnica e calça pretas, o cabelo preto, espiralado e envernizado, emoldurando a lisa face cor de teca.

Aldred tinha reparado que sua mãe, como de hábito, estava julgando a situação — processo que geralmente se concentrava no status social, mas que podia derivar para aspectos mais sutis.

Girando a chave na porta, soltando o alfinete do chapéu e jogando-o no sofá, ela telefonou, pedindo limonada, e tirou dinheiro da bolsa para a gorjeta do camareiro. Tendo feito isso, observou: "E você, Aldred, por que não aprende chinês também?". Ao que o garoto respondeu sem vacilar: "É mesmo, por que não?".

Leith lhes disse: "Portanto, foi Charlotte que começou. Oh, Charlotte, onde anda você? E para onde a levaram os acontecimentos antes que eu pudesse cumprimentá-la no dialeto de Xangai?".

"Eu acho", Helen observou, "que a sua mãe também merece um crédito."

"É verdade. Geralmente eu demoro a reconhecer a influência dela. Mas o fato é que Charlotte foi a catalisadora."

Inclinando a difícil cabeça, Ben se voltou para Helen. "Tenho inveja dessa menina ruiva muito mais poderosa do que nós."

Helen, com satisfação, disse: "E que hoje é uma matrona de trinta, de paradeiro desconhecido".

Pela primeira vez ocorreu a Leith que, na época, a menina ruiva provavelmente tinha a idade de sua irmã quando esta falecera, e que certamente essa semelhança chamara a atenção de sua mãe ao ouvir Charlotte no elevador, levando Íris a pensar no futuro do filho sobrevivente, cuja vida, até então, fora moldada pelas circunstâncias do momento.

Dia sim, dia não, Leith viajava a Hiroshima com Brian Talbot. Os arredores da cidade estavam se reconstruindo em milhares de casas de madeira compensada, impiedosamente próximas, ao que parecia, do lugar do desastre. Com a ajuda do intérprete e usando o seu próprio e crescente conhecimento do idioma, Leith conseguiu conversar com os homens e mulheres que trabalhavam nas novas construções — habitantes da região, alguns dos quais falavam abertamente, embora a maioria se mostrasse reticente ou se recusasse terminantemente a fazer comentários. Para falar com sobreviventes feridos ou representantes da comunidade, era necessário pedir autorização ao American Bomb Survey, que designava um oficial para acompanhar o solicitante. Em diversas ocasiões, Leith e Talbot foram acompanhados pelo tenente Carroll — cortês, cauteloso, impessoal.

Certa manhã, Carroll contou-lhes que seu período de serviço militar estava chegando ao fim: ele voltaria aos Estados Unidos. Foram essas as suas palavras, com um leve abandono da formalidade. Eles estavam no jipe de Talbot, atravessando os trilhos do bonde e se aproximando do cenário mais impressionante — o lugar que havia recebido o principal impacto da explosão. Essas também foram as palavras de Carroll, que em nenhum momento mencionou a bomba. Às perguntas de Aldred Leith, ele respondia com expressões ensaiadas e às vezes técnicas, e com uma sugestão de alívio, como alguém mais habituado a futilidades. Talbot só fez uma pergunta, à qual Carroll deu uma resposta pronta e calculada: Sim, os cientistas que examinaram o local, assim como os sobreviventes, tendem a acreditar que há certo perigo na atmosfera, mas não no caso de uma visita curta como a nossa.

A discutível resistência das vigas mestras da abóbada tinha sido examinada. Ora, as baixas eram estimadas em 250 mil, o que não passava de uma cifra aproximada. Ele não tinha a menor idéia do motivo pelo qual a primeira explosão não se dirigira a uma região desabitada, nem de por que a ela se seguira o ataque a Nagasaki: tais decisões, certamente sensatas, tinham sido tomadas por nossas lideranças em reuniões fechadas. No entanto, não deixou de perguntar se Leith era capaz de aventar um motivo estratégico. Ele nunca arriscara opinar. Aldred, voltando-se no banco dianteiro, onde viajava ao lado de Talbot, observou: "Duvido que tenha havido outra lógica que não aquela configurada pelo ato predestinado. Na época, nenhum lado estava interessado em poupar ninguém, nem mesmo a si próprio".

Carroll disse: "É". Para ele, essa era uma intervenção temerária. Depois de uma hesitação, acrescentou: "Eu estava em Okinawa naquele ano, passei lá todo o mês de junho".

Na base norte-americana, perto do porto, tomaram cerveja com gosto de lata e trocaram endereços rabiscados em inconcebíveis pedaços de papel. Ao retornar ao complexo residencial, Talbot murmurou: "Até que ele é boa-praça". Não houve nenhum outro comentário, até que o motorista dissesse: "Ele tem um sotaque diferente para um ianque".

"Mas ele não tem nada de ianque. É do Sul Profundo. Esse é o sotaque deles. Ele é da Geórgia."

Talbot achou graça. "Do Sul Profundo sou eu, mais ao sul é impossível ir. A prova é o meu sotaque."

Benedict perguntou a Leith: "O que você vai fazer de tudo isso?".

"Vou escrever, e vai ser publicado. A proposta era escrever um relato sobre a China. O Japão, fui eu que resolvi acrescentar." E disse: "Tudo aconteceu por mera casualidade".

No fim da guerra, personalidades influentes pediram-lhe que escrevesse confidencialmente sobre a cidade de Caen, destruída nos primeiros dias de junho de 1944. Na época, não se podia passar muito tempo no mesmo lugar, e o trabalho fora concluído às pressas. Mas Aldred tinha conversado com muita gente agoniada e amargurada com a ruína e com as graves ambigüidades que marcaram a sua libertação. E relatara essas questões com objetividade e franqueza. O relatório, em francês e inglês, fora apresentado no prazo correto, e ele não esperava voltar a ouvir falar nisso.

Em Paris, numa fria manhã de abril de 1945, mandaram chamá-lo. Escura, cinzenta, humilhada, dilacerada e imunda, a cidade parecia uma maquete de si mesma — um invernal filme preto-e-branco. Nos escritórios a que o conduziram, a sujeira fora substituída pelo esplendor. Os quadros, os tapetes com apliques de rosas, a fina mobília assinada por um *ébeniste* eram um luxo menor diante do calor que irradiava até mesmo para os corredores. Oficiais graduados iam e vinham sem ostentar os duros sinais do sofrimento: imunes, como queriam fazer acreditar, não tanto à morte gloriosa como à miséria das frieiras, dos furúnculos e das barrigas vazias nas ruas circundantes. O homem que o recebera era inesperadamente jovem, não muito alto, mas com um ar inteligente e membros elegantes. A lenha crepitava na lareira de mármore, diante da qual haviam posto poltronas de veludo.

"O meu trabalho sobre Caen chegara à sua mesa. Ele havia se informado e sabia da minha juventude no Oriente, das línguas, da guerra. Criado na China e na Indochina, tinha consciência de que esses lugares estavam se evaporando, transformando-se. Os últimos dias de seus tantos séculos precisavam ser testemunhados e relatados por alguém que não fosse espião nem sociólogo, que não estivesse a serviço de ninguém." Tudo isso saíra em termos muito concisos da boca do jovem general acomodado na poltrona, com os pés cruzados estendidos diante da lareira.

"Ofereceu-me dois anos na China e plena liberdade. Convinha eu conservar a patente militar, que, como ele disse, caso não provocasse a minha morte, podia me ser útil. Assinaríamos um contrato protegendo os meus direitos autorais. Os círculos oficiais não se intrometeriam. Aceitei na hora. Era mais moço na época. Tinha uma presunção imensa. Acho que eu ficara num estado de latência durante a guerra. E envelheci aceleradamente quando ela chegou ao fim. Selamos o acordo com um aperto de mão e um aperitivo."

"O que vocês beberam?"

"*Champagne nature*. Depois veio um bom almoço." Ele pedira para ver os quadros e passeara pela sala. Na escrivaninha, havia uma antiga pasta com vinheta gravada em ouro e uma cigarreira de prata. E a fotografia de um belo rapaz em uniforme da Marinha, que não era filho dele.

"Você voltou a vê-lo?"

"Nós nos encontramos várias vezes nos dias que se seguiram. Estive na casa dele, que era repleta de livros. Contou-me que estava muito doente, coisa de que talvez eu já tivesse começado a suspeitar."

Leith preferiu não tornar a falar em morte na presença de Benedict.

Ao se despedirem, o francês dissera: "Apesar de tudo, oxalá eu viva para ler o seu livro".

"Tenho certeza de que você tem melhores motivos para viver."

"Não, nenhum."

Ao se levantar para sair, Leith ofereceu: "O meu professor, vocês sabem, aquele senhor japonês, vem três vezes por semana. Pode lhes dar aula antes ou depois da minha, como preferirem".

Ben perguntou: "Sério mesmo?".

"Claro."

Perguntaram-lhe se chegara a transpor as linhas da guerra civil. Uma vez que os nacionalistas haviam transferido a capital para Nanquim, como ele conseguira entrar em Pequim, a cidade que mais lhes despertava a curiosidade? Leith explicou que a estrada de Pequim fora bloqueada, assim como a ferrovia. A cidade estava sitiada pelos comunistas, mas era possível chegar lá de avião quase diariamente. Mao Tse-tung iria avançar, mas não naquele momento. Podia esperar. Leith tinha ultrapassado as linhas, às vezes por casualidade, mas também arranjando quem antes fosse pedir autorização. Costumava confiar seus pertences — anotações, livros e cartas de crédito — a amigos nos enclaves ou consulados inglês ou francês.

"Você tinha livros para ler durante a viagem?"

"Era difícil. Os livros pesam como água. Eu levava comigo um livro indispensável e um par de dicionários chineses em letras miúdas. A gente morre de vontade de ver o próprio idioma — mesmo que seja num velho rótulo arrastado pelo vento ou em meio ao que restara dos suprimentos roubados à Unrra, organização criada pela comunidade internacional depois do início da guerra."

"Você falava sozinho?"

"O tempo todo. Também declamava quando ficava sozinho, e até cantava umas árias."

"Nunca se perdeu?"

"Muitas vezes. É claro que, como eu não tinha uma rota precisa, tudo era lucro. Mas às vezes descobria que tinha andado em círculos."

"Nunca pensou em..."

"No quê?"

"Em ficar definitivamente num lugar?" Helen estava querendo dizer, Amar alguém, se estabelecer, formar uma família chinesa. Achava bom que isso não tivesse acontecido.

"Sim, pensei. Uma vez eu pensei."

Ele estava em Yunan, a pé, conduzindo uma mula alugada em um povoado próximo a Chan-Tong. "Eu ia de Kunming a Chungking, onde tinha deixado minhas coisas com um amigo." Era maio, e Leith dormira ao ar livre. Ao amanhecer, atravessando uma morraria íngreme, coberta de mato, chegara a um vale — menos aluvial do que as terras precedentes, pois agora ele estava se afastando do grande rio — coberto por uma vegetação exuberante. À beira de um regato, avistara uma fila de casas baixas, muito próximas, todas encolhidas sob o peso dos telhados em concha. A colina que dominava o vilarejo estava grávida, como o resto da paisagem. Sua cobertura verde estendia-se como um levíssimo tecido sobre uma imaginária anatomia de antigos e deslembrados muros, sepulturas e valas: um inchaço túrgido, sobre a qual se podia passar a mão mentalmente. Num monte mais próximo, no qual se espalhavam alguns poucos freixos e álamos, um gado fraco e chifrudo pastava. A lenha estava habilmente empilhada, um cesto pendia de um ramo, e havia um pequeno e bem cuidado santuário em arco.

Numa terceira colina talhada a pique, os restos de um bombardeiro Halifax: a Arca no monte Ararat ou o esqueleto de uma quadrirreme encalhada.

Leith amarrou o animal debaixo de uma árvore. No vale, dois homens acabavam de interromper o trabalho e já vinham subindo em sua direção enquanto ele descia. Um terceiro os seguia vagarosamente. Uma mulher de túnica e calças pretas assomou num vão de porta e gritou, ferindo de estridência o silêncio do lugar, destoando do ritmo murmurante da estação.

Ele próprio encontrou a explicação. O terceiro homem, o que vinha por último, devagar, era o ancião da aldeiazinha e falava um chinês mais apurado, ao passo que os outros usavam dialeto. Possivelmente, aquele velho, de constituição frágil, fora alto, até que a labuta e o tempo o tivessem diminuído. Era calvo e mostrava um sorriso leve, cortês e sereno no semblante bondoso. A túnica de algodão, de um azul-violeta leitoso de tão desbotado, drapejada por uma fivela no ombro, roçava-lhe os tornozelos. O colarinho alto e circular estava aberto. Havia enrolado um pano escuro na cabeça, qual um turbante achatado. As mangas largas quase lhe cobriam os dedos entrelaçados. A face cor de açafrão tinha um ar tibetano, comum naquela região, e os olhos eram claros e luminosos.

Evocando aquela figura um ano mais tarde, Leith atentou para a testa proeminente, marcada pela experiência, que lembrava em ponto menor a nervurada colina acima deles, e só então a registrou na mente.

Helen perguntou: "E o livro?".

E Benedict: "O livro fica para depois. E aí?".

"O bombardeiro estava lá desde 1942, evidentemente debaixo de chuva torrencial. Isso era Yunan, esta era a origem do nome: as nuvens baixas e a neblina, o Sul nublado. Depois da queda, houvera uma explosão e um grande incêndio que, apesar do temporal, durara a noite inteira. Os aldeões tentaram subir até lá quando estiou, mas as explosões os mantiveram à distância." Não contou que ouviram gritos durante a noite. Depois saquearam os escombros de tudo quanto não se havia queimado. "Pegaram as coisas úteis e o que acharam na cabine. Havia quinze cadáveres, e eles os sepultaram mais abaixo, sob um monte de pedra."

Fora preciso exumá-los. Desfazer o monte fora um trabalho árduo debaixo de sol, mas o problema maior não era esse. Os restos precisavam ser retirados e manuseados. Os homens trabalhavam ao sol, seminus, com panos amarrados na boca. Todos vomitaram. Insistiam para que Leith se afastasse. "Nós estamos mais acostumados." Ele disse: "Talvez eu esteja mais acostumado a isso do que vocês". Havia medalhas de identidade e pedaços de papel que mais pareciam papiro chamuscado. Eles enxaguavam as mãos, traziam maços e maços de folhas de cânfora. Terminado o trabalho, tornaram a enterrar os cadáveres e a amontoar as pedras. Leith descera ao rio para tomar banho e lavar a roupa. O odor impregnaria suas narinas durante semanas. Os homens se aproximaram quando ele retornava. Apontaram para a cicatriz avermelhada no seu flanco, e ele disse: "Foi na guerra". A guerra da sua própria gente que, até mesmo ali, se atocaiara à sua espera.

Numa das casas escuras, o ancião lhe mostrou uma pilha de fragmentos: parte do manual de vôo ainda intacto e, em uma caixa de amianto, alguns instrumentos de metal amassado. Leith anotou os nomes, à medida que conseguia decifrá-los, e os pontos de referência para localizar o vale. Acrescentou abaixo: "Bombardeiro Halifax com complemento de quinze da RAF, acidentado em tempo encoberto, durante vôo de Calcutá a Kunming, em junho de 1942. Treze suboficiais da RAF e dois pilotos, um deles na função de navegador. Os túmulos dos quinze em local próximo, os moradores os resgataram dos escombros no alto do morro".

Ele dissera ao ancião: "Quando chegar a Chungking, mando uma mensagem. Depois de algum tempo, os ingleses virão aqui. Vão levar os cadáveres".

"Para as famílias?"

"É."

"Para a sepultura deles?"

"É."

Havia a questão de Peter Exley, a quem Leith talvez fosse visitar em Hong Kong.

"É o seu melhor amigo?"

Ele pensou um pouco na pergunta pueril. "Dos amigos ainda vivos, é um dos que manteve contato e me escreve com regularidade. Inevitavelmente, os intervalos vão se ampliando. Nós temos uma espécie de vínculo. Ele acredita que lhe salvei a vida."

O sussurro de Benedict: "E salvou?".

"Não é impossível. Os acontecimentos nos atropelam, a gente age sem refletir." Ele disse: "Os chineses dizem que quem salva a vida de um homem passa a ser responsável por ele. Aconteceu coisa parecida entre Exley e mim. Ele é impressionável, sim, um sonhador pelo qual a gente tende a se sentir responsável".

Ben disse: "É bom ouvir isso".

"Mas... ele não tem sorte." Que absurdo dizer tal coisa a um rapazinho tão desamparado pela sorte. "De todos os meus amigos da guerra, Peter é o que menos ímpeto tem para reconstruir a existência. De um ou de outro modo, nós todos ficamos para trás, porém ele mais do que a maioria.

"Nós tínhamos vínculos anteriores singulares. Descobrimos que estudamos em Florença na mesma época, antes da guerra. Um deve ter passado pelo outro na rua. E depois, quando nos conhecemos no Cairo, em 1942, os dois estávamos lendo o mesmo livro." Ele riu. "Foi numa sala escura do hotelzinho ordinário em que nos alojaram. Tinha acabado a luz, como era comum acontecer. Ao entrar na sala, eu mal pude distingui-lo à janela. Quando amanheceu, descobrimos que estávamos com o mesmo livro."

Helen, quase aos gritos: "Que livro era?".

Mas Leith a interrompeu: "Meu Deus, aconteceu a mesma coisa aqui, quando cheguei de Tóquio. Mas, no caso, era o novo romance do meu pai". Coisa menos importante. "Peter é um pouco mais velho do que eu. Parece mais moço, sem por isso parecer jovem. É um bom sujeito. Sabe que é infeliz, mas não considera a infelicidade uma carta do baralho a ser usada".

"Ele não pode", disse Helen, "ser tão infeliz assim, já que você lhe salvou a vida."

SEGUNDA PARTE

5.

No porto, na primeira manhã, Exley viu as mansões em tom pastel despontando ali e acolá em meio à vegetação, na encosta da montanha: saqueadas, destelhadas, os interiores de marzipã vincados pela deterioração, algumas delas em reconstrução sob andaimes de bambu. Olhando do navio, ele percebeu que, daquelas vertentes etéreas, deveria haver uma linda vista para além dos estreitos até o continente. Evidentemente, era o lugar ideal.

Ao meio-dia, postou-se à janela do alojamento dos oficiais na estrada MacGregor, enquanto um soldado cético revirava alguns papéis em busca do seu nome. Enquanto o rapaz folheava as páginas coloridas, Peter Exley contemplava, do alto da verde montanha, a cidade que se estendia como um rabisco ao longo da praia: relanceando os olhos pela catedral, o correio e a mansão do governador, reparou no banco, que era mais alto que os três outros edifícios. Além do porto estreito e dos navios, erguiam-se pequenos montes descorados nos confins da Ásia.

Deu-se conta de uma resultante que ele ainda não havia identificado. E, com indiferença, compreendeu que era a beleza.

Não havia lugar para ele no alojamento da MacGregor, nenhum registro da sua solicitação. Teria sido bom. Lá no alto era tranqüilo e relativamente fresco, logo abaixo da linha da neblina — úmido, evidentemente, impregnado do cheiro verde que, a princípio, Exley confundira com frescor mas que logo identificara como decomposição. Houvera um engano, e todos os quartos estavam ocupados.

Recambiado para o quartel, desceu a montanha de teleférico, nem um pouco surpreso, no calor da tarde. O ar de julho era um cobertor — o peso do verão. O quartel parecia Scutari.* Depois de se apresentar, conduziram-no por uma varanda range-range e por uma escada suja. Cheiro de mofo por toda parte.

Um cabo abriu a porta. Havia uma segunda porta, interna, laminada e aferrolhada. Vestígios de outra presença espalhavam-se pelo cômodo. No meio de tudo, enjeitada no assoalho, uma caixa de estanho com um nome e um número gravados. Na melhor cama, perto da janela, uma pilha de roupa suja, encimada pelo bolo encardido de um mosquiteiro. Pairava a ameaça latente de um gramofone.

"Não dá para arrumar um quarto só para mim?"

"O senhor já entrou na lista de espera, assim que aparecer uma vaga, ela será sua. Tenha um pouco de paciência, por favor." Era de bom tamanho a guarnição da colônia. Buffs, The Royal East Kent Regiment, Inniskillings, regimentos irlandeses, e ghurkas nepaleses. Em todo caso, ninguém daria preferência a Exley, que não levava jeito para atrair favores.

O cabo informou o horário do rancho. Exley perguntou: "Vocês têm alguma coisa parecida com uma biblioteca?".

* Nome grego do bairro de Istambul que sediara o hospital militar onde Florence Nigthingale atuara durante a guerra da Criméia e emprestara-lhe o nome. (N.T.)

"Os poucos livros que há ficam numa prateleira perto da escada. Nada que preste, acho."

Era meados de julho de 1947. O calendário indicava "São Swithin". Exley tirou a túnica e se sentou no beliche inferior. Grudada no corpo, sua camisa era como uma pele cáqui. No teto, o ronco de um ventilador vagaroso e inútil. Trilhas de luz, vermelhas como sinais elétricos, listravam as venezianas. As paredes eram melancolicamente cinzentas. Havia marcas nos lugares em que cabeças ensebadas repousaram, em que móveis e bagagens ficaram depositados, em que mãos suadas acionaram botões e interruptores. Havia manchas de insetos esmagados, com os restos colados. A umidade invadira o mercúrio de um espelho comprido, com moldura de mogno. Na parede junto à outra cama, havia retratos tortos de mulheres, e garranchos estampavam insultos jocosamente obscenos.

Penumbra sem frescor. Desprovido de reflexo, o espelho era como a pele esticada de um leopardo dissecado.

Lá se condensava um século de sombria depressão imperial: um quarto de febres mórbidas. De melancolia, tédio e outros males franceses. A dura crosta do avesso da glória.

Exley não guardou lembrança da primeira vez em que viu Roy Rysom, embora recordasse nitidamente sua primeira impressão de uma lata de estanho amassada, cuja inscrição gravada na tampa — COMISSÃO DE TÚMULOS DE GUERRA — sugeria um conteúdo putrefato. Recordava que estava lendo, quando Rysom chegou e pôs um jazz no fonógrafo, tirou as botas, jogou-se na cama e começou a se contorcer no ritmo da música. Seu pé, na meia úmida, assomava do cobertor militar, os artelhos se contraindo e descontraindo eroticamente na cadência da música, enquanto os dedos tamborilavam convulsivamente no peito, como mãos de um moribundo. Peter Exley tinha visto homens agarrarem o próprio peito e morrer, e depois serem envolvidos pelos cobertores de praxe. Homens despedaçados no deserto, partidos ao meio por minas terrestres, apodrecendo em feridas purulentas: toda aquela rubra sordidez oculta sob um cobertor militar.

Your feets too big.
Don't wantcha cause your feets too big.
Mad at you, cause your feets too big.
Hate you, cause your feets too big. *

Quase todos os discos de Rysom eram de jazz. A vida com ele era um mar de barulho. O camareiro o chamava para atender o telefone — "Mistah Raisam, capitão Rai-sam". Rysom pedia cerveja gelada aos berros, como os bondes que estrondavam na rua lá embaixo, ou a sirene que uivava no cais do porto, ou o tiro de canhão que anunciava o meio-dia. Rysom dizia que achava engraçado ele e Exley serem australianos e estarem a serviço do Exército britânico. Dizia, "Ei, cambada dos Crimes de Guerra", e uivava como uma sirene. Era capaz de infundir descrença em tudo, desmascarar era a sua vocação. Desconfiado, revirou os manuais de chinês e japonês de Exley, além de seus livros de direito internacional: "Uma boa lorota". Ao abrir uma página dupla de caracteres japoneses, emitiu uma torrente de sons desvairados e paralálicos, sua cômica versão do japonês.

Rysom vivia fazendo imitações: de um idioma, um sotaque, uma personalidade, um homem.

Tinha sonhos e acordava gritando: sonhos, como os do próprio Exley, com homens mutilados e labaredas. Durante a noi-

* Os teus pés são tão grandes. / Eu não te quero porque os teus pés são tão grandes. / Raiva de você porque os teus pés são tão grandes. / Te odeio porque os teus pés são tão grandes. (N. T.)

te, cada qual lutava sozinho a guerra à qual nenhum dos dois conseguia sobreviver.

Em seu catre no quartel, Exley se deu conta de que passara grande parte da vida de soldado deitado de costas, à espera da guerra. Esta lhe havia oferecido um simulacro de propósito, reforçado pelo perigo. O perigo se apagara, qual luzes de uma ribalta, deixando o cenário na penumbra. E lá estavam agora no quartel, ele e Rysom numa paz que já durava dois anos e que os entediava mortalmente. Ambos precisavam cavoucar por ali em busca de um compromisso qualquer para chamá-lo de destino.

Nas primeiras manhãs passadas na colônia, Exley começava cedo. A curta caminhada até o escritório fazia-o passar pelo campo de críquete, pelo clube, pela estátua encardida da rainha e imperatriz reposta em seu pedestal: umas poucas e decorosas centenas de metros que os europeus percorriam a caminho do seu trabalho em estabelecimentos mercantis e repartições públicas — homens curtidos de sol, às vezes na companhia de mulheres desbotadas, aparentemente esposas ou filhas, a bordo de floridos engomados ou de bem passadas pregas. Àquela hora, os turistas também desembarcavam da President Lines em busca de toalhas de mesa, marfim entalhado e jade fosco. Um surto de propósitos matinais parecia levar a algo mais do que o crônico anticlímax do anoitecer.

O porto era uma fotografia antiga, um ressurgimento: navios de guerra cinzentos, cargueiros caindo aos pedaços e vibrantes navios de passageiros com chaminés listradas. E o formigar de sampanas e chatas, e os juncos, com suas velas pardas, vertebradas como leques, e homens pardos e ossudos à popa, lidando com o *yuloh*, os juncos maiores parecendo galeões, e os vapores de cabotagem, distantes de Praya, chegando de Hia-Men ou Chan-Ten, ou da verde Saigon.

O escritório ficava no prédio do banco, o melhor de todos, a torre branca, que havia chamado a atenção de Exley no momento da sua chegada, erguendo-se como um monumento fúnebre: era o edifício mais alto e o único com ar-condicionado. O banco desdenhara das rotações lerdas e históricas do ventilador de teto, em favor do novo clima artificial. Aquele prédio de treze andares era, como diziam, o mais alto que havia entre São Francisco e o Cairo. A Exley cabia, no entanto, um cubículo no térreo, num conjunto de salas ocupadas por colegas oficiais. No salão, um grupo de tradutores constituía a equipe local. Um funcionário do almirantado, emprestado, incumbia-se dos textos jurídicos, e o mensageiro naval ficava em uma cadeira perto da porta.

As três militares trabalhavam na sala vizinha à de Exley: nenhuma delas bonita, nenhuma propriamente jovem. Uma, a srta. Brenda Mills, dava sinais de má índole. Quanto às outras duas, ele não saberia dizer qual era Monica, e qual Norah, e demorou demais para perguntar. As três moravam na pensão Helena May, na parte alta da cidade. Todas elas, cada qual por sua vez, saíram com os oficiais ingleses do térreo, os quais nada tinham de bom para contar. Havia mais uma mulher no escritório, uma eurasiana, descendente de portugueses, a datilógrafa Rita Xavier. Havia ainda duas *amahs* cantonesas que serviam o chá com leite condensado, faziam a faxina e, em sua minúscula antecâmara, riam às gargalhadas, com seus dentes de ouro, das piadas *pidgin* do funcionário do almirantado, que cachimbava grossas baforadas ao passar por elas.

Exley passava as manhãs e as longas tardes estudando uma pilha de fichas de renegados da justiça. O escritório se abria para um terraço calçado de grandes ladrilhos vermelhos, ondulados pela chuva. Raramente usado, o terraço dava para o porto. Lá esvoaçavam as gaivotas e, por vezes, pousava um mergulhão.

Quando fazia bom tempo, Exley saía e se debruçava no amplo parapeito. Olhava para o memorial de guerra, erguido num pedacinho gramado, e para os carros estacionados, as palmeiras estacionadas e para o mar além. O calor logo o fazia entrar. Mesmo assim, ele ganhou fama de devaneador.

Nas noites vaporosas daquele primeiro verão, Exley saía do quartel e ia andando para o leste ou para o oeste, até que as longas ruas se mostrassem inequivocamente chinesas. Passava lentamente por cem mil casebres e pequenas lojas de alimento, roupas, sabão, panelas e cestos de bambu, pelas minúsculas moradas com lanternas penduradas, de onde vinha uma música estridente e onde o cheiro suave do ópio se dissolvia nas emanações da rua. Naquilo que outrora o teria encantado, ele não colhia agora senão uns lampejos de cores estrangeiras e sons ásperos, um fedor de multidão e cozinha, e aquele odor, doentio como o tédio.

Depois de caminhar por uma ou duas horas, escolhia um trajeto diferente para voltar, às vezes pelo cais do porto — alheio aos chamados dos vendedores ou dos pedintes e às ofertas de mulheres cujos corpos franzinos pareciam oprimidos pelos dentes de ouro e os sapatos de plataforma. Era difícil conferir sensualidade àquelas figuras macilentas, ou cobiçar as finas canelas expostas pelos vestidos estampados, cujas fendas iam até as coxas. Roy Rysom alardeava que fazia e acontecia quase toda noite nesses bairros. Entretanto, no fim de suas excursões, Exley geralmente o pilhava jantando comportadamente — ainda que "comportadamente" estivesse longe de descrever os modos de Rysom com os *hashi* — no King Fu, situado na rodovia Des Voeux, onde sempre se reunia um bando de oficiais. Às vezes, Exley se juntava ao grupo de Rysom, entregando-se à algazarra dos companheiros barulhentos e ao clamor dos clientes e garçons chineses a gritarem para a cozinha. Da galeria na parte de cima, ouviam-se os incessantes estalidos e estrondos das fichas de *mah-jong*, os berros e as cusparadas dos jogadores.

Seus colegas militares insistiam nas piadas sujas sobre homens solitários. Quando um deles ironizava a si mesmo, Rysom exagerava na gargalhada — sua necessidade de vantagem era tão vigilante quanto o medo. Caso voltassem juntos ao quartel, ele, fazendo-se profético, alertava Exley contra suas expedições na cidade chinesa: "Imundície".

Naquelas primeiras semanas, não havia senão imundície na mente de Peter Exley: uma película recobrindo o Oriente, um vibrar de suor ou excremento. Um corrimão ou maçaneta que os dedos relutavam em segurar, paredes e objetos encardidos de existência, o flácido e sujo dinheiro colonial, notinhas enrugadas e murchas, como a escória de um desbotado veio central. Exalações amoniacais, ou piores, nas alamedas pavimentadas ou sob arcadas rebocadas. Crianças de cabeça rapada, cobertas de feridas, nucas cinzentas de bebês oscilando, soltas, no pano que os prendiam às costas das mães. E nas calçadas, inevitáveis, os coágulos e bolhas do escarro tísico misturado com sangue — que Rysom chamava de "ovos quentes". Em meio a semelhante sordidez, nada podia parecer inocente, nem mesmo as crianças ou os cachorros chow-chow que perambulavam nas ruas chinesas, nem as galinhas esqueléticas a ciscarem no lixo.

Aquilo que não angustiara o soldado Exley no Egito ou no Sul da Itália, agora o repugnava. Ele ansiava pelo mínimo de asseio que, de certo modo, associara à paz. Ao voltar ao quartel com Rysom, disse: "Agora percebo que vim para cá com o intuito de ser bem alimentado e alojado, tendo quem me servisse. Vejo que era isso que eu tinha em mente".

Rysom abriu a porta do quarto com um pontapé. "Bom, camarada, uma vida de luxo é isso."

O pior era o calor. No Norte da África, o sol era neutro, um horror imparcial da guerra. Agora, cessadas as hostilidades, o calor assumia suas verdadeiras cores de inimigo. Os privilegiados da colônia fixavam-se na encosta da montanha. O resto se refugiava na caridade de qualquer sombra ou viração do ar úmido. A cidade nunca refrescava: as ruas e os becos cozinhavam a noite inteira à luz da eletricidade nua ou dos lampiões. Pele seca era o luxo supremo, mesmo para os privilegiados, mesmo num delicado corpo branco. A luxúria, caso houvesse energia para ela, só se consumava na espuma do suor. E, sem dúvida, o mesmo se dava com o amor.

A datilógrafa portuguesa de Exley, a srta. Xavier, era magra e devia ter uns trinta anos. Pele de pêssego com minúsculas sardas marrons, de pêssego; cabelo preto e liso, e não muito abundante, virado nos ombros. Na garganta, na suave depressão exposta pelo vestido ocidental, um pequeno crucifixo de ouro palpitava como um coração. Os dias de aluna em colégio de freiras pairavam sobre a distante srta. Xavier. Alguém — Brenda ou Monica — contou a Exley que as quatro irmãs de Rita eram freiras.

"Eurasianas", Brenda lhe disse, "conservam um sistema próprio de castidade. Não vale a pena se meter."

Seria agradável refutar a dogmática Brenda. Mas, na verdade, a srta. Xavier, de boa família, mantinha à distância o sr. da Silva, o chefe dos tradutores. Ele, por sua vez, era condescendente com os colegas. Todos tratavam os chineses com rispidez.

Peter Exley escreveu em seu caderno de anotações:

Formada a partir de uma mistura de raças, esta comunidade se diz de origem portuguesa, devido aos estabelecimentos jesuítas de Macau. Traduzem do inglês para o chinês e vice-versa. Não me refiro apenas à língua, ainda que seja essa a sua atividade essencial. Quero dizer que essas pessoas formam uma ponte pela qual os negócios se concretizam de maneira racional e se exerce o poder. São desprezadas por ambas as facções e mal pagas, embora sejam indispensáveis e sumamente prestativas.

Se ele escrevesse tal coisa aos pais, em Sydney, sua mãe responderia: "Que interessante, meu bem", e guardaria a carta junto com todas as outras numa caixa de papelão. Diria a uma amiga: "Peter é sempre tão solidário com os humildes!".

Ela não podia sugerir abertamente, mas dava a entender que uma boa moça haveria de redimir seu filho da inquietude — sem perceber que esse filho, cujas andanças nada tinham de fortuitas, já estava mais do que redimido em certos aspectos. Seu marido, quando solicitado, virava mais uma página do *The Sun*, observando: "Vai dar tudo certo" — habitual invocação do destino usada pelos homens australianos para pôr um ponto final à especulação. Ele tinha desistido de esperar sensatez no filho mais velho, cujo amor pelos livros não levava a nada, e que dissipava o que lhe restava da juventude vagando por pequenos países superpovoados, aprendendo línguas mortalmente inimigas, como o italiano e o japonês.

Entrementes, as impressões genuínas de Peter eram enviadas a Leith, cujas cartas no momento o confortavam, oferecendo-lhe certa dose de companheirismo inteligente, que, para Exley, no seu isolamento, comprovava a existência de um convívio anterior. Tinha observado como Leith, embora mais reticente que ele, reagia às novas circunstâncias como o faria diante de uma vida recém-inaugurada, vivenciando a antipatia ou o encanto como a matéria essencial dos dias finitos, permanecendo, todavia, acessível aos sonhos acalentados. Com o alívio que proporcionaram um ao outro, Leith resgatara a proximidade, conservando-se fiel ao fugaz juramento de cada homem em combate: se eu escapar desta, as horas serão feitas para se contar.

Agora Leith esperava passar por Hong Kong no outono. Com cautelosa cordialidade, Exley examinou as trocas que a retomada de contato poderia ensejar, não de uma vez, mas gradualmente, ao longo dos dias. Perguntou-se sobre as mulheres na vida de Leith. Havia notado a mocinha, que era extraordinária, a criança trocada pelas fadas — consciente de que os homens manifestavam o amor quando não têm outra saída.

Em agosto, Peter Exley fora incumbido de interrogar um oficial japonês acusado de cometer atrocidades com prisioneiros de guerra. Já tinha reparado no homem, nas celas atrás do quartel voltadas para a estrada particular arborizada que levava à casa do general. O prisioneiro tinha um ar distraído, era miúdo, jovem ainda: membros curtos, cabelos escuros, cortados rente. Às vezes, seus olhos inexpressivos encontravam os de Exley. Nessas ocasiões, era difícil dizer quem era o acusado.

Entre os que forneciam provas, estava o comandante de um navio mercante holandês da linha Surabaya—Kobe. A carta de Exley alcançara esse capitão holandês durante sua viagem para o norte, em Cingapura, e, dez dias depois, desembarcando na colônia, o comandante fora levado a prestar depoimento. Tinha cinqüenta e poucos anos, chamava-se Hendriks: olhos castanhos e secos num rosto enxuto, com um nariz achatado. O próprio corpo, baixo e atarracado, já prenunciava um temperamento taciturno. Ele apresentou suas provas em asserções breves, bem formuladas, num inglês corretíssimo e peremptório.

Tinha sido aprisionado em Tanjungpriok, o porto de Jacarta, no começo de 1942.

Sentado no banco do pequeno escritório de Exley, Hendriks contou sua terrível história com imparcialidade. Uma vez preparados e assinados os documentos, disse: "Vamos ficar alguns dias no porto. Venha almoçar a bordo".

Em um domingo de calor desumano, Exley foi às docas de Kowloon, seguindo as sombras dos armazéns, até ser obrigado a sair do deserto de asfalto, por onde cules transportavam a carga até os guindastes. O navio holandês, parrudo, de um branco sujo, tinha uma superestrutura achatada, igualmente branca, fincada no centro da embarcação. Com marcas de ferrugem escorrida no casco e no escovém da amarra, lembrava a banheira manchada de um hotel velho. Exley foi conduzido a um salão escuro, decorado com esmero, de acordo com o gosto lúgubre e antiquado de Hendriks: as paredes revestidas de madeira, os metais polidos e as pesadas cadeiras que já haviam enfrentado tufões. Na longa mesa, uma toalha branquíssima e pratos de *rijsttafel*.

Hendriks apareceu imediatamente. Sua carne castigada assomava ao colarinho e aos punhos de uma farda branca como a toalha da mesa.

Trouxeram uma garrafa de Bols num balde de gelo, junto com tortinhas redondas, que, na opinião de Roy Rysom, eram recheadas com carne de cachorro. Passado o contraste do recinto fechado, o calor no salão se tornou insuportável. A condensação escorria dos copos gelados e formava uma poça de goma branca em torno do balde de gelo.

À mesa, foram servidos, em silêncio, por um malaio e dois chineses.

A elaborada provação da bebida, da comida pesada e dos molhos picantes consumiu vagarosamente a tarde. Parecia mais fácil se deixar ficar do que abreviar a coisa, já que Hendriks se mostrava pouco disposto a uma despedida brusca. Exley não gostou da rispidez com que ele tratava os empregados, distribuindo ordens sem dispensar um olhar, nem da sua indiscutível presunção ao direito de se enfastiar. A bebida fora se depositando nos olhos e nas têmporas, pulsando em anéis purpúreos. Os silêncios eram prolongados, ouvia-se o gelo escorregar e cair, tilintando no balde e nos copos, e os dois homens esfregavam delicadamente os olhos e a face como se estivessem chorando baixinho.

Exley percebeu que Hendriks estava prestes a falar.

Perfumadas com sândalo, chegaram toalhas quentes. Hendriks ofereceu charutos de Havana e marasquino de uma garrafa bojuda: "Vamos tomar um trago". Seu cabelo, talvez castanho-claro num dia fresco, estava escuro de suor e brilhantina.

Ele disse: "Esse japa", pronunciando *tchapa*, "Esse nosso japa, até que parece bem normal, não acha? Sim. Era cadete, um privilegiado. Aí, ele vai à guerra, amarra os prisioneiros em árvores para os exercícios de baioneta e come carne humana, de preferência o fígado. Pois é, basta tocar o nervo para o selvagem aparecer." Hendriks escolheu um charuto e, com uma pequena lâmina, cortou a ponta. "Você também esteve na guerra, viu isso com os próprios olhos."

Exley disse: "Eu não confundo combate com perversão. Nem vida militar com sadismo. Não sei se você me acha ingênuo".

"Não, claro, penso como você. Há crueldade até mesmo fora do campo de batalha. A gente olha nos olhos de um homem e o mata friamente. Joga uma bomba e não relaciona esse fato com as conseqüências. É assassinato ou guerra? Ou será que a guerra não passa de assassinato? É isso que a sua comissão pretende decidir."

"Você acha que é pretensão?"

"Desculpe, na verdade a palavra correta seria *prétendre*, 'reivindicar'." O holandês tragou o charuto, pousou o tornozelo no joelho. "Olhe. Eu estava em um cargueiro no litoral da França, quando a Holanda foi invadida. Era meados de maio de 1940. Estávamos desarmados. O nosso capitão era um baixote menor do que eu e com pernas tortas. Feio como o diabo. A gente estava indo para Roterdã, quando ouviu a notícia pelo rádio." Longa tragada no charuto. "No dia seguinte um submarino emergiu diante da nossa proa.

"O jovem capitão do submarino — nos submarinos eles geralmente são moços — plantou-se no deque com um megafone, acompanhado de dois marinheiros de metralhadora em punho. Declarou-nos prisioneiros. Foi o que disse o alemão decente, moço ainda, mas da antiga escola. Se não oferecêssemos resistência, não nos afundaria. Não. Só nos obrigaria a rumar para um porto ocupado — talvez o de Roterdã mesmo — e, uma vez lá, ele nos entregaria às autoridades e faria o que bem entendesse com nosso navio e nossa carga."

Hendriks pressionou o guardanapo contra a boca, os olhos, e suspirou.

"Ora, todo mundo tinha uma vida a preservar, uma família. Nosso comandante tinha quatro filhos. Sensato, colocou-se na ponte, procurando negociar. Enquanto isso, o submarino se aproximou devagar, até ficar bem sob a nossa proa. Então ele deu uma ordem repentina: avançar a todo vapor. E nós investimos contra o submarino e partimos tudo ao meio — o submarino, o jovem capitão e o resto. Eles afundaram feito pregos — você sabe como é. Seguimos adiante sem olhar para trás, para os sobreviventes, e só paramos em Plymouth, deixando a água fendida na nossa esteira. Em Plymouth, bebemos, rimos, estávamos orgulhosos." Da sua cadeira, Hendriks virou para Exley o perfil de nariz mole. "Até que foi bom, não?"

"Eu não diria que foi bom. Mas era a guerra, vocês se defenderam."

"Foi exatamente isso que nós dissemos. E o nosso japa? Será que ele também vai se sair com uma justificativa do tipo 'represália pelos horrores presenciados ou sofridos'? Você diz que ele sentia prazer na crueldade. Pois nós também nos regozijamos com ela, isso eu garanto. Acho que nunca mais fomos tão felizes, nem antes, nem depois. Aquele homem bom, devoto e feio, que era o nosso capitão, transformou-se em assassino de uma hora para outra. E adorou o resultado. Claro que ficamos contentes por ter salvado a nossa pele e com o gosto da vitória. Mas também ficamos contentes porque aqueles homens morreram e porque nós os matamos."

Hendriks jogou fora um bloco de cinzas. "De todo jeito, tornei a embarcar, cheguei a Portland, segui para Jacarta e acabei capturado de qualquer maneira. Prisioneiro de guerra — esse era um conceito ocidental que os japoneses queriam adotar. Por sua competição com o Ocidente, permitiram que alguns de nós sobrevivessem. Se conhecessem minha família, teriam me despachado logo no começo." Fitando Peter Exley nos olhos: "Sou meio javanês. Você não reparou?".

Exley o encarou.

"Pois é, minha avó era das Índias Orientais. Você não tinha percebido? Olhe só os pezinhos, as mãos, o nariz." Mostrando-os desapaixonadamente, apontava para o sapato branco apoiado no joelho, como se estivesse separado do corpo. "Na Holanda todos sabem, em Java também. Os holandeses não são como os ingleses. Nós, os holandeses — repare no que eu estou dizendo —, nós, os holandeses, fornicávamos com as *indigènes*, às vezes nos casávamos com elas. E há muita gente como eu." Refestelado na cadeira, mostrava o perfil ondulado. "Um dia tudo isso não vai significar nada."

"Sei lá se significa alguma coisa hoje."

"Ah... a casta continua sendo uma grande vantagem. Para desafiá-la, ainda é preciso sofrer. A tolerância, a distensão... isso ainda está muito longe. Longe demais para você e para mim."

A revelação tornou impossível levantar-se e ir embora. Exigia o tributo de certo interlúdio, não poderia haver pressa. Terminada sua alocução, Hendriks mergulhou em um silêncio oracular, a seu modo. Exley se demorou meia hora, o navio a derreter ao seu redor. Por fim, os dois se despediram com a promessa de um reencontro, quando o holandês voltasse a atracar no porto. Era evidente para ambos que isso não ocorreria.

Em setembro, as noites ficaram mais frescas, e, no quartel, solicitaram grossos cobertores de inverno. Um alfaiate chinês da estrada Queen tirou as medidas de Peter Exley para a confecção de um terno de lã cinzenta. A alfaiataria, no primeiro andar, chamava-se Old Bond's Treat. Mas o alfaiate, sempre sonhando de olhos abertos, não fazia nada, a não ser adiar as provas.

Rysom disse: "Esse pederasta é viciado em ópio".

No banco, os vapores refrigerados se misturavam visivelmente a fumo de cachimbo. A srta. Rita Xavier agora usava um casaco de linho nos ombros, enquanto datilografava, e protegia as pernas esbeltas com meias de náilon. Com o outono, seu aspecto virginal transformara-se em ar de solteirona.

Na sala contígua, a volumosa Norah dava soquinhos em seus culotes, gritando: "Nossa, como estou gorda!". E a desgrenhada e morena Brenda franzia as sobrancelhas nunca pinçadas — tal como fizera certa noite em um baile a bordo, ao retribuir o tímido beijo de Peter Exley. Em compensação, a expressão de Rita Xavier permanecia quase impassível. Se era verdade que os ocidentais haviam contribuído com as nuances de expressão do rosto humano, perguntava-se Peter, isso merecia elogio ou condenação? Seria a emotividade em si algo de que se deveria ter orgulho?

Em seu caderno, Exley escreveu:

> A srta. Xavier não gosta de falar chinês diante de nós, "europeus". Eu a ouço dar ordens às faxineiras do escritório — uma mistura de mandarim, cantonês e até *hakka*, que ela aprendeu na infância com as *amahs*. Tem um bom francês, ensinado pelas freiras. Um pouco de português, imagino. Um inglês excelente, refinado, mais bem articulado do que o meu. Tem um ótimo vocabulário, curiosamente sem a menor relação com conhecimentos literários: escolhe as melhores palavras, como se faz nos países latinos, por falta de alternativa. Conta que teve uma governanta inglesa, uma moça casada com um suboficial enviado a Hong Kong entre as guerras.

Tendo chegado a governanta, Exley fechou o caderno. Tratava-se de moça educada, de boa família, condenada pela insensatez no amor ao isolamento dos postos coloniais mais subalternos. A colônia era um remanso na época, eclipsada por Xangai. Xangai era o lugar onde valia a pena estar. A solidão daquela existência, a injustiça. A desfalecente sempre-viva, os achaques, as modestíssimas economias. A implacável boa família: "Foi ela quem fez a própria cama". E a cama perdendo a magia. Uma Amanda ou Cassandra qualquer que ficara entre a cruz e a espada no meio de duas guerras.

A eterna questão das mulheres, a ausência de mulheres, de mulheres sempre-vivas. Até mesmo as azedas Brendas eram solicitadas, para não falar das belas Camillas, as rosas inglesas. Nesse aspecto, os limites raciais eram silenciosa e implacavelmente demarcados. Hendriks, o oráculo da banheira enferrujada, tinha toda razão: para desprezar a ordem estabelecida, é preciso não ser descuidado, pois, na certa, ambos os lados vão lhe infligir sofrimento.

"É terrível", Monica ou Norah disse, "ter filhos mestiços."

No fim de tarde em que Monica, Brenda ou Norah disse isso, Peter Exley estava com as três a caminho da pensão Helena May. Tinha sido convidado para o chá, pois era seu aniversário. Haviam subido pelo parque e passado pelo quartel. Estava frio quando subiram. Simplesmente parar de transpirar já era um convite à reflexão, e Exley esqueceu as companheiras.

Monica lhe deu a dica: "Trágico, não acha?".

Suspeitavam que ele nutrisse grandes idéias, mas sem coragem de manifestá-las.

Exley disse: "Bom, isso acontece".

Risos, como se diante de uma frase audaciosa. Há mulheres, ele pensou, capazes de paralisar os melhores impulsos de um homem.

Peter observou: "Pelo que vejo, a mestiçagem é indispensável aqui".

Brenda disse: "Assim como a virgem Rita". As três se puseram a rir, parando para fazê-lo com mais veemência.

"Aquela freira."

"Tão freira quanto as irmãs."

"Madre Rita."

"Santa Rita."

"Um tanto antipática para ser santa."

"Santinha do pau oco."

Exley não podia seguir adiante nem ficar atrás. Umas árvores mais salientes lhe sombreavam o rosto. E havia aquele cheiro de vegetação apodrecendo, que outrora ele confundira com saúde.

No imponente hall da pensão, equilibrando o cálice no braço de um sofá de vime, Peter observou as disputas: mulheres gordas se atropelando para se servir de bolo e de um açucareiro com pinça de prata, atirando-se nas rosas do chintz das almofadas jogadas e acariciando, quase com abandono, o labrador medroso e babão da proprietária solteirona. O salão arejado, a luz da Ásia e os estranhos lírios-vermelhos do vaso nada podiam fazer por elas.

Brenda estava sentada à frente de Exley, com o cabelo preso atrás das orelhas e o maxilar desfigurado por uma valente picada de mosquito, corada de tanto se esfregar no cachorro salivoso. Por mais que implorasse por uma iniciativa de Exley, era evidente que o considerava um pobre coitado. Tê-lo em pouca conta nada tinha a ver com o anseio de ser escolhida e, assim, passar a existir. Mesmo julgando-o um pobre coitado, ela se casaria com ele e lhe proporcionaria uma dedicada forma de inferno. Exley sabia disso. Ambos tinham concordado tacitamente quanto aos elementos, senão quanto ao resultado.

Como sempre, os pensamentos de Exley foram atraídos pelo *páthos* — a imaginação capturada, quando devia se incendiar.

6.

Tendo abandonado o leito, Benedict se instalou na cadeira de Helen. Um médico norte-americano, interessado no seu caso, enviara de Tóquio um novo remédio que proporcionava melhores manhãs ao jovem. Leith chegou quando ele estava terminando o café-da-manhã, um maço de palavras cruzadas ao lado. Bertram lhe enviava as palavras cruzadas do *The Times*.

Helen estava na casa.

Benedict, se a melhora continuasse, gostaria de visitar Hiroshima. Leith concordou: "Claro que podemos fazer isso".

"Helen tem de ir. Se eu não conseguir, Helen vai sem mim." E acrescentou: "Ela precisa fazer alguma coisa sozinha".

"É ela quem diz isso?"

"Não." Benedict explicou: "É muita reclusão. Mesmo na Índia, onde a gente morava fora da cidade, ela podia passear e se distrair. Tinha amigas. E, na época, eu estava bem melhor".

"Hiroshima não é bem um passeio. Talvez seja melhor levá-la a outro lugar." Leith duvidava que os pais dos jovens permitissem tal coisa.

"Nós fizemos aquela viagem fantástica, quase até o outro lado do mundo. Mesmo então, ela era obrigada a ficar comigo." Benedict disse: "Vou contar o que aconteceu em Marselha".

"Foi em Marselha que nós pusemos os pés na Europa. Zarpamos em Bombaim, fizemos escala em Áden, atravessamos o mar Vermelho e fomos parar em Port Said. Minha mãe e nós dois. Helen e eu passamos uma noite inteira no convés, ao luar, contemplando o litoral de Creta, passando por Messina, só para ver o Stromboli ao amanhecer. O motor do navio enguiçou, e nós ficamos à toa um bom tempo no estreito de Bonifácio, com uma magnífica vista da Córsega e da Sardenha diante dos olhos. Helen lembrou que fora lá que John Henry Newman compusera seu hino, em circunstâncias parecidas, e nós dois cantamos furtivamente 'Guiai, branda luz' e choramos.

"Em Marselha, encontramos o porto todo destruído pela guerra. Fomos a pé diretamente do cais para o centro da cidade."

"Pela Canebière?"

"Você conhece tudo mesmo. Era dia de feira, havia diversas bancas de ferramentas e implementos agrícolas. E mesas e mesas de quinquilharias. Minha mãe estava precisando de um pente e entregou o porta-níqueis a Helen, que foi comprá-lo. Tomamos um café amargo, de pé, numa pequena cafeteria sobre rodas. Minha mãe disse: 'Intragável!'. Nunca tínhamos visto árvores em latadas e achamos que talvez tivessem sido atingidas e estavam mortas. No fim da avenida havia um monumento em vários níveis, dedicado aos mortos de todas as guerras. Achamos muito interessante. As pessoas eram simpáticas conosco — dois colonizados que pelo menos falavam francês, graças a Bertram."

Benedict continuou: "Minha irmã queria visitar o monumento. Mas eu estava cansado, e, ao que parecia, era preciso subir muita ladeira para chegar lá. Então Helen e eu decidimos almoçar em um pequeno restaurante perto da feira. Mas minha mãe não deixou: precisávamos voltar ao navio para comer."

"Por quê?"

Benedict riu. "Ora, porque a bordo não era preciso pagar. Nessas coisas, como em tantas outras, somos dependentes. Tal como os reis, eu não levo dinheiro no bolso. Mas, ao contrário deles, não tenho um tostão. Em todo caso, também havia o impulso de se opor aos nossos prazeres. De modo que voltamos ao navio, Helen rindo atrás de nós. Perto do cais, havia uns ônibus azuis caindo aos pedaços — imagino que para levar as pessoas de volta da feira para casa. Em um deles estava escrito CASSIS, e, no outro, AIX, em pedaços de papelão presos à janela. E pensar que aqueles nomes estavam ao nosso alcance. Ao subir a bordo do navio, ouvimos um desses ônibus ligar o motor. Um passageiro do navio chegou, esbaforido, contando que Helen tinha mandado avisar que ia para Aix-en-Provence de ônibus e voltaria na hora do jantar."

"Minha mãe ficou fula da vida. E eu... bom, eu fiquei perplexo de admiração e amor."

O homem imaginou a menina com o casaco que já não lhe servia, indo sozinha para Citeréia na lata-velha azul.

Ben prosseguiu: "Você vai entender. Adorei o que Helen fez não só por ela ter ludibriado nossa mãe, sabendo perfeitamente das temíveis conseqüências: minha mãe faria uma cena daquelas, um imbróglio de Ofélia, Gertrudes e Cláudio. O maravilhoso foi ela ter ludibriado também a *mim*, rompendo o nosso acordo, agindo inteiramente por si mesma. Salvou a própria alma. Cheguei a ter prazer na minha pontada de ressentimento, o que deixou patente a necessidade do gesto dela".

Menos prazerosa foi a longa tarde. A mãe aos berros: "IMAGINE o que pode acontecer com ela. IMAGINE!".

Estirado na espreguiçadeira, Ben não estava muito convencido de que o tráfico de escravas brancas tivesse sede em Aix.

“Ela não sabe nada, será que você não entende? Não sabe NADA.”

“E de quem é a culpa?”

Helen voltara pontualmente na hora do jantar. “Cheguei a ficar com pena dela quando começou a anoitecer, mas ela estava fora de alcance. É impossível discutir com a exultação. Minha mãe lançou mão de todo o seu arsenal, mas Helen estava imune aquela noite. E estava linda. A última gota foi ainda ter trazido um pacote daqueles doces que fazem em Aix, profanando uma vez mais o porta-níqueis matriarcal. E gastando o resto do dinheiro na viagem de ônibus, num *café à la crème* ao ar livre no Cours Mirabeau e na compra de um cartão-postal. Um casal inglês, para quem ela traduziu o cardápio, ofereceu-lhe um *croque-monsieur*, possivelmente compreendendo a situação. Ela chegou faminta e jantou com avidez, ao passo que nossa mãe ficou o tempo todo declarando que não conseguia tocar em nada.”

Ben disse: “Apesar disso, ela, minha mãe, comeu-os mais tarde no salão da primeira classe. Eu quero dizer, os *Calissons d’Aix*”.

Domingo *grisâtre*. Suspensão. Até mesmo a catarata no pequeno vale paira no ar, à espera da segunda-feira. Esta tarde, terminei um esboço da primeira parte do meu texto sobre a China e o estive relendo. Fiquei impressionado com o fato de, a bem da coerência, eu ter sacrificado uma infinidade de impressões e, com elas, alguma verdade vivida. Então, isso precisa ser corrigido. Mas, no seu conjunto, tem cara de trabalho bem-feito.

Úmido dia inglês, no qual penso insistentemente em Aurora. Minhas imagens recorrentes de mulheres aparecem menos como lembranças do que como um meio de restaurar a vida para aquilo que importava e foi transitoriamente eclipsado pela guerra. Faz dez anos já que ela e eu nos conhecemos e nos tornamos amantes; seis, da última vez que a vi. Também percebo que agora tenho um passado substancial — o que significa que já não sou jovem mas, não obstante, que me tornei mais interessante para mim mesmo. Eu costumava pensar que a nossa história, dela e minha, era forçada, até extravagante; hoje vejo que a própria experiência do amor é aberrante, quase sempre, e não se presta à classificação. Uma carta de Aurora esta semana, divertida e encantadora, trouxe-me tudo isso à mente e desencadeou um sonho com ela, com o desfecho previsível.

A recordação se deve também às perguntas feitas pelos meus dois jovens, com os quais eu me permito entregar-me à orgia de tentar respondê-las. Lembranças não isentas de dor. Para dois seres tão enclausurados, suas próprias aventuras já são bizarras o bastante. Eu soube que, no último trecho da viagem ao Japão, eles foram obrigados a passar algum tempo em Hong Kong, devido à captura do cruzeiro *Van Heutz*, atacado por piratas chineses na baía de Mirs, dois meses antes. Helen e Ben iriam nesse navio de Hong Kong a Kobe e tiveram de ficar esperando, hospedados em um hotel de Hong Kong, até que a empresa de navegação desse uma solução para o caso. Eles parecem ter desfrutado o incidente como mais um adiamento. Helen achou que teria sido empolgante estar a bordo quando a embarcação fora tomada à força. Ben e eu não dissemos nada.

Os pais deixaram essas crianças, uma delas mortalmente enferma, percorrerem o mundo sozinhas. Dado o contexto, volto a achar que poderia ter acontecido coisa pior.

Leith pensou que, se respondesse imediatamente a Aurora, acabaria escrevendo uma carta de amor, o que estava totalmente fora de questão. Mesmo assim, não deixava de ser agradável, naquela noite de domingo, escrever tal carta; ainda que não fosse para ela.

Não iria visitar Helen e o irmão. A história de Aurora não era para eles. Estavam às voltas com Carlyle e acabavam de chegar às atrozes despedidas. Naquele dia, Leith ouvira a menina ler em voz alta a palavra *nunca*. Tinham o suficiente nas mãos, e no futuro.

Ficou pensando no nome: Aurora. Ouvira-o pela primeira vez aos dezessete anos, aproximadamente.

Em um sábado dos anos 30, fora ao balé com um amigo chamado Jason Searle. Os dois se conheceram nas últimas semanas de colégio e, tendo se livrado da adolescência antes dos demais, fizeram amizade como homens, não como meninos: Jason era o mais velho, não só por contar dezoito anos completos mas por já ter passado pela metamorfose. Permanecendo amigos, em breve iriam para universidades diferentes. Naquela tarde de sábado, haviam assistido, em um teatro suburbano, a três duetos de grandes balés, uma boa performance. Quando estavam a caminho de Soho, onde iriam jantar, Aldred Leith dissera que o balé clássico seria mais tocante se contasse histórias menos definidas: "Isto é, sem fatos nem nomes. Por exemplo, quem já ouviu falar de alguém chamado Aurora?".

"É o nome da minha mãe."

"Desculpe."

"E combina muito com ela." Então o jovem Jason dissera: "Acho que sou apaixonado pela minha mãe".

Era filho único. Sua mãe tinha sido abandonada — mas, ao que parecia, regiamente compensada — pelo marido, que desertara para o Quênia, quando o menino tinha quatro anos. Jason estivera três vezes "lá" no Quênia, e achara os animais e a paisagem reveladores, mas sentiu-se oprimido pela vida colonial

("Encher a cara pode ser chatíssimo, sabe?") e, como bem se podia imaginar, pelo pai e pela madrasta. Jason achava que, finalmente, talvez viesse a querer morar fora da Inglaterra, mas não nas colônias. Na universidade, ficara conhecido como alguém precoce e maduro. Havia também o brilho de uma personalidade que gerava expectativas. Acabou largando a faculdade, sem se diplomar, e seguiu imediatamente para a Espanha, onde morreu, lutando pelos republicanos, ferido em uma escaramuça insignificante da Guerra Civil Espanhola.

Alguns meses depois, Aldred Leith recebeu um bilhete assinado por "Aurora Searle". Ela lhe agradecia uma carta de condolências, informava-o de que Jason havia manifestado o desejo de que ele ficasse com certos livros e um retrato e lhe propunha que fosse visitá-la uma certa tarde.

Na hora marcada, em um dia de frio intenso, Aldred foi à casa dela, próxima ao Regent's Park. Conhecia o apartamento que ocupava todo um andar de um prédio um tanto imponente, mas nunca estivera com a mãe de Searle. Breve, simples e educada, a carta dela não fornecia muitas pistas.

Leith tocou a campainha à porta dupla, esperando que um mordomo solene o conduzisse a uma pessoa sombria em uma sala sombria. Ela mesma atendeu: Aurora, com uma saia de tweed rosada e uma blusa de seda, o cabelo claro a bater-lhe nos ombros. E disse: "Você está com as mãos frias. Veio sem luvas". Foram a uma saleta que ele nunca tinha visto, bem menor do que a sala de estar, com paredes revestidas de *moiré* e poltronas de chintz. Havia um vaso de frésias na mesa e a lareira estava acesa. Acima da cornija, junto com um par de figuras em antiga porcelana de John Bull e Britannia, havia um velho quadro musgoso com mulheres à beira de um rio.

Ela disse: "Vamos tomar alguma coisa? O que você quer?". Falava baixo, com uma inflexão leve, que lembrava a voz de

Jason. Mas Leith viu que Jason herdara do pai a morenice. A mãe era loira, de olhos azuis.

Aurora pôs lenha na lareira. O corpo e os gestos, sem afetação, eram ágeis. Ao procurar uma garrafa no armário baixo, não se curvou, mas se agachou lepidamente, mantendo as costas retas. Serviu a bebida, sentou-se. "Você escreveu uma carta madura. Coisa de que pouca gente é capaz."

"Ele me ajudou a crescer. Ficou adulto antes de mim."

Segurando o pequeno cálice, ela olhou para o fogo. "Quanto a mim, ele me manteve jovem. Eu tinha dezoito anos quando Jason nasceu. A minha juventude, eu a passei com ele."

Então devia estar com quarenta anos. Aldred Leith, que acabava de completar vinte, viu o pezinho miúdo e o delicado sapato, o tornozelo delgado, a dobra de matéria suave no joelho. A roupa ficava folgada em seu corpo, ela certamente emagrecera. No pulso incrivelmente fino, o reloginho escorregava com seus movimentos. Ela não usava aliança.

Leith viu que era jovem demais para ter morrido com o filho.

A mulher indagou sobre os planos de Leith, e os dois falaram da guerra que se avizinhava. Uma ou duas vezes, ela citou Jason — "Jason achava", "Jason sentia" —, parecendo fazer isso com muita naturalidade. Mas o rapaz entendeu que essa atitude era proposital, para que o filho não se tornasse um caso encerrado.

Ele disse: "Certa vez, Jason me disse que era apaixonado pela senhora".

Antes disso, não se imaginara dizendo uma coisa dessas de maneira tão serena, ousada e íntima, a ponto de colocá-los no terreno da sexualidade. Banais aos seus próprios ouvidos, as palavras lhe saíram involuntariamente, mas sem deixar de ser uma aproximação. E, se ela não tivesse erguido uns olhos desapaixonados, ele poderia ter dito: "Como você é linda".

Aurora tinha prática em eludir a imprudência. Disse: "As coisas que ele queria lhe dar estão na mesa aí atrás. Quer ver?". Quando Aldred se levantou, ela prosseguiu: "Deixou uma folha de papel, estava em sua escrivaninha, com os livros e os objetos destinados aos amigos. Além de outros pedidos". De costas para ela, com um livro pesado na mão, ele a ouviu dizer numa voz baixa, que era nova para ele. "E depois me entregaram uma carta." Ela ia contar mais, porém não quis ou não pôde.

Eram uns trinta livros e um pequeno retrato a guache de Roman Campagna, visto por trás de uns telhados em ângulo. O quadro era de 1780, o nome do pintor, francês, era desconhecido para ele.

Aurora disse: "Como você quer que eu os envie?".

Combinaram que ele levaria uma parte nesse mesmo dia e voltaria outra vez para buscar o resto. Aurora pegou uma sacola de lona. Depois de empacotar alguns livros e embrulhar o quadro, Leith se demorou ainda — hesitante, sem jeito. Aurora acendeu o abajur. Por um instante, acima da luz, seu rosto se mostrou desintegrado e trágico, e as mechas de cabelo, esfiapadas. Quando ela estava pegando a sacola, o telefone tocou.

Com o fone na mão direita, Aurora estendeu a esquerda em um gesto de despedida. Estava dizendo: "Alô... Oh... Sim, se você quiser". Pelo tom, Leith percebeu que ela falava com um homem. Soltando-lhe os dedos, foi embora, desconsolado.

Iniciado naquele inverno, o caso deles se prolongaria até o fim da primavera. Embora não fosse a primeira paixão de Leith, foi o seu primeiro contato com a dor do luto e suas transformações. Aurora, em um episódio que ela nunca haveria de minimizar, perseguiu essa evidência de continuação de sua existência. Tinha o hábito de chorar dormindo, o que ele não suportava.

Também costumava trocar o nome de Aldred pelo do filho, coisa que ele tolerava, por saber que Jason era o centro da ligação entre os dois.

Para Aurora, o amor nunca poderia ser um ato calculado. Mas ela sabia observar e entender a si mesma e não tardou a recuar. Naquele verão, Leith iria estudar na Itália, e ela disse: "A Itália vai suavizar o golpe". E acrescentou: "Vamos nos encontrar sempre". Mas os dois já não eram amantes quando, em setembro do ano seguinte, toparam com o pai de Aldred almoçando em um restaurante perto de Covent Garden.

O filho lembrava do restaurante charmoso, do pai charmoso, da discreta animação ao redor deles, de um certo luxo vermelho-aveludado e da conversa doce. Recordava o pai, ao se aproximar, unindo-se a eles: estava ótimo — o velho Leith só se orientava por dois pólos, o ótimo e o péssimo, sem nenhum trópico intermediário de moderação. Na ocasião, os três procuraram assumir seus papéis. Aldred era o filho. Sentando-se ligeiramente atrás dos outros dois, percebera o que estava acontecendo e o que se seguiria. Nesses momentos, ele dominava a situação, ao passo que o pai, com toda a sua refinada sutileza, fora apanhado na armadilha, predestinado.

Oliver Leith sabia ser, e naquele dia foi, simpaticíssimo. E era bonito e famoso. (Mal haviam se sentado quando um dos garçons, um desconhecido, se aproximou da mesa: "O senhor não é Oliver Leith? Eu só queria dizer que adoro os seus livros".) Mesmo em tais circunstâncias, seu rosto comprido era capaz de mostrar dureza. Mas a dureza do sofredor, do carente, do tipo sério, ávido pelo amor das mulheres. Ele queria menos um paraíso seguro do que a delícia de perturbar a paz alheia. E, aliás, a feminilidade de Aurora era basicamente do tipo que oferecia dedicação suprema: nela, como em muitas mulheres do seu tempo, havia um quê de vítima. Percebendo isso, o pai a atraiu, suspendendo o espetáculo ritual de ceticismo, que, no que dizia respeito ao filho, não tinha feito senão reduzir a nada a comunhão entre ambos.

Aurora foi o caso mais duradouro de Oliver Leith. E ele, o dela.

No Japão, Aldred pensava com acerto sobre o pai, que nunca rastejara para cortejar a fama, embora não pudesse viver sem ela, e que, mesmo desprezando a bajulação, exigia submissão dos que o cercavam. Sem ser um grande homem, era interessante e singular. Sem ser amoroso, era dominado, até mesmo de maneira grandiosa, pelo fenômeno do amor.

7.

"Observo minha irmã, enquanto ela aprende japonês. Nossos antigos papéis se inverteram: agora sou eu que participo das aulas dela. Mas me falta concentração. Assimilo uma ou outra coisa, só que me canso logo. Em compensação, adoro escutar. Talvez você tenha previsto isso." Se eu pudesse viver, queria aprender todas as línguas, ler todos os livros. E ser o sensualista que deveria ser.

Tais eram as especulações desoladas, voluptuosas, de que Benedict Driscoll não podia prescindir.

Helen perguntou a Aldred Leith: "Foi também por causa de alguma garota que você aprendeu italiano?". Por timidez, raramente o chamava pelo nome.

"Foi." E ele disse, "Eu deveria ficar mais alarmado com a sua curiosidade ou com a minha própria complacência? A idéia era prestar o exame do Ministério das Relações Exteriores, um projeto assustador na época. Exigiam conhecimento de línguas neolatinas, e isso era o mínimo. Havia uma vila acima de Florença, em que se podia estudar com um professor, mas era preciso viver *en famille*: o lugar era um encanto, os proprietários, adoráveis, meus poucos colegas, agradáveis. E ficava a uma hora de caminhada de Florença".

Leith contou: "Também havia o fascismo, disseminado na cidade e no campo. À noite, os rapazes travavam combates de gladiadores numa guerra civil desigual. Na casa em que eu estava alojado, o chefe de família, um advogado muito conhecido, perdera o emprego por ter se recusado a apoiar o partido fascista. Por isso hospedavam estudantes. Sem dúvida alguma, éramos vigiados e investigados, mas as excentricidades inglesas em Florença ainda eram um velho costume, difícil de simplificar. Eu estive lá três vezes em dois anos, e as filhas do advogado foram, sim, um fator importante na minha aprendizagem da língua".

"Quantas eram e como se chamavam?"

"Eram duas. A mais velha se chamava Raimonda, a caçula, Gigliola. Sim, eram lindas. Também havia três filhos homens, um deles já recrutado pelo Exército de Mussolini na África. Chamava-se Dario e acabaria morrendo na Grécia." Leith acrescentou: "Essa história não termina tão bem como a de Charlotte".

"Não sabemos o que aconteceu com Charlotte."

"Benedict, esqueça Charlotte. Deixe Charlotte ficar em segurança e ser feliz."

E Helen: "Sim, sim. Que Charlotte seja feliz. Esteja ela onde estiver. Por qual das irmãs você se apaixonou?".

"Nós todos estávamos apaixonados pelas duas. No começo, fiquei louco por Raimonda, a mais reflexiva delas." Delicada, boa, uma criatura muito meiga. "Mas ela era comprometida. Nos fins de semana, chegava o seu belo noivo, que estudava numa universidade em Pisa. De segunda a sexta, eu me sentia livre para desejar Raimonda." E para imaginar que ela, à sua maneira virginal, também sentia algo. "Era um ano mais velha que eu. No decorrer do verão, sentindo que o caso não tinha futuro, voltei a atenção para Gigliola."

Uma menina risonha, inconstante, de seios altos e cabelos mechados pelo sol. "Gigliola tocava flauta e brincava despreocupadamente conosco. Naquele primeiro ano, fui o último aluno estrangeiro a partir, de modo que tive certa vantagem. Nada espetacular, infelizmente. Mesmo assim, ela foi se despedir de mim na estação. De vestido branco e sandálias vermelhas. Enlaçou-me o pescoço com os braços bronzeados e encostou o rosto em meu ombro, de modo que acabei beijando-lhe a orelha, quando o trem ia partir, e seu cabelo entrou em minha boca." Num desespero de impotência e desejo, ele sentira aquela urgência premente até chegar a Domodossola. E continuou a senti-la esporadicamente, além-fronteiras, durante todo o outono e o inverno em que fez jus a elogios nos estudos e cultivou sua amizade com Jason Searle, que logo iria morrer na guerra.

Dispondo de um dinheiro extra na Páscoa, Aldred Leith, com desculpas extravagantes, fez uma viagem extravagante, chegando a Florença ao amanhecer. Do outro lado da estação, estavam lavando a calçada e um bar acabava de abrir. Operários tomavam café, tossiam e batiam os pés de frio. Ao balcão, Leith pediu um *caffè corretto*, não porque estivesse precisando do estímulo do conhaque, mas para comemorar. Passando por ruas maravilhosamente tingidas de ocre, envelhecidas, fragantes, malcheirosas e rumorosas com as primeiras carroças, atravessou o rio e, eufórico, dirigiu-se ao Scopeti, onde, por um antigo passadiço, tomou o rumo do seu destino e do seu amor. A manhã fria e úmida se fizera bela e suave, com os campos a cintilar, celestiais. Morros inteiramente cobertos de íris, pérgulas de glicínias, frondes pendentes de lilases soltando gotas e pétalas à sua passagem. Em um vilarejo de pedra, perto da casa alta e histórica em que mourejavam os descendentes de Maquiavel, duas vacas brancas jungidas passaram pesadamente por ele, puxando um carro vazio e deixando cair, em uníssono, o esterco fumegante.

> Eu uso roupas adequadas, tomo o alimento que me foi destinado e que é só meu: converso com as grandes mentes de um mundo antigo. E dessas discussões destilei um pequeno panfleto intitulado *Sobre os principados*.

O povo do lugar lhe sorria, ao observar sua felicidade, consciente de que o sorriso de Aldred não lhes era endereçado naquela manhã em que ele amava o mundo.

Ele se aproximou da casa por um caminho entre as plantações. Na última ladeira, onde as vinhas, escassamente floridas, se alternavam com as oliveiras, ouviu a flauta. A casa, em sua elevação, era um navio esplêndido, cujo silvo o exortava a subir a bordo. Na entrada de carruagens, o pedrisco se espalhou sob suas botas. No frio hall encerado, ele se desvencilhou da mochila, que mal sentira na caminhada. A música cessou, e a menina desceu a escada correndo, enquanto lá em cima a mãe recomendava cuidado: "*Adagio. Adagio*".

Veio com a flauta na mão. Não era Gigliola, era Raimonda. Gigliola tinha ido a Florença, esperar o trem errado.

O ímpeto foi irrefreável. Ele tomou Raimonda nos braços e lhe deu o beijo pleno que passara o inverno inteiro guardando para a irmã.

Quando Gigliola chegou, agitada, numa pequena charrete por ela mesma conduzida, ele saiu ao seu encontro, espalhando mais pedriscos. Gigliola soltou as rédeas e se atirou — ela também — nos braços de Aldred. E os dois se beijaram. Uma vez mais, um beijo nem um pouco casto — o homem identificando nele o mesmo desejo que, momentos antes, sentira por Raimonda.

Quando voltou para a casa, conduzindo a moça e o cavalinho, a mãe observou ao divertido marido: "Quando as expectativas são altas, as ambigüidades entram em cena".

Raimonda, corada mas calma, apareceu com café em uma bandeja de latão. Devolveu a flauta à irmã.

Ao anoitecer, sozinho no quarto e debruçando-se para fechar as venezianas sobre um cenário em que as flores vibravam na penumbra e uma nogueira se mostrava desfolhada, Leith pôde reviver a sua chegada. O rapazinho, que ele ainda era, estava orgulhoso, exultante, indeciso. E o adulto, já presente, sorria.

Anos depois, ele se limitou a contar: "Eu cheguei".

Helen disse: "Imagino".

Se alguém fosse capaz de imaginar a cena, esse alguém era ela.

Na vila, a situação havia piorado. Tornara-se perigoso manter relações com aquela família, que não tardaria a ser segregada. O noivo acadêmico de Pisa cedera, em prantos, à insistência dos pais, e rompera o compromisso com a moça. Um primo tinha ido com a Brigada Italiana lutar por Franco na Espanha. Outros parentes os acusavam de pôr a família em perigo, o que não deixava de ser verdade. O professor, Lionello, andava desesperado, à espera do recrutamento. As aulas de italiano tinham sido canceladas. "Ele foi me visitar e chorou, pobre Lionello."

Leith disse: "As moças se encarregaram das minhas aulas".

Helen imaginava.

Certa manhã, numa *loggia* com colunas, Gigliola explicou: "O certo é *pá-ti-na*, e não *pa-ti-na*; *cân-di-do*, e não *can-di-do*; *fás-ci-no*, e não *fas-ci-no*".

Gigliola, e não Raimonda.

"*Ótranto*", ela disse, "não Otranto. *Bríndisi*, não Brindisi. *Arístide*, não Aristides." E, com rudeza, disparou: "*Smèttila*", afastando-lhe a mão com um empurrão.

Ou talvez fosse noite e eles estivessem num jardim.

"*La luna calante*."

"Isso nós chamamos de minguante, o quarto minguante." Ele pôs a mão no seio dela. "Gigliola, eu..."

Ela lhe tapou os lábios. "*Attenzione*." E riu.

Havia tão pouco tempo. Havia escrúpulos. Gigliola, apesar da exuberância, tinha dezoito anos e era virgem. Já fora bolinada, mas, até então, com menos avanços. Quando ele voltasse no verão, a coisa se arranjaria por si. Era o que Aldred pensava quando não estava com ela.

E havia Raimonda, cujo comedimento o irritava. Por outro lado, quando a via, alta e esbelta, rindo na cozinha com a alegre cozinheira, lamentava a impossibilidade, pelo menos momentânea, de repetir aquele beijo especial.

Tendo beijado ambas, voltou à Inglaterra a tempo de comemorar seu aniversário.

Quando o verão chegou, tudo se encontrava em ruínas. Por um colega que acabava de chegar de Florença, soube que o pai, Emilio, tinha sido detido e espancado. Obrigaram-no a escolher entre receber cinqüenta chicotadas em público ou tomar, na privacidade, um litro de óleo de rícino. Tendo optado pela segunda alternativa, levantou-se tropegamente da cama dez dias depois e sofreu um derrame. A família fora contemplada com uma multa impossível de pagar e se via diante da possibilidade de ter a propriedade confiscada e, assim, da contingência de ser obrigada a se dispersar.

Tendo recebido essa notícia, Aldred Leith partiu de Cambridge rumo a Norfolk, para conversar com o pai.

"Fui pedir ajuda a meu pai. Ele se limitou a dizer: 'Resta saber como mandar o dinheiro'. Continuei contando a história com calma, pois essa era a única maneira de lidar com ele. Mas, quando ele disse aquilo, fiquei arrasado." Aldred apoiou a cabeça nas mãos, enquanto Oliver Leith telefonava para o seu agente em Londres. "Desde pequenos estamos preparados para a frieza. É a generosidade que nos desarma."

Helen estava chorando precisamente por esse motivo.

"Oliver era capaz de uma atitude como essa. Ainda é, sem dúvida. Então eu voltei à Itália. Meu pai tinha o dinheiro das suas traduções depositado com seu agente em Milão. O agente, um inglês casado com uma italiana, advertiu-me para não ir conversar no seu escritório, e nós fizemos a transação na catedral, encenando uma pequena paródia de devoção num dos bancos do fundo. O dinheiro que levei a Florença superava o valor da multa. Meu pai me pediu que lhes entregasse um bilhete — uma só linha, coisa típica dele: 'Espero ter oportunidade de conhecê-las quando a guerra acabar'. A guerra ainda não havia começado."

No leito de morte, Emilio dissera: "E não cedi". Nunca se filiou ao partido.

Elas estavam quase isoladas. Não havia mais belos pretendentes para as moças. No tocante a Leith, o dinheiro que trazia colocava Gigliola muito acima do seu alcance: ele não podia pedir o que ela talvez desse por gratidão ou obrigação. A própria Gigliola estava apavorada com os horrores e o desencanto da existência. O chefe da polícia local, um viúvo com cara de fuinha e costeletas tingidas de acaju, pedira a mão da garota em casamento. A moça ficou assustada, mas fingiu achar graça: "Aquela raposa velha". Mãe e filhas passavam a maior parte do tempo juntas, dentro de casa. Dois velhos empregados permaneceram estoicamente na propriedade, assim como o jardineiro.

Dos campos chegava o hálito cálido das plantas secando, das frutas amadurecendo, do musgo se desprendendo das velhas paredes. À noite, a fragrância das petúnias. Durante o dia, a enorme cozinha era refrescada através da porta aberta de um alçapão por uma corrente de ar gelado vinda do porão. No iglu dessa *cantina*, Aldred ia buscar a manteiga do almoço ou a vitela do jantar, e as garrafas do encorpado vinho tinto. De manhã bem cedo, colhia verduras e tomates maduros na horta, além de flores, que as moças arranjavam em vasos. Em uma atmosfera de irrealidade e desastre, ele se sentia comovido e feliz.

Certo dia, Leith estava com Raimonda e a mãe, debulhando ervilha. A cozinheira, Agata, trabalhava ao fogão. Ele era o homem daquela casa de mulheres.

A mãe disse: "Aldred tem bom coração".

O rapaz corou. "Nem tanto."

Raimonda o alvejou com uma ervilha desgarrada. "Muito bom. Mas não gosta de mostrá-lo."

E aquela era a moça que ele beijara com tanto abandono.

"Fui educado assim. Colégios rigorosos. Pais reservados." Esperava encerrar a discussão comendo um punhado de ervilhas.

Mas Raimonda retrucou num tom sem rigor nem rancor, quase num devaneio: "Isso era problema deles. Agora é com você".

Ele fora até lá para salvá-las, levando solidariedade. Tinha consciência de um pretenso resgate, ainda maior: sabia que poderia casar com uma daquelas moças e levá-la para a segurança ou para aquilo que se entendia por segurança em 1938. Ninguém, é claro, aludiu a essa possibilidade.

Em 1947, no Japão, Leith, naquele momento podia contar essa história. "Eu era muito jovem. Não só por causa da minha idade. Era imaturo. Se Gigliola fosse muito mais velha e menos bonita, eu poderia ter chegado a tanto. Seria fácil de entender — um casamento de emergência, a separação esperada. Mas casar-me com Gigliola como ela era, levá-la embora e talvez largá-la à deriva — eu não estava preparado para isso."

Benedict sacudiu a cabeça. "Não é motivo para você se condenar."

Leith se levantou. "Se eu tivesse agido assim, Gigliola estaria viva." Disse-o com uma voz que os dois nunca tinham ouvido. "Ela morreu fuzilada." Foi como se ele mesmo não esperasse aquele desfecho.

Não sabiam o que fazer, a não ser abraçá-lo, atitude a que ainda não se atreviam.

Helen serviu chá verde, as mãos inevitavelmente trêmulas. Ela e o irmão ficaram calados, mas estavam emocionados com a história e com o fato de Leith ter feito aquela confidência. Conversaram um pouco. Vendo-o comovido, preferiram não encará-lo. A menina pensou: Como estamos próximos neste instante.

Helen olha para mim como há anos ninguém olha. Talvez como ninguém nunca olhou. E eu a lhe contar essas coisas. Não para fazer tipo, e sim para que ela compartilhe da minha existência. É ela que evoca Aurora, Gigliola, a morte de Gigliola precipita a percepção. E, se eu sei disso, muito provavelmente ela também sabe.

Leith entrou na conversa deles. Estava calmo como antes — e muito perturbado pelo que era incontestável e insensato, e não iria mudar.

Contou-lhes que tinha ido várias vezes ao templo. O vigia estava sempre lá, invisível à primeira vista: "Ele se materializa". Também subira ao alto de uma colina, atrás da casa japonesa, de onde se via um mundo de ilhas e baías.

Disse a Helen: "Vamos fazer um passeio um dia desses".

Ao sair, soube que não havia tal possibilidade. Se a levasse ao vale, ou ao morro distante, acabaria tomando-a nos braços. A sua própria felicidade o afligia. Escreveu a Peter Exley e fixou data para a viagem à China, que o levaria para bem longe por algumas semanas.

Leith preparou o itinerário: primeiro iria ao Norte do Japão e, de lá, a Harbin e Xangai. A seguir, voaria para o Sul e visitaria o amigo em Hong Kong — então voltaria a Kure por mar, pois sonhava entrar no mar do Japão pelo oeste e ver as ilhas. Esperava passar dois meses fora.

No complexo das montanhas, ninguém imaginava sua ausência, nem mesmo aqueles que desejavam vê-lo longe dali. Ele trouxera um pouco de substância àquele simulacro de lugar. Entre os que o amavam, Ben temia morrer antes do seu retorno. Assim como Helen, só que de modo diferente.

Na manhã da despedida, ela também partiu. Haviam organizado uma excursão cultural a Kioto e Nara para os dependentes das forças da Comunidade Britânica. Helen fora convidada, mas não pôde ser dispensada. Não expressou nenhum ressentimento, embora Benedict tivesse passado a noite chorando por ela e pelo seu próprio desamparo. Uma pessoa de posição elevada fizera uma observação fortuita ao brigadeiro Driscoll. ("Dignitário", Ben acreditava, "era um oximoro de uma só palavra.") Um general, cujas mulheres da família haviam partido numa linha de ônibus restaurada, dissera: "Por que a sua filha não foi?". E agora Helen, as malas feitas às pressas, iria viajar sozinha de trem. Sua mãe a veria a bordo, elas se encontrariam na chegada.

"Não querem correr o risco", Benedict disse, "de ver repetido o episódio de Marselha." Quando Ben invocava Marselha, era como Napoleão invocando Toulon, ou Montgomery, El-Alamein.

Ressoante de ecos, o barracão que eles usavam como sala comunitária foi o local em que Aldred Leith tomou o café-da-manhã com os irmãos Driscoll. A iminente partida dele aprofundou a sensação de separação e mudança. Embora Aldred tivesse deixado diversos lugares nos últimos anos, as separações raramente importavam: esquecera que as despedidas podiam criar aquele *páthos* involuntário. Quando os dois chegaram, estava sentado a uma mesa redonda no galpão vazio, pensando nas distâncias que ele, e Helen, teriam de percorrer.

Benedict fora levado para cima para a ocasião. Aki, que cuidava dele, ajudou-o a se instalar à mesa. Então chegou Helen, com o vestido de florzinha, os cabelos claros puxados para trás, presos com uma fita preta, as mãos magras transformadas, pelo nervosismo, em estrelas-do-mar. Os pés nervosos nos sapatos claros. Aldred se levantou. Vendo a agitação dela, Ben resmungou: "Ora, são só cinco dias", e Helen, sorrindo, afagou-lhe a cabeça ao passar. Era a despedida maior, evidentemente, a que mais pesava.

Os homens reservaram um lugar para Helen à mesa de fórmica, entre eles, mas a moça, sem se dar conta, sentou-se diante deles, onde haviam colocado envelopes de chá, café moído e enfeites de papelão junto a uma garrafa térmica com água fervendo. Ela preparou café e pegou uma austera torrada nórdica. E disse: "Queria que vocês também fossem".

Ben perguntou: "Qual de nós dois?".

"Os dois."

Leith afastou a cadeira e apoiou o tornozelo no joelho. Viu-a mordiscar a torrada penitencial e limpar a boca com um guardanapo vermelho. Uma criança, entusiasmada. Uma mulher, e linda.

Ele disse: "Tenho inveja de quem viajar hoje em frente a você nesse trem".

Ela segurou a xícara com firmeza. Umas pinhas caíram no telhado de lata.

Para si mesmo, arrependido, o homem reconheceu: sei que deveria evitar, mas não pude. Foi a rapidez com que ela disse "Os dois". A liberdade dela e o comedimento dele. Como certas mulheres eram pródigas nesse aspecto. E a ocasião estava gerando alguma transparência. Era o homem no trem que ele invejava, o homem que, no ano seguinte, senão naquele mesmo dia, estaria no banco da frente e estenderia a mão e a tomaria para si.

Ele fazia bem em partir, mas não estava contente.

8.

Na manhã da chegada de Leith a Hong Kong, Exley foi a Kai Tak esperar o vôo que chegaria de Xangai. O campo de aviação improvisado — uma pista esburacada e com construções provisórias erguidas em terreno recuperado — lembrava outros cenários, aqueles nos quais esses dois homens haviam se conhecido, até mesmo por causa do peso das colinas escalavradas e das ressequidas montanhas ao redor, em cuja sombra a vida se renovava ou, quem sabe, se refazia. Foi o que Exley pensou em dizer a Leith. O sol despontando, a brisa do mar tão pura. Era o primeiro dia do outono.

Ele estacionou o carro emprestado no setor militar do aeroporto, entre dois barracões pré-fabricados. Dali seguiu a pé até um palco em que toda atividade se precipitava naquele instante, como que por arte de uma força magnética, longe da beira-mar — toda ela concentrada em um negro redemoinho lambido pelas chamas e em uma frenética convergência de veículos e homens. A convulsão se desencadeou primeiro em silêncio e em câmera lenta. Mas logo interveio o barulho: sirenes, motores, o grave rugido explosivo. E um pandemônio de gente a correr e gritar. O próprio Exley se pôs a gritar e correr, ouvindo as mesmas exclamações "Deus misericordioso" e "Minha Nossa" saírem de sua garganta, até ser detido pelo gesto impositivo de um aviador de macacão, dolorosamente queimado de sol, com uma antiquada bandeira vermelha na mão.

"Já temos problemas de sobra sem você."

Um sujeito mais velho, trajando a farda cáqui da RAF, colocou-se ao seu lado. "Entrou voando baixo demais, acabou batendo nas ruínas. Como sempre. Isto aqui é uma ratoeira." O avião acidentado ardia em meio a uma nuvem de partículas; a fumaça preta e as cinzas já os atingiam. Todos suavam em bicas.

Peter Exley perguntou: "É o avião de Xangai?".

O velho atarracado respondeu: "Deve ser".

Peter Exley ouviu sua própria voz dizer "Não", feito uma criança teimosa.

O rapaz da bandeira também disse "Não" e, usando o antebraço, tirava fragmentos incandescentes do rosto e do cabelo. "Não." Estendeu a mão com a bandeira, apontando para além da cabeça de Exley: "Lá".

Peter vislumbrou a forma pintada contrastando com a montanha: um aparelho chegava, prateado, primeiro descendo, súbito erguendo-se bruscamente, inclinando-se, descrevendo um círculo. Uma vez mais, um silêncio ilusório antes que o volume retornasse até atingir o nível do roncar normal, com o rapaz vermelho a dizer: "O de Xangai é esse aí".

E o homem de cáqui indagou: "E esse que se espatifou?".

"Era o do vôo matinal de Cantão, já é o segundo, de maio para cá."

Leith saiu do avião de Xangai com uma fila de passageiros: grave, queimado de sol, a salvo. Sorriu ao avistar Exley em um aglomerado junto ao portão. Depois de se cumprimentarem, quando iam para o carro, Peter disse: "Você viu o acidente?".

"Coitados."

"Pensei que fosse o seu vôo." Zangado, ofendido. "Disseram que você tinha morrido."

"Puxa!"

"Fiquei furioso." Com o fato, com sua própria histeria. Leith tentou, com bom humor, ajudá-lo a superar a história.

Seguiram para a estrada Nathan, que os conduziria à balsa. Ele disse: "É verdade. Senti que você tinha me deixado na mão".

Numa ostentação de vigas e pilares, Kowloon terminava no fim da estrada em que estavam. Do outro lado do estreito, a montanha verdejante e romântica. Leith ia ficar no Gloucester. Disse a Exley: "Dei seu endereço a algumas pessoas".

"Chegaram duas cartas, mas esqueci de trazê-las. Podemos passar pelo quartel no caminho."

A bordo da balsa, ficaram no deque, vendo a ilha se aproximar sobre a água, acima dos juncos, das sampanas, das barcaças e de um navio de guerra norte-americano chamado *Valley Forge*. Restauradas, as mansões se projetavam nos declives verdes; junto à costa, a longa, baixa e descorada miscelânea da cidade. Distinguiam-se os nomes ensolarados de antigas empresas nas fachadas ao longo de Praya — LaPraik, Dodwell, McKinnon Mackenzie — e uma selva de caracteres chineses. Mais adiante, os armazéns enfileirados.

Leith disse: "Sempre gostei disto aqui".

"Eu adoro." Exley parecia comprometido com aquela dose de aprovação, como se sentisse prazer, como se fosse responsável pela ocasião e pelo cenário.

"Estou vendo a catedral, o clube, todos os ícones. O Palácio do Governo agora tem uma torre japonesa."

"Resolveram não demoli-la. Aliás, até que é bonitinha."

"O prédio alto não é do meu tempo. É o banco, não?"

"Por coincidência, é lá que trabalho. O ponto mais alto feito pelo homem — um artefato primitivo que sempre chama a atenção."

"Uma das minhas lembranças mais remotas é a de quando fui conhecer o ponto mais alto de Londres com minha madrinha, uma figura excêntrica: usava chapéu, guarda-pó e polainas lilases. Meu primo e eu subimos uma espiral de trezentos e tantos degraus. O monumento ao Grande Incêndio. Mas valeu a pena ir até lá em cima."

No quartel, Leith sentou-se num baú, enquanto Exley examinava as cartas.

"Obrigado", disse Leith ao recebê-las, e, dando uma olhada, embolsou-as satisfeito.

No baú, a inscrição FARELF.

"Far East Land Forces. É a isso que estou ligado. Não sentimentalmente. Você entende, não é?"

Leith olhou o quarto à sua volta. "Peter, isto não presta. Você não pode continuar aqui." Notando a intromissão do caos de Rysom, perguntou: "Quem é o seu companheiro de quarto?".

Exley descreveu Rysom. E concordou: "Deixei por isso mesmo. Disseram que não havia opção, mas eu deveria ter insistido mais".

Rysom irrompeu quando eles estavam saindo. Exley fez as apresentações. Houve uma leve tensão da parte dos dois amigos, por terem acabado de criticar aquele homem que, com sua rapidez maligna para perceber o que ocorria, disse: "É só falar no diabo que ele aparece, hein?". E, voltando-se para Aldred Leith: "Ele vive falando de você".

"Eu o mencionei duas vezes."

"Acordou de madrugada para ir buscá-lo. Entusiasmado feito uma criança."

Peter disse: "É verdade".

Contrariados, seguiram seu caminho.

No hotel, Leith ficou em um quarto grande, de canto, com varanda e uma vista oblíqua do mar. Os dois saíram e, à brisa, debruçaram-se no parapeito de ferro, enquanto o mundo vozeava na rua lá embaixo. Na estrada Deux Voeux, os bondes estrondeantes, os Studebakers novos e os sinos dos tricitáxis; na rua Pedder, os cules dos riquixás abriam caminho para sua bronzeada corrida aos berros de *Hai-yahh*, enquanto uma fileira de colegas, acocorados no meio-fio, almoçava com a cuia presa entre os dedos grossos e a outra mão movimentando rapidamente os pauzinhos. Passavam estudantes de chinelos e avental, monges budistas queimados de sol e freiras francesas de azul-celeste sob a brancura do véu medieval. E turistas, ágeis em mostrar a carteira, entravam, enfileirados, na Swatow Lace Company.

Enquanto observavam o movimento, um cortejo fúnebre chinês saiu da estrada Queen em uma explosão de cores e vestes e de instrumentos de percussão. Os enlutados seguiam atrás, de cabeça baixa. Os estandartes, com dizeres e franjas, proclamavam as virtudes do falecido — pelo menos foi o que disseram a Peter Exley. Leith disse: "Para mim, a banda está é se promovendo". O cortejo prosseguiu numa grande colisão de címbalos.

As reverberações das batidas começaram a diminuir. Agora, a desgraça já estaria circulando: o morto seria nomeado, os parentes, informados, as existências, arruinadas. Os circunstantes dariam prosseguimento àquilo que, na primeira e gratificante hora, teria parecido suas próprias vidas encantadas.

Leith desfez as malas, virou uma pilha de correspondência e pediu o café-da-manhã tardio. Decerto as duas cartas ainda estavam intocadas em seu bolso. E Peter, indo ao banheiro para remover a sujeira do aeroporto, pensou que, agora, Leith ficaria à vontade para abri-las sozinho.

No espelho do banheiro, o rosto de Exley se mostrou enfarruscado, os olhos, vermelhos. Quando ele molhou a cabeça, finas partículas de brita formaram um círculo na pia, grânulos amarelos se dissolveram. Sua túnica suada, limpíssima de manhã e agora jogada em um gancho, estava igualmente encardida. O parapeito havia contribuído, sujando-lhe os cotovelos.

Quando ele voltou, o quarto estava inundado de luz, as venezianas escancaradas, o ventilador girando. O café-da-manhã em um carrinho. Era evidente que as duas cartas tinham sido lidas, embora houvessem desaparecido. Leith estava sentado da maneira habitual, com o pé apoiado no joelho, as mãos unidas na nuca: distraído, satisfeito.

A carta de Benedict era breve, em caligrafia irregular:

Caro Aldred,

Que saudade! Dois oficiais americanos estiveram à sua procura. Um deles é simpático, o outro não. Acho que são espiões. Ficaram de voltar. Você também, e, no seu caso, ficaremos radiantes. Hoje estou melhor. Helen vai lhe contar como falamos em você e como lhe queremos bem.

Ben

Os dois envelopes haviam passado pelas mãos de Helen. Assim como isto:

Caro Aldred,

Quando você estava em Harbin, nós procuramos Harbin no mapa; em Shanhaiguan, fizemos a mesma coisa.

Quando chegar a Kuang-Tcheu-Wan, pense em nós com o atlas aberto. No entanto,

Mapas são de lugar, não de tempo, nem falam
Da altura ou da cor inesperadas de um edifício
Nem contam onde os aglomerados de gente barram o caminho.

Esses versos falam de Verona, onde Benedict e eu estivemos com Bertram e onde depositei uma rosa no túmulo de Julieta. O triste Newman, no estreito de Bonifácio, contrabandeou para o seu hino um verso de *Romeu e Julieta*. Você já tinha percebido isso?

Ao procurar Shanhaiguan, descobri que "se situa" no ponto em que a Grande Muralha desce para o mar. Por favor, descreva esse lugar quando voltar.

Amanhã, Ben vai a Tóquio, num avião-ambulância, consultar o médico que está acompanhando o caso dele. Ficará uma semana fora. Eu não irei. Sempre tenho medo de que o internem. Ele também. Não tocamos no assunto.

Kyoto e Nara, agora que já se passou um mês, parecem uma alucinação. Falaremos sobre isso também quando você voltar. O americano simpático, dos dois que vieram procurá-lo, levou-nos a um passeio de lancha no meu aniversário, providenciando milagrosamente todo o necessário para Ben nos acompanhar. Ele se chama Tad. É um amor. Fala um pouco de japonês, mas é subordinado ao outro, que é civil. Não posso lhes perguntar por que estão aqui, por mais que pareça irônico.

Não queremos aborrecê-lo com nosso imenso carinho por você, todavia, saiba que permanece o mesmo.

Helen

Quando ficou a sós, Leith fechou as janelas, isolando o barulho da rua. Tirou as botas e o paletó. Pegou as cartas no bolso e se estirou no sofá para relê-las. Teria sido bom falar sobre elas com Peter Exley, mas não quis estragar o prazer imediato. Nos próximos dias, falaria de Helen e Ben. De Helen. Aquele desabafo precisava encontrar o seu momento.

Você vai voltar... Quando você voltar... Fazia anos que ninguém ansiava pelo seu retorno.

Quando estavam tomando o café-da-manhã, Peter havia dito: "Você parece jovem, Aldred, para quem acaba de percorrer mais de mil quilômetros. Quando saiu do avião, eu o achei mais velho. Mas agora essa impressão se foi".

Leith tirou da gaveta o papel timbrado do hotel e destampou a caneta.

Caro Ben,

Imagino que você já tenha voltado de Tóquio. Naturalmente, o que espero é que tenha melhorado esses dias. Nas próximas três semanas, ficarei conhecendo melhor essa região e assim talvez tenha o que contar sobre esses lugares nos quais minhas viagens parecem tomar um ar de despedida. Imagine, caro Ben, como foi agradável para mim chegar de Xangai esta manhã e receber, intactas, as cartas das mãos do meu amigo. Obrigado por isso e pelas suas palavras, que espero merecer. Agora vou escrever a Helen. Você sabe do meu afeto pelos dois.

Aldred

Minha querida Helen,

As cartas, a sua e a de Ben, foram tão bem-vindas hoje de manhã! No período que passei no Norte, estive ocupado e raramente sozinho. Mas ninguém lia Carlyle no quarto ao lado, nem me trazia John Clare com mãos trêmulas. Comprei um volume de poesias chinesas, bem traduzidas, penso, para lhe dar de presente de aniversário. Calculo que você tenha completado dezessete anos.

Lembro-me do poema de Verona, que em breve você vai recitar para mim.

Não sei quem são os homens inquietantes que "foram me procurar". Aliás, é bem possível que sejam investigadores. Atualmente Washington está muito empenhada em erradicar a subversão do mundo todo. O fato de eu não ser subversivo não me ajuda em nada. Se Thaddeus for "um amor", como você diz, certamente não devia estar metido nessa conspiração de Judas.

Rever Peter parece muito natural. Acho que ele está solitário aqui e ficou contente com a minha companhia, tanto quanto eu com a dele. A chegada hoje cedo foi assustadora, pois coincidiu com a queda de um avião local. Peter e eu nos sentimos perseguidos por lembranças da violência da guerra não esconjuradas. No meu caso, creio que agora estão diminuindo.

Quando penso que isso aconteceu tão recentemente, custa-me acreditar que o mundo esteja se preparando para mais uma guerra. Quando penso em Hiroshima, fico chocado e perplexo.

Continuo pretendendo ir de navio de Hong Kong a Kure, embora a viagem por mar demore três dias a mais. Queria entrar pelo oeste, pela passagem estreita. Em japonês, mar interior é chamado de estreito. Como vão as suas aulas?

Que o nosso grande carinho nunca diminua.

Aldred

Ele pôs as duas cartas num único envelope, que endereçou a ambos os irmãos. Segurando o envelope na palma da mão, como que a sopesá-lo, sentiu que fora negligente. Tranqüilizou-se, mas não selou o envelope, pois pretendia reler uma das cartas antes de despachá-las.

Perguntou-se qual seria a idade de Tad.

Como ia almoçar no Palácio do Governo, foi caminhando pela estrada Queen e depois subiu pelo parque. Estava tudo como sempre fora, como se o parque nunca tivesse sido rastelado. No vestíbulo, outro comensal murmurou: "Não vamos ter uma refeição decente aqui, só rações magras para mostrar solidariedade com a pátria". À mesa, Leith se sentou à direita de lady Grantham, cuja conversa também era dispensada em rações magras. A luz ambiente era velada por velhas cortinas. Sentada ao seu outro lado, encontrava-se uma moça de boa família, roliça e sociável: era a bonita srta. Fellowes, envergando um chapéu de flores de seda branca. Solteira, beirava os trinta anos: tinha um belo rosto e parecia gentil. Seus olhos e cabelos eram comuns, quase castanhos. Leith e a moça descobriram que estavam hospedados no mesmo hotel, ela havia muito mais tempo. Entretanto, esse modesto desafio, gentilmente pousado entre ambos, foi esmorecendo junto com as ervilhas enlatadas, a beterraba e a lavanda. E os dois falaram de Yokohama, onde Audrey Fellowes pretendia visitar o irmão, que perdera o braço em Burma no fim da guerra. Um dos convidados, um primo dela, disse: "Audrey se dedica aos aflitos. É muito maternal".

Antes de se levantarem da mesa, trocaram endereços no Japão e na remota Inglaterra com a irônica consciência de que não se encontrariam no Gloucester Hotel. As boas mãos de Audrey tinham um modo judicioso de tirar a caneta da bolsa, de escrever endereços na agenda verde, de alinhar os talheres. É curioso como as mulheres, ele pensou, desenvolviam uma habilidade depois de ensaiar cem mil vezes. Até então, o domínio de Helen sobre as coisas era hesitante, a não ser quando se tratava de um livro.

Mesmo assim, quero que ela cresça, que chegue ao décimo nono, ao vigésimo ano. Só que, com os anos, vêm a circunspecção e o desencantado bom senso.

Embora ainda fosse se encontrar com Exley no quartel do outro lado da rua, ele acompanhou a srta. Fellowes até a estrada Queen e então lhe apertou a mão com a máxima cordialidade. Ambos entenderam, também cordialmente, que era o mínimo que ele poderia fazer.

Ainda naquela noite, Leith remeteu as cartas, lembrando-se de que achara o conteúdo insensato. Lembrou-se de que a palavra que empregara não fora "insensato", mas sim "negligente". Fez suas anotações e cuidou do resto da correspondência. À meia-noite, refletiu sobre o acidente de avião. Poderia facilmente ter sido o dele, como Peter imaginara. Após as correrias da guerra, esperava coisa melhor da paz. Apagando a luz, adormeceu, são e salvo.

Despertou com o ruído matinal da rua Pedder. Um jornal fino apareceu debaixo da porta. No espelho do banheiro, ele parecia cansado, mas tomou o café e leu o jornal. O desastre de Kai Tak estava na primeira página, eclipsado pela manchete anunciando a chegada de Soong, de Cantão, como governador de Kuan-Tong. Em uma página interna, o *South China Morning Post* estampava uma coluna provinciana com os visitantes recém-chegados à colônia, entre os quais se incluía o seu nome, assim como o de C. V. Starr, um importante participante do jogo chinês dos Estados Unidos.

Às oito, depois de tomar banho, vestir-se e deixar um bilhete para Peter Exley, Leith saiu. Em roupas civis, era um homem em branco e cinza como muitos outros, parte da continuidade ilusória. Quase tudo quanto via e cheirava era reconhecível, embora tivesse atravessado a grande convulsão. O recomeço era um exercício de convicção que tinha sua própria realidade. Desde a infância, Aldred Leith desconfiava da realidade do mundo, por ter observado que cada homem tinha a sua versão.

Passeou ao longo de Praya ao sol, satisfeito com o corpo limpo e as roupas civis. O porto encontrava-se em plena efervescência matinal. Leith foi abordado por um grupo de mendigos, quase todos meninos, um dos quais insistia em jogar no seu rosto a cabeça ondulante de uma cobra de papel. Conversou com os garotos e lhes deu dinheiro; houve uma briga, e ele seguiu seu caminho. Para fugir à perseguição, entrou na estrada Chater, onde o porteiro da livraria, um chinês, estava descendo as longas venezianas. O cheiro universal de livraria, a noite toda encerrada no bolor de seus tesouros ordenados, fez com que uma vida passada desfilasse diante dele — como dizem que acontece com os que estão se afogando. Mas como, ele se perguntou ao entrar e pegar um livro e até o cheirar para manter a lembrança, comprovar ou desmentir o mito, a não ser se afogando?

Helen Driscoll com dezoito anos.

Vendo-o dar de ombros e sorrir, o jovem livreiro se aproximou: "Pois não, senhor?". A educada juventude inglesa a se encontrar em semelhante posto avançado: cabelos crespos e escuros, olhos escuros e úmidos, compleição pálida. Nunca nos achamos verdadeiramente bem ou satisfeitos nesses lugares. (No entanto, Aldred se sentia bem naquela manhã, e satisfeito.) O rapazinho, cuja sensibilidade anacrônica parecia anterior à guerra, lembrava a pensativa fotografia da quarta capa de *A poesia dos séculos*. Fazia tempo que Leith dera todos os volumes a Helen e Ben. A Helen.

Comprou o novo romance de um autor em ascensão, uma história de amor durante a guerra, na África Ocidental. Já tinha um mapa militar da ilha, mas achou outro — melhor, por ser mais pessoal, com as antigas mansões e os monumentos assinalados: tanto no tempo como no espaço. Recordou que Helen precisava de um mapa celeste do hemisfério Norte — mas isso a livraria não tinha. Ao voltar para o hotel, passou pela Watson's para comprar pasta dental e creme de barbear. O mesmo estabelecimento sóbrio, mas com as prateleiras repletas de perfumes franceses, esmalte de unha e boas preparações de cremes e talcos — frivolidades não vistas havia anos na Inglaterra, que tinha grande necessidade de uma desforra. No mundo inteiro, os sobreviventes passavam perfume atrás das orelhas, pintavam as pálpebras e espalhavam talco no peito sem pedir desculpas. Não precisavam provar nada. A história, implacável, já o fizera por eles.

Em cidades arrasadas, as moças rodopiavam e trinavam, endereçando olhares aveludados, apesar de tudo o que sabiam. Depositavam rosas nos túmulos dos amantes.

No hotel, Peter estava à sua espera. No elevador, disse: "Olhe, Aldred, é uma pena, mas hoje à tarde vou ficar preso no escritório".

No quarto, Leith guardou os pacotes e mostrou o mapa. "Estou pensando em fazer uma boa caminhada. Conheço o trajeto. A gente sai da estrada Magazine Gap e envereda por essas montanhas, caminha por uns quinze quilômetros. Chega-se a um lugar próximo da baía Repulse." Com o dedo, traçou pontos apagados. "Esse trajeto tem nome: Cavalgada de sir Cecil. Aposto que o tal sir Cec foi um figurão."

"A sua vai ser uma cavalgada sem cavalo." Exley disse: "Se a gente sair agora, eu o deixo no começo do caminho. Ainda estou com o carro". Ficaram de se encontrar à noite. Peter notou o embrulho da Kelly & Walsh. "Posso ver o que você comprou? Eu podia ter lhe dado o meu exemplar. O melhor romance desde a guerra."

Leith havia trocado de botas e estava enchendo o cantil com a água fervida de uma garrafa sobre a mesa. "Quer dizer que continuamos lendo os mesmos livros, Peter?"

Exley se sentiu tocado. Geralmente tinha a impressão de que era o único a se lembrar dessas coisas.

Desceram do carro no acostamento de pedregulho. Era fácil ver o trajeto, que enveredava pela depressão úmida do flanco da montanha, margeado de gramíneas. A respeito desses colmos e folhagens, Leith disse: "Acho que é junco".

"Eu nunca fiz algo assim. Aldred, se você estiver com dinheiro, é melhor deixá-lo comigo, o relógio também. É uma longa caminhada."

O outro disse, sorrindo para relaxar: "Já fiz muitas caminhadas solitárias".

Peter estava preocupado, como em Kai Tak. "E fique de olho nas granadas, essas montanhas estão infestadas."

Leith disse: "Queria que você fosse também".

Mas, era visível, Leith preferia ir sozinho e estava pacientemente esperando que Peter se despedisse. Exley o observou partir, andando entre brenhas e espinheiros, por um caminho juncado de pedrinhas e pontas de granito. Não era um bom lugar para se quebrar a perna ou o tornozelo.

Leith sorriu ao pensar que Peter Exley era a única pessoa no mundo que sabia do seu paradeiro e que, tendo alertado o amigo sobre granadas e assassinos, teria de ir procurá-lo se acontecesse alguma coisa. Aliás, precisaria lhe salvar a vida nesse caso. Então eles ficariam quites — um alívio para ambos.

Tinha consciência de que desejara a partida de Peter para poder andar sozinho e calado. Não havia irritação nisso, nada além de uma necessidade de perspectiva.

9.

Naquela tarde, Peter ficou na chefia de um conjunto de escritórios militares quase totalmente vazios. Com o calor, o pessoal arranjara uma série de desculpas — trâmites, doença, emergências — para não trabalhar durante as horas modorrentas, nas quais provavelmente quase nada acontecia em todo o sonolento Oriente. A sala tinha uma inusitada prateleira de romances e um rádio de ondas curtas, parafusado, como que por precaução, em um suporte na parede. Pertencia a um piloto de Spitfire, que raramente aparecia, talvez por estar convencido de que já tinha feito sua parte e que só recebia telefonemas de mulheres, em geral ansiosas pelo programa da noite.

Exley cuidou dos poucos assuntos que chegaram à sua mesa. Os colegas que entravam e saíam eram tranqüilos, polidos, podia-se dizer quase camaradas. Conseguiam manter o decoro, procurando não se meter na vida uns dos outros.

Peter havia levado o dicionário chinês e um manual de frases organizado pelo seu professor. Enquanto a longa tarde alaranjada se arrastava, ele, como de costume, pensou no resto da sua vida. Um tema em especial era a presença de Aldred Leith, com quem iria jantar e que, conhecendo o passado de Peter, poderia ajudá-lo a decifrar o futuro.

Muito tempo antes, certa noite no Cairo, Exley tinha lhe contado a história de um filho único, passada no agradável subúrbio de um porto remoto, cujas escarpas externas eram assaltadas pelas investidas iradas do Pacífico. Era a história de um filho cujo pai estava sempre no escritório de advocacia e a mãe em casa, pondo a mesa para quando o marido chegasse. No cenário, o tedioso bom colégio em que os meninos — tanto os truculentos como os mais delicados — eram preparados para a mesmíssima maturidade tímida. Ele era um garoto bem-comportado, aplicado em sala de aula, bronzeado de sol, ainda que durante os jogos lhe faltasse um pouco de coordenação. Tinha uma boa turma de amigos e nenhum inimigo declarado. Contava com certo senso precoce, ameaçador, de força não exercitada.

Com onze anos, à toa em uma varanda no fundo da casa de um colega depois da aula, entre os aromas de moitas de lantana e eucalipto seco, o garoto se pôs a folhear o álbum de figuras secretas do amigo, encontrado num baú, no barracão de ferramentas. Havia ilustrações coloridas, páginas inteiras arrancadas de revistas ou cuidadosamente recortadas de bons livros. Havia mulheres nuas, reclinadas, e homens com elas, e uma boa quantidade de carne alva. Mas algo estava errado: nada era furtivo ou ilícito. Ele disse: "São pinturas". Sentia que eram insolentes.

"Bonitas" seria a palavra usada por uma dona de casa numa definição inócua — fora a palavra que sua mãe usara para a exposição de artesanato local na prefeitura de Mosman. Numa plácida área rural, uma mulher exuberante, com os belos cabelos e a roupa a flutuar, leves como o ar, dançava para um homem seminu.

"Posso ficar com esta?"

O amigo, Kevin, receando uma indecência qualquer, disse: "Melhor não".

Enfim, o episódio não deixou de ser um começo. Depois disso, apareceram os livros de arte, alarmantes para os pais e os professores. No começo, o garoto não sabia pronunciar os nomes, o que suscitava a hilaridade do pai e o comentário ressabiado dos vizinhos: "Aqui há alguma coisa errada". Com o passar do tempo, o escárnio de seu pequeno círculo degenerou para uma reverência cética. Havia a percepção de que tudo aquilo acabaria levando a algum lugar.

Os pais do menino contrataram um professor de arte, assim como podiam ter recorrido a um neurologista ou a outro especialista em aberração. O homem ficou impressionado, mas não irritado, com a determinação do menino. Achou que aquilo passaria com a adolescência.

A solidão cresceu nele ao ver-se relegado à não-pátria da arte. Havia a Europa, remota como o paraíso e mais convincente. Havia a França, havia a Itália. Na biblioteca circulante, situada no entroncamento, as duas encarregadas — uma dupla de pele morena, cabelo rente e blusas finas — tinham afixado na parede um cartaz pardo: ROMA. A mãe de Peter achou a atmosfera local insalubre e a pronúncia afetada.

Havia o direito. O pai pôs os pingos nos *is*. Na época, Peter tinha dezoito anos, a família saíra ilesa da Depressão. "Não tenho nada contra esse curso. Podemos pagar a faculdade. Mas não para você trabalhar com essa história de artes plásticas, filho. Aqui na Austrália nós não achamos que isso seja uma coisa boa, você teria de deixar o país, faria sua mãe sofrer. Quero que estude direito para trabalhar comigo no escritório. Pode continuar pintando, mas só nas horas vagas."

A mãe, com suas fracas lágrimas, podia se solidarizar à vontade, contanto que a vontade do filho não prevalecesse.

Ele encomendava belas fotografias, pagas com dinheiro que ganhava em empregos humildes, deixando seus pais constrangidos. Os pacotes levavam de quatro a seis meses para vir de Londres ou Florença: o correio mais rápido, do navio mais veloz, levava dois meses para chegar. Alinari, em particular, não tinha o hábito de responder prontamente.

Ele havia aprendido um pouco de francês no colégio: *Je m'appelle Pierre, je suis né en Australie*. Comprou uma gramática italiana. Estava estudando direito. Lia Homero, Hardy e Tolstoi. Pela primeira vez, se apaixonara por alguém — pela minúscula Pattie, que tocava viola e cujo cabelo claro e fino, quando solto, pendia, mais do que balançava, bem abaixo dos quadris. Ela poderia se sentar neles, como prova suprema de pureza virginal. Pattie tinha ossos de pardal, o palpitar do seu coração era visível sob a plumagem da roupa. Os ombros frágeis mal suportavam o peso do braço de Peter Exley.

Ele a levou para casa, para o chá, e ela chegou menor do que nunca, com o cabelo bege dividido em duas longas tranças. Depois, a mãe de Peter comentou: "Toda força dela está nesse cabelo". O pai, por seu lado, tomou o partido da mocinha — temendo as abominações da história da arte.

As palpitações aviárias de Pattie se reproduziam numa timidez autocomplacente e numa voz que mal chegava aos ouvidos de Peter. Tanto quanto os demais, Pattie supunha que ele superaria os Grandes Mestres e procurava acelerar o processo com uma impertinência ocasional, desviando os olhos puros de *Dânae*, de Ticiano. A viola era para o bem, evidentemente, assim como a afinidade recíproca.

Pattie foi se tornando nebulosa e evaporou.

A universidade lhe deu companheiros. Havia aulas noturnas de estética. Entre os colegas, Peter encontrou certa sensibilidade literária, alguma curiosidade política. Ganhava um pouco de dinheiro dando aulas particulares nos fins de semana. Teve um caso breve e furtivo com a mulher de um professor, chamada Norma, que ria muito, e um prolongado mal-entendido com uma estudante de nome Hazel, que só chorava.

Seu medo agora era ficar preso na Austrália. A guerra irrompera na Espanha, Mussolini havia massacrado a Abissínia, Hitler estava de olho na Checoslováquia. Peter tinha vinte e poucos anos. Se toda a Europa estivesse fadada a desmoronar, convinha visitá-la o quanto antes. Em caso de guerra, se ficasse, seria convocado, enviado a um terreno pantanoso qualquer e acabaria em pedaços. Uma vez no estrangeiro, pelo menos veria alguma coisa antecipadamente. Na semana seguinte ao exame final, no qual ele se saiu bem, comprou uma passagem de cabine no navio *Strathnaver*, que deveria partir para Tilbury dentro de um mês.

Sua mãe chorava toda noite: "Vai demorar um ano para voltar".

O pai, sombrio, disse: "Está bem, mas vamos acabar com isso até o Natal. Sua mãe tem passado poucas e boas por sua causa". Peter podia ver os tremores da mãe no galho, tal como os da emplumada Pattie.

O dia do embarque foi um êxtase que nenhuma angústia conseguiu estragar. Primeiramente, foi preciso passar pelos portos australianos: Melbourne, Adelaide e Fremantle, com seus telhados de lata, recebendo cartas de casa em cada um deles. Somente depois da travessia do Equador, ele se sentiu a salvo. Agora era a vez de Colombo e Bombaim, Áden, Port Said: todos lugares sagrados de peregrinação, as estações da via-crúcis australiana. A bordo, ele soube por um passageiro inglês que em breve se encerraria uma exposição de Giotto, em Florença. Desembarcando em Messina, Peter Exley finalmente pisou na Itália.

Alcançou Florença três semanas mais tarde, tendo passado por estágios inteiros de crescimento. Se chegou a dormir, não se lembrava, mas recordava as madrugadas em que já estava desperto nas cidades antigas e uma noite em que deixou o trenzinho fuliginoso em Cisterna, a fim de entrar a pé em Roma, tendo antes despachado a bagagem. Havia muros escuros em Viterbo e loiras paliçadas em Orvieto. E, na luz difusa de um crepúsculo, viu de relance, pelo vidro embaçado de uma porta, a estação de Florença e uma igreja.

Conseguiu um quarto em Borgo Pinti, em uma casa que hospedava estudantes. Para economizar, sobrevivia trabalhando para um inglês velho, o elefantino sr. Crindle, ofegante e beberrão, veterano de guerra e de esposas, que todo dia saía pesadamente, apoiando-se em Peter Exley e numa bengala de abrunheiro, para comprar uma coisa ou outra e tomar seu café em qualquer lugar batido de sol. Ele falava um italiano trôpego, com uma pronúncia puramente inglesa, e exibia, entre resfôlegos, um repertório de anedotas e um riso adorável, que mais parecia um latido.

No Cairo, em 1943, Exley contou a Leith: "Aprendi muito com Crindle. Ele foi o primeiro a me falar em tolerância e sobre o ponto em que a tolerância acaba. Sabia distinguir as coisas. Fui criado em um país em que a mesmice era uma virtude capital. Crindle legitimava a variedade". E continuou: "Aquela primavera, na Toscana, foi a minha primeira num país decíduo. A primeira primavera do mundo para mim". E também havia as mulheres — todas elas pareciam já ter vivido alguma vez: seus encantos eram inatos como um sonho.

E também havia o fascismo em Florença, em suas formas mais sórdidas. "Isso eu também aprendi com Crindle."

Crindle lhe dissera: "Mussolini é tão ruim quanto Hitler e ensinou muita coisa a Hitler. Você chegou aqui bem a tempo de presenciar o estabelecimento das leis raciais".

"Nós tivemos leis raciais na Austrália por muitas gerações."

Crindle se mostrou assombrado, mas respondeu: "A esta altura, nada mais me surpreende".

Naquela noite no Cairo, Exley prosseguiu: "À sua maneira espontânea, Crindle sabia muita coisa. Um dos estudantes ingleses me contou que diziam que ele enviava informações a Londres. Quando contei isso a Archie Crindle, ele riu". Majestosamente repimpado em sua cadeira de vime no Giubbe Rosse, o paletó de tweed marrom repuxado sobre o peito listrado da camisa como a pele em fase de muda de um réptil superalimentado — um efeito tornado ainda mais convincente pela textura do tweed puído e pelas pálpebras pesadas de Crindle —, e ele dizendo: "Esquivo como o diabo, hein?".

"Diante disso, ele parecia ser uma escolha absurda para um espião. Mas, depois da sua morte, achei que poderia ser verdade. Ele gostava de esgaravatar coisas ocultas."

"Quer dizer que ele morreu?"

"Morreu no ano-novo de 1939, numa época de frio intenso." Exley acrescentou: "Deixou duas mil libras para mim". O inesperado pesar de Exley pela morte de Crindle e as surpreendentes duas mil libras. Na época, Peter estudava na Academia de Belas-Artes, dava aulas de inglês e traduzia a correspondência de um pequeno importador de geléia, chás e bolos, mas mal ganhava para comer. A carta dos advogados de Crindle trouxe sua gratidão e um longo adiamento. E tranqüilizou seus pais, impressionando-os pela primeira vez com os méritos da grande arte.

"O dinheiro estava na Inglaterra. Em todo caso, eu sabia que tinha de sair da Itália, mesmo que adiassem a guerra. Quer dizer, o jogo estava no fim, tanto para mim como para o mundo. Eu nunca seria um historiador de arte. Na Austrália, não tinha base de comparação. Quando cheguei à Europa, não estava em condições de competir com gente mais moça do que eu, que havia passado a vida completamente imersa no conhecimento. O isolamento também havia me tornado arrogante. Eu não estava preparado para deparar com qualidade de pensamento nos outros. Em termos espirituais, o direito não me ensinou nada. O mais doloroso foi ser obrigado a reconhecer, às vezes, uma paixão maior que a minha. A desculpa da guerra permitiu que eu me fechasse em copas."

Ele continuou: "Sempre desisti facilmente".

"Bobagem. Você fez muita coisa."

"Eu venho do país de um único sonho realizado. Ali um sonho não leva a outro, mas termina na sua própria consumação. As pessoas aspiram a uma casa com jardim ou projetam isso num panorama das colinas de Dover, e realizam. As mulheres desejam se casar, seja com quem for, e casam. Desejo alcançado, você pode morrer feliz. Na minha infância, vi muita gente assim por lá, que morreu feliz e ponto final. E esses eram os mais empreendedores. O esforço realizado em nome do meu exótico interesse, de me mudar para o exterior e descobrir dez mil pinturas, aprender uma língua — tudo isso, que meus colegas davam por certo, que supunham ser apenas o início, foi na realidade a imensa proeza em que consumi toda minha energia. Naquele verão, quando o trem me levou para fora de Florença, eu estava fugindo sob o pretexto da guerra." E completou: "Mesmo assim, chorei".

A noite de Hong Kong, com o ar denso feito um caldo, estava carregada dos abomináveis odores da Ásia. Leith foi com Exley a uma taberna de teto baixo, no cais do porto. Peter descobrira o local durante seus passeios: a entrada, aberta para a rua, dava para o mar. Lá uma forte lâmpada elétrica era complementada por lampiões, cujo perfume suave era agradável.

No austero salão da frente, viam-se apenas duas pessoas, o casal que os servia, e os móveis, que davam a impressão de terem sido arrumados ao redor deles. Os dois se sentaram em cadeiras de bambu a uma mesa baixa e quadrada. Com freqüência, passavam por eles clientes chineses rumo ao salão do fundo, evidentemente maior, de onde chegavam uma conversa rápida, enfática, e altas gargalhadas, além de alguns pigarros heróicos.

Trouxeram vinho quente e algumas iguarias. Tendo se preparado naquela tarde que passaram separados, eles podiam arriscar tocar em outra experiência.

"Aldred. Se é que posso perguntar, o seu divórcio está assinado?"

"Está. De acordo com as leis bárbaras do meu país e do seu. A sentença saiu há alguns meses. Eu soube disso em Chungking. Moira voltou a se casar."

"Com alguém que a gente conheça?"

Leith sacudiu a cabeça. "Eu nunca o vi. É um sujeito decente, eu acho, que trabalha com seguros caríssimos ligados à Lloyd's. Não consigo... Puxa vida, não consigo lembrar o nome dele." E acrescentou: "Estive com Moira em Londres. A gente se encontrou para assinar os papéis".

"E como foi?"

"Muito tocante." Revelações desnecessárias. "Foi tudo bem." Curioso, naquele lugar, pensar que Peter se lembrava de Moira. Leith imaginou que Peter não tardaria a dizer: Eu gostava de Moira.

Exley disse: "Ela era adorável".

Serviram peixe cozido, garoupa, com uma crosta doce. Peter prosseguiu: "Lembro que ela era muito capaz, eficiente mesmo, mas que, de repente, podia se tornar engraçada e animada. Firme. Bonita. Não estou encontrando as palavras certas".

"Está, sim. É exatamente isso." Moira deveria estar agora beirando os trinta anos e talvez tivesse um filho. Charlotte também.

"Tenho uma fotografia do casamento de vocês."

"Eu também." Todos fardados. Caras bonitas e perplexas, a gorda dama de honra com os olhos brilhando. Havia gardênias. O oficial superior conduzira a noiva. Aldred se lembrava de Peter no casamento, meio embriagado. Peter não fora o padrinho.

"Dick Summers foi o padrinho."

"É. E o mataram meses depois."

Peter disse: "Você pode se casar de novo". Tirou uma espinha da boca. "Eu quero me casar."

"Se quer minha opinião, Peter, acho que seria ótimo para você. Alguém em vista?"

"Ninguém. No entanto, a idéia — ou, quem sabe, o ideal — me atrai atualmente. Claro que na prática não é tão fácil. Mas a vida de solteiro também não é fácil — tem as bebedeiras, a luxúria, a melancolia. A falta do que fazer, a solidão."

Concordaram que o peixe estava excelente. Vestindo calça e blusa, uma moça viera sorrindo do salão do fundo. Depois de receber o elogio, ela curvou-se e se retirou. No azul-marinho de suas costas, o rabo-de-cavalo grosso e lustroso balançava pesadamente, com vida própria, evocando em Exley, por vigoroso contraste, a inânia da trança sem graça da remotíssima Pattie. Bem longe daquela existência bege, em todo caso.

Ele disse: "Mesmo que houvesse opção, faltaria tempo. Por aqui a gente está sempre de olho na data de uma partida. E duvido que uma mulher desejável se interesse por mim".

"Provavelmente vai se interessar sim."

Os dois sorriram — fosse pelo peixe despedaçado, fosse pelos hashi descartados. As pessoas iam e vinham, trazendo guardanapos quentes e perfumados, chá quente e perfumado. Peter disse: "Antigamente, a gente tinha o cuidado de não se comprometer, de não perder a cabeça. Logo vou fazer trinta e seis anos. Estar sozinho parece um castigo por ter tomado tanto cuidado".

"O preço da vigilância é a eterna liberdade." Leith não achava que ele próprio tivesse sido vigilante com as mulheres. No caso de Gigliola, houvera imaturidade, não cálculo. Só agora sentia necessidade de medir as palavras com as mulheres — de medi-las como fizera na noite anterior, sopesando o envelope na palma da mão.

A impossibilidade, que antes parecia uma salvaguarda, agora se revelava ilusória.

Seus escrúpulos. O escrúpulo era uma medida minúscula, usada, talvez, por um joalheiro ou um químico. Ele nunca lidara, no amor ou no que fosse, com tão ínfimas quantidades.

Percorrendo a Cavalgada de Sir Cecil, pensara muito nas cartas recebidas, as quais lhe proporcionaram um prazer tão simples e tão puro que lhe era impossível sentir que alguma sorte tinha sido fatalmente lançada. Pelo contrário, o que lhe chamava a atenção era a raridade de tal encanto naqueles dias. A aventura da China, sua cópia no caderno de rascunho, não estavam em questão. Entretanto, o contexto da sua viagem era, como ele havia escrito a Benedict, uma despedida interminável. Tudo ocorrera numa grande solidão interior, sem intimidade, sem as exposições da ternura.

Desde o seu casamento e a separação durante a guerra, as mulheres tinham interceptado sua vida em episódios pouco examinados, nunca inteiramente casuais. O próprio compromisso com os prodigiosos meses de existência nômade fora um quase comprometimento com o celibato. A necessidade de mulheres, ainda que apenas pela sua presença agradável, estava, em sua maior parte, ironicamente reduzida. A guerra e a paz o apartaram dos amigos mais íntimos, homens e mulheres. Houvera a virilidade e o tédio da camaradagem, a solidariedade do combate e o alívio — e às vezes não era outra coisa, apesar do que se dizia — de estar livre das provocações e perplexidades das mulheres.

Havia o mundo que ele evocara diante da fotografia do pai: "não amoroso". Já sua mãe tomava todo cuidado de evitar, nas cartas, qualquer oferecimento que o filho pudesse, a esta altura da vida, tomar como uma violação. O pai, a maior parte do tempo, empurrava com a barriga o papel paterno, só o assumindo esporadicamente como um passatempo a que não se dá muita importância e que se pode abandonar a qualquer momento. Entrementes, o filho tinha cultivado a independência — e a valorizava muito ao observar as desavenças da sua geração com os pais. Exasperava-se com emoções não solicitadas, como no dia anterior, quando a aflição de Peter, no aeroporto, o ameaçara com um indisfarçável afeto.

Para dedicar a vida, ele tinha seu novo trabalho e as grandes obras dos outros. Quanto a motivos mais pungentes a que dedicar a existência, houvera, em Paris, a reação do oficial francês: *Aucune.*

Então Peter disse: "E você?". Depois desse devaneio, Aldred, há mulheres em sua vida?

Era evidente que Leith iria responder ao amigo. Mesmo porque a pergunta não o perturbara. Mas ele ficou em silêncio por tanto tempo que Peter Exley quase poderia ter falado de novo.

"Estou gostando de uma menina. Uma coisa inesperada. E impossível."

"Por acaso ela é a criança trocada pelas fadas?"

"Claro." Leith continuou: "Ela se chama Helen e tem mais ou menos a metade da minha idade".

"O nome não podia ser mais bonito. E o resto acaba se ajeitando."

"Com o passar dos anos? Tem muita coisa errada. Ela, por puro romantismo, se imagina apaixonada — ou, ao menos, eu assim acredito. Nesta idade e a esta altura da vida, eu me tornei um cara sério. Nesse aspecto, ela é ignorante, nunca teve vida própria. Não consigo me imaginar — como se dizia — seduzindo-a. Mas também não sou nenhum monge, e nós temos muito contato." Desanimadoras, essas palavras deveriam exprimir um consolo.

"E isso já foi falado?" Peter queria dizer: Você faz amor com ela? Mas temia ser mal interpretado ou invasivo.

"Só no inegável silêncio que pode ser negado em qualquer momento cruel do futuro. O meu papel aparente é o de um tio, muito embora Helen e eu, e o irmão dela, saibamos que não é bem assim."

"E o irmão?"

"Nessa história, é ele, Ben, quem banca o tio. Os pais, duas figuras inveteradamente rancorosas, sempre prontas a odiar, resolveram não gostar de mim. São muito ausentes, mas contam com um preposto, uma espécie deplorável de Calibã, que nos policia. Nada agradaria mais a esses três do que me pilharem em uma violação imperdoável: então, aos olhos deles, eu seria forçado a cair de joelhos." Leith continuou: "Ontem as cartas da irmã e do irmão deram-me uma felicidade à qual dificilmente eu renunciaria. Discretas, como foi a minha resposta".

Puseram na mesa deles um prato de *kumquats* e quatro bolinhos coloridos polvilhados de açúcar. Leith disse: "É muito bom". Não estava se referindo aos *kumquats*, embora as frutas se mostrassem luminosas no prato azul. Falava das conversas serenas e da vida que levavam juntos.

Quando estavam saindo, Peter disse: "Sua companhia é muito agradável, vou sentir sua falta quando você for embora".

"Você precisa ir me visitar no Japão. Pense nisso."

"Eu conheceria Helen e Ben. Ou será que eles sentiriam como se estivessem sendo avaliados?"

"Eles e eu ficaríamos contentes. Agora as coisas precisam mudar para você, Peter." Então Leith pensou em Audrey Fellowes, que também dava a impressão de estar em busca de mudança.

Em certa manhã encoberta e poeirenta, foram visitar a prisão de Stanley, onde os japoneses encarceravam os colonos. "Que desolação", observou Peter quando estavam atravessando a ilha. "Saqueada e, desde então, abandonada." Havia um projeto de construção de moradias no local. Mas, por ora, ninguém se dispunha a conviver com sofrimentos fantasmagóricos. "Foram trazidos para cá no Natal de 1941, com o que puderam carregar — homens, mulheres, crianças —, e aqui ficaram quase quatro anos. Enfrentaram espancamentos, fome, doenças, morte — o de sempre. Depois de Hiroshima, depois da capitulação, voltaram para a cidade, eram os sobreviventes. Recomeçaram do ponto em que tudo tinha ficado. Como você viu."

Peter colhera depoimentos nos estabelecimentos mercantis e nos bancos, assim como na administração colonial. Convocara taipanes, funcionários públicos e as respectivas esposas. Estivera em escritórios elegantes, nos quais a mobília confiscada ainda precisava ser reposta. Percorrera a marquise do terraço superior do Jardine Matheson's para conversar com o Número Um, todo de branco. Subira em um velho elevador do Gilman's ou do Butterfield & Swire para ouvir o testemunho dos Números Dois e Três. Ficara em cubículos com os empregados subalternos da Green Point Cement Company, ou aguardara em escritórios abafados, entre funcionários chineses e os infalíveis portugueses, ouvindo a barulheira do ábaco, a tosse atormentada e a miscelânea de línguas. Até que o inglês aparecera à porta: "Muito bem, entre". O escritório austero, a pilha tediosa e lucrativa de papéis sacudidos pelo ventilador de teto, o porto rumorejando pelas frestas das venezianas. A escrivaninha de pau-preto, as cadeiras rangentes. Cenário improvável para quem quisesse fazer fortuna.

Ele disse a Leith: "Cenas de Joseph Conrad. Homens de Conrad passando pelo porto e narrando aventuras. Nem todos eram fleumáticos, mas a maioria era. Nem todos eram impressionantes, mas alguns sim. Ninguém se desmanchou em lágrimas durante o relato. Em geral, pareceram indiferentes ao destino de seus captores e torturadores, ainda que alguns destes tenham ficado na lembrança como muito piores do que outros. Os que conversaram comigo demonstraram mesmo foi desprezo pelos compatriotas que se comportaram mal no campo ou que — conforme confessavam, quando ficavam mais à vontade graças a alguma técnica — colaboraram por fora".

"Foram gentis comigo, muito simpáticos." Acompanharam Peter até o desgastado elevador ou a escada de linóleo rachado: "O senhor precisa ir almoçar conosco, vou mandar a patroa telefonar".

Quando a esposa telefonava, ele ia. Acomodava-se sob um toldo na baía de Deep Water ou de Shek-O, antes do almoço de domingo, com o eterno gim e os deliciosos camarões: sol quente, mar verde. Havia o vaivém das indistinguíveis empregadinhas, e, no chão, o terrier expatriado. As mulheres da colônia, flácidas ou exuberantes, cobertas por uma fina camada de suor. O visitante inglês — um rapazinho delicado como um lírio ou a robusta filha de um coronel da reserva. Panos rendados sobre o mogno, prata georgiana. Nas paredes úmidas, gravuras de caça, desbotadas. A criada engomada segurando a bandeja. A filha do coronel comentando: "Todos eles têm esses dentes maravilhosos, deve ser por causa do arroz".

Assim eram os dias dessas pessoas, uniformemente renovados. Assim como suas noites ou seus sonhos abomináveis, mas isso eles jamais revelavam. Peter disse: "Eu não era jornalista nem assistente social. Não estava lá para interrogar ou julgar. Precisava da experiência deles mais do que eles tinham necessidade de narrá-la. Era uma gente obrigada a reinventar a privacidade em condições em que não havia nem sombra de privacidade. Eu não estava lá para destruir isso". E acrescentou: "Tive uma impressão, nada mais. Assim como eles tiveram uma impressão de mim".

O vento que sacudia o carro era forte o suficiente para atingir as ilhas ao longo de um horizonte de aço, ou as nuvens do outro lado das águas agitadas.

"Com as mulheres, sim, era diferente, principalmente com as que tinham ficado no campo com os filhos. Relembravam alguns absurdos, além de pequenos gestos e muita hostilidade, assim como os nervosos assaltos da fome e do clima. Havia a dor das separações. O pavor dos carcereiros, o pavor das mortes, e a desesperança dos anos que escoavam. E as mágoas que as mulheres alimentam diferentemente dos homens. Certo humor negro, certos prazeres maquinados. Os poucos livros, lidos em voz alta, lidos e relidos. Organizavam-se pequenos concertos quando era permitido, e as que tinham voz cantavam — árias, hinos, cantigas, *Gracie Fields*. Recordavam poemas, compunham poemas. Essas coisas a gente só descobria ao conversar com as mulheres.

"Os homens inventavam ilusões de ordem, coerência, autoridade", Peter continuou. "Entre eles, o chefe dos funcionários civis estabeleceu um minitribunal para ouvir as queixas, as demandas dos prisioneiros. Esse minúsculo judiciário se reunia regularmente para julgar, vestindo farrapos, exibindo feridas e cicatrizes. Quando perguntei a uma das mulheres quais eram as punições aplicadas, ela riu. E disse: 'Isso é que era difícil — como punir quem já estava sendo punido?'. Estava em jogo o senso de forma, imagino, a questão de se manter fiel aos próprios padrões."

E Peter retomou: "Sempre me pergunto como é possível suportar a si mesmo no decorrer dos anos. Conheci um casal que se casou na prisão. E contavam essa história se desfazendo em risos. Muito bem". Já estavam perto do mar. Ele disse: "Bom, chegamos", e desligou o motor.

Naquele dia, Leith almoçou com o general. Vizinha do quartel, a Flagstaff House era branca, em estilo colonial, confortável, com um pequeno parque e uma estrada particular. O vento se acalmara, o dia estava mais fresco, o almoço foi generoso. Não havia outros convidados. Os dois tinham se conhecido durante a guerra.

Com a mudança do tempo, ambos estavam de casaco curto com cinto de brim, o chamado traje de campanha, e vestiam calça de sarja, um tanto quente. O general, de cabelo branco e eriçado junto às orelhas, o rosto um pouco mais avermelhado, com a paz, tinha perdido um pouco de peso. Seu ar bondoso, interessado e adequado ao avanço da idade, era paternal, mesmo no campo de batalha.

À mesa, serviram lagosta, preparada de modo que a carne se soltasse sem muito esforço. O general disse: "Aqui a comida é farta, nós não somos como Sua Excelência, o rei da Inglaterra. Na colônia, dizem: 'Então você almoçou no Palácio do Governo? E onde foi matar a fome depois?'. Nós todos estamos apertando o cinto, mas quem vai se mortificar por uma garfada a mais? A Inglaterra está falida, uma rodada a mais ou a menos não faz a menor diferença. Não peço desculpas por lhe oferecer um bom bordeaux em vez do vinho de dente-de-leão ou do suco de sabugueiro de Kent servidos pelo rei. Já que saímos vivos disso, Aldred, devemos dar valor aos nossos prazeres".

Nossos prazeres. Ele e eu tínhamos matado, ombro a ombro, e incorporáramos esse fato. Ainda me lembro disso, com incredulidade. Os nossos prazeres não poderiam ser tomados como tal, como faziam alguns em batalha. Uma vez, após uma escaramuça no deserto, um colega oficial, que Leith não considerava propriamente degenerado, observara: "Um homem que nunca matou é incompleto, análogo à mulher que nunca pariu". Chegava a se sentir gratificado por adotar a selvageria.

Se eu falasse nisso aqui, agora, com a lagosta e o bordeaux, olhando para o retrato do tímido rei, esse homem reagiria melhor do que a maioria: nenhuma resposta *pro forma*, ele se mostraria consternado com os horrores indizíveis — os campos de concentração, a própria bomba. Mas não a ponto de cair de costas. Naquela manhã no carro, Peter havia dito: "Ninguém se desmanchou em lágrimas". Ora, eles se desmanchavam e se desmancham, coisa que já vi. Mas é como o fenômeno do suicídio na vida de todos nós — o extraordinário é que a maioria não o cometa.

Houvera aquela morte ritual no Japão. E Helen entrando no seu quarto.

Ao sair da mesa, o general disse, vendo que o ferimento de Leith não deixara seqüela: "Parece que você se recuperou daquele problema grave, hein?".

Foram para uma sala maior, menos estofada, onde um mapa detalhado da China, ocupando toda uma parede, assinalava a evolução da guerra civil. Convidado a traçar o itinerário de suas viagens, Leith se sentiu aliviado pela mudança de rumo da conversa. Quando falaram na guerra chinesa, o general se deixou cair em um divã listrado. "Foram extremamente maltratados pelo nosso lado, você sabe. Agora estamos nas mãos dos absolutistas, Aldred, a Inglaterra não tem mais nada a dizer. Nenhuma influência." E arrematou: "Não consigo acreditar que isso signifique não ter responsabilidade".

Mais tarde, passeando no jardim, ele disse a Leith: "Quando a mudança vier e a capital voltar a Pequim, vamos tentar manter alguns vínculos formais, mesmo que seja apenas um *chargé*. Washington pode espernear, mas vai ficar contente no fim. Qualquer outra atitude seria infantil, a aposta é alta demais".

E perguntou: "Você saiu do Exército, Aldred?".

"Por enquanto, não. Mas pretendo sair. Quero mudar de vida."

Vendo-o sorrir, o general pensou, Algum rabo-de-saia, sem dúvida. E também sorriu. Ao se despedir, propôs a Leith: "Apareça enquanto estiver por aqui. Eu gosto de vê-lo. Cuide-se, meu bom camarada". Quando chegou em casa, disse: "Pelo menos esse é um que saiu inteiro", e mandou trazer uma xícara de chá. Os empregados pensaram que ele estava de bom humor — o que, para lhe fazer justiça, não era raro.

Ao atravessar a rua perto do quartel, Leith deu com Peter Exley.

"Olhe, Peter, este é o nome e o número do sujeito para o qual você vai telefonar para arranjar outro alojamento."

"Pelo amor de Deus, Aldred, não diga que você pediu uma coisa dessas ao general."

"Claro que não, quem você acha que eu sou? Pedi ao ordenança. A gente se reconheceu, mais ou menos. Não dei o seu nome, mas, se você quiser, pode telefonar dizendo que foi ele que propôs. Eu o ajudo na mudança se ainda estiver por aqui, quando lhe derem o novo alojamento. Para protegê-lo do seu companheiro de quarto." Ele acrescentou: "Mas só quando eu voltar de Cantão. Minha excursão começa amanhã".

Voltando a pé ao hotel, Leith pensou que, no dia seguinte, Helen deveria receber sua carta.

O envelope endereçado aos dois foi entregue a Helen por Aki, que auxiliava Benedict de manhã. Como o irmão ainda ia tomar o café, ela levou a carta para o quarto do próprio Leith, usando a chave que ele lhe entregara. Na penumbra das janelas fechadas, sentindo o leve cheiro das roupas do homem ausente, com os livros e objetos, agora pouco visíveis, que desfrutavam da companhia dele, roçou com os dedos o timbre em alto relevo do Gloucester e até a caligrafia simples, um tanto espaçada, no envelope: estava contente de poder visualizar o hotel, o mesmo em que ficara com o irmão nos dias de espera em Hong Kong.

Com a espátula do mata-borrão, abriu o envelope e se deitou na cama para ler, enquanto tirava as duas cartas e punha de lado a endereçada a Ben. Ninguém podia vê-la estendida ali, com sua vida se transformando, satisfeita por estar sozinha na cama dele. Ergueu a carta e a leu, depois pousou-a no próprio corpo, cobrindo-a com a mão. Imaginou as andanças de Leith pelo hotel, cujo saguão era uma galeria de mármore verde-claro.

No mármore, que se repetia em todos os andares, a luz da tarde, batendo no verde insinuava uma marca-d'água. No último pavimento, diante do belo panorama proporcionado pelo estreito, havia um bar com mesinhas de vime, um restaurante sério, sem ser solene, e um salão de baile, em que, nos fins de semana, uma orquestra de Manila, com aqueles ternos populares — paletós muito compridos e calças folgadas, de cintura alta e pernas afuniladas, *zoot suits*, em tom pastel —, tocava foxtrotes para casais deslizantes. Um crooner igualmente filipino imitava Crosby e Sinatra, usando um microfone em forma de taça,

I love you for sentimental reasons.
I hope you do believe me,
*I've given you my heart**

ou gritava para o céu noturno do Sul da China coisas sobre Atchison, Topeka e Santa Fé, ou sobre "Chattanooga Choochoo", como se fossem seres humanos e muito queridos. Na pista de dança, os homens da colônia, com leves trajes de noite, aceleravam e rodopiavam. As mulheres vestiam seda. Os casais chineses eram todos esguios e jovens, as moças, invariavelmente, trajavam o cheong-sam. As eurasianas chegavam, mundanas, usando vestidos ocidentais. As luzes, as cores, o ócio, a música e a comida eram típicos dos tempos de paz. Assim como a escassez de fardas e o predomínio de uma juventude sorridente.

Numa tarde de fim de inverno, Helen Driscoll estivera junto à janela do bar, almoçando com o capitão do navio de passageiros em que ela e Benedict fizeram a viagem ao Japão. Ali à mesa, pudera ver a própria imagem na vidraça, almoçando com aquele homem, o panorama extraordinário a se abrir além e abaixo deles. Ela trajava o vestido branco novo de uma loja elegante, que fora um presente. Desde Aix não se sentia tão exótica e extasiadamente independente.

Pediram omeletes de queijo e saladas bem esterilizadas, que vieram acompanhadas de torradas triangulares, crocantes e rui-

* Eu te amo por razões sentimentais. / Tomara que você acredite, / Eu te dei o meu coração. (N. T.)

dosas. O capitão tinha um bonito perfil escocês: nariz fino e maxilar firme. Seus olhos azuis eram jovens. Ao encontrá-la casualmente na estrada Charles, ele a convidara para almoçar; quisera saber de Benedict, que estava com febre, e da partida deles para o Japão. À mesa, falou da morte da esposa, ocorrida no ano anterior, e do estado lastimável da sua filhinha. Quando Helen indagou sobre seu serviço militar na Marinha mercante, ele sorriu: "É melhor nem falar nisso, minha cara". Ele a tratava com modos compassivos e tacitamente indignados — comportamento que Helen às vezes notava em Bertram Perowne, mas que lhe pareceu surpreendente e enigmático naquele homem mais velho.

Ele iria partir quase imediatamente rumo aos portos de Conrad. Helen lhe perguntou se poderia ir a Kure um dia, e ele, ainda sorrindo, respondeu: "Se você estiver lá". Quando saíram, ela desceu ao saguão para se despedir. Parado à sua frente, o capitão afastou os cabelos dela para trás com as mãos curtidas de sol. De perto, cheirava a goma e a fumo, e à brancura daquela farda com apliques dourados. Quando ele se foi, Helen ficou observando-o dobrar a esquina da Watson's e desaparecer para sempre na direção do mar. Tendo tido uma manhã tão agradável, e usado o vestido novo da Pâquerette, ficou surpresa com sua desolação.

Havia uma outra coisa. Uma família inglesa, de antigos proprietários rurais de Hong Kong, tinha sido mobilizada para entreter o rapaz e a moça. E o fizeram com liberalidade. A apresentação se devia a Bertram, que, ao deixá-los a bordo do navio em Nápoles, topou com o dono da companhia de navegação, que fora seu colega de escola: "Olá, Bertie, há quanto tempo!". Se aquele senhor quarentão a caminho do Oriente se lembrava de que Bertie havia emigrado para a Austrália, antes da guerra, para fugir a uma acusação de indecência, indecências, desde então, vinham aparentemente obscurecendo a versão de Bertie. O proprietário do navio e sua esposa foram solícitos com os jovens viajantes e, ao chegar ao porto, providenciaram para que contassem com amigos.

Por isso, Helen e Ben foram convidados à mansão de Shek-O, em um promontório com vista para o oceano. Lá havia almoço de domingo, tomava-se banho de mar, jogava-se tênis e, depois do jantar, a frota pesqueira cintilava com estrelas de acetileno. Benedict — mesmo, então, com melhoras intermitentes — era benquisto, bem tratado. A família tinha filhos altos, inteligentes. Havia jovens entre eles, e todos pareciam alegremente apaixonados — terminado o jantar, comprimidos em um carro conversível, Helen e Ben voltavam à cidade com eles, cantando para a noite "Foggy dew" e "Nut brown maiden" — canções folclóricas, irlandesas e escocesas, traduzidas do gaélico muito tempo antes. Para o irmão e a irmã, era como experimentar, de maneira ameaçadora, a condição natural da juventude.

Na terceira dessas ocasiões, Benedict não pôde ir. À noite, como o grupo era muito numeroso para voltar em um único automóvel, um homem sério e bem mais velho — talvez beirando os quarenta — ofereceu-se para levar Helen em seu carro, que o aguardava com um motorista chinês. Esse senhor também estava hospedado no Gloucester.

Ben e Helen, no hotel, já tinham reparado nele: magro, alto, reservado, de ar pensativo. O cabelo eriçado, como o de um estudante, era prematuramente grisalho. Olhos cinzentos. Vestia ternos confortáveis de gabardine, em tons de areia ou pérola, e imaculadas camisas de listras azuis, mas sem afetação. Em suma, emprestava um toque distinto àquelas ruas fervilhantes. Herdeiro de uma das grandes casas mercantis do Oriente, que levava seu nome, viera da Inglaterra, fugindo do inverno, para se inteirar da situação no pós-guerra. Deixara a jovem esposa em casa, com o filho recém-nascido. Depois de dois meses na colônia, estava prestes a partir; e, no carro, contou a Helen que iria para Cingapura, num vôo na manhã seguinte, primeira etapa na viagem de volta.

No começo, falaram das luzes dos pescadores adiante de Ly-ee-mun — coisa nada banal, já que ele mencionou os tankas, que pescavam tradicionalmente naquelas águas e falavam um idioma próprio. A escuridão era total. Em seu canto, a menina desfrutava a sensação de se encontrar num lugar remoto e dramático; o adulto era uma companhia educada, e as circunstâncias, apropriadas, porque interessantes. O automóvel, possante e recém-chegado da Inglaterra, subiu o escuro morro de Shek-O e desceu rumo à cidade. Não havia nenhuma animada cantoria sobre "Foggy dew", nem "Nut brown maiden", nem "Ye banks and braes" — somente a seriedade cavalheiresca do seu acompanhante, que perguntou com circunspecção a respeito dela e do irmão, interessado em saber como eles passavam os dias. Não estava condescendendo. As respostas que ela lhe dava baixinho combinavam com seu estado de espírito.

Quando chegaram à vibração das luzes, dos odores e dos clamores de Wanchai — o motorista desviava de crianças, galinhas e cães chow-chow —, os dois passageiros se calaram. Helen, consciente de certo constrangimento entre eles, perguntava-se, como costuma acontecer, se ela teria dito algo inconveniente.

Chegaram ao hotel. O motorista a ajudou a sair do Jaguar, gesto que ela agradeceu. E o príncipe mercador, depois de tranqüilamente dar instruções para a manhã seguinte, acompanhou-a até a arcada.

O ascensorista os levou para cima: *sam lau, sei lau*. O homem, Matheson, que sairia antes, ficou de costas para o chinezinho e para a porta; tinha uma expressão concentrada, quase sofredora, e os olhos dele se fixaram nos dela, interrogativos. Quando o elevador parou no seu andar, inclinou-se e tomou seus pequenos seios nas mãos, com firmeza, um instante apenas, e saiu sem dizer uma palavra.

No Japão, seis meses depois, Helen estava deitada na cama de Aldred Leith, segurando a sua carta e recordando aquele gesto de Matheson no Gloucester Hotel, que lhe dera muito o que pensar e sobre o qual ela nunca disse uma palavra a ninguém.

Precisava se levantar e sair. Tad Hill, mais uma vez em Kure, estava para chegar. Ben iria receber sua carta, ainda dobrada no envelope de Leith. Depois ela mostraria ao irmão a carta aberta sob suas mãos: seria artificial não fazê-lo. Mesmo porque a maioria das pessoas julgaria aquela carta inócua. Mas não Ben. E muito menos Tad.

10.

Em Cantão, Leith foi convidado a ficar no consulado britânico, na ilhota de Shamien, que, formada por um aterro, comunicava-se com a cidade por meio de uma via elevada. Leith contou a Peter Exley: "No entanto, sinto que, por ora, já fiz a minha parte pelo Império. Gostei de ver o general, e, no Palácio do Governo, até havia uma mulher agradável à mesa". Divertido com seus próprios rodeios ao preparar o terreno para Audrey Fellowes. "Mas Shamien é uma miniatura, você viu, lá a vida estrangeira fica engarrafada — consulados, bancos, comerciantes. Vou me hospedar na cidade, com um acadêmico do tempo do meu pai na China, que dá aula em Lingnan."

Ao visitar Cantão semanas antes, Peter tinha conhecido Lingnan, a universidade em decadência. Alunos e professores lhe mostraram as salas de aula e os alojamentos de janelas quebradas e paredes rachadas, e a biblioteca saqueada. Tal como a própria China, mostravam-se abatidos, fatalistas, sem nenhuma esperança no presente e com medo do que estava por vir.

A viagem de Peter a Cantão se dera em suas primeiras semanas em Hong Kong, época do seu recuo em relação à presença cada vez mais envolvente do Oriente. Cantão fora sua primeira experiência em terras chinesas. Ele encontrara a cidade miserável e perturbada em meio ao caos. O rio oferecia uma consistência aluvial e uma cor que mais lembravam terra em movimento do que água. Antes de chegar ao mar, o rio Pérola passava por um canal de barragem, mas, em Cantão, dava a impressão de haver chegado ao fim de seu curso, tão forte era a sensação de estuário. Naquele porto ilusório, subúrbios de sampanas alinhadas subiam e desciam com o rio — como se, enxameando na margem, tivessem se mesclado com as pardas habitações em terra firme. Os refugiados da guerra civil criaram povoados oscilantes, até mesmo sobre os grupos de toras flutuantes unidas nos cais das madeireiras. A cidade parecia balançar no próprio limo. Na periferia, seus santuários e estatuarias em ruínas, todos isolados, erguiam-se sobre o sedimento compactado pela umidade ou, no verão, atijolado pelo sol. E, nos outeiros, as tumbas chinesas sempre se apossavam do solo.

Exley não contou a Leith que tinha achado Shamien um alívio — mesmo na ocasião, sentira-se culpado por isso. Ali havia árvores, jardins, edificações regulares, um ar limpo e um bebê rosado num carrinho. Percebeu que a cidade seria diferente para ele se tivesse ido para lá agora, com Leith. Os dois teriam percorrido as ruas opressivas, teriam rastreado as antigas muralhas e pagodes, e os templos budistas do bairro ocidental, do qual Peter tinha apenas entrevisto uma sombra fugaz ou uma crosta abandonada. Mas Leith não sugerira isso, e, naqueles dias, alguns dos casos de crimes de guerra de Exley estavam prestes a ser julgados.

Peter se pôs a ruminar essas coisas enquanto guardava seus pertences no alojamento novo e fresco da estrada MacGregor.

Até isso — o espaço, a privacidade, a vista para o mar e as montanhas — ele devia a Leith. Inevitavelmente, Roy Rysom havia comentado: "Quer dizer, então, que o nosso herói o instalou em grande estilo".

"Assim também sobra mais espaço para você." Justificando para si mesmo até o fim.

Isso aconteceu no seu último dia no quartel. Era noite, e Peter estava acomodando os livros em uma caixa. Rysom, deitado no beliche junto à janela, estendia o braço para fora da cama. Roliços e peludos, seus dedos, mesmo sendo grossos, não eram repolhudos — afinavam-se nas pontas estranhamente recurvas. Como se uma mão potencialmente boa tivesse optado por parar de crescer. Ao lidar com o garfo ou o lápis, Rysom o segurava pelo meio.

Se os dois não fôssemos australianos, isto seria literatura russa: eu debruçado sobre os livros, ele perto da janela, cantando a ária de Lensky. Mas a Rússia literária não era lugar para australianos. Devanear junto a uma janela aberta, na doce futilidade de uma noite amena, ainda estava longe de parecer uma necessidade para um macho australiano. (Mesmo porque haveria a questão da tela para os mosquitos.) E Exley sentia a existência se agitar em seu torpor — não tanto o destino, mas um tremor de mudança. Não poderia recomeçar do ponto em que tinha parado. Certas coisas também tinham ficado para trás. No entanto, em uma vida anterior, ele agira: havia embarcado em um navio e viajado. Aportara naquela que, apesar das dificuldades, era uma vida escolhida. Ainda poderia escolher. A convivência com Rysom alimentava a lassidão — arrastando-o ao fundo do poço, a passividade comum a ambos encarada da absolvente perspectiva da história ultrajante.

Rysom estava folheando páginas de fotografias macabras. "Quer dar uma olhada no álbum da Comissão de Túmulos, compadre? Para se animar um pouco." E disse: "Esta paz de merda me deixou sem ter o que fazer, do mesmo jeito que você. Então apareceu o emprego nessa comissão. Só serve para mostrar que a gente não deveria nunca falar na morte".

Uma grosseria eivada de pavor e disfarçada de virilidade, de autenticidade. Disfarçada de verdade.

Ele e Rysom tinham sido criados nos mitos australianos da profanação — em histórias de vômitos fabulosos no porta-luvas ou na poncheira, de silêncio quebrado por ruídos obscenos: as lendas de homens desesperados vingando-se em um continente deserto, que, em sua vasta desolação, não os ouvia nem julgava.

Essas coisas, Peter Exley as conhecia, ele nascera e fora criado para tudo aquilo, e era ameaçado por tudo aquilo. Ele, que buscara alívio na pródiga hospitalidade da arte. Por ter escapado por um triz, a condição não lhe despertava compaixão: o ataque ao que quer que se retraísse no mistério — uma mulher, uma cultura, uma obra de arte, a noção de um eu particular. Tudo se podia exorcizar com uma cerveja e uma piada, a zombaria e a bebida não passando de meros lenitivos para a ferida fadada a nunca sarar.

Ele pensou em uma expressão interessante: despertar compaixão.

Rysom cruzou os braços sob a nuca. Um escancarado bocejo abriu uma gruta no seu rosto, estalactites de dentes manchados. "Ouvi dizer que você estava com uma mulata na cidade."

"É verdade." Provavelmente tinha sido visto na casa de chá, com Rita Xavier.

Rysom puxou o cobertor com os artelhos calejados. "Da próxima vez, conte para ela como é a política da Austrália Branca."

Leith retornou de Cantão no vôo matinal. Exley não pôde ir buscá-lo em Kai Tak. Antes que Peter ficasse apreensivo, Leith telefonou para ele do hotel, o mesmo de antes, o mesmo quarto. Ali iriam se encontrar à noite para jantar nas redondezas.

Agora escurecia mais cedo. Quando saíram do hotel, ao anoitecer, Audrey Fellowes estava chegando. Depois de fazer as apresentações, Leith convidou-a a acompanhá-los — sabendo que Exley podia estar decepcionado, mas, também, que havia a possibilidade de estar contentíssimo. A srta. Fellowes aceitou com igual satisfação. Entretanto, logo a seguir, os melindres femininos se manifestaram: primeiro precisava subir ao quarto "me arrumar um pouco", como ela mesma disse, depois de um dia inteiro com os Kadoories nos Novos Territórios. Os dois homens se sentaram no saguão para esperar.

"Peter, espero que você não se incomode. Ela é muito simpática. Gostei de reencontrá-la."

"De jeito nenhum. Também a achei simpática. E bonita."

Ela os surpreendeu reaparecendo, pouco depois, com outro vestido, o cabelo esticado e novas cores no rosto alvo e sorridente. Sim, tinha passado perfume atrás das orelhas, esperava não ter exagerado: "Chama-se Bond Street. Fabricado pela Yardley, a mesma empresa que faz aquela água-de-colônia que a gente costumava jogar uns nos outros durante as excursões do colégio". Era fácil imaginá-la uma alegre estudante. Fácil demais, pensou Leith, detectando uma timidez controlada.

O jantar foi perfeito. Nada mais agradável para os homens do que contar com companhia feminina. Ela era observadora, inteligente, divertida, suas perguntas eram penetrantes sem serem assertivas. Quanto aos colonos, achava que teriam uma boa vida se se permitissem aproveitá-la.

"Eles insistem em depreciá-la, considerando-a artificial. Uma espécie de negação, creio. Quanto a mim, nada tenho contra um artificiozinho de vez em quando, depois de tudo o que passamos e diante do que parece que a vida ainda nos reserva."

Os dois se perguntaram como teria sido a guerra para ela: havia a sua idade, talvez uns vinte e sete, vinte e oito anos. Com certeza, a perda do noivo, o luto, a angústia. O bombardeio e, possivelmente, o Exército feminino. Ao mencionar o irmão no Japão, retraiu-se ligeiramente em outro recesso íntimo. Por certo ia visitá-lo em Yokohama, mas não tão já. Um outro irmão estava na Índia.

Os parentes tinham muita importância em sua história. Seus primos de Hong Kong moravam na estrada May.

O vestido combinava perfeitamente com sua idade e personalidade, e com o local em que estavam jantando: simples, mas refinado. Tinha voz agradável, maneiras animadas e, ao mesmo tempo, serenas. Ela estava plenamente consciente de que seus dois acompanhantes levavam em conta tais atributos, assim como seus braços macios e roliços e seu colo; estava acostumada a essa experiência — ainda que *resignada*, Leith pensou, não fosse a palavra exata para descrevê-la. Sem dúvida, ela formava suas próprias impressões o tempo todo. Quando voltar para o quarto e tirar os brincos, os sapatos e o vestido, ao se olhar no espelho, o que recordará destes momentos? E, para o bem ou para o mal, o que a fará sorrir?

Ela e Peter falaram da antiga Cidade Amuralhada de Kowloon, um remanescente da Hong Kong pré-colonial, disputada por chineses e britânicos. O encontro fora muito agradável, sem artifícios.

Ápos acompanhar a srta. Fellowes de volta ao hotel, os dois homens foram passear ao longo de Praya. Peter disse: "Gostei da companhia dela. Obrigado". Não tentou, como teria feito outro, minimizar sua aprovação com alguma crítica sagaz — limitou-se a acrescentar: "Que mulher doce".

Agora era com eles. Na noite seguinte, ele e Peter se encontrariam pela última vez. Leith estava prestes a partir e não pensava senão nisso. Sozinho no quarto, ocorreu-lhe que, em circunstâncias diferentes, com Audrey hospedada no mesmo hotel, ele e ela poderiam ter passado a noite juntos: tais coisas já lhe haviam sucedido na vida. Isso lhe passou pela cabeça porque ele sentira muita saudade de Helen o dia todo.

Ainda que menos explicitamente, idéia semelhante aflorou à mente de Audrey Fellowes quando ela fechou a janela e, despedindo-se do clarão da lua nova, foi para a cama. Entretanto, e já fazia algum tempo que era assim, não ficou olhando para o telefone com grandes expectativas, nem esperou qualquer inspiração do luar.

"A Europa não vai me enquadrar nos velhos termos." Peter refletia sobre o futuro. "Na Austrália, seria a sociedade no escritório de advocacia, inevitável, pelo que me lembro." Na infância, breves excursões ao soturno escritório da rua Castlereagh — ocasiões em que mexia no grampeador, apertava as teclas de uma mastodôntica Remington Rand preta e ouvia: Tudo isto será seu. "Dentro de alguns anos, meu pai vai se aposentar. Evidentemente, lamento por eles também." Os pais tinham toda razão, quando lhe disseram doze anos antes: Você vai nos magoar. "Quando eu sair daqui, vou para lá passar algum tempo com eles. Mas então preciso já ter definido o que fazer. Do contrário, estarei pondo a corda no pescoço."

Sim, quando estamos indecisos, os desejos dos outros triunfam. Mesmo que nunca tivesse sido drasticamente assim no que dizia respeito à vida de Leith, nem por isso ele deixava de senti-lo nas pequenas coisas. É perigoso dar às pessoas o que elas dizem que querem: podem estar habituadas a não realizar seus desejos longamente acalentados, podem ter plasmado a vida de outro modo, até mesmo desejando a dor de serem frustradas.

Por outro lado, um gesto é capaz de proporcionar muita felicidade. Ele não disse isso a Peter Exley, que já estava cercado de ambigüidades. "Você não pode advogar na Inglaterra e convidar seus pais a visitarem-no?"

"Acho que é o que vai acabar acontecendo." Dar-lhes a viagem: as colinas de Dover, Stratford-upon-Avon, Stonehenge. Ele ainda conservava a maior parte do legado de Crindle, acumulado durante os anos de guerra. Imaginou-se paciente e gentil com os dois, participando dos prazeres deles.

Também achava a idéia cruel e implacável. Se eles se recusassem a se deixar seduzir por tão pouco, Peter os admiraria.

As tábuas subiam e desciam sob seus pés. Ele e Leith estavam em um barco oscilante, diante de Aberdeen, onde as pessoas deixavam a cidade para ir jantar. O porto pesqueiro era pequeno, pitoresco e, até então, genuíno. Uma vivacidade noturna de luzes e vozes contrastava com os pequenos morros escuros, sem luz. A higiene era duvidosa, a energia elétrica faltava com freqüência, abundavam os mosquitos. Mesmo assim, a fumaça das velas com inseticida não conseguia arruinar o gosto de peixe do mar profundo nem o improvisado encanto da cena, que, vista das montanhas circundantes, era feérica, repleta de lanternas coloridas, recortada pelos mastros das longas e achatadas embarcações pesqueiras — mares serenos, pontilhados de galáxias de acetileno.

Leith disse: "O mundo está se transformando. Pode ser que a Austrália mude".

"Com o passar dos anos." Era a resposta que o próprio Leith havia dado para o amadurecimento de Helen. Agora eles estavam impacientes com o tempo e não podiam se dar ao luxo de filosofar.

Um estrondo de música chinesa soou como um zurro em uma ou outra taberna flutuante. Eles riram, e Peter disse: "Mesmo assim, aqui não falta sossego".

"O ilusório sossego do mundo": o pequeno tumulto de humanidade a fulgurar e a noite circundante. Fazia tempo que se rompera o antigo equilíbrio.

"Aldred, estive pensando em você e sua garota."

"Para mim, eram os seus casos amorosos que estavam em pauta, Peter." Mas Leith bem que queria falar naquilo que tanto o preocupava. "O diabo é a idade dela."

"E parte do encanto."

"Se pelo menos ela fosse dois anos mais velha, seria mais simples."

"Mas o amor por ela seria diferente."

"Se esta história me fosse contada a respeito de um outro homem, eu a condenaria."

"Não há nada para se condenar."

"Queria que houvesse." Leith disse: "Despertar o amor, depois rejeitá-lo — isso é algo que não entendo. Ou casar com ela, apesar da indignação dos pais, numa idade em que, por mais que ela conheça as coisas, não conhece a si mesma, seria outro erro. Qualquer pai razoável teria o direito de se opor a essa união".

"E se vocês esperassem um ou dois anos?"

"Tenho pensado muito nisso. Vai chegar um momento em que estaremos em lados opostos do mundo, não teremos como nos ver ou conversar, e o tempo passando. Se fosse possível dar um jeito para que Helen ficasse na Inglaterra enquanto eu concluo e publico este trabalho, teríamos oportunidade de nos conhecer melhor. Ela poderia ficar com minha mãe. Eu posso fazer essa proposta aos pais dela, que serão sórdidos, seja qual for o resultado."

Os Driscoll. O clarividente Ginger passara suas últimas horas de vida alertando Leith contra os Driscoll. E Aldred sorrira com desdém: "Que mal eles podem me fazer?".

Disse a Exley: “E há o irmão, que ela não vai abandonar enquanto ele viver. E o tempo não pára”.

“Nada disso é insuperável. Como você diz, agora tudo está se transformando. Exposto à mudança como você está, as circunstâncias vão levar a uma saída.” Era inédito, para Peter, representar o lado sagaz das coisas para Leith. “E acontece que você está apaixonado por essa fada, coisa que qualquer um pode invejar. Como eu mesmo invejo.”

Pagaram e foram levados à praia, de pé numa barquinha a deslizar, feito coisa viva, entre os juncos. Quando pisaram em terra, apareceu um táxi. Exley disse que era uma bela caminhada dali até a cidade, pelas montanhas. Fariam isso à luz do dia, caso Aldred retornasse. Leith achava mais provável os dois se reverem em breve no Japão. Mas nenhuma dessas possibilidades iria se concretizar.

Naquele mesmo instante, Audrey Fellowes estava descendo do Pico, no espiralado trajeto de um carro oficial, refletindo sobre a noite passada na residência do almirante. Sem se opor a suas formalidades, mas sem achar nada memorável, a não ser o suflê de chocolate e o vestido de brocado usado pela primeira vez e, ela sentia, desperdiçado com seus companheiros de mesa, dois homens rígidos, de grisalha meia-idade. Um deles, especialista em correntes oceânicas, chegara a melhorar um pouco, no fim do jantar, ao falar em Kuro Siwo (coisa que ela tratou de anotar na agenda verde que trazia na bolsa de veludo), uma corrente de sal azul que passava pelo litoral de Yokohama. No entanto, o homem se excedera ao se deixar levar por uma digressão sobre a Oscilação do Atlântico Norte. Àquela altura, com o suflê demolido, o próprio almirante erguera um martelinho e, batendo-o devidamente na roda de madeira ao lado do seu cálice, dissera: "Cavalheiros, agora os senhores podem fumar" — sinal para que as damas se retirassem.

Os homens se levantaram quando as mulheres, arrastando os vestidos longos, passaram para a sala de estar, onde lady Boyd ofereceu café ou chá e *crème de menthe*; por eufemismo, sugeriu o toalete — coisa que, por delicadeza, todas declinaram. Lembrou que Aldred Leith, que nome esquisito, tinha sido convidado para aquela noite, entretanto não pudera comparecer.

A srta. Fellowes disse: "Que pena". E havia sinceridade nisso.

Na estrada MacGregor, Peter Exley pensou que convinha telefonar para Audrey Fellowes dali a um ou dois dias.

À meia-noite, no quarto de hotel, Leith fechou um romance sobre a guerra em Burma. Compreendeu, sem muita serenidade, quanto seus sonhos tinham se tornado coisa séria — e como eram explícitos, já que Peter chegara a usar as palavras *apaixonado* e *invejar*. E ele próprio havia falado em *casar*. E se tudo não passasse de uma alucinação?

Mesmo assim, sem nada ter resolvido, ele foi contente para a cama.

11.

“Mas que azar, hein?”

Leith sorriu, mas não achou necessário responder. Equilibrando-se habilmente na embarcação, o comissário de bordo estava de pé ao seu lado, enquanto ele lia. As ilhas estavam totalmente invisíveis por causa da chuva, havia um grupo de passageiros dispersos no salão, lendo também, ou conversando em voz baixa. A uma mesa, alguns jogavam baralho. O navio acabava de entrar no estreito e deveria ancorar dali a uma hora. Talbot iria buscá-lo, estariam no complexo por volta das duas.

Ele consultou o relógio.

Depois de conversar com Exley sobre a história de Helen, Leith voltara a se convencer de sua impossibilidade. Foram inúmeras as vezes em que remoera o mistério sem nenhum outro propósito — descontando o fato de ser agradável — que não o de lhe permitir despertar, em sucessivas manhãs, para o que ele supunha ser um senso de proporção. A coisa era encantadora, e assim devia permanecer: impossível deixá-la se desenvolver.

Ele não fazia idéia de como poderia esclarecer a questão.

Consultou uma vez mais o relógio, enquanto o barco se erguia acentuadamente e tornava a tombar em uma depressão, onde ficou trepidando. O movimento cinzento se repetiu, as hélices giravam, enquanto, com a ajuda de algumas pessoas, uma senhora de rosto lívido, agarrada ao corrimão, saía para vomitar.

Dias depois de chegar a Kure, Leith tornaria a fazer uma breve viagem, dessa vez a Tóquio, onde haviam encontrado parte de sua bagagem extraviada: livros e roupa de inverno. No fim, as ausências intermitentes seriam úteis a ambos — fosse lá como fosse.

Na bagagem recuperada, havia livros que Helen iria gostar de ler.

Seu relógio não era novo como os adquiridos pelos visitantes do Japão, e sim velho, suíço, bom e de ouro — presente da avó no vigésimo aniversário de Leith.

Leith não era o primeiro homem a se perguntar: Quem é o ingênuo afinal, ela ou eu?

Helen tinha lavado o cabelo. Para não perturbar o irmão, que estava dormindo após o café-da-manhã, usara o banheiro de Leith e depois o limpara, tirando da pia os fios de seus cabelos misturados com os de outros. Antes da chuva, colhera flores invernais na colina e as colocara na mesa de Leith, em um vaso trazido de Kioto. Deteve-se à mesa, com o pente na mão.

O pequeno cofre estava fechado, mas vazio. Eles tinham guardado os papéis de Leith numa caixa trancada embaixo da cama de Ben. Não os surpreendia nem escandalizava proteger aquelas páginas serenas contra a interferência de seu próprio pai.

Passava de meio-dia, mas não se esperava que o navio chegasse pontualmente.

Helen voltou ao barracão dela e do irmão, onde Ben continuava dormindo em seu quarto. Olhou-se no espelho, ajeitando os cabelos com os dedos para que parecessem volumosos. Como estava fazendo frio, vestia uma saia escura, comprida, com a barra bem abaixo dos joelhos, de acordo com a moda, e, especialmente para esse dia, trajava uma blusa de cores sedosas, presente de uma amiga de Bengala. Mal se afastou do espelho, sua mãe entrou por causa do aguaceiro, detendo-se à porta, com dificuldades para fechar o guarda-chuva xadrez.

Helen fechou a porta e apoiou o guarda-chuva da mãe em um jornal. Melba Driscoll tinha uma lista de tarefas, que a filha anotou. E Helen que tirasse aqueles sapatos caros e calçasse outros, ela devia ter enlouquecido. Quando Melba despiu a capa de chuva, ficou claro que também estava vestida para uma ocasião especial.

A menina sempre se calava na presença da mãe. Não por ser passiva, mas por ficar aborrecida. Naquele dia, porém, estava radiante.

A mãe disse: "Você está uma coisa, é preciso que eu diga".

Se a filha tivesse falado, seria para dizer: "Como você é cruel".

"Parece que foi arrastada pelo mato."

Nenhuma das duas iria esquecer a cena.

Helen pediu silêncio com um gesto. "Ben está dormindo." E prometeu subir mais cedo para o almoço.

Uma vez a sós, enxugou o chão e foi para o quarto em que Ben começava a se mexer. Quando ela se aproximou do pé da cama, ele abriu os olhos.

"Você está linda", disse, "um colírio para os olhos."

Ela se sentou na cama e lhe afagou a mão.

"Por que você está chorando?"

"Não estou chorando, é sério."

"Aldred chega hoje."

"É verdade."

"Nós estamos contentes, não é?" Ele lhe tomou o rosto entre as mãos. "Gostamos dele."

"É verdade."

Benedict a soltou. "Posso tocar seu cabelo? Você se lembra do banco, em Hong Kong? Daqueles dois homens falando do seu cabelo?"

"Puxa, tinha esquecido."

Naquele dia os irmãos estavam no escritório da companhia de navegação, no prédio do banco, com a funcionária portuguesa designada para ajudá-los a providenciar a adiada passagem de volta para o Japão. Na época, com a longa viagem e as tardes em Shek-O, os cabelos de Helen tinham adquirido mechas acobreadas, oceânicas. Os dois ficaram aguardando em meio a uma pequena multidão, diante de um par de jovens chineses, que, evidentemente, estavam falando do frágil rapaz com a irmã, e que, enquanto a fila avançava lentamente, puseram-se a tagarelar, um deles delineando, com gestos breves e circulares, a cabeça e os ombros da menina.

Depois, já na rua, Helen perguntou à acompanhante: "Eles estavam falando sobre mim?", pois, ao ouvir *Fan Kwei* e *Ku-niang*, algumas das poucas palavras que conhecia, e ao reparar no tom que usavam, tivera certeza de que se referiam a ela.

E a srta. Prata riu e fez que sim: "É, eles ficaram encantados com o cabelo da Diaba Estrangeira".

Agora, Benedict dizia: "Ele vai achar que você mudou".

"Como assim, mudei?"

"De tanto pensar nele."

Tendo deixado Brian Talbot almoçando na sala comunitária, Leith subiu correndo o terreno esponjoso, no qual as leves casinhas mal pareciam se assentar aquele dia. Quando entrou, sacudindo a chuva dos ombros como qualquer ocidental e batendo o quepe na perna, um par de levíssimas mãos imediatamente lhe tirou a capa num gesto que pareceu aliviar tanto a capa como o dono. Mas a casa não o acolheu nem identificou. As estruturas translúcidas não são assim tão cordiais na chuva fria.

O dia tinha sido infeliz, os presságios, adversos, e o próprio homem estava em conflito com a ansiedade que lhe apressava os passos.

Mas foi então que sua sorte — se é que era disso que se tratava — mudou.

Como Helen foi a primeira a se dar conta da sua chegada, ninguém notou o olhar que trocaram instantaneamente. Os pais dela haviam saído da mesa para confabular em outra parte. Ao seu lado, a cadeira de Benedict era o único lugar vago. Como se não bastasse, assim que Leith estava prestes a alcançar o lugar ao lado de Helen, uma bola de fogo estrondeou com tanta violência acima da casa que uma das frágeis criadas caiu de joelhos, sem soltar o prato que levava, e assim ficou, suplicante, apavorada, enquanto os hóspedes se levantavam para auxiliá-la, sem saber ao certo o que a derrubara, se a explosão ou o medo.

Então, o homem seguiu adiante em meio à detonação e à estriada escuridão, passou pela mulher ajoelhada e pelos hóspedes que a acudiam, e se aproximou da única pessoa que permanecera sentada. Que desolador se ela não estivesse lá!

Ele se sentou, segurou-lhe a mão esquerda, que estava mais próxima, e a soltou. Aquela manhã, em uma vida anterior, imaginara-se dizendo: "Como vai, minha cara?" — qualquer coisa neutra e cortês. E foi exatamente o que disse — e que lhes pareceu ser a pergunta mais sublime do mundo articulado naquele momento.

Uma mesa nova, de altura e material ocidentais, reluzia num vitrificado cinzento. Nela tinham colocado pratos, demais complementos e levíssimas flores de ambareira com tanto esmero que era como se quisessem lhe conferir, pela mera aplicação das intenções humanas, certa beleza opaca. Ou, então, essa era a sua própria visão atual da fórmica.

Agora precisavam dizer alguma coisa, pois, embora os trovões persistissem, a sala começava a sair do torpor. A mulher ajoelhada tinha sido levada (para onde, naqueles espaços prismáticos?). Os comensais estavam se recompondo. Cumprimentaram Leith, apresentaram-no. O historiador Calder, também recém-chegado de viagem, contornou a mesa para indagar sobre Pequim, que tinha sido sitiada. E para tanto se colocou distraidamente entre o homem e a mulher, qual um muro de tweed. De tanta felicidade, Helen mal conseguiu comer, ao passo que Leith, faminto, devorou o espiralado fruto do mar, endurecido e adoçado, que em qualquer outra ocasião consideraria intragável.

Quando se levantaram, ele quis saber de Benedict. "Preciso ir buscar minhas coisas. Posso visitá-los depois?" Lá fora, no mundo encharcado, a chuva tinha se recolhido ao céu purpúreo, o cheiro verde da terra era intenso, frio, úmido, delicioso.

Ele pegou seus pertences e a correspondência que o aguardava, lamentando que não houvesse nenhum envelope capaz de comovê-lo. No quarto, guardou-os rapidamente, como se estivesse perdendo tempo no lugar a que acabara de chegar. Quando finalmente se deteve, com as mãos apoiadas no mata-borrão da mesa, sentiu novamente o balanço do navio experimentado durante a tormenta matinal.

Quando Leith chegou à saleta deles, Benedict estava parado à porta, arrimando-se, com uma das mãos no batente e a outra empunhando uma bengala. Foi um pequeno choque encontrá-lo de pé e triste constatar a esperada deterioração.

"Está surpreso por me encontrar de pé? Dá uma sensação de engodo, não é? Quando uma coisa melhora, outra piora." Estava ficando difícil entender as palavras de Ben. Ele disse: "Tanta coisa pode adoecer no corpo humano. Quando as pessoas estão bem, é um milagre de coordenação".

Leith replicou: "Se o homem o tivesse projetado, ele nunca teria funcionado".

Ben jogara um xale de lã cinzento sobre o roupão escuro.

"Você se tornou um sábio, Ben."

"É apenas o xale." Houve um oscilar de luz e sombra, e Helen veio do seu quarto.

"Helen cresceu."

Ben concordou: "É verdade".

E Helen, contente: "Estou com um metro e sessenta".

"E eu, com um e setenta e nove. Um e oitenta, quando fico aprumado."

"Você sempre fica aprumado."

"É porque fui sargento. Nunca tive tanto poder como quando era sargento."

Estava se referindo a algo mais, à sua nova tensão, à nova dimensão.

Leith lhes mostrou um livro, e ela foi buscar uma faca para cortar o papel colorido.

Ben o provocou: "E para mim?".

"Os livros de poemas que trago são para vocês dois."

"Não, não. Agora tudo é para Helen."

Sentaram-se, ela na poltrona baixa, com um livro azul no colo.

"Eu não sabia que era seu aniversário. Da próxima vez, não esquecerei." Naquele momento, talvez fosse a coisa mais importante do mundo. Tratavam Leith com tanta amabilidade que ele disse: "Preciso viajar com mais freqüência só para voltar e ser recebido assim". Em um ou dois dias, estaria a caminho de

Tóquio. “Encontraram uma parte da minha bagagem, preciso identificá-la.”

A felicidade estava estampada nos olhos de Helen, feito olhares trocados em uma tempestade. Para ele, era novo e estranho despertar, nos dois irmãos e em si mesmo, tanto prazer pelo simples fato de estar de volta àquele lugar obscuro. Voltar para ela. Por isso vim, para ser amado assim.

Aki preparou o chá, Helen serviu biscoitos. Leith estava com uma pasta que iria para a caixa debaixo da cama de Ben. Além das anotações da China, havia um envelope com fotografias, que o irmão e a irmã pediram para ver. A luz estava acesa, a sala, fria.

“Que bonito.” Benedict se pôs a examinar as belas superfícies granuladas de cenas asiáticas: árvores inclinadas em promontórios, um junco enorme inflando as velas vertebradas, telhados de cerâmica recebendo uma tempestade de areia.

“É o vento Amarelo. Na Itália, há o vento Vermelho, que vem da África, na Grécia, um vento Marrom traz terra do Levante.” As cores do mundo, levadas pela ventania.

Grandes esculturas se erguiam longe dos túmulos: um leão alado, um cavalo crinífero, um carneiro gigantesco.

Ben perguntou: “Não há nenhuma foto sua?”.

“Duas ou três, estão aí. Uma, típica de turista, na Grande Muralha. Foram tiradas por um antigo colega de escola, que foi comigo a Xangai.”

“Como você era no tempo da escola?”

“Terrível, creio. Bom, sonhava muito.”

“A gente pode ficar com uma? Com esta aqui?”

“Se me derem outra em troca.”

Helen leu no envelope: “Hedda M. Morrison, Pequim”.

“Foi onde as mandei revelar, é um lugar honesto. Dizem que, em outros lugares, já aconteceu de rolos inteiros de filme não voltarem do revelador. A desculpa dos atendentes é que os rolos queimaram. Eu tirei poucas, e não queria que a censura as confiscasse. Há censura em Hong Kong."

Helen lhe mostrou a foto de Peter Exley. "Este é o seu amigo? Você não contou que ele era tão bonito."

"Talvez ele venha passar uns dias aqui. Vai gostar de conhecê-los."

Benedict disse a Helen: "Isso quer dizer que andaram falando da gente".

"Não me tire o prazer, estando tão longe, de pronunciar o nome de vocês." Levantou-se, dizendo: "Preciso ir". E era o que estava sentindo.

Quando ele se foi, os dois ficaram em silêncio: Helen a ler o livro novo, Ben cochilando ou, como agora dava a impressão, em uma espécie de transe. Quando voltou a olhar para a irmã, ela estava sentada, com o corpo ereto, o livro semicerrado na mão — olhando, mas não para ele.

"O que foi?"

"O livro." Ela prosseguiu, distraída. "Oh, as distâncias imensas, as tristes separações, viagens terríveis. A solidão."

Ben disse: "O desamparo e o anseio".

Ela disse: "O Nunca".

Ao anoitecer, Aldred subiu à sala comunitária, pois pretendia tomar providências para a viagem a Tóquio. No cômodo abafado, havia um homem escarranchado numa cadeira, cujo encosto estava virado para a frente. Estava ao telefone, reclamando: "Vocês foram notificados, eu mostrei claramente...". Um sujeito de quarenta e tantos anos, a própria idade do século, com um rosto carnudo e quase sem feições, que, paradoxalmente, representava um tipo.

Leith presumiu que fosse o sujeito de Washington que andava à sua procura. Quando não estava impondo a lei, retorcia os lábios. Leith pensou que os homens se despedaçavam diferentemente na paz, longe das suas fronteiras.

Um companheiro estava presente, impassível: um jovem oficial de membros flexíveis, trajando farda norte-americana, o cabelo cortado tão curto que era impossível lhe determinar a cor. Ele se apresentou: "Thaddeus Hill".

O rapaz mostrou-se gentil. Pelo rosto bom dele, calculava-se que não devia ter mais de vinte e cinco anos.

"Helen escreveu a seu respeito. Ben também. Gostaram de você." Leith não queria reclamar o direito de anterioridade, ainda que fosse exatamente o que estivesse fazendo.

"É um privilégio ser amigo deles. E divertido também." Tad disse: "Eles estão na deles". Referia-se à singularidade ou ao isolamento dos irmãos, ou às duas coisas. "Garotos fantásticos. E têm adoração por você."

"E eu por eles." Aldred sentiu que, se Thaddeus Hill estivesse à mesa para presenciar a sua chegada, nenhum raio teria lhe desviado a atenção.

Um gostaria muito do outro, não fosse a rivalidade que os separava.

Tad disse: "Vou visitá-los amanhã. Nós, o sr. Slater e eu, acabamos de chegar de Formosa. Estamos lá embaixo, em Kure".

Notando a afinidade entre os dois, o sr. Slater encerrou rapidamente o telefonema. Não podia estar em toda parte ao mesmo tempo.

O que Leith não conseguia entender era o papel de Thaddeus naquele contexto, com seus bons modos e sua simpatia. Imaginou que ele ainda se revelaria. E disse: "Também acabo de chegar e já estou me preparando para outra viagem".

Slater disse que gostaria muito de ter uma oportunidade de conversar com Leith. "Nós adoramos o seu relatório." Provavelmente não esperava um homem como aquele ou uma voz tão grave. "Ficamos interessadíssimos no seu trabalho."

Que estava em segurança debaixo da cama de Benedict.

"Obrigado."

"De nada." Slater disse: "Bom, combine alguma coisa com Tad. Também vou passar um ou dois dias fora. Preciso ir a Osaka".

Ósaka, e não Osaka.

Leith teve o impulso de dizer: Meu trabalho não interessa a vocês, já que, à sua maneira, é uma meditação. Mas a capacidade de reflexão é odiosa para os homens que mobilizam o rancor.

Uma coisa sórdida.

Slater, que tinha um encontro com Driscoll, saiu, levando Tad. Terminados os telefonemas, Leith desceu a ladeira em meio a um pôr-do-sol tigrino. Não tinha a menor intenção de conversar com um sujeito como aquele, mas o sossego estava comprometido. E não lhe ocorreu que, recorrendo a Helen e ao irmão, arriscava topar com Thaddeus Hill — principalmente porque Tad se revelara agradável. "Um deles é simpático", havia escrito Ben, "o outro não."

Depois do jantar, quando ela estava lendo para Benedict, Tad entrou no quarto carregando um pequeno aquecedor de baixa voltagem e uma garrafa de aquavita, da qual aceitou um copo. Avisou que em breve chegaria uma encomenda de Tóquio. Em uma loja de produtos importados, ele havia comprado dois *loden*, capotes de lã, em diferentes tons de verde-oliva.

"Tomara que o tamanho esteja certo. Do contrário, só vão poder usá-los quando crescerem." Disse isso duvidando que Ben chegasse a precisar do casaco. Ou mesmo a crescer.

Os dois ficaram muito contentes e o censuraram por ter feito tal coisa. (O irmão e a irmã estavam com o mesmo pressentimento a respeito dos possíveis comentários da mãe.) Helen disse que era um presente bem americano: generoso, útil e agradável.

"Acho que vocês estão querendo dizer 'grosseiro'", ele sorriu, já que é indelicado dar roupas de presente. No entanto, eles precisavam de agasalho. Os pais terríveis que se zangassem quanto quisessem, que pusessem a culpa na rusticidade norte-americana. E — ainda que não servisse de consolo — ele não demoraria a ir-se embora.

Helen disse que, na Inglaterra, comprara um casaco quente, mas ele já não lhe servia. "Ainda bem que nós fomos para os trópicos a tempo."

Tad perguntou: "Posso ver?". Ele se referia ao livro que estava sobre a mesa.

Ben disse: "Foi Aldred que o comprou".

"Por falar nisso, estive com ele." Tad virou as páginas. "Impressionante", observou. "Quero dizer, o homem." Repôs o volume na mesa. "O livro também, pelo que vejo."

"Helen o estava lendo."

Tad disse: "Vocês, garotos, mantêm um verdadeiro salão aqui". Pronunciando *salonne* e se espreguiçando um pouco, ao menos quanto o permitia a raquítica cadeira, o rapaz estava sendo americano até a medula para eles. Rindo, sentiram gratidão por aquela bondade que se estirava, fazendo tanta questão de se autodepreciar. E que era infantil a ponto de se entusiasmar com os casacos verdes que comprara.

"Eu queria levar vocês dois ao cinema." Contou-lhes que a base norte-americana acabava de instalar uma sala de projeção, que, em certas noites, apresentava, com estalidos e cortes, filmes que nada tinham de ofensivo — "à nossa delicada sensibilidade americana, garotos". Em todo caso, as famílias que trabalhavam para a Ocupação eram bem-vindas, e ele iria se certificar se poderiam ir.

Ben disse: "Não me sinto muito bem no final do dia. Nem no início, para uma coisa assim".

Helen lhe propôs que dormisse um pouco para se preparar. Ele respondeu: "Vamos ver. Eu gostaria de ir" — e era verdade. Era igualmente verdade que estava começando a ter medo de se afastar da talismânica rotina da sua triste sobrevivência. Helen sabia disso, que ele não se atrevia a quebrar o que restava do encanto.

Tad disse: "Eu os aviso". Quando ele se foi, com passos ondulados de garça, Helen ficou à porta. "Benny, você precisa ver a lua cheia." A vida da garota, e mesmo a dele, na pequenina prisão daqueles quartos, também tinha se arredondado e amadurecido, tornara-se luminosa.

Três dias mais tarde, ao regressar de Tóquio, Leith se encontrou com Brian Talbot, que disse: "De volta para casa?".

Um quarto de passagem em um complexo militar tinha se tornado o seu destino. Coisa que não chegara a incomodá-lo na ocasião.

Havia uma caixa pesada, de aparência histórica, com seu nome impresso, e uma mala surrada, que os dois trataram logo de pôr no jipe. "Meus livros", Leith disse. "Ou o que resta deles." Pois houvera extravio, roubo, e entrara água na caixa. "E um pouco de roupa de inverno." Partiram na tarde branda. Em conserto, a pista arremessava pedregulho sujo de piche. Talbot lhe falou a respeito do projeto da construção de uma nova rodovia costeira: "Um espetáculo". No porto, as minas tinham sido definitivamente removidas. E os navios afundados, guindados e levados para restauração.

"Vai ficar bonito", acrescentou com uma gargalhada.

O mar e as ilhas sempre foram bonitos. Eram as asneiras dos homens que tornavam a idéia risível. Leith sorriu, se bem que não por esse motivo.

Brian Talbot seguiu o rumo do pensamento do companheiro: vira Leith algumas vezes com Helen, e os outros soldados que freqüentavam a sala comunitária tinham interrogado Talbot a esse respeito. Nada havia para contar, a não ser o que era invisível e irrefutável.

Leith não se incomodaria se Talbot, que provavelmente simpatizava com ele, soubesse do seu afeto por Helen.

Brian lhe disse: "Não vou ficar aqui por muito mais tempo. Recebi ordem para viajar. Estarei de volta à Austrália em mais ou menos um mês".

"Puxa vida. Não vou dizer que fico contente com sua partida, mas imagino que você esteja."

"É, claro que estou. É hora de mudar. Eu gostaria de sair do Exército."

"Você precisa de alguma coisa? De uma carta de recomendação ou algo assim?"

"Obrigado, eu não tinha pensado nisso, mas seria bom ter uma, obrigado."

Uma palavra amiga viria a calhar. Mas eles se tratavam com cautela, e ainda havia tempo.

"Acho que eu deveria ter aproveitado mais a minha permanência aqui. Não levei a sério a sua oferta, quero dizer, as aulas."

"Mais tarde talvez essa experiência sirva para alguma coisa, quem sabe."

"Quem sabe quando eu ficar velho e de cabelo branco, hein? Uma coisa para contar aos netinhos. Que não vão querer ouvir."

Com a expansão do conjunto residencial das famílias da Ocupação, haviam instalado um semáforo no centro, onde a cooperativa criava uma convergência. Naqueles subúrbios em miniatura, artificiais, Talbot era um benquisto ponto de referência, saudado pelas donas de casa, para as quais acenava alegremente: "Olá, sra. Wells"; "Como vai, srta. Geary?".

"Você tem um fã-clube, Brian."

O motorista sorriu: "No fim, o senhor vai acabar entendendo a história".

No complexo, empilharam a bagagem na sala comunitária. Leith deixou Brian tomando cerveja com um colega e saiu para o lusco-fusco. Havia tirado o sobretudo da mala e o levava aos ombros.

Na metade do caminho, em uma pequena clareira que os jipes usavam para manobrar, avistou Helen com Tad Hill. Era evidente que tinham marcado um encontro. Helen estava com um casaco longo, verde, que Aldred nunca tinha visto, e usava meias claras; seus sapatos, embora mais apropriados para o verão, combinavam com o ambiente urbano. Uma bolsa pendia de seu braço. E Tad envergava uma farda elegante, não cáqui, mas marrom-clara, como a que os oficiais norte-americanos vestiam nas ocasiões civis, e que lhe caía muito bem. Helen viu Aldred. E Tad, acompanhando a expressão dela, fez menção de se perfilar.

Aproximando-se, Leith sorriu e os cumprimentou. Tad, que, numa pequena elevação, parecia mais alto, também sorriu: "Vou levar esta dama ao cinema". Referia-se à pequena sala de projeção norte-americana instalada perto do porto.

No imemorial olhar feminino de Helen havia remorso, responsabilidade, resistência e um pedido de indulgência.

"Vão ver o quê?"

Ela respondeu, "*Meet me in St. Louis*".

Tad disse: "Um musical sobre Saint Louis, não Louie. Senão na canção, ao menos na vida real. Saint Louis, Missouri. Ora, o que é que posso saber disso, sou de Cincinnati!".

Aldred riu. "Espero ainda ouvir falar nisso."

"A gente pode comer alguma coisa por lá. Além do cinema, montaram um lugar com cachorros-quentes, refrigerantes, enfim, com as delícias da civilização." Tad observou: "É melhor a gente se apressar".

"Ben não pôde vir." Ela não deveria ter dito isso.

Aldred disse: "Como você está bonita". Com o rosto corado e uma nota de seda rosada no pescoço, na gola do casaco novo — mas alguma coisa lhe dizia que não valia a pena mencionar esse fato.

Seu quarto, arrumado como antes, tinha perdido o caráter de destino. Ele pendurou o sobretudo perto da porta, desfez a maleta. Teria preferido um chá quente, mas tomou uísque mesmo. Junto à mesa, haviam colocado um aquecedor inútil. Ele acendeu o abajur e se deitou na cama, folheando o caderno de anotações de Tóquio — no qual escrevera sobre a reconstrução, sobre a debatida questão dos teatros japoneses, a educação das mulheres japonesas e os higiênicos bordéis oficiais para as tropas norte-americanas.

Tad lhe seguraria a mão no escuro. E o que ela faria? Com aquele casaco tão longo, parecia totalmente crescida — ingressava nos anos em que os homens disputariam sua atenção, atracando as galhadas. Ele teria gostado de lhe dizer isso, de modo que pudessem rir juntos. Desejou não tê-la visto.

Continuou escrevendo sobre Tóquio: sobre os lugares de culto e sobre os monges.

Era absurdo. Sem o casaco, ela não passava de uma criança.

E nesse andar a noite avançou — com ele escrevendo num bloco pautado ou, às vezes, lendo um dos livros que tinha consigo. Por fim, já quase pegando no sono, percebeu que Helen tinha voltado com Thaddeus. Ouviu vozes no caminho, a porta se abrindo e fechando, e os passos jovens de um homem sob as árvores. A luz de uma lanterna passou pela sua janela. Ela iria contar ao irmão como tinha sido a noite. Os três homens da vida atual de Helen.

Leith não tinha comido e estava com fome. Levantou-se, calçou as botas e saiu para jantar. Fazia meia hora que ela retornara. Não havia luz nos aposentos dela, só a lâmpada que ficava sempre acesa, para Benedict.

Na sala comunitária, Tad estava sentado à mesa, com um copo de plástico na mão, lendo um jornal. Fez menção de se levantar ao ver Aldred Leith, que ergueu a mão e se aproximou do refrigerador enferrujado para apanhar um sanduíche de atum e um pedaço de queijo. Estavam a sós naquele lugar e se sentaram juntos; Tad lhe serviu um copo de água tônica. Nenhum dos dois disse o que convinha dizer: Adiantou o trabalho? Ou: Como estava Judy Garland? A afabilidade precisa se dissolver e ser recriada.

Thaddeus Hill disse: "Você nunca a beijou". Não havia nenhuma ênfase particular na frase, e, como Leith não respondesse de imediato, Tad prosseguiu: "Ela não sabe — não sabia — beijar".

"Ela tem dezesseis anos." Diminuiu um ano para reforçar o argumento.

"Tem dezessete e está apaixonada."

Leith vencera. Não teria escolhido essa palavra, mas não havia outra por ora. E disse: "Ela vai fazer dezoito, depois dezenove...".

"Na minha opinião, vai continuar apaixonada."

Como a generosidade estava no ar, Leith disse: "Ainda vai acontecer muita coisa na vida dela".

"Sim. Nem eu pretendo esquecê-la. Vou manter contato." Tad acrescentou: "Ela é uma pessoa e tanto. Os dois são". Poderia ter arrematado: "Garotos fantásticos", mas se conteve.

Leith disse: "Essa é a primeira coisa que vai acontecer".

"A morte do rapaz."

"Sim. Em Tóquio, conversei com o médico, um americano que está interessado no caso de Ben. Consegui fazer isso sem que eles soubessem, isto é, sem os pais."

Tad disse: "Sem os pais?".

"Exatamente. O médico é bom, mas meio insensível. Mais interessado na doença do que no garoto. Espera fazer uma descoberta. A doença é pouco conhecida. Mas o caráter desse rapazinho também é."

"O médico poderia ser um pouco mais humano, não é?"

"Poderia. Tenho medo da experimentação, de que tratem Ben como um bicho de laboratório. O prognóstico é que Benedict ainda viva alguns meses, um ano talvez. Mas em um estado de deterioração que o impedirá de continuar em casa."

"Se é que eles têm casa."

"Para ele, a casa é a companhia de Helen." Era a descoberta dele. "A gente pode tentar ajudar quando acontecer."

"Nós todos vamos nos dispersar. Pelos quatro cantos deste mundo quadrado."

"O médico está pensando num hospital na Califórnia. Onde estudaria o que eles chamam de progresso da doença." Ele continuou: "O médico conseguiu uma bolsa para escrever sobre isso. No fim, pode vir a ser útil a alguém, mas não a Ben".

Tad deu três murros na borda da mesa. "Merda. Merda. Merda. Preciso lhe contar uma coisa. Pedi para ser dispensado dessa missão com Slater. Logo volto para casa. Escolheram-me para o trabalho porque eu sabia um pouco de japonês. Para mim, foi uma oportunidade de vir para cá. Não sabia no que estava me metendo — e é exatamente o que você pensa que é, só que pior. Uma estupidez, acho. Em todo caso, agora quero sair do Exército. Voltar para a faculdade com base na lei de amparo aos veteranos, fazer o meu doutorado, dar um jeito na vida. Slater vai me cravar um ponto negativo — mas, na minha opinião, um ponto negativo desses caras vale mais do que uma condecoração." Ocorreu-lhe que não deveria ter dito isso, mas percebeu que Leith estava rindo.

"Bom, é isso. Você, pelo que sei, é súdito britânico. Tanto melhor. Não é obrigado a conversar com Slater, ele não pode obrigá-lo, e o meu conselho é: não converse mesmo. É tudo de má-fé, qualquer coisa que você disser será deturpada, eles estão com o punhal nas suas costas."

"Por quê?"

"Ora, porque é você, porque é a China, porque você obstruiu a burocracia, porque foi favorecido por aquele francês corajoso que morreu em Paris — é, a palavra é essa —, a quem eles chamam de efeminado, a maneira deles de dizer veado. E acima de tudo porque você é inteligente, decente e faz o que quer." Tad examinou a beira da mesa esmurrada: "Acho que a quebrei um pouco. Ou talvez tenha quebrado a mão. Slater e Driscoll estão mancomunados, se é que lhe interessa saber".

"Em relação a Helen?"

"Ela seria uma boa desculpa para incriminá-lo. Helen é menor de idade. Por outro lado, os Driscoll logo vão embora daqui, levando Helen. O garoto vai ser mandado para a Califórnia. Driscoll está de olho em um cargo na Nova Zelândia. Nasceu lá, sabia? Foi levado para a Austrália quando era menino. O cargo exige formação em medicina, mas é político também, é preciso ter nascido no país para poder assumi-lo. Estas são as etapas da carreira dos Driscoll — Bengala, Kure, Nova Zelândia. Calculo que, um dia, eles vão acabar percorrendo todo o maldito planeta. Imagine só pensar nisso, já houve idéias piores."

Os dois se levantaram e trocaram um aperto de mão. Tad disse: "A gente se vê. Amanhã talvez".

"Obrigado por tudo. E o filme, que tal?"

"Uma droga. Água-com-açúcar." Riu, acenou. "Boa sorte."

Tad a havia acompanhado até a porta de casa: "É aqui que vou beijá-la". Então tinha lhe segurado os ombros, como se fosse sacudi-la, acordá-la. Amável, exasperado. Quando ele se fora, Helen o imaginara subindo a ladeira agilmente, do seu jeito esguio, característico: distraído, absorvido. A garota tocara os lábios com o dorso da mão — sem contrariedade nem desdém, mas com distanciamento.

Então era isso a tão floreada realidade: um fato carnal, do qual a doce ternura não passava de uma preliminar, ou talvez nem isso. Havia um muro entre ela e isso. A realidade era algo úmido, grosso e vivo em sua boca.

Parecia-lhe coisa digna de cães. Helen entrara. Ben estava dormindo. Dali por diante, haveria cada vez mais pensamentos que não compartilhariam — poderiam ser adivinhados, talvez, mas permaneceriam indefinidos.

Tad olhara para ela com a expressão de Matheson no elevador de Hong Kong: um segredo que ele estava disposto a partilhar com ela, e que agora seria revelado.

Helen se despiu, deitou-se e adormeceu.

De madrugada, levantou-se e, sem acender a luz, pegou o casaco novo e foi se sentar no último degrau, ao luar. Havia planetas frios e uma fria quietude. Ela pôs o casaco nos ombros e ali ficou, as mãos entrelaçadas nos joelhos e o queixo apoiado neles. Podia sentir o cheiro do Pacífico, agitado pela tempestade. Pensou na infância, quando observava os veleiros e os barcos menores, até mesmo os Vee-Jays a passarem pelo porto de

Sydney — brancamente, silenciosamente, como que não tripulados. Só quando a embarcação dava uma guinada em direção à praia e o vento soprava daquela direção, era que chegavam, juntos com o zunido do casco na água, os gritos e os palavrões, os urros e as pragas por causa do pau-de-carga, do cunho e da escota, e da bujarrona inflada: a própria histeria da virilidade. Um atropelo de pernas acobreadas, um baque de pés descalços e o açoite de uma bujarrona que devia estar tesa.

Devido ao beijo, ela bem que gostaria de considerar aquela noite um momento decisivo, significativo. Mas, com a inoportuna precisão das mulheres nessas coisas, não sentia senão o que estava faltando. Algo a que nenhum dos dois era capaz de dar nome.

Sem se despir, Aldred também pegou no sono. Sonhou com Gigliola, ou com uma confusa Gigliola, que às vezes era Raimonda junto com uma terceira mulher, que, embora identificada, não falava — dizem, nem sempre com razão, que, nos sonhos, são os mortos que aparecem assim. Mesmo dormindo, ele supôs que tivesse invocado o fantasma de Gigliola ao contar sua história, e como parte de seu renovado interesse pelas mulheres. Por isso fora despertado pelo desejo. O luar estava no quarto, e ele ficou considerando o seu sonho, as suas intenções, o próprio corpo — tudo incontrolável àquela hora.

Havia a concessão de Tad, algo melhor do que uma capitulação. Tad havia deixado sua possibilidade reservada. O próprio Aldred dissera: Tanta coisa ainda vai acontecer. Ou fora Ginger que o dissera? Referindo-se à esposa morta, Ginger dissera: "Pobrezinha da minha menina".

Ele não tinha contado toda a história de Gigliola. No fim da guerra, ele soubera em que situação ela fora atingida por um tiro numa estrada vicinal ao pular um muro, transgredindo o toque de recolher alemão: ao ir se encontrar com um rapaz, mais novo do que ela, que também acabara morto. Agonizante, Gigliola se arrastara até uma vala à beira da estrada. Essa imagem lhe arrancou uma exclamação, e ele se sentou bruscamente na cama.

Raimonda tinha se casado com um oficial inglês e morava na África.

Em seus primeiros dias de convivência com Helen e Benedict, a garota começara a ler alguns versos do trágico italiano do Adriático, de que Ben gostava tanto. Na metade da leitura, sua voz falhara. Depois de uma pausa, ela dissera, muito serenamente: "Eu retomo outra hora. Quando meu coração estiver endurecido".

Aldred se levantou. Usava a roupa amarrotada com que estava acostumado a trabalhar a qualquer hora, sem entender por que não se despira.

Ela estava de pé, a espinha colada ao batente da porta.

De modo que não foi preciso dizer nada, a não ser o nome dele e o dela.

"O seu segundo beijo hoje."

"Você esteve com Tad."

"Ele é o nosso intermediário."

"Por que ele lhe contou?"

"Foi com boa intenção. Com espírito de sacrifício até." Se bem que nem tanto.

Os dois se recompuseram no degrau. "Deveríamos dizer alguma coisa."

"Então diga."

"Precisamos encontrar as palavras." Ele disse: "Se eu citasse um verso, você se limitaria a concluí-lo".

"Não precisamos de nada."

"No que me diz respeito, é mentira." Ele passou os braços por baixo do casaco dela, do casaco de Tad, sob aqueles braços erguidos. "Isso a incomoda?"

"Sim. Não. Parece..."

"O quê?"

"Aquela noite. Não sei explicar." Então ela disse: "Se a lua aparecesse só de cem em cem anos, o mundo inteiro se deixaria ficar contemplando".

Leith disse: "*La luna calante*", e se calou. Recolheu os braços e tomou a cabeça dela entre as mãos.

"Por que ir embora?"

"Porque você tem catorze anos, e eu, cem."

"Tenho dezessete, e você trinta e três."

"Reconheço que, desta vez, você está com a razão." A verdade é que você tem dezessete anos, e eu ainda não cheguei aos cem.

O peso do fatalismo o havia acompanhado de horrores involuntários. Naquilo que, desde o começo, dependera exclusivamente de seu próprio juízo, a novidade para ele é que não poderia ter sido de outra maneira.

A separação abrupta a tornou infantil. Deveriam ter ficado a noite inteira naquele degrau frio. Helen teve vontade de dizer Será que amanhã você vai fingir que não aconteceu nada? Deplorável — mas ela já havia observado o frio processo daquilo que os homens chamam de sensatez.

Na manhã seguinte, chegou uma carta do pai dele.

Querido Aldred,

Gostei muito da sua descrição de Pequim (se é que se escreve atualmente assim a palavra). Embora eu nunca tenha estado em uma cidade sitiada, hoje em dia tenho a impressão de que é difícil entrar e sair da maioria das cidades. Os bombardeios aéreos estão acabando com os cercos e com muitas outras coisas. Mas, no caso de Mao, é só esperar. Que bom que você recebeu o meu livro sobre Atenas. Obrigado pelo elogio. A imprensa lhe tem sido favorável, já que ele oferece uma boa desculpa para o moralismo dos jornais de domingo, que se entusiasmam com a eterna lengalenga sobre a minha frigidez. Está vendendo bem na Grécia, onde foi proibido. Um jornalista grego diz que estou tentando mandar a família real dele (teutônica) para o exílio. Ora, o exílio é a terra deles. A Grécia estava em péssimas condições, amargando muitos problemas. Todas as estradas *kakos dromos*, de modo que só era possível viajar a pé ou de burro e, na minha idade, penando. Broz Tito me convidou para ir a Belgrado, e, em princípio, disse que vou em setembro, caso ele ainda não tenha sido deglutido pelos soviéticos.

O que eu mais gostaria seria ir encontrá-lo aí, o que infelizmente é impossível. Se há um capítulo encerrado para mim, é o da Ásia. Acompanho com muito interesse essa sua aventura oriental e aguardo os frutos dela. Você faz bem, creio, em meditar sobre esse cenário impressionante antes que ele seja reconstruído — antes que ganhe impulso planetário e perca o fascínio ancestral. No entanto, a consciência de que se trata da última vez, ao ver lugares e pessoas, pode despertar uma tristeza capaz de penetrar até mesmo a juventude e se multiplicar com a idade.

Correndo o risco de ser sentimentalóide, devo acrescentar que estou ansioso pelo seu retorno. Íris diz que você vai chegar antes da primavera. Mas quero saber como está incorporando esse novo estágio da vida e espero receber mais notícias — como Íris e Aurora, que, aliás, se conheceram e simpatizaram uma com a outra. Desfecho curioso.

Com todo carinho

Essa carta, que levava a assinatura *Oliver*, foi, sem sombra de dúvida, a mais afetuosa que o Aldred adulto recebeu do pai: escrita com uma caligrafia desleixada, mas legível, que não mostrava o menor vestígio da idade. Geralmente, as cartas de Oliver Leith eram ditadas para um aparelho. Datilografadas em papel timbrado especial, de dimensões reduzidas, por uma secretária com quem fazia tempo ele deixara de ter um caso, eram assinadas e remetidas diariamente. A sinuosidade do processo favorecia o desejo do escritor de confundir uma posteridade à procura da evidência, sob a esquiva figura pública, do artista presumivelmente atormentado que escrevia sobre o amor nos livros e o dissimulava na vida íntima. Tais cartas — de rígida brevidade, egoísmo controlado e elaborada boa vontade — raramente despertavam interesse duradouro. Que o próprio apagar das pegadas fosse confundido com uma revelação, o autor naturalmente previa, e, vez por outra, ao assinar uma lauda particularmente inócua, murmurava: "Eles que se arranjem com isto", e a jogava na pilha da caixa de saída. Certo sentido de contradição era estimulado.

No filho, o impulso de responder cordialmente — antes que o ceticismo voltasse a protegê-lo — surgiu do presságio de morte na carta e até mesmo do aparente reconhecimento da prolongada indiferença que ela continha. Não era de se esperar que se conseguisse desarmar um filho com tanta facilidade.

Querido Oliver,

A sua carta me comoveu.

Aldred ficou alguns minutos com a caneta na mão. Só então se deu conta de que aquilo bastava.

Claro, seu pai poderia achar as palavras implacáveis.

A caneta rolou e caiu. Tendo se levantado para pegá-la, Aldred Leith perambulou pelo quarto, ordenando vagamente as coisas e ponderando algum acréscimo informal à sua resposta — pisando em ovos, pois o gesto do pai era uma ave rara, que poderia fugir fazendo um alarido.

A palavra "incorporar", caracteristicamente, ficou no centro das coisas.

Por fim, ele juntou rapidamente as roupas e foi para a casa vizinha.

Benedict estava sozinho. Helen tinha ido até a casa dos pais para usar a máquina de costura. Os dois homens acharam agradável ficar juntos, sabendo que ela voltaria.

"Ben, houve alguma época em que você se sentiu ligado ao seu pai?"

Benedict uniu os dedos enrugados. "Sabe, minha doença chegou cedo, mas não o bastante para ser convincente. Meu pai pensou, pelo menos tentou pensar, que eu estava fingindo. Houve ameaças e berros, coações, e, da minha parte, agonia, resistência e gritaria. Ele cismou que eu deveria ser campeão de natação. Então levava-me a Balmoral Baths ao amanhecer, em todas as estações do ano, e me jogava na água. Eu me lembro dos pilares de madeira abandonados, cobertos de limo, cruelmente cravados de cracas. Sentia medo, humilhação, dor de ouvido. Eu chorava, ele berrava, chegou a me bater uma ou duas vezes. Os vizinhos se queixavam. Enfim, detectaram um problema no osso mastóide, atrás da minha orelha. Tive de ser operado, foi horrível também. Àquela altura, era evidente que havia algo errado comigo, e ele não pôde suportar o nosso fracasso — meu e dele: ambos seríamos obrigados a carregar esse fardo, de um modo ou de outro."

"A sua parte foi involuntária, dadas as circunstâncias."

"A dele também, dada a sua natureza ."

"Não é verdade. Temos obrigação de ser menos crédulos."

"O australiano não sabe duvidar de si. Alguém sempre precisa levar a culpa. Do contrário, Aldred, a nação fica de joelhos."

Leith pegou um copo que estava no criado-mudo e ajudou o rapaz a beber com um canudinho.

Benedict prosseguiu. "Mas vou responder à sua pergunta. Sim. Quando eu era muito pequeno, antes dessa história da natação, ele se orgulhava da minha inteligência. Brincava comigo, ríamos juntos. Punha-me sentado na mesa da cozinha e descascava uma maçã para mim. Descascava-a com um canivete de cabo de osso, tirava a casca inteiriça, e ríamos ao girar a casca espiralada até que se partisse. Era divertido, engraçado. Para mim, ele era um deus, naturalmente, mas eu também percebia que era rancoroso, fraco, falso, e, por isso mesmo, sentia mais ternura por ele. Nós éramos meio aliados. Contra a minha mãe. Mesmo depois, quando eu já era culpado, um encargo, ele fazia as suas palhaçadas para Helen, ela era pequena ainda. Tínhamos uma luva marrom, peluda, em forma de meio macaco, e ele a agitava diante dela, fazendo minha irmã gritar de prazer. E nós ríamos, os três. Mas ele e eu, os homens, voltávamos a ser cúmplices nesses momentos. Não lembro onde estava minha irmã mais velha — provavelmente tinha saído com minha mãe ou estava na escola. Então piorei. Bertram teve a bondade de vir. Helen e eu crescemos, mais inteligentes e muito unidos. Então estourou a guerra. Nesse meio-tempo, meu pai, amargurado comigo, tinha se tornado definitivamente submisso à minha mãe. Quando fomos para Bengala, as coisas estavam estabelecidas. E havia também a ambição pública, a avareza. Helen e eu ficamos em uma situação terrível — ela era útil à minha inutilidade." Ele finalizou: "Agora estou ficando cansado".

"Quer que eu vá embora?"

"Não. Helen já vai chegar. Só isso. Eu tinha esperança de viver para vê-la independente. Isso não vai acontecer. Bertram a ajudaria, ele a ama, e agora tem recursos. Afinidade, essa é a grande necessidade dela. Eu esperava vê-la — não digo a salvo, mas aliviada. Agora, talvez..."

"Não precisa temer por ela."

Helen chegou com um vestido escuro de lã, trazendo no braço duas peças alinhavadas — o corpete e a saia, ainda separados. Leith se levantou e puxou outra cadeira. Sentiu o cheiro de algodão recém-cortado. Perguntou: "Posso ver o vestido?", e se pôs ao lado de Helen quando a garota o estendia na mesa. Ela lhe contou que o tecido, de um entreposto de algodão Liberty em Bombaim, fora enviado por uma amiga.

Benedict ergueu os olhos: "Frida. Elfrida Ladd".

Leith disse: "As suas aventuras. É a primeira vez que ouço falar em Frida Ladd".

"Eu a adorava."

E Helen: "E ela adorava você".

"Não. Você está dizendo isso só para me agradar, ela apenas era gentil." Mesmo assim ele corou, feliz.

Helen contou a Leith: "Ela era viúva, lady Ladd. O marido estava na equipe do general Wavell. Quando ele estava voltando da Índia para o Cairo, seu avião, confundido com o de Wavell, foi abatido". Hesitação. "Eles já tinham perdido o filho único. Afundara com um navio de evacuados da Inglaterra." Olhando sem jeito para Leith, como que a dizer: Isso não tem fim. "Ela possuía coleções de amostras de tecido, tudo na mais perfeita ordem, tesouras e dedais. Sedas coloridas, linhas, fitas métricas e uma almofadinha cheia de alfinetes. Dava aula de corte e costura."

Assim a garota se safara do gosto de Melba Driscoll. Agora Leith sabia de Frida Ladd, que era boa e forte e que tinha perdido o filho no naufrágio do navio *City of Benares*.

"Eu só aprendi dois cortes. Posso variar as cores e as estampas, mas os vestidos são sempre assim — gola redonda e mangas compridas ou decotados e de mangas curtas." Helen riu.

"E onde ela está agora?"

"Continua na Índia, mas em Délhi. Casou-se de novo. Agora, com a Independência, eles vão sair da Índia, voltar para a Inglaterra. Ela nos mandou uma fotografia do casamento. Vai fazer trinta anos."

Ben corrigiu: "Trinta e dois".

"E é bonita?"

Ben disse: "Um anjo".

Os dois quiseram saber se ele estivera na Índia.

"Uma vez, mas só vinte dias. A caminho do Oriente, interrompi a viagem em Bombaim — para ver a Índia pelo menos uma vez antes da Independência. Queria conhecer uma pessoa, cujas idéias sobre a Índia me pareciam, na época, ser uma antevisão do que iria acontecer na China." Dez dias inacreditáveis, passados em varandas esburacadas e salas enfumaçadas com Acharya Vinoba Bhave, falando do movimento "Dom da Terra". "Ou melhor, não eram idéias, eram ideais. Acho que fui visitá-lo por causa dos ideais dele, mas o santo me decepcionou, e comecei a falar em exeqüibilidade, por pura autopreservação. Ele me mandou embora, mas com toda a educação." Leith riu. "Como a gente pode bancar o bobo, mesmo sabendo disso o tempo todo!"

Benedict disse: "Você é esquisito, Aldred. Um sujeito que gosta de rir de si mesmo".

"Não tanto quanto deveria, acho."

Helen caseava quase profissionalmente, olhando fixo para a agulha. E também riu — de si própria e da emoção de viver, que a invadira sem que ela precisasse forçar ou inventar. E naqueles aposentos acanhados, que não deixavam entrar luz, muito menos libertação.

Ele disse: "Preciso voltar ao meu enigma da China".

"Para quê?", perguntou Ben. "Nada é mais agradável do que isto."

Então Leith se sentou na outra cadeira e, como a maioria dos homens, sentiu prazer em ver uma mulher costurando — ou tricotando, enrolando lã, debulhando ervilha. Útil, acolhedora, sentada. Silenciosa por ora, a não ser por um murmúrio ocasional ou por um *clique* útil. Benedict mergulhou no torpor, no qual estremecia ou murmurava suavemente — tal como faria um animal doméstico, mas sem a saúde do animal. Quando ele acordou sobressaltado, Helen interrompeu o trabalho.

"Está precisando de algo?"

"Estou. De que digam ou leiam alguma coisa."

Falaram da antologia que Leith tinha trazido da China, e Helen lhe perguntou se havia lido os poemas em chinês.

"Alguns, eu li. Não faz muito tempo."

Ela perguntou: "Por que você se alistou no Exército? Conhecendo tantas coisas, poderia ter sido útil de outra maneira".

"Naquele agosto, eu estava numa propriedade, no Sul da Inglaterra, aguardando que o Ministério das Relações Exteriores decidisse o meu destino, já que eu tinha prestado o exame para iniciar carreira diplomática. Como passatempo, eu cultivava a terra, fazia trabalho pesado, e gostava disso e dos homens do lugar, mais ou menos da minha idade, com quem eu colhia, cavava fossos e lidava com esterco." E à noite, de banho tomado, ia à aldeia ver as moças. "O arado era puxado por cavalos, o campo era muito pobre, a gente ordenhava com as mãos e levava o leite à estação a cavalo e de carroça, para que fosse transportado a Londres, de trem. Os mais velhos falavam um dialeto quase extinto — *vossemecê*, eles diziam, eu acho. A guerra chegou com o mês de setembro, e, no outono, a maioria dos rapazes se alistou. Coisa nova para eles, uma lida diferente, oportunidade, mudança. Não acreditavam na realidade, embora seus pais tivessem combatido na Grande Guerra. Não eram chauvinistas nem poderiam sentir um ódio generalizado — aliás, eu também não poderia. A guerra começou modestamente, a Blitzkrieg ainda estava por vir."

Ele disse: "O alistamento era o mais próximo que eu podia chegar da ausência de diferenças de classes. Sempre houvera a divisão — a minha linguagem, os meus recursos, a minha educação. O alistamento pôs fim a tudo isso. Eu sentia que qualquer um deles poderia me desprezar por ser diferente. Era jovem, mas nem tanto. E talvez estivesse errado, mas nem tanto".

"Muito tímido", disse Ben.

"Ou muito orgulhoso." Sua mãe ficara chocada. "Depois, com a guerra do Pacífico, senti que tinha um papel a desempenhar. Mas, então, eu já fora designado para o campo de batalha, tinha treinamento especial, não me deixaram ir embora."

Helen perguntou: "Você poderia prestar exame agora? Ou é tarde demais? No Ministério das Relações Exteriores, digo".

"O exame. Eu fui aprovado, sabe? Recebi a notícia naquele outubro. Mas, na época, estava no campo, nas montanhas, esperando a invasão que nunca houve. Não, não, faz tempo que essa ambição se evaporou, nem posso acreditar que um dia a tive."

Eles tinham curiosidade pelas condecorações. Benedict disse: "Você não pode andar por aí com esse arco-íris pendurado e não contar nada".

"Sou obrigado a andar com isto na farda. Imagine que percorri a China deste jeito."

"Essa, por exemplo." Helen apontou para uma fita azul.

"Esta eu não mereci, palavra. A única hora boa que tive na última batalha." No escuro, na chuva e na lama. "Na última noite, a divisão se separou, a comunicação falhou. O inimigo estava bombardeando o terreno vazio entre os dois grupos, esperando que amanhecesse para acabar conosco. A última chance era recuar pela floresta e chegar ao rio antes que o sol aparecesse. Não tínhamos como avisar o resto da tropa, que estava desastrosamente tentando se unir a nós naquela armadilha. O sargento, chamava-se Mackie, e eu estávamos agachados no meio do mato, na chuva, e o bombardeio continuava, cessando durante algum tempo, recomeçando de novo, e cessando... Eu estava cronometrando os intervalos. Constatamos intervalos regulares de catorze minutos: catorze de fogo, catorze de silêncio. Fui falar com o oficial no comando, Bates, escondido perto dos suprimentos com um grupo de homens — os outros tinham recuado para a floresta atrás de nós, com os feridos e os mortos. Bates era um bom sujeito, jovem, embora não parecesse tão moço à noite. Nós tínhamos de ficar muito próximos para que pudessémos ver e ouvir um ao outro, o barulho era terrível. Disse-lhe que poderia levar um fio telegráfico para o pessoal que estava isolado rio abaixo. Enquanto isso, o fogo de artilharia continuava. Expliquei que, na pausa seguinte, conseguiria chegar lá com o telégrafo.

Leith lembrou-se dos olhos de Bates brilhando em um rosto ritualmente escurecido para a ação.

"Não posso permitir."

"Eu era velocista."

"Não acredito."

"E eu mentiria?"

"Mentiria. E, que eu saiba, ninguém quebrou o recorde de quatrocentos metros em um minuto."

"Não são nem oitocentos metros."

Ele disse: "De terreno acidentado, molhado, está escuro, e, você, sobrecarregado".

"Enquanto discutíamos, um camarada do corpo de sinaleiros trouxe o fio em um carretel, mostrou-me como desenrolá-lo. Enquanto eu fosse, eles o instalariam do nosso lado."

Tudo durou apenas alguns segundos. Bates estava hesitante, observando o carretel: "Não acredito que você consiga". Ao chegar a doze minutos, Leith havia iniciado o seu avanço ao limite do campo aberto. Bates, suavemente: "Boa sorte".

Então Leith lhes contou: "Foi mais para uma hora do que para catorze minutos, tudo considerado, mas deu tudo certo. Os homens também ficaram satisfeitos — uma vitória parcial salva do fiasco".

"Talvez eles tivessem alterado os intervalos."

"Não, não os alteraram." Ele continuou: "No dia seguinte, foi tudo para o inferno. Só fiquei sabendo muito depois, quando estava no campo de prisioneiros". A condecoração. "Significava que Bates, ou Mackie, ou o sinaleiro, tinha sobrevivido." Quando ele voltara da missão, o sinaleiro dissera: "Se eu tivesse apostado em você, ganharia uma fortuna".

Helen, batendo palmas: "No que você pensou quando estava correndo?".

"Nunca me senti mais livre." Era verdade: ele revivia aquilo com freqüência, mais de uma vez sonhara com aquela madrugada. Correndo e escorregando na escuridão, debaixo de chuva, não mais sujo, nem com medo, nem condenado. Sem rastejar sob cobertura, mas de pé e correndo. Durante uma hora, fora dono da sua própria vida. Se tivesse morrido ali, seu fantasma continuaria correndo, exultante. Mesmo agora, ele pensou: Poderia ter sido pior do que ir-se dessa forma.

Ben disse: "Helen é que está com cara de quem escapou por pouco". E perguntou: "E a outra medalha, a grande, você foi recebê-la no palácio?".

"Claro. Aconteceu pouco antes de eu vir para o Oriente. Sim, sim, lá estavam o rei, a rainha, as princesas e alguns de seus velhíssimos parentes, guelfos e gibelinos, que a gente vê nos jornais em fotografias de grupo tiradas nas grandes ocasiões. O pessoal da Ordem da Jarreteira também estava presente e pareciam infinitamente reais, mesmo com roupa comum, sobretudo algumas mulheres. Não havia muita gente, uma parte dos que deveriam estar sendo homenageados lá tinha morrido durante a conquista da homenagem. Foi melhor do que convém admitir. Primeiro ficamos por ali, meio sem jeito, mas, depois que os drinques circularam, as pessoas começaram a brindar e a conversar. Havia um companheiro da Guarda Irlandesa que participara da mesma ação comigo, na Tunísia. Um aventureiro que havia falsificado suas credenciais para se alistar, e que teria enfrentado a corte marcial se não tivesse virado herói." Cadeiras de rodas, muletas, próteses, tapa-olhos e algumas deformidades chocantes. Os salões, austeros, grandiosos, decadentes. As grandes obras de arte ainda não tinham retornado das cavernas de Gales em que foram guardadas durante a guerra.

"Os seus pais compareceram também?"

"O fato é que compareceram." Surpreendeu-o lembrar-se disso. Parecera um dia de entrega de prêmios no colégio: seus pais com roupa de gala, Íris derramando lágrimas, aliás. Seu pai pensara que o palácio havia colocado água no vinho para evitar alguma bebedeira heróica. Na meia hora final — uma vez mais como nas solenidades da infância — houve muito entusiasmo, vozes altas, gargalhadas, petulância: tudo habilmente administrado, pois todos estariam se dispersando em breve, aparentemente por iniciativa própria.

Tad iria embora do Japão. Apareceu em uma manhã fria para se despedir, bateu na porta e entrou, mas não encontrou ninguém. Só Aki, que lhe contou que Benedict estava dormindo e que Helen voltaria logo. Tad se sentou na cadeira instável para esperar e ficou algum tempo observando a sala insípida, que ele e outros iriam guardar na lembrança. Como Helen estivesse demorando, ele saiu para encontrá-la no caminho e a viu, de imediato, descendo a ladeira, com o casaco verde, encantadoramente grande e comprido demais para ela. Embora estivesse de cabeça baixa, ela o avistou e se aproximou ansiosamente, como se fosse abraçá-lo. Os dois voltaram juntos à rústica casinha, ele com o braço nos ombros dela. Helen compreendeu, então, que ele estava lá para se despedir.

Por motivos diferentes, ambos se alegraram com o fato de Aldred estar ausente.

Na casa, ele se sentou no divã de Ben. "Venha sentar-se com Tad."

Tirando o casaco, ela obedeceu. E disse: "Hoje você está mais para Thaddeus Hill do que para Tad".

"E também me sinto mais ele. Seja ele quem for." E acrescentou: "Olhos de *huskie*". Não conseguia entender os olhos dela, a não ser imaginando um futuro no qual Helen olharia avaliadora e amargamente, cada vez com menos timidez, para os homens, pelos quais não haveria de sentir muita compaixão. Se as coisas corressem mal, poderia ao menos escolher uma ou outra dessas possibilidades imperfeitas, como fazem as mulheres em geral. Naquele instante doloroso, ele quase chegou a desejar que Aldred Leith agora a tivesse.

E disse: "Talvez eu tenha exagerado na caipirice". Segurou-lhe a mão delicada como tinha feito no cinema — mão educada demais para dizer não. "Não tive sorte aqui. A velha e incurável intempestividade. Coisa que aprendi na escola. Não que tivesse entendido direito na época. Acho que escola é para isso mesmo, para nos dar algo a que recorrer quando os tempos ficam difíceis." Tirou um lenço do bolso e tocou os olhos dela com ele. "Ei, pare com isso. Se alguém for chorar aqui, só pode ser Thaddeus Hill." Do outro bolso, fez surgir um pedaço de papel. "É o meu endereço, preciso ter notícia de vocês. Ainda vai acontecer muita coisa, vocês vão ter que me manter a par."

"Com você também vai acontecer muita coisa." Garotas de sorriso branco e pernas compridas, garotas conhecidas como Loira e chamadas de Benzinho.

"Por ora, está bem assim, de um jeito ou de outro." Para os pais dela, ele seria preferível, bem-vindo como um alívio, simples questão americana, pelo menos tal como se apresentava: Rapaz conhece Moça. Não conseguia imaginar Helen em Cincinnati. No momento, nem mesmo se imaginava lá.

Ele soltou a mão dela: "Você vai me beijar, Helen?".

Ela obedeceu. E Tad pensou, com amargura, que ela aprendera a lição.

12.

Audrey Fellowes embarcou para Yokohama em um navio da American President Lines. Na despedida, Peter Exley tomou champanhe em sua cabine com os primos da estrada May, e vários amigos da colônia, todos muito gentis, tinham levado flores, bombons, laranjas, livros, e o avaliaram como um possível pretendente — alguns achando que Audrey merecia coisa melhor, outros, que já não era sem tempo.

Em todo caso, chegou a hora de os visitantes desembarcarem. No breve intervalo em que ficaram a sós, eles se beijaram com doçura, ainda que sem paixão. Peter poderia muito bem ir ao Japão, onde Audrey passaria um bom tempo. Os dois ficariam em contato. Ele lhe deu o endereço de Leith, caso lhe ocorresse ir a Kure. Os dois se perguntando se chegariam a ser amantes ou se nem mesmo voltariam a se ver. Cada qual esperava algo mais do outro. Os olhos dela permaneceram impassíveis, quase indulgentes, como os de uma irmã mais velha. Mas as mulheres costumam ser assim depois dos 25, e ele reparou no quanto podiam ser circunspectos.

Audrey estava menos elegante, se bem que mais graciosa, com o vestido de lã macia e o lenço florido. Levava um pequeno camafeu preso no ombro. O momento os comoveu, e ambos disseram que iriam sentir saudade, o que era dolorosamente verdadeiro.

Da janela, na estrada MacGregor, Peter ficou observando o *President Polk* fazer-se ao mar. Nada sabia do presidente Polk, mas a companhia de navegação certamente tinha averiguado se não havia nada de escandaloso na biografia desse homem. E então Peter sentiu mesmo saudade de Audrey, com quem poderia ter conversado sobre esses assuntos.

Na colônia, as manhãs eram cristalinas, e a montanha, majestosa. As notícias da Europa eram escassas e sombrias. Temia-se mais um inverno como o anterior, sem combustível, com pouca comida. Um amigo de Swindon escreveu para agradecer o pacote de víveres que Exley tinha lhe enviado: "O *corned beef* nos salvou, para falar a verdade. A Inglaterra está vivendo de enlatados".

No fim de outubro, festejou-se o casamento do chefe dos tradutores, o sr. Da Silva. Com letras prateadas, Peter foi convidado a assistir à união de Mercedes Prata com Jerônimo da Silva na igreja católica perto de Vale Feliz, em uma tarde de sábado. Deixaram um envelope semelhante na escrivaninha da srta. Xavier. O chefe do escritório, o coronel Glazebrook, também tinha sido convidado. Somente os três.

Peter confirmou presença por escrito a Da Silva, dando-lhe um aperto de mão, no mesmo momento em que Glazebrook apresentava suas desculpas, aparecendo à porta, de quepe na mão, pois teria de ir ao aeroporto receber um brigadeiro: "Os meus melhores votos ao senhor e à sua senhora".

Na véspera da cerimônia, Peter disse a Rita Xavier: "Se você for ao casamento de Da Silva..."

"Eu não vou."

"Eu ia propor que fôssemos juntos." Como não obtivesse resposta, ele acrescentou com seriedade: "Desculpe-me se fui grosseiro, srta. Xavier. Espero que a senhorita vá".

"Capitão Exley", retrucou Rita Xavier, "não tenho necessidade de contemporizar com Jerônimo da Silva."

"Quer dizer que *eu* tenho? Que tento agradar?"

"O senhor procura ser amável. Mas só... isso." Um breve e delicado gesto cortante. Mãos novamente entrelaçadas.

Ela o conhecia. Ele nunca procurava a companhia de Da Silva, tinha sérias suspeitas de que esse homem não passava de um chato. Mas iria ao casamento dele e bancaria o colega decente, disposto a sacrificar uma hora do seu sábado, que nada tinha de promissor. E ainda pretendia incluir os outros em seu humanismo fácil.

Exley pensou em dizer: Tem razão, mas a percepção poderia parecer excessivamente rápida.

Ela disse: "Já que o senhor faz questão, eu vou".

Monica o avisou: "Haverá lágrimas antes de ir para a cama".

No sábado, Peter levou Rita Xavier a Vale Feliz debaixo de um aguaceiro. A chuva sacudiu o táxi e os molhou quando correram para a igreja. Indicaram-lhes o banco da frente, onde Rita se ajoelhou imediatamente, enquanto Exley aspirava breves porções de ar eclesiástico, saturado de incenso e angélica, misturados a emanações do mofo que infestava a abside. Na penumbra, mulheres asiáticas, com chapéus de tule ocidental, viraram-se para observá-los. Da Silva, de terno risca de giz, tremendo, estava no altar. Um irmão, também em risca de giz, era o padrinho.

A luz se acendeu ao som de um órgão, e a congregação se levantou. O padre se dirigiu a Deus no tom de um crooner de cabaré. Seu latim era bizarro, mas o latim tem muitas nacionalidades.

Na frente de Peter Exley, uma mulher corpulenta dava mostras de ter medo de trovão.

O véu da noiva foi erguido. A mão da moça, inerte, se uniu à de Da Silva. Nos bazares da estrada Queen, havia legiões de madonas de marfim como aquela: uma impassibilidade nada cristã.

O padre retomou a missa, da qual a congregação participou. Peter Exley, da Austrália, era o único europeu.

Após a cerimônia, os noivos se postaram no pórtico. A noiva, calçando luva branca, tocava repetidamente a garganta com a mão livre. Estava com olheiras fundas. Em sua cabeça, o véu se amontoava como a rede de um mosquiteiro. O pai dela chorava. Exley mal sabia, nas circunstâncias, como dar parabéns a Da Silva. Mas o fez com muita cordialidade e foi apresentado a todos.

Como era possível ficar comovido e entediado ao mesmo tempo?

Quando a chuva passou, os convidados se dirigiram a um encharcado jardim ao lado da igreja, esquivando-se das gotas que caíam das árvores. Tiraram fotografias, as mulheres a enxugar a água e as lágrimas. Da Silva agradeceu muito a Peter por ter comparecido. Todos ficariam bem mais à vontade quando ele fosse embora.

Rumo ao táxi, com o pedregulho molhado a crepitar sob seus passos, Exley convidou Rita para tomar um aperitivo.

Foram ao salão do primeiro andar de um pequeno café da rua Wellington. Lá embaixo, uma pequena multidão enfumaçada. Os jovens e as fardas lembravam a guerra, mas não a ansiedade da guerra. Em tempo de guerra, num lugar como aquele, seria comum se ouvirem canções cheias de esperança — "Quando a luz voltar a se acender" ou "Um grande dia vai raiar". Quando esse dia chegou, parecia que a Europa inteira tinha morrido durante a noite.

Rita jogou para trás os cabelos, que lhe ficavam abaixo dos ombros. Molhado pela chuva, o alto de sua cabeça brilhava. Seu vestido de seda era estampado em rosas, e, ao pescoço, trazia a cruz de ouro.

Ela disse: "Que lugar agradável".

Peter também achava e desejou que ela não estivesse apenas agradecendo.

O café chegou num bule branco. A Peter, serviram um copo de uísque. Lá embaixo, os oficiais estavam em grupos de dois ou três, a maioria sem mulheres. Patentes inferiores inexistiam. Era um sábado chuvoso, havia uma multidão de casais chineses, mas nenhuma família.

"O que aconteceu com você na guerra?" Até então não lhe havia ocorrido fazer uma pergunta tão pessoal a ela.

"Nós nos mudamos para a casa do meu tio em Macau. Quem pôde saiu de Hong Kong quando os japoneses chegaram. Achamos que haveria ataques aéreos e mais bombardeios."

Ela teria uns vinte e poucos anos na época. Tratava-se de uma família de meninas devotas, escondendo-se dos soldados.

"Muitos chineses também fugiram, foram para o campo." Estava segurando a xícara entre as mãos num gesto hibernal, que não combinava com aquele clima. "Esta ilha nunca fica vazia, mas, quando o medo chega, instaura-se uma espécie de vazio..." Olhou para a xícara, buscando o seu direito a uma noção complexa.

"Eu sei", Peter disse, "chega o silêncio."

"De modo que... nós fomos para Macau. Como Portugal era um país neutro, Macau recebeu muitos refugiados." Ela ficou mais jovem ao falar de sua juventude — o cabelo roçando os ombros, o vestido de boa seda, a pele sedosa. "Havia muita gente na casa do meu tio. Tínhamos perdido nosso lar. Havia muita solidão, mas nenhuma privacidade, um lamentável pormenor da guerra."

Cinco moças — e a presença masculina diante da qual elas comiam, se lavavam, se vestiam, se despiam. "Você tem quatro irmãs, se não me engano." Era o que Brenda, ou Monica, havia lhe contado.

"Só duas", disse surpresa.

"E as duas são freiras?"

"Uma é freira. A outra é casada e tem filhos."

Lá embaixo, o pianista sentou-se ao piano. Olhando por cima do parapeito do salão do primeiro andar, Rita observou: "Ele é russo". A moça comeu um pequeno *dod*, a versão chinesa de bolinho de aveia. "Os pais dele moram em Xangai. O que será deles quando Mao chegar? Já fugiram uma vez, para onde poderão ir agora, sem passaporte?" E acrescentou: "Nem refugiados os apátridas podem ser".

O pianista começou a tocar Chopin. Rita disse: "A mulher dele é francesa". Após uma hesitação, prosseguiu: "Velha, inválida. Dizem que é louca também".

"Quer dizer que ele se casou com uma nacionalidade?"

Leve sorriso. "Essa gente tem de agarrar a primeira nacionalidade disponível." Não poderiam se dar ao luxo do orgulho nacional ou de outros privilégios inatos.

Agora o piano tocava Cole Porter. Aquilo era a própria quietude em comparação com a estridência do gramofone de Rysom. Foi o que Peter disse a Rita, acrescentando umas palavras sobre os meses que passara no quartel: o descuidado alívio de falar de si com alguém, alívio que havia muito não sentia. Com Audrey, ele fora reticente.

"Acabo de me mudar para o alojamento D. Fica lá em cima, um grande progresso."

"Não poderia ter feito isso antes?"

Rita tinha razão, é claro, mas que decepção. A solidariedade feminina precisava ser completa, sem a menor sombra da recriminação apoiada em senso comum.

O pianista voltou ao primeiro número.

"O que ele está tocando?"

"Um *Estudo* de Chopin."

"Parece música popular."

"Tem razão, é que puseram letra. 'Deep in the night' ou coisa que o valha."

"So deep is the night" Em voz baixa, ela cantarolou alguns trechos: "Noite escura, nenhuma estrela amiga para me guiar com sua luz...". A ocasião a dominou, as faces se ruborizaram. "Sossega, coração..."

O pianista passou a tocar a *Sinfonia fantástica*, de Rachmaninoff.

"Eu preciso ir." Rita sabia que tinha mostrado entusiasmo.

Peter percebeu que, para ela, a afinidade serena dos dois poderia gerar problemas. No entanto, a candura tornou a envolvê-lo, como neblina. Afinal, a fuga assumia tantas formas: nela, aquela disposição para se reprimir, e, nele próprio, a anistia geral para a humanidade.

Peter disse: "Imagino que agora a recepção de Da Silva esteja no auge". O casamento já era uma vaga lembrança.

"Sem dúvida. Há dois ou três lugares em que essas coisas podem acontecer, na região de Kowloon. É o que as famílias esperam. Não pode ser diferente."

Exley imaginou que a irmã casada de Rita tinha feito tudo conforme o figurino; a outra também, de certo modo, ao vestir o hábito. Percebeu como eram poucas as opções de que ela dispunha — a endogamia em uma pequena comunidade ou o convento. Ou a situação marginal no emprego mal pago. E pensou, incorrigivelmente, em todas as moças, apaixonadas e conscientes, que já haviam desabrochado.

Ao sair, ele recebeu uma ou outra saudação em meio à multidão. Viu-se em um espelho embaçado pela fumaça — alto, a boa aparência convencional, ligeiramente curvado, com os toques de cáqui da farda e do cabelo. E Rita atrás dele, incluída no cenário barulhento mas decoroso. Sentiu falta da companhia descomplicada de Aldred Leith ou — inesperadamente — de Archie Crindle, a quem era necessário fazer infinitas concessões. Pensou que, quando todos os seus casos tivessem sido julgados, iria a Yokohama.

O convite de casamento seguinte foi o de Glazebrook, que estava oferecendo, em letras douradas, um coquetel no Hong Kong Club, no mesmo dia em que se comemoravam as bodas reais. Diziam que a esposa do coronel Glazebrook, divinamente bela, tinha sido atriz ou modelo. Às vezes, Exley via os Glazebrook na rua, de braços dados. A atual constituía um aprimoramento da esposa anterior.

Antes da festa, Exley teve de ir à parada militar, onde os canhões dispararam salvas em homenagem à remotíssima princesa — cuja fotografia, no jornal daquela manhã, apresentava-a dócil, nupcial, sorridente: toda enfeitada para a procriação dinástica.

Era novembro, mas o verão calcinou pela última vez naquele dia. Na areia batida, os homens marchavam no calor, os kilts açafrão rodopiavam, os gorros azuis ondulavam. Formações complexas se cruzavam ao som bárbaro das gaitas. Tocaram "Flores da floresta", e os fuzileiros reais, "Coração de carvalho". O tom paroxístico do hino nacional provocou uma rigidez coletiva, seguida de vagarosa dispersão.

Houve um transtorno. Em pleno desfile, um soldado gigantesco desmaiou e lá ficou, jogado no chão, ao sol, até ser removido com o resto do lixo quando tudo terminou. O incidente estimulou a observação mais atenta, já que o espetáculo de precisão suscitara nos espectadores o desejo de flagrar algum erro. A imagem do soldado caído — as pregas enrugadas sobre a barriga inflada e os joelhos brancos desconjuntados — acompanhou Peter ao longo da caminhada até o clube. Um homem descartável, como um toco de árvore abatida. Ao repudiar e desonrar o fracasso, o Exército acabara por transformá-lo em uma asserção.

Os Glazebrook deram a festa no salão do primeiro andar do anexo. Havia flores, janelas altas e um enceradíssimo piso de teca. Com um vestido vaporoso, a sra. G. estava junto à porta. Ao ver Peter chegar, chamou-o de lado: "Se o senhor der um jeito neste vaso de palma, eu lhe serei eternamente grata". Empurrando uma figueira, ele fez o cachepô de latão em que estava a planta deslizar nas tábuas lustrosas e a consultou com o olhar. Ela lhe atirou um beijo, erguendo a manga rendada. Chamava-se Hermione: lindos cachos, uma boca vermelha risonha e o vestido claro, solto, com fitas lilases.

Quando as pessoas eram espontâneas, Peter se predispunha a gostar delas.

Monica e Brenda se postaram cada qual a um lado de Peter, formando um par de guarda-costas femininos. Planejando fugir, ele pediu a um garoto que trouxesse *gimlets*. Sabia que as mulheres iriam mencionar sua tarde com Rita, e, quando o fizeram, ele observou: "Não sejam tolas".

O coronel se aproximou. "Com que vocês estão brincando agora, garotas?"

"Com a queda que Peter tem pela senhorita Xavier."

"A senhorita Xavier? Ah! A senhorita Xavier é muito séria. Com a senhorita Xavier não se brinca."

As mulheres soltaram gritinhos, como costumavam fazer quando não achavam graça em nada. Terminada a algazarra, Glazebrook prosseguiu: "E agora preciso deixar sua encantadora presença". Tendo se afastado com Exley, cochichou: "Pobres idiotas. Francamente, não as tolero".

O salão ficou lotado de velhos oficiais com as esposas e de moços solteiros. Havia ainda comerciantes e banqueiros, o bispo, o capitão do porto. O secretário da colônia ficara de dar uma passada, a caminho de um banquete. Haviam recolocado todas as estátuas encardidas nos pedestais. O cônsul francês, conhecido como o homem da Sûreté, chegou acompanhado de sua bela filha e do diretor do Banque d'Indochine. Os atores desempenhavam mais de um papel — vilões numa cena, espectadores em outra. O mesmo pequenino elenco representava uma multidão, as mesmas vozes esparsas clamavam por César.

Após o brinde solene e alegre, Peter foi se despedir da loira Hermione: "Bonito vestido".

"Ainda bem que pelo menos o senhor gostou dele. Meu marido diz que parece uma combinação."

"Então a senhora deve ter combinações lindas."

"Sou famosa por isso." Riu, fitando-o nos olhos.

Ao seu lado, Exley se deliciou com o pequeno flerte. Ao lhe admirar o vestido, porém, deu-se conta de que ela provavelmente estava grávida, e a idéia, com o teor de total exclusão que implicava, arruinou-lhe o bom humor. Ele já tinha se virado quando o próprio Glazebrook se acercou para saber se a esposa queria comer ou beber alguma coisa. Ante a recusa, o marido murmurou, numa meia-voz divertida e insinuante de homem apaixonado: "Você devia estar com desejos. Não quer nada mesmo?".

E a resposta sorridente foi: "Só o seu carinho".

Ao sair da festa, Peter foi caminhando pela noite, com Hermione no pensamento — imaginando uma Hermione animada, encantadora e relativamente desprovida de *páthos*, que fosse só dele. Mas, ele se indagou, por que ela haveria de ser relativamente desprovida de *páthos*? Já que não passava de uma fantasia, que fosse inteiramente feliz. Ele sorriu com tristeza, parecendo mais embriagado do que estava.

Pensou em Audrey, que precisava de um gesto dele — que poderia ser, em primeira instância, uma viagem ao Japão. Nunca tivera inclinação para gestos, era preciso nascer com isso. Fazia tempo que não dava nem recebia afeto. Parecia ter se esquivado de muito sentimento em uma espécie de sensibilidade persistente, feito uma gripe forte.

Tinha dito a Aldred Leith: "Eu o invejo". Às vezes sonhava com a ternura no amor, assim como outros sonham com o erotismo.

Passou pelas arcadas de mármore que conduziam ao interior dos melhores hotéis, recordando que lá estivera com Leith na manhã do acidente de avião. Havia um elegante salão de baile chamado Gripps, no alto de uma escadaria revestida com passadeira vermelha. Ele conseguiu uma mesa, pediu um Tom Collins e ficou observando os dançarinos, marcando o compasso com o pé, distraidamente. Sentia-se a uma eternidade da cena marcial da parada. Precisou fazer certo esforço para se lembrar do soldado grandalhão que desmaiara marchando entre os colegas.

Na confusão emocional do terceiro trago, avistou subitamente Rysom entre os dançarinos. Estava à paisana — trajava paletó alaranjado, camisa branca, imaculada, arrematada por uma gravata bifurcada e de fulgor esmeraldino — e fazia rodar uma robusta senhora na pista, enquanto a orquestra tocava "La vie en rose" e a iluminação adquiria tons rosados. Era Rysom, sem dúvida, por inédita que fosse a sua expressão: seriíssima, à beira da urgência. Nada na postura de Rysom sugeria que ele pudesse ser encontrado naquele estabelecimento respeitável e caro a rodopiar com tanto empenho na dança.

Era inquietante a presença de Roy Rysom no próprio centro daquela voragem que ele tanto ridicularizava. Tomando-o ao pé da letra, ou mais sinceramente do que ele próprio se tomava, Peter Exley se arriscava a ficar para trás, uma vez mais, na generalizada corrida em busca de segurança. Até então, Exley imaginava pelo menos saber quem era Rysom. Agora tinha a impressão de que ele lhe havia passado a perna ao adotar, descaradamente, tanto uma coisa como a outra. Na aparência, ele e Rysom estavam de pleno acordo quanto à fragilidade de ambos. Mas Rysom o traíra.

Peter voltou a pé para os seus aposentos, coisa que lhe custou meia hora, e obrigou o garoto do refeitório a lhe servir um jantar tardio. Ocorreu-lhe que, àquela hora, o *President Polk* provavelmente já devia ter chegado a Yokohama, e, antes de se deitar, escreveu uma carta breve a Audrey Fellowes, remetendo para o endereço do irmão dela. Como não pretendia escrever tão cedo e como o tom lhe saiu um tanto mais cálido do que convinha, ele decidiu reler a carta na manhã seguinte. Mesmo assim, aquele era um modo de se aproximar — coisa de que estava sentindo falta na suavidade daquela noite.

13.

No ano-novo, eles desceram ao vale. À noite chuvosa, seguiu-se uma manhã resplandecente. Naquela altura, Aldred já estivera diversas vezes no templo, sempre dando com o vigia — carrancudo, grave, quase mudo —, mas sem nunca encontrar um fiel ou qualquer outro visitante. Talvez o santuário fosse proibido. O vigia poderia ter retornado por iniciativa própria, tal como, na casa lá do alto, o jardineiro reaparecera com a volta da paz, para tornar a rastelar as claras *koichi* em desenhos espiralados.

Fosse como fosse, era o primeiro dia do ano, bastante ameno, e a primeira vez que Helen iria com ele, devendo ambos atravessar a pequena clareira em que tinha morrido um homem. Aldred a conduziu por sobre um último tapete de folhas murchas e úmidas, antes de alcançarem o pequeno espaço junto à entrada do templo, onde tiraram os sapatos. Não avistaram o vigia, embora ele devesse estar por perto — quem sabe inibido com a presença de uma ocidental ou com aquela demonstração implícita de fraqueza no homem até então solitário.

Ou talvez estivesse lá dentro, indistinguível entre as brunidas fileiras de efígies. Folhas mais secas invadiam a entrada e se agitavam em uma mancha de sol. Os odores de cânfora, incenso, sândalo e recinto fechado não eram eclesiásticos. Os dois não falaram nem se puseram a andar, tampouco mostraram menosprezo pelo lugar que não oferecia resistência. No efeito solene do silêncio, a cachoeira desempenhava, sem contradição, o seu papel.

Na volta, separaram-se para subir a trilha, ele à frente, voltando-se para lhe segurar a mão. Devido ao bom tempo, não levavam casaco. Naqueles dias, seus corpos estavam se amoldando um ao outro, a medo, deliciosamente. Ele ainda não dissera a palavra *amor* — o Rubicão das palavras, com seu poder transformador.

Helen iria só ao alojamento dos pais, para onde Benedict também seria levado e onde estava sendo preparado o almoço. O casal Driscoll iria a uma solenidade qualquer — não faltavam eventos desse tipo, a que compareciam infalivelmente, deixando tudo por conta de Dench. Assim, no alto do caminho, Helen seguiu sozinha, rumo àquela outra existência, em que cada vez menos tinha lugar. Enquanto caminhava, levou a mão à boca, para conservar o beijo dele, e ao peito, para lhe reter o contato.

O homem, ao contrário, foi para o seu quarto e sua mesa — para aqueles papéis em que os continentes, as culturas e as existências arruinados, que durante anos haviam lhe consumido o corpo e a alma, davam lugar à história dela e à dele. Não poderia considerar aquilo uma redução, já que um tema envolvia o século e o mundo, ao passo que o outro remodelava sua vida solitária, efêmera, miraculosa. Tendo reiteradamente esperado perecer nos grandes incêndios em que sua época o havia lançado, Aldred acabava de descobrir o desejo de viver plenamente, o que, para ele, significava viver com ela.

Agora Benedict tinha quem cuidasse dele durante a noite: um senhor japonês treinado para dispensar atendimento médico. O próprio Aki passava longas horas ao seu lado, mesmo quando Helen estava presente, pois ela não tinha força para deslocar o irmão ou ajudá-lo a se levantar, procedimentos que se tornavam cada vez mais necessários. A pedido de Ben, a garota continuava lendo em voz alta, embora ele com freqüência pegasse no sono, olhando para ela ao despertar, quando, então, apesar das intermitências, Ben imediatamente se lembrava do que estavam lendo e de onde haviam parado. Sua fala era confusa, mas não para Helen, que a compreendia e interpretava. Benedict continuava a se entreter com as palavras cruzadas inglesas que Bertram lhe enviava, mas Helen é que lia as perguntas para o irmão, que ditava as respostas, já que a mão dele perdera a coordenação.

Aldred, chegando certa manhã, ao encontrá-los às gargalhadas — Helen com as palavras cruzadas na mão —, foi informado do novo método deles: "Ben quer eu diga o número de letras de cada palavra e depois dê a dica. Mas ele começou a dar as respostas antes mesmo de ouvir a dica".

"Eu disse: um-cinco-um-um-três. E ele respondeu: 'O *velho e o mar*. Qual é a pergunta?'."

Leith se sentou ao lado dela, e por instantes os três se sentiram contentes e animados. Benedict disse: "Como antigamente", referindo-se a poucas semanas antes. Os prazeres não o fatigavam. Ele disse súbita e claramente: "Vocês precisam conseguir, de algum modo".

Na breve luz do dia, ele e ela iam passear nas encostas mais distantes, de onde se via o mar. Era janeiro, mas Aldred e Helen inventavam o calor, ao ar livre, em lugares ermos. Aldred sabia que, se se encontrassem em seu quarto, ele a levaria para a cama. Sabia que, por mais que percorressem as colinas e os vales, isso acabaria acontecendo.

Parecia-lhe que, em seus escrúpulos e agouros, ele estava assumindo o papel da donzela apreensiva, ao passo que a moça era a própria encarnação do impulso físico. Ela estava em uma perigosa margem, na qual faria o que quer que ele pedisse, simplesmente porque ele pedira. Nesse meio-tempo, entre moitas, arbustos e árvores angulosas, ele tinha visto e tocado o corpo dela.

Precisava falar com ela como ainda não tinha falado. Conversaria com os pais de Helen. A dissimulação os irritava. Pouco afeitos a escândalos e acusações, eles acabariam precipitando os acontecimentos na tentativa de serem francos.

Certa manhã, nas montanhas, Leith disse: “Se Dench nos descobrir, vai ser péssimo”.

“Se ele se aproximar, ouviremos sua tosse antes.” Ela havia pensado nisso.

“Acho que ele gosta de você.”

Helen fez que sim.

É difícil surpreender as mulheres nessas coisas.

“Ele deu em cima de você?”

“Não. Só se insinuou.”

“Tudo hoje em dia é furtivo. O novo poder no mundo. Como o tal Slater.”

“Que chegou com Tad.” Ela disse: “Tad já percorreu meio mundo. Mandou um cartão do Cairo”. E acrescentou: “Esta capa de chuva tem cheiro de terra”. Estavam deitados no velho casaco que Aldred usara durante a guerra.

"É. E, como a terra, ele é velho e sujo. Devolveram esse casaco em uma caixa de *haveres*, como eles dizem, quando eu estava na Inglaterra, em 1945. Ficou tudo guardado em Lincolnshire, em um celeiro perto de Branston, onde nós passamos as noites anteriores à batalha." Ele continuou: "Ao receber a caixa, eu a abri, desempenhando o papel do parente próximo que recebe os miseráveis pertences deixados pelo falecido. Vivi a experiência que minha mãe poderia ter vivido. Este casaco foi a primeira coisa que vi na caixa, estava dobrado sobre o resto, feito um cadáver. Havia ainda um livro, algumas cartas, meias, lenços, o meu relógio antigo, um barbeador — objetos pessoais irrelevantes. Por casualidade, eu estava vivo para receber aquelas relíquias, só faltou a carta do coronel enaltecendo minha bravura. Coronel que, aliás, morreu ao meu lado, em combate. As *coisas*, Helen, a triste e tola evidência das coisas". E acrescentou: "Dizem que os bens materiais são efêmeros, e, no entanto, Deus meu, como eles sobrevivem a nós — há o relógio no criado-mudo, as pastilhas para a garganta, o diário com as anotações daquele mesmo dia". E tudo vai perdendo o significado, a olhos vistos.

"Eu esperava morrer naquela expedição. Acho que estava pensando nisso quando enfiei as coisas na caixa, amarrei-a, escrevi meu nome e número e peguei o recibo. Não tenho lembrança disso. Quando a caixa me foi devolvida, o dono daqueles restos estava morto, eu tinha sobrevivido a mim. Só muito tempo depois foi que me reuni ao rapaz que eu fora antes. Naquelas semanas do pós-guerra na Inglaterra, comprei uma motocicleta. Ia a toda parte com ela, em alta velocidade, com chuva ou sol, vestindo este casaco, creio. Tentava exorcizar a imobilidade — a ferida, a prisão, a espera."

"A própria guerra?"

"Sim. A impotência da derrota, aquele setembro. Combatendo na lama, mais como em 1915 do que como em 1944. Mais como Agincourt: chuva, barro, o frio insuportável. A proximidade do inimigo, sua cara, a compartilhada intimidade com o medo e a morte. Explosões, batalha, a matança. Com o ferimento, fui capturado no último dia. Tinha passado a noite na floresta, agonizando."

Helen estava deitada sobre o braço de Aldred. Ele viu as suas lágrimas adultas.

"Num intervalo entre as explosões, tentamos descer até o rio, mas eles perceberam, abriram fogo, e não havia como voltar nem prosseguir. Aproximaram-se e começaram a lançar granadas." Ouvira-se um chapinhar, a cabeça do coronel tinha sido arrancada. O próprio Aldred, salpicado daqueles fragmentos sangrentos, pensara a princípio, sem surpresa, que fossem seus. Então sobreviera sua própria ferida, rasgando-lhe a roupa e a carne, das costelas ao tornozelo.

"Quase ao amanhecer, eles chegaram entre as árvores e me capturaram. A batalha tinha acabado. Havia macas, caminhões repletos dos seus próprios feridos, outros caminhões para os mortos, os deles e os nossos. Gritos, gemidos, delírio, carnificina."

Ele perguntou: "Por que estou lhe contando isso?".

"Está contando para si mesmo."

"Nós, os prisioneiros feridos, eles empilharam em um quartel desativado na retaguarda. Os beliches eram altos, de três ou quatro leitos. Os nossos poucos oficiais médicos estavam exaustos. Os médicos alemães cuidaram primeiro da sua gente, havia milhares de feridos dos dois lados. Entre os nossos, os que conseguiam andar faziam o que podiam. Antes da batalha, recebêramos pequenos pacotes de morfina, sulfanilamida — um funesto abastecimento. O nosso pessoal médico havia se arrastado entre os mortos, recolhendo esse material dos corpos, e isso nos alegrou. Os feridos que tinham sido colocados nos beliches mais altos eram difíceis de alcançar. Não podiam descer para aliviar a dor. Um matadouro."

"Você conseguia pensar? No que pensava?"

"No começo, achei mais fácil continuar agonizando. Depois pensei em tétano, gangrena, amputação. Há uma lacuna que não consigo preencher. Passadas algumas horas, chegou um médico alemão, um cirurgião — mais um, morto de cansaço, que depois ressuscitou. Disse que eu tinha tido sorte. Sempre me diziam isso, e agora vejo que é verdade." Aldred acrescentou: "Perguntei o nome dele, o homem era um sujeito decente, humano. Só Deus sabe o que foi feito dele".

"Você ficou em uma prisão?"

"Em um hospital de prisioneiros. Depois no campo. E o inverno infindável, e eu convalescendo, tiritando. Passei fome, aprendi alemão. Esperava cartas e livros. Esperava o fim da guerra, que parecia não chegar nunca. Recebíamos notícias, quando outros prisioneiros eram internados. Alguns dos nossos iam até a cerca recebê-los, gritando-lhes gracejos grosseiros. De vez em quando, chegava um conhecido. Um dia, Peter Exley apareceu, coitado. Foi então que ficamos amigos de verdade. Conversávamos muito. Tempo para isso não faltava, só Deus sabe."

"E você fugiu?"

"Sim, mas não há nenhum mérito nisso. As coisas começaram a mudar, estávamos nos preparando. Houve um bombardeio, e, durante o pandemônio, alguns fugiram. Mesmo assim, demorou para escaparmos de verdade, levei quinze dias para chegar às nossas linhas. Onde, por sorte, fiquei sob a proteção de uma unidade influente. Tinham um trabalho para mim e me mandaram a Paris, depois a Caen. Na Europa, a guerra acabava terrivelmente, na Ásia, prosseguia terrivelmente. Nada sabíamos da Bomba. Os campos de concentração foram abertos, tiraram a tampa do inferno."

Ele a estreitou nos braços, dizendo: "Nunca generalizei sentimentos sobre nada disso. Nessas situações, cada sujeito é compelido a agir coletivamente, mas a repulsa e a compaixão são experimentadas individualmente, reciprocamente. Você me entende, Helen? Na Inglaterra, naquela primavera de 1945, eu vi minha gente, meus amigos — ou o que restava deles — e viajei muito de motocicleta. A primeira renovação está vindo do Oriente. A China está deixando tudo o mais na periferia, por ora".

Quando se levantaram, ele a beijou e desceram a montanha de mãos dadas. Aldred disse: "Tudo isso só porque abri a caixa que chegou de Branston".

"Por causa do seu casaco sujo de terra."

"Que foi exorcizado e abençoado, e precisa ser lavado." O casaco encardido, outrora empacotado como a sua mortalha.

Helen precisava ver o irmão, e parecia que eles já não iriam trocar nenhuma palavra. No entanto, quando chegaram à porta, Aldred disse, "Helen, entre um instante", do modo mais sombrio do mundo. Ela se sentou na cama dele, e ele, ao lado dela, tal como tinham feito no dia do suicídio. Aldred tinha consciência de como ela lhe parecia uma criança naquele instante e do seu impulso para abraçá-la. Segurou-lhe as mãos e disse: "Eu a envelheço, contando-lhe coisas sinistras. Em vez disso, eu deveria dizer, agora, que todo o meu passado foi deslocado por este amor".

A expressão de Helen — circunspecta, apreensiva — não se alterou, e, por isso, ele quase chegou a especificar: o nosso amor, o seu e o meu. Como se pudesse ter havido algum equívoco. Porém ela, nada achando de incompreensível nas palavras dele, tomou-lhe o rosto nas mãos e riu francamente, dizendo "Amor" em retribuição, antes de trocarem um beijo grave, preocupado. E Helen murmurou: "Nós somos tão sérios".

Aldred disse: "Já que isto aconteceu conosco, precisamos falar no que ainda vai acontecer. Não só das nossas dificuldades, querida, mas de nós mesmos, da nossa felicidade, da nossa aventura". Não conseguiu falar da crise do irmão dela, mas propôs: "Se você concordar, primeiro vamos contar a Ben".

"Que já sabe e está contente."

"Também precisamos pensar na melhor maneira de abordar seus pais." Que apareceram ao longe, naquele momento.

Quando Helen se levantou para sair, Aldred disse que iria visitá-la à noite. Despediram-se como se os aguardasse uma longa separação. Ela tornou a dizer: "Nós somos tão solenes".

"Preciso me acostumar à alegria", ele disse.

14.

Quando o frio chegou a Hong Kong, depois do Natal, surpreendeu mais por purificar o ar do que pelo rigor. Na época, olhando para o outro lado do estreito, via-se, como que de uma grande altura, a vida interior do continente: habitações agrupadas, arrozais trabalhados, caminhos sinuosos e a fumaça dos pequenos fogos necessários. O primeiro plano era detalhado. Ao longe, distinguiam-se as formas e cores de outras colinas, insuspeitadas, e, como um sinal, a montanha chamada Tai Mo Shan.

Semelhante cena deveria conter experiências para quem tivesse a paciência de evocá-las. A própria ilha parecia menos fictícia agora, recém-povoada, ao que parecia, por multidões trajadas com roupas acolchoadas, e exalando, ao anoitecer, o cheiro recente de carvão e fumaça de madeira. Já não se estava fora da Europa ou de qualquer outro lugar, mas simplesmente retirado para o interior do continente. Era possível se acercar da imensa realidade, ou da aceitação dessa realidade. Numa noite de janeiro, ao passar sob as arcadas — onde, junto às lojas sofisticadas de trufas de chocolate e frutas cristalizadas, pequenas famílias haviam acendido braseiros nas lajes da calçada —, Peter Exley se deu conta de que não existia nenhum outro lugar onde valesse a pena estar. E esse fato em si era a felicidade. Sabia que seus sonhos mais profundos podiam ser considerados exorbitantes.

O frio intenso durou pouco mais de um mês. Com o ano-novo chinês, que naquele ano caiu numa terça-feira gorda, os dias seguintes se tornaram mais longos, porém menos reveladores. A lucidez se foi como uma alucinação. E, uma vez mais, era possível se afastar da fria China, da fria Rússia, distanciar-se daquele interlúdio de seriedade climática, no qual a vivência do cotidiano parecia ser uma condição espiritual.

Peter Exley disse a Rita Xavier: "Talvez os lugares frios tenham mais respeito próprio do que nos fazem acreditar".

"Só nos lugares frios", ela retrucou, "nos fazem acreditar nisso."

"Não no meu caso. Olhávamos para o Norte gelado em busca de instrução. O Norte era o lugar onde valia a pena estar." Nós nos consumíamos na Austrália ferida, quente, inacabada.

As tentativas de expor parte da alma a Rita Xavier sempre fracassavam. Mas ele insistia, porque precisava acreditar na sensibilidade das pessoas magoadas. Ou porque não conseguia deixar por isso mesmo.

Quanto ao mundo ocidental, não se falava senão de guerra: os Estados Unidos e a Rússia iriam se engalfinhar sobre o corpo prostrado da Europa. Enquanto isso, a China se concentrava em seus colossais problemas. Peter escreveu a Aldred Leith:

> Você deve ter visto Shamien queimada, em janeiro — o consulado, os estabelecimentos comerciais. Se isso tiver sido, como andam dizendo, uma represália por causa do impe-

rialismo em Hong Kong, não acha que não passou de um anacronismo? Até o fim do ano, Hong Kong será a única janela da China para o mundo. Os chineses vão se isolar. Os Estados Unidos vão embargá-los.

Disse que seus casos de crime de guerra estavam chegando ao fim e que em breve marcaria a data da viagem ao Japão. Escreveu a Audrey Fellowes pelo mesmo motivo. Entrementes: "Aqui tivemos um inverno inteligente: *l'hiver lucide*".

Num sábado em que o calor voltara, Peter caminhava pela estrada Queen, em suas andanças à tarde. Na esquina, topou com Rita, prestes a atravessar a rua. Ia ao King's Theatre. Após semanas de Margaret Lockwood, estava passando um filme novo — chinês, que durava horas.

Ficaram na sombra, debaixo de uns andaimes. Agora tudo se achava em reforma, com festões de franjas de palha e molduras de varas de bambu. O cinzento do reboco estava manchado de branco. O ar era de poeira granulada e cheirava a cimento e à agitação de uma atividade próspera.

"Você se importa se eu for também?"

Ela disse: "Começa só às três".

Ficaram afastados da multidão e de toda aquela agitação barulhenta de que talvez gostassem de participar — se pudessem fazê-lo só de vez em quando e impondo seus próprios termos. Ou, Peter pensou, se houvesse quem me chamasse para participar.

Rita disse: "Eu ia comer alguma coisa. Não almocei". Havia um restaurante no cinema, um lance de escada acima.

"Eu vou ao alfaiate." Ele apontou para a tabuleta: OLD BOND'S TREAT. Rita não sorriu, mas concordou em se encontrar com ele no restaurante dali a quinze minutos.

À entrada de uma loja de tecidos, uma escada desgastada levava à alfaiataria. A porta, normalmente aberta, estava fechada aquele dia. Exley bateu no vidro opaco. Um chinês trajando roupa americana, vindo do andar superior, sorriu ao passar e fez um gesto com a cabeça.

Exley perguntou: "Algum problema?".

Surpreso, o rapaz respondeu em cantonês: "Liu não trabalha hoje".

"Ele está aí?"

O alfaiate morava na loja com a esposa e a filha. Exley nunca tinha visto a mulher de Liu, conquanto a menina às vezes saísse correndo de trás de uma divisória de madeira compensada e, freqüentemente, falasse ou chorasse lá dentro. Diziam que a esposa ficava reclusa.

O homem na escada disse: "Sim. Está aí, mas não vai trabalhar". Outro sorriso, outro gesto com o punho de linho listrado.

"Só vim buscar um pacote."

O chinês continuou descendo a escada. Peter pensou no quanto eram enigmáticos, mesmo aqueles pequenos encontros com o desconhecido. Lembrando-se do combinado com Rita, já se dispunha a ir embora, mas ouviu o ranger de uma tranca sendo retirada lentamente, e uma sombra manchou o vidro. Quando voltou a empurrar a porta, ela se abriu.

Deu com a mulher do alfaiate bem à sua frente. Toda vestida de preto, blusa e calça de *amah*. Trazia no alto da cabeça as tranças enroladas e unidas em uma estrutura cuja forma contrastava com a comoção primitiva de sua expressão. Exley nunca tinha visto um rosto tão aflito. Entrou. As janelas estavam cobertas com persianas de ratã, e a sala fedia horrivelmente a ópio e à imundície. Deitado de lado no banco reservado em geral aos clientes, Liu lhe endereçou um sorriso cego, anestesiado.

Exley perguntou à mulher: "Ele está doente?". Não podia compreender sua dor — como se ela estivesse chorando em silêncio, sem lágrimas. Insistiu na pergunta: "Diga".

Atrás da divisória, na desordem doméstica, uma criança jazia num amontoado de panos e retalhos. A cama, improvisada com restos de tecido, com todo tipo de estampado, floreado e listrado. Ele sabia que aquela só poderia ser a filha de Liu, mas não lhe reconheceu o rosto chupado nem o corpinho mirrado, absolutamente imóvel, com a cabeça virada em um ângulo improvável e uma pequenina argola atravessada na orelha. De boca flacidamente aberta, os olhos fechados. Exley pensou: Essa menina está morta.

Lendo-lhe o pensamento, a mulher começou a falar. No mesmo instante, Peter percebeu que a criança respirava. E disse: "E o médico? E o hospital?", e, agachando-se, tomou a menininha nos braços. As pernas se esticaram feito varas rebeldes, exalando um mau cheiro de doença sem tratamento. Ele perguntou: "Há quanto tempo ela está assim?".

A mulher começou a chorar alto, ajoelhando-se diante da menina, mas sem tocá-la, balançando a própria cabeça nas mãos. Exley viu que era apenas uma adolescente — possivelmente filha de alguém das sampanas, vendida na puberdade, tão franzina na roupa preta e, no entanto, já mãe de uma criança. Para Peter Exley, a forma humana era geralmente incomensurável com tudo o que tinha que evidenciar e suportar.

Ele disse: "Vou pedir socorro". Saiu e desceu a escada correndo.

Na loja ao lado, ouvia-se uma animada discussão de negócios e o baque surdo dos rolos de tecido. Exley foi para o King's Theatre. O mundo brilhante e colorido ressurgiu, pleno de animação e indiferença. No movimentado restaurante do primeiro andar, Rita Xavier comia delicadamente, com hashi, os bolinhos de uma tigela.

Ele se acercou: “Rita”.

Ela perguntou de imediato: “O que aconteceu?”. E Peter se deu conta de que estava com a túnica marcada pela doença da criança.

“Você pode ajudar?” Sentou-se na beirada de uma cadeira e explicou — um momento curioso, no qual teve a percepção de tudo o que os minutos seguintes trariam. Mesmo enquanto falava, reparou que o alarme da srta. Xavier cedia, dando lugar à indiferença. Ela acha que não devo me meter. Exley disse: “Não posso deixar essa menina morrer”, de modo a constranger a srta. Xavier a ajudá-lo, ou para se justificar.

“Pode ser que morra, por mais que você faça.”

Ele perguntou: “O pessoal da saúde pública vai vir?”.

“É preciso levá-la lá, para o hospital.” E Rita acrescentou: “Mesmo que fosse para você, eles não viriam”. Com aquele *você* imperial, ela definia a distância que os separava.

Teria de ser o complicado ato de humanidade, ou nada. Ele quis perguntar: “Você me ajudaria a convencer a mãe?”. Mas preferiu dizer: “Então me dá licença?”. E se levantou. E ali, naquele momento preciso, começou a esquecê-la.

Ao sair, foi envolvido pelo êxodo do final da sessão de cinema anterior. Bem à sua frente, na escada lotada, avistou Brenda Mills.

Peter a chamou: “Brenda!”.

Ela moveu o maxilar como para morder. “Não fale comigo.”

Ele a encarou.

Ela disse: “Roubaram a minha bolsa. Quando me levantei por causa do hino”. Vermelha como um pimentão, estava tremendo, quase chorando. “Um desses porcos”, acrescentou. “Durante ‘God save the king’. Bandidos! Não fale comigo.”

Abrindo caminho, ele saiu do cinema e atravessou a rua entre riquixás e Studebakers, sem esperar que o sinal abrisse.

Enquanto Brenda dizia: "Não levaram nada de valor, não é isso", e Rita orava em silêncio, não para pedir perdão, mas desculpas, Exley já estava subindo os degraus sujos que levavam à porta de Liu. De volta à sala de cheiro terrível e às suas convicções, com uma sensação de familiaridade. O sofrimento nunca é totalmente estranho. Estranha era Brenda, era Rita: mulheres que não haviam se recuperado. Por um instante, seu pensamento se voltou para Audrey Fellowes, que teria se prontificado a ajudá-lo. Mas Peter deixou de lado esse vislumbre, para análise ulterior.

Tornou a se sentar no chão e apoiou a criança nos joelhos. A cabeça pendeu, solta como antes, mostrando o brinco quase imperceptível. Ele notou que a mãe da menina, mesmo desesperada, estava estranhando — como todos os demais — o comportamento inusitado dele. Compreendeu perfeitamente. Ele mesmo desconfiava de qualquer súbita mudança para melhor. Também tinha consciência de que sua intervenção poderia fracassar e estava certo de que seria condenado em algum ponto do caminho. Tudo isso lhe pareceu pouco em troca da saúde.

Era a sua própria saúde que tinha em mente, a sua lenta convalescença. Enquanto Brenda se queixava com a gerência do cinema e Rita se detinha, irresoluta, no meio-fio, Peter Exley reconheceu uma verdade simples. Pelo menos foi o que lhe pareceu naquele momento.

Contou à mulher o que pretendia fazer. Ela se pôs a gritar em um dialeto que ele não conseguia entender, de modo que a deixou falar, enquanto pensava na corrida de táxi e se perguntava se a esposa de Liu já viajara de carro. Tinha certeza de que o motorista os levaria, já que ele envergava a farda de magistrado. Enquanto aqueles momentos passavam, a menina permaneceu em seu colo ainda viva, preciosa, parte de um ser prodigioso.

Ele pensou com alívio no hospital. Esquecera que lá haveria quem o ajudasse.

"Muito bem", disse em inglês. "Então vamos."

15.

Eram os últimos dias de Brian Talbot no Japão. Com a habitual volubilidade humana, ele começou a olhar intensamente para as cores e aflorações ao seu redor e a desejar algumas semanas a mais para compreender claramente as coisas. Uma vez mais, arrependeu-se de não ter assimilado o idioma ou viajado além do distrito para o qual fora designado. Lamentou não ter trazido um binóculo melhor, ou uma câmara diferente, ou a caixa achatada, esmaltada de vermelho, que certa tarde um velho lhe oferecera timidamente na rua. Ia levar um colar de pérolas cultivadas à mãe e reservara outro para a namorada, que não tinha escrito ultimamente.

Seu objetivo imediato, ao retornar a Melbourne, era dar baixa no Exército. Além disso, imaginava que alguma oportunidade boa iria surgir. Tinha um prontuário decente, a carta de recomendação de Leith e, na outra ponta, um par de vagas possibilidades. A sensação de ociosidade, de estar voltando sobre os próprios passos, era natural: logo se aprumaria de novo. Decerto esperavam que ele continuasse o mesmo de outrora, ou que fingisse ser. Oxalá não tivesse de passar o resto da vida simulando a mesmice.

Fosse como fosse, tinha chegado a hora de partir. Tudo ali estava mudando. Falava-se em problemas com a China, problemas com a Coréia. Em guerra mundial com a Rússia. Ele não se importava de estar no Oriente em tais circunstâncias.

Teria saudade das excursões com Aldred Leith, em cuja companhia nunca sentira a ameaça de anonimato que oprimia os soldados. Quando os colegas o ridicularizavam, limitava-se a dizer: "Ele é o único adulto com quem eu cruzei". Brian Talbot pensava mais no futuro de Leith do que no seu próprio. Tendo se distinguido até então, Leith não poderia parar, precisava prosseguir para confirmar a alta estima de Talbot. Alguém precisava transcender a mesmice.

Ouvira dizer, na sala comunitária, que a mocinha do complexo era considerada propriedade de Leith. Tanto que o herói recebera o rótulo de "O Seqüestrador de Bebês". Se a especulação não ganhou força, foi devido à falta de provas e à preocupação da garota com o irmão, que inspirava simpatia. Talbot poderia dizer que tinha visto nas fotografias Helen de mãos dadas com o norte-americano, mas achou melhor se calar. Havia absorvido parte da discrição de Leith. E achava que Tad Hill não tinha a menor chance.

O poder de atração da garota o intrigava, a não ser pelo fato de ela ser a única disponível. Ela fora a mulher que menos o atraíra fisicamente até então. Mas ele sabia que uma moça como aquela nutria sentimentos, dos quais era preciso se manter à distância. O fato de ela ter valor aos olhos de Leith influenciava a todos. A própria partida de Talbot suscitava nele uma indulgência inédita, de modo que, naqueles últimos dias, ele já não sustentava que Leith deveria, como era voz corrente, procurar coisa melhor, ou, voltando à Inglaterra, arrastar as asas para a princesa Margaret Rose. Percebia que o homem e a moça se entreolhavam e enfrentavam dificuldades. Tinha pena dos dois, que viveriam a separação desastrosa, sina de todos os que se envolviam com o sangrento Extremo Oriente.

Depois de alguns dias em Nagasaki, Leith retornou certa tarde, carregando sua sacola de lona. O impermeável, lavado, estava aberto sobre a farda de campanha, como a chamavam, que ele usava nos dias frios. Os dois homens se alegraram por se reencontrar daquele modo tão familiar, tendo extraído da descontinuidade pelo menos uma certeza: ambos estavam cientes de que, passados aqueles poucos dias, não voltariam a se ver.

A Talbot restava uma semana. "No começo, eu achava que isso não iria acabar nunca. Agora só faltam seis dias."

"Também espero partir dentro de um ou dois meses. Você tem meu endereço, caso precise de alguma coisa — o endereço dos meus pais, em Norfolk, que sempre sabem onde me encontrar."

Talbot bem que quis imaginar um casal de cabelos brancos, no aconchego da lareira, ela fazendo tricô, talvez, ele cochilando com o jornal aberto — orgulhosos do filho. Mas suspeitou que não fosse bem assim, ao se lembrar da ferocidade velada do pai na capa do livro.

"Quem sabe um dia o senhor ainda apareça lá em Melbourne. Nunca se sabe." Naquele instante, não podia se imaginar passeando à beira do Yarra, muito menos com Aldred Leith.

O homem lhe perguntou de súbito: "O que você gostaria de fazer?". Ele queria dizer: se não fosse o Exército, se não fosse o Yarra.

E o rapaz respondeu: "Bem que eu gostaria de saber!". Calou-se por um momento, então prosseguiu: "As opções não são muitas, preciso ganhar a vida. Em parte quero mudar, em parte quero me ajustar. Gostaria de amadurecer um pouco mais antes de escolher. Mas não é isso o que esperam de mim".

"Tome cuidado. Quando estamos indecisos, os desejos dos outros triunfam." Coisa que ele tinha preferido não dizer a Peter Exley. Não gostava de se repetir, mesmo quando a vida parecia exigi-lo.

"Eu queria alguma outra coisa mais, antes que tudo se defina." Não poderia dizer "aventura", já que deixara essa oportunidade escapar em seus anos no Japão. "Não se trata de diversão exatamente, se bem que isso não faz mal a ninguém."

Leith disse: "Romance?".

"É." O moço riu, não totalmente à vontade, dando à palavra um significado único, muito embora soubesse que havia outra conotação. "Acho que é isso."

O homem disse, por conta de sua felicidade pessoal: "Coisas indefensáveis, indispensáveis".

Quando chegaram ao portão, combinaram o que fazer no dia seguinte. Brian Talbot resolveu dar um pulo na sala comunitária. E Leith seguiu pelo caminho com a sacola.

Incomodava-o ter dito que partiria em breve. Pela primeira vez em anos, havia um fato que ele não podia enfrentar, que já não dependia exclusivamente dele. Estava decidido a conversar com Helen aquela noite, e com Benedict, caso o rapaz estivesse em condições. Do contrário, seria necessário falar com ela no seu quarto. Compreendia que, também lá, outro clímax pairava sobre eles. Não que alguma dessas possibilidades o contrariasse. Pelo contrário, mal podia imaginar a vida anterior, na qual havia existido sem aquele entusiasmo encantado.

Helen correu para os braços de Aldred. Não vinha dos barracões lá em baixo, e sim do conjunto de escritórios acima. Descera voando o caminho batido, pisado, com as mangas do capote de lã estendidas, o cabelo a esvoaçar. Leith soltou a sacola e subiu ao seu encontro, notando que ela parecia mais flutuar do que correr, devido a uma emergência. Ele imaginou que Benedict tivesse morrido.

Helen se atirou em seus braços. Havia tanta disposição em ambos, que o homem se deu conta: Eu estou aqui para isso.

Controlando-se, ela disse: "Levaram Ben".

Foram para o quarto de Aldred e sentaram-se juntos. Helen cobriu o rosto com o braço verde e chorou. Disse: "Que modo de recebê-lo". Logo endireitou o corpo, enxugou os olhos e fez menção de lhe tocar o rosto, de verificar sua existência. "Graças a Deus você voltou."

"O mesmo digo eu de você. Conte."

Os pais tinham transferido Benedict para Tóquio. Levada por Dench para um passeio fictício pela cidade, ao voltar, Helen descobriu que o irmão havia partido. O estratagema fora armado para poupá-la da despedida. Dentro de alguns dias, Ben trocaria o Japão pelos Estados Unidos, acompanhado do dr. Thorwaldsen, que iria retornar à sua clínica na Califórnia. Era praticamente um seqüestro.

Dench lhe havia dito que a internação era temporária: iriam avaliar o estado de Ben e prescrever um tratamento. Ele receberia um tratamento melhor do que antes. Enquanto isso, seus pais planejavam uma partida iminente para a Nova Zelândia. Lá montariam uma casa para ele.

Helen estava trêmula. "Ben nunca mais vai nos ver, a nenhum de nós. Nunca mais vou vê-lo. Ele vai morrer sem ninguém ao seu lado. Sem mim. Em um lugar que não posso nem imaginar."

Leith, que estava abraçando Helen, não teve como contestar essa probabilidade.

"Não nos despedimos. Pode ser que ele pense que participei dessa armação."

"Não. Ele sabe que não."

Helen tornou a esconder o rosto no braço. "Eu queria correr, tomar o trem. Mas não tenho dinheiro." Desesperada. "Não tenho nem passaporte."

Leith lhe segurou o braço. "Mas eu tenho." Disse: "Escute, não posso trazê-lo de volta, mas posso ir visitá-lo. Escreva algumas linhas que eu levo lá para ele". Havia um vôo noturno para Kure, ele só precisava chegar a tempo. Do contrário, pegaria o último trem. "Espere, preciso chamar Talbot, antes que ele vá embora. Aproveite para escrever a carta para Ben. Já volto." À porta, virou-se: "Helen, e os meus papéis?". Referia-se à caixa escondida embaixo da cama de Ben.

"Estão aqui." Ela se aproximou, tomou-lhe a mão e a beijou. "Como você é bom. Melhor do que qualquer um."

Talbot estava entrando no jipe, mas saltou ao ver Leith; calculava que fosse possível chegar a tempo ao aeroporto. "Mas é bom se apressar." E, acrescentando que havia recados e cartas para Leith na sala comunitária, foi buscá-los.

Helen já estava com a sacola dele na mão — como uma esposa, pensou Leith. "Você é a minha menina querida! Vou tentar estar de volta amanhã. No máximo, quinta-feira cedo." Guardou o papel dobrado que ela lhe entregou. "Eu leio para ele." E disse: "Helen, aconteça o que acontecer, não permita... Esteja aqui quando eu voltar".

"Só se me seqüestrarem." Ou me matarem.

Ao vê-lo partir, Helen foi para os aposentos que dividia com o irmão. O jovem Aki estava lá, varrendo, limpando, esvaziando o cômodo. Em seu quarto minúsculo, ela se sentou na cama, estremecendo, ainda com o casaco de Tad — as pernas recolhidas sob o corpo, a mente abalada pelas impressões do dia, duas das quais predominavam. O que ela sabia agora que tinha sido o seu último contato com o irmão, que a observava, na cama, enquanto ela se preparava para ir passear no centro com Dench. E o seu amado a dizer: Mas eu posso ir — com tanta prontidão e serenidade.

Tendo terminado o trabalho, o jovem japonês bateu à porta, depôs no chão sua tralha e curvou-se muito, derramando lágrimas silenciosas, sem rugas.

Dench a procurou aquela noite. Havia ido prestar um serviço qualquer na ilha e estava com o semblante agitado de quem guardava uma informação que não podia ser divulgada. Helen, por sua vez, nada disse acerca da visita de Leith, que permaneceu ignorada. E essa foi a única satisfação de Helen. Dench disse que convinha pensar em fazer as malas e arrumar as coisas, pois em breve haveria mudança. Ela respondeu que tinha pouco para pôr nas malas e nada para arrumar: como seu irmão, possuía apenas roupas e livros, e algumas cartas, disse, em uma pasta. Acrescentou isso para aborrecê-lo. Quando ele se foi, Helen fechou a porta à chave e nela se apoiou, e a teria prendido com tranca caso houvesse uma.

No canto do corredor, encostado em uma parede caiada, havia um banco duro ao lado de duas cadeiras de aço. Nenhuma mesa, nada para ler. Aldred tinha levado um livro, mas o estava usando como apoio do bloco em que escrevia. Ao seu lado, no banco, havia um par de envelopes e duas ou três páginas escritas. Não havia mais ninguém esperando. A parafernália hospitalar passava por ele: carrinhos e cadeiras de rodas, doentes de roupão com atendentes engomados, calados e indiferentes. E, uma vez mais, os odores, pungentes ou calmantes, desses lugares.

Aldred ouviu passos suaves, que se separaram da corrente geral.

"Major Leith?"

Ele se levantou, um pouco atrapalhado com o livro e o bloco pautado: "Senhorita Fellowes!". Confuso, tentou recordar por que ela estaria ali. Trocaram um aperto de mão. "Não quer se sentar?" Aldred colocou os papéis de lado, deixando claro que os retomaria na primeira oportunidade.

Ela pensou que, se havia um homem taciturno, era ele, e tão bonito. Ela acabara de chegar de Yokohama com o irmão, que iria pôr uma nova prótese no braço.

Leith então se lembrou da história toda e imaginou que as novas próteses em geral eram compradas dos Estados Unidos.

"Talvez. Mas esse modelo é da Inglaterra." Ela disse: "Parece que desenvolvemos uma boa tecnologia nessa área por causa da Grande Guerra".

Houve um hiato, no qual cada um deles pareceu ter algo a contar.

Quando ela voltou a falar: "Major Leith...", ele disse: "Aldred, por favor". Ao que ela retorquiu: "Audrey".

"Aldred, acho que você sabe o que aconteceu com Peter." Ela mostrou certa aflição hesitante antes de informar que Peter Exley estava muito doente.

"Deve ser coisa recente... Eu recebi uma carta dele na semana passada."

"É recente mesmo, faz dez dias. Agora ele está melhor. Teve uma doença grave. Paralisia infantil. Poliomielite, como a chamam agora. Os Gladwyn — não sei se você se lembra dos meus primos de Hong Kong — escreveram-me. Parece que as duas pernas foram atingidas, e uma delas foi muito afetada." Ela disse com doçura: "Lamento lhe dar uma notícia tão ruim. Pode ser que você... bem, talvez esteja às voltas com seus próprios problemas".

"Você é uma pessoa muito boa", ele disse. E lhe falou rapidamente de Benedict. Agora que estavam entrosados, foi um alívio conversar. Ele apontou para os papéis que deixara de lado. "Tanta coisa acontecendo ao mesmo tempo." Disse: "Ontem, quando eu estava saindo de Kure, chegou um telegrama de minha mãe. Meu pai morreu".

"Eu lamento muitíssimo."

"Obrigado." Ele passou a mão no cabelo. "Quanta coisa ruim de uma hora para outra. Preciso ir à Inglaterra. É verdade que eu estava para voltar em breve, mas agora é urgente."

"Você era muito... ligado ao seu pai?"

"Acho que só vou descobrir isso agora. Tivemos pouco contato nos últimos anos. Mais recentemente, talvez, alguns sentimentos tenham se aprofundado." Ele acrescentou: "E tenho outras coisas para resolver antes de partir". Incapaz de abrir mão de uma alusão ao seu amor.

Sim, ela pensou, um belo homem. Os olhos, a boca. E, a partir dessas impressões, recordou que Peter falara na paixão de Leith por uma menina. "Lamento", disse em voz baixa, "o fato de você estar se separando de uma pessoa de quem gosta muito."

"É verdade. É dela a carta que lhe disse que trouxe."

Audrey percebeu que ele começava a registrar sua existência particular: a face rosada e os olhos doces, os cabelos bonitos, a blusa plissada, o casaquinho elegante. "Não há como evitar... essa separação?"

"No momento, não. Se ela esperar, acredito que sim."

"Meu palpite é de que ela vai esperar."

"Ela tem dezessete anos. E vai para muito longe, e sozinha." Aldred teve vontade de dizer que não a havia seduzido, mas a palavra lhe pareceu esquisita. E, afinal de contas, ele desejara fazê-lo.

Audrey disse: "É triste". Relatou o que sabia sobre a enfermidade de Exley, mas na verdade os Gladwyn não haviam dado uma explicação muito coerente da história. Ela sabia que Peter tinha socorrido uma criança infectada.

Leith disse: "Eu deveria ter cuidado dele, tê-lo salvado de si mesmo. Poderia ir visitá-lo agora, não fosse tudo isto — meu pai, Benedict. Helen". O nome dela o tocou fundo: o abismo se abrindo entre eles, Helen sozinha.

"Você comeu alguma coisa?" Essa era Audrey, protegendo-o.

"Bem, comi um pouco. Cheguei ontem à noite. Benedict estava dormindo. Hoje de manhã fui visitá-lo, mas ele estava inconsciente. Ficou... ficou agitado, e o sedaram. Estou esperando que me chamem." Era meio-dia, ele havia passado a manhã toda no hospital.

"Há uma lanchonete minúscula aqui. Eu estava indo para lá."

"Mas pode ser que me chamem se ele acordar."

"Qual é o nome do médico?" Leith o escreveu em um papel, e Audrey disse: "Como o do escultor. É fácil de lembrar". E acrescentou, levantando-se: "Eu dou um jeito nisso. Tenho prática com hospitais".

Assim, serviram-se de café e queijo numa lanchonete do andar inferior, e Leith perguntou a Audrey a respeito do irmão dela — os irmãos feridos e suas leais irmãs. Theo, que era cientista, desejava fazer pesquisas no Japão. "No entanto, colocaram tantos obstáculos em seu caminho que ele está pensando em desistir."

Ela apontou para o livro, que estava sobre a mesa: "Você não estava lendo isso?".

Quando tornaram a subir, ele disse: "Muito obrigado, Audrey. Você já tem tantos problemas, mas fez com que eu me sentisse muito melhor".

"Foi o lanche"

"Isso também ajudou. Eu deveria agradecer a suas excelências, em Hong Kong, que nos apresentaram."

Ela disse: "Em agradecimento, envie-lhes uma remessa de comida".

Voltaram a se sentar no banco. Não havia recado para nenhum dos dois. Naquela manhã, Benedict não estava na cama, jazia em uma maca estreita, com grades que enfatizavam seu ar de menino crescido. A semelhança com Helen era assustadora, parecia que era ela que estava ali, agonizando. Aldred se sentara em uma cadeira baixa junto à maca, falando ao ouvido de Benedict, olhando-o nos olhos agradecidos. Estava com a carta de Helen na mão e a mostrou. O rapaz se esforçou um pouco, mas o cansaço, a doença, os medicamentos o venceram.

"Disseram que ele vai voltar a si à tarde ou à noite. Não sei como pode viajar nesse estado, mesmo com o médico. Os pais, parece que continuam em Yokohama, negociando com a companhia de navegação." Graças a Deus, eles não estavam ali.

"Não vão acompanhá-lo?"

"Eles têm outros planos. É sempre assim." O rapaz e a moça já tinham ficado abandonados em Londres, com Bertram. Leith disse a Audrey: "Preciso chegar a Kure amanhã cedo, aconteça o que acontecer".

Ela ofereceu ajuda: "Olhe, Theo e eu voltamos a Yokohama hoje à noite. Anote tudo — o navio, os nomes, a companhia —, vou dar um jeito de subir a bordo e colher informações, saber como ele está indo. Por que não? Só preciso saber como localizar você para lhe contar o que descobrir".

"É muita bondade sua."

"Gosto dessas coisas. O que mais haveria de fazer? É bem provável que eu acabe indo a Hong Kong preparar geléia de mocotó para Peter Exley e tirar o casal Gladwyn de lá. Para essas coisas, sou um cavalo de batalha ouvindo o clarim." Audrey lhe contou: "Além do mais, tenho um motivo para voltar para lá, na verdade. Estou pensando em comprar uma propriedade perto da baía de Big Wave. Os Gladwyn estão me ajudando. Mark Gladwyn diz que vai haver um grande boom na colônia, quando a China for comunista. E eu bem que gosto do lugar. Quem sabe talvez construa uma casa, não digo luxuosa, mas aconchegante. Vamos ver. Você e Helen poderiam passar a lua-de-mel lá". Ela sorria.

A casa de Helen tinha sido esvaziada, com exceção do seu quartinho. Todo o estabelecimento iria ser demolido e desfeito. Só restaria o casarão original, aquele que Ginger chamava de puro. Os Driscoll, marido e mulher, não voltariam nunca mais. Quando o filho partiu de Yokohama com Thorwaldsen, eles retornaram a Tóquio, já com os planos definidos. Dench traria Helen de Kure imediatamente. Havia um vôo da Dakota a Manila, depois a Darwin, a Sydney e, dentro de alguns dias, à Nova Zelândia. Embora não soubesse de nada, Dench seria deixado no caminho: teria um bom emprego em Brisbane.

Eles também estavam contentes por frustrarem os sonhos despropositados da filha, por darem um jeito nas coisas antes que fosse tarde.

Em Yokohama, souberam, por Audrey Fellowes, da visita de Leith ao filho deles. Ao poupar Helen do drama da partida de Benedict, tinham sido previdentes. A amiga de Leith, uma ilustre desconhecida, apareceu no navio para se intrometer na vida dos Driscoll. Os pais comentariam com Helen que tinham encontrado Audrey Fellowes, pessoa que, evidentemente, explicava as viagens de Leith a Tóquio.

A srta. Fellowes havia previsto tal interpretação e a mencionara a Leith. Ele respondeu que, de sua parte, ficaria honrado com semelhante equívoco. Ao que Audrey riu, fazendo um gesto de desdém pela gratidão dele: "Eu me encontro com vocês dois em Big Wave Bay. Vamos manter contato". E foi buscar o irmão, murmurando consigo mesma: "Audrey é a amiguinha de todo mundo". O bom humor permitia uma ironia desse tipo. Ela também tinha decidido perder alguns quilos. Talvez muitos.

Ao amanhecer, quando Leith chegou ao complexo, o portão estava interditado. Brian Talbot disse: "Eu o ajudo a pular. É fácil, já fiz isso uma ou duas vezes. Não há alarme, nem cachorro". Não sabia se iria haver um rapto. Não lembrava o que acontecia com Romeu e Julieta. "Posso voltar à tarde, se o senhor precisar de alguma coisa. Lá pelas duas, por que não? Depois disso nem pensar, estou de folga para sempre. Depois de amanhã eu embarco."

"Eu sei. Venha se puder, nem que seja só para se despedir. Obrigado por tudo, Brian, eu não vou esquecer." À parte a diferença de nomes, fora exatamente isso que ele dissera a Audrey Fellowes horas antes. Quantas despedidas. E disse: "É muita gentileza".

"Ora essa. Alguns caras merecem, outros não. Posso jogar a sacola para o senhor, se não houver nada quebrável dentro."

Leith pegou a sacola de lona e uma trouxa. O ar devoluto do lugar lhe inspirou um temor que não perdurou. Pois logo a encontrou, em seu próprio quarto: totalmente vestida e embrulhando uma caixa de papelão. A caixa com os seus papéis, que Helen soltou ao vê-lo entrar.

Ele fechou a porta e nela se encostou. Helen se atirou em seus braços. Leith lhe tomou a cabeça entre as mãos e perguntou: "Essas lágrimas são suas ou minhas?".

Ela disse: "Virão me buscar para o vôo da manhã". Como uma prisioneira. Indefesa, presa à sua idade e à dele.

"Meu Deus", ele disse, "se eu não tivesse chegado a tempo!"

"Eu disse para você. Eu não iria."

"Você precisa ter muita coragem. Nós dois precisamos."

"Quer dizer que vai ser assim?"

"Só por algum tempo." Que será terrível. "Preciso lhe contar muitas coisas."

Já havia clareado. Os dois estavam deitados, vestidos, na cama dele, cobertos com o casaco de Helen. Ela perguntou: "Está com frio?".

"Agora não."

"Não é melhor trancar a porta?"

"Já tranquei."

"E Ben? Conte."

Juntos e vestidos, como se fossem um só.

Ele havia pensado muito em como lhe contar, sem chegar a nenhuma conclusão. O rapaz iria morrer longe dela. Por mais tato que tivesse, era impossível alterar aquilo.

"Eu o vi duas vezes. Estava sendo bem tratado. A primeira vez, estava sedado, mas acredito que me reconheceu e ficou contente. No dia seguinte, passamos mais de uma hora juntos. Não pude conversar com o médico, que não estava. Pediram que eu saísse do quarto, mas expliquei o caso, e eles me deixaram ficar. Precisava me ajoelhar para falar e ouvir. Ele segurou a minha mão."

"O que você disse?"

"Quase só falei de você. Li sua carta, meu amor, e ele chorou." Nós choramos. Nunca na vida Leith quisera tanto confortar alguém como a ela naquele momento. (A carta de Helen: *Como podemos ficar separados, nós, que sempre estaremos um no outro? Que compartilhamos nossos anos de salvação?*) "Deixei a carta com ele. Eles me permitiram colocá-la numa caixa em que estão os pertences de Ben, e eu disse isso a ele depois. Claro que outras pessoas vão lê-la. Mas a existência dela sempre vai lhe servir de prova, de consolo.

"Ele mandou dar o casaco dele a Aki." O casaco de Tad. A única coisa que Benedict tinha para deixar. "Eu o trouxe. Vou ajudar Aki se puder." Leith disse: "Também preciso partir o mais cedo possível".

Ele continuou: "Só mais uma coisa. E então vamos falar de nós. Helen, meu pai morreu".

Ela se afastou. "Aldred querido", disse. "Quer dizer que você também precisa ir?"

"Preciso voltar para casa. Quando estava em Tóquio, consegui telefonar para minha mãe. Está calma, ela é assim mesmo. Mas foi cautelosa comigo, até nisso." Sentiu, dolorosamente, que, na verdade, ela, sua própria mãe, estava com medo dele.

"Você está triste por causa do seu pai? Vai sentir falta dele?"

"Nunca fomos muito próximos, mesmo quando estávamos na mesma sala. Não faz muito tempo, ele me escreveu uma carta afetuosa. Eu a tomei por um presságio e respondi no mesmo tom. Ele deve ter recebido a minha resposta. Eu falei em você — uma ou duas linhas. Papai gostava quando as mulheres eram o assunto." Diabolicamente também. "Também soube que Peter Exley está internado em Hong Kong. Parece que é grave."

"Que viagem, Aldred!" Para fazê-lo feliz, ela gostaria de apagar todas as tristezas do mundo. "Não houve nada que o confortasse?"

"Houve. No hospital, encontrei Audrey Fellowes, de Hong Kong. Foi ela que me contou que Peter está doente. Os dois se conhecem. Pode ser que ela vá visitá-lo em Hong Kong, pelo menos é o que espero. Ela foi muito delicada comigo, acompanhou-me durante todo aquele dia." Leith acariciou a cabeça de Helen. "Ela sabe de nós, e lamentou."

Levantou-se, afastou-se e voltou com um embrulho e um envelope.

"É o casaco, um de nós vai dá-lo a Aki. E esta é uma carta de crédito no valor de mil libras. Quem sabe o que pode acontecer? Você pode precisar ir ao meu encontro no caso de uma emergência."

Helen disse: "Nenhuma emergência será maior do que a de hoje".

Ele pôs o envelope na mesa. "Para usá-la, basta você me avisar. Pode sacar muito mais se quiser."

Ela se sentou na cama e tirou o vestido. "Volte para mim." Sorriu. "Não tenho um centavo no bolso, mas agora tenho mil libras."

Leith havia tirado o paletó. Os sapatos dos dois estavam misturados junto à cama.

"Você me quer?" Palavras que ela tinha lido em algum lugar, repletas de desgastado contexto sacrifical.

"Assim não vale a pena, precisa ser compartilhado." Estavam deitados, e ele disse: "Eu quis tanto, já sonhei tanto com isso. Mas agora não temos tempo. Eles podem chegar a qualquer momento. Como eu iria me separar de você depois disso? Precisávamos estar a sós, em segurança e com conforto, com tempo. Não escondidos, coisa que detesto, e contando os minutos". Ela ficaria sozinha naquele lugar remoto, fora de alcance, talvez grávida do filho dele. Com medo de si mesmo, ele se ergueu e sentou ao lado de Helen. "Assim que você me mandar o endereço, escreverei aos seus pais, dizendo que precisamos nos ver e nos conhecer, que não podemos ficar separados. Que você precisa ir para a Inglaterra, onde poderá ficar com a minha mãe, ou sozinha, como preferir. Era isso que eu iria lhes pedir, não fosse essa maldita viagem. Helen, se dependesse de mim, nós nos casaríamos já."

Estavam começando a ficar angustiados.

"Assim que chegar, envie imediatamente uma carta com seu endereço para a Inglaterra. Só vou ficar aqui mais alguns dias. Envie notícias de Ben."

Ela disse: "Eu nunca mais vou vê-lo".

E começaram a se vestir.

Depois disso, já sentados na cama e abraçados, ela rompeu em lágrimas. "É impossível."

"É a pior coisa que vai acontecer conosco."

"Não vamos esperá-los. Podemos sair e vê-los descendo." Ela disse: "Eu o amo mais do que ao mundo inteiro".

Ao saírem, viram quase imediatamente Dench e um dos motoristas a certa distância. Ainda não estavam descendo. Helen disse: "Meu amor, é melhor eu subir sozinha. Como vamos nos despedir na presença deles? Quando começarem a descer pelo caminho, vou embora". E repetiu: "Como dizer adeus?", e voltou a chorar.

Entreolharam-se, olhos nos olhos.

"Vamos pensar tanto nestas horas!" Ele disse: "Minha menina querida".

Helen estava decidida a não olhar para trás, mas olhou, sem erguer a mão, apenas se detendo sob as árvores. Ele a viu se virar e subir sozinha pelo caminho.

Brian chegou às duas horas e ficou admirado com a alteração. Não esperava tanta vulnerabilidade em seu camarada maduro. Contente com sua chegada, Leith tomou com ele um último trago, e foi austero na despedida.

Brian disse: "Não esqueça. Se alguma vez o senhor passar por Melbourne...".

Leith pensou: Quando eu estiver indo para a Nova Zelândia.

Minha querida, recebi sua carta de Tóquio, inesperada. Ela me comoveu tanto, assim como a idéia de você tê-la enviado na última hora do dia em que nos separamos, do qual eu revivo os momentos e as palavras, a beleza cruel. Foi horrível vê-la subir o caminho daquele jeito, tão sozinha — ou, eu me surpreendo mais do que nunca com o que somos capazes de suportar: precisarmos um do outro como eu preciso de você agora e, mesmo assim, continuarmos enfrentando as contingências da vida cotidiana. Escrevo imediatamente ao seu hotel em Sydney, de onde você vai me mandar seu endereço, que não vou chamar de definitivo, já que este se encontra aos meus cuidados no futuro. A partir de agora, escreva para a Inglaterra, pois devo chegar lá daqui a doze dias — a série de vôos dura uma semana. Pense na ansiedade com que espero sua carta.

Digo o seu nome neste quarto tosco, que tão estranhamente se tornou imemorial. Eu te amo.

16.

O quarto não passava de um cubículo estreito que terminava na janela. O pé da cama, formado por um tubo de metal, ficava paralelo ao peitoril. Do lado de fora, invadindo a janela, enchendo-a, uma massa de vegetação tropical, sobre a qual a chuva, às vezes audível, às vezes silenciosa, caía sem cessar.

Paredes nuas, pintadas de cinza. Na cama, um cobertor cinzento envolvia uma forma masculina.

Peter Exley estava à espera do médico. Seus pés eram dois montes cinzentos na cama, o livro jazia como um tijolo em sua mão. Aquela ala do hospital era tranqüila — sem famílias tagarelas, nem irrupções queixosas. Esporadicamente, a correria das crianças enchia os corredores de vida. As atendentes chinesas e as freiras inglesas passavam por sua porta com os sapatos chiando ao contato com o chão. A leve pressão, um ruge-ruge.

O médico entrou no quarto com uma calma sintomática. Apertou-lhe a mão, puxou a única cadeira: “Posso me sentar?”. Com o avental, o rosto e o cabelo brancos, e o estetoscópio a reluzir no pescoço, ele era o líder do rebanho. Trazia uma pasta fina, que depôs na cama. Chamava-se major Shulbred.

"Que azar." Estendeu a mão para aumentar a velocidade do ventilador. Tinha rosto enrugado, mãos sardentas e certa circunspeção, que não era meramente profissional.

"Pois é."

"Não é o caso mais grave que já tivemos. Tampouco o mais simples."

"Não."

"É o que o leigo chama de paralisia infantil. Na medicina, poliomielite. Do grego *polio*, 'cinzento'. Refere-se à substância cinzenta da medula espinhal. Meus colegas já lhe explicaram tudo?"

"Já." Exley perguntou: "Quais são as minhas perspectivas?".

"Primeiro, deixe-me esclarecer a situação." O major Shulbred virou o prontuário na cama e, com um lápis, fez um desenho na capa. "Isto é a medula espinhal. Isto, a sua perna direita. Aqui fica o que denominamos nervo tibial. Este é o perônio. Aqui é o fêmur. E aqui, o tendão que vai até os ossos metatársicos." Inclinou delicadamente o desenho na direção de Peter Exley: "Dá para entender?".

Exley refreou um riso insensato. A vitrola de Rysom começou a martelar em sua cabeça:

The foot bone's connected to the leg bone,
The leg bone's connected to the knee bone... *

"O que aconteceu com o senhor, capitão Exley, é que..." Shulbred se pôs a falar em atrofia, nas falhas do corpo humano. Fazendo um segundo desenho, encheu-o rapidamente de man-

* O osso do pé está ligado ao osso da perna, / O osso da perna, ao osso do joelho... (N. T.)

chas cinzentas. "Quando a circulação se interrompe, os músculos tendem a se atrofiar..."

The knee bone's connected to the thigh bone,
*The thigh bone...**

O destino não tinha noção de tempo, nem de bom gosto.

Com manchas e traços o médico prosseguiu no seu desenho, criando a ilusão de que a compreensão aliviava o fato. Compreender tudo era tudo perdoar. Mas, poucos instantes mais tarde, soltou o lápis e disse: "Um golpe cruel do destino".

"É."

"Os europeus daqui não sabem dessas coisas. Quando pensam em doença nestas paragens, pensam em tuberculose. Faz sentido... a tuberculose afeta um quarto, até mesmo um terço da população local. Mas aqui há moléstias graves que se podem contrair mais depressa." Ele continuou: "É impossível afirmar com certeza que o senhor a pegou daquela menina".

Ele quer suavizar a ironia. Peter disse: "Quanto a isso, eu não tenho dúvida".

"A criança morreu, não?"

"No mesmo dia. Quais são as minhas perspectivas?"

"Bem, acho que o senhor vai se recuperar bem. Muito bem, aliás. Vai poder andar sem aparelho, possivelmente com uma bengala. Isso durante alguns anos. Dependendo da sua reação à terapia. A gente sempre precisa contar com certa fraqueza."

"Sim." Ele sempre contava com isso.

"Alguns efeitos colaterais aparecem mais tarde, devido ao dano no sistema nervoso periférico. Com a idade, as células

* O osso do joelho, ao osso da coxa, / O osso da coxa... (N. T.)

nervosas diminuem. Em todo caso, por enquanto o senhor não pode andar. Estamos tentando providenciar uma passagem marítima direta para sua terra. Há um navio australiano, o *Taiping*, que volta para Sydney dentro de vinte dias, partindo de Kobe. Ele é pequeno, mas confortável, já estive a bordo. Vou conversar pessoalmente com o capitão — um bom sujeito, um velho escocês, muito simpático, chamado Tulloch." O médico jogou a pasta ao lado da cadeira. "Vamos providenciar um atendimento especial para o senhor. Talvez dê para arranjar quem o acompanhe. Tudo depende do espaço disponível a bordo."

O médico apoiou os punhos fechados nos joelhos, preparando-se para se levantar. "Em um ponto, acho que tivemos sorte. Há um camarada que vai voltar no mesmo navio, diz que o conhece. Pode ser muito útil."

Exley perguntou: "Quem é?". E se deu conta imediatamente de quem seria: "Rysom".

"O nome é esse. Ele vai largar o Exército, parece que conseguiu um cargo ligado à educação no governo. Em todo caso, vai com o senhor."

"No mesmo navio?"

"É. A equipe médica adequada vai ser avisada do outro lado. E a sua família?"

Exley disse: "Não sabem da gravidade da doença. Eu não queria que acabassem vindo para cá. Agora posso escrever para eles".

"Pode contar com eles?"

"Vão ajudar, sim."

Shulbred disse: "Se o senhor ainda não estiver em condições de enfrentar tudo isso, podemos tentar outra saída".

Peter fez menção de dizer: É tolice adiar. Mas se surpreendeu dizendo: "Prefiro ficar aqui mais algum tempo. Para me acostumar com a coisa, iniciar a terapia".

Shulbred manteve os punhos nos joelhos, mas sorriu. "Uma reação racional a uma situação não exatamente racional."

Exley não se importava de receber ajuda, desde que fosse só de vez em quando. Percebeu que Shulbred dizia aquelas palavras com freqüência, e com a mesma cordialidade. Recostado nos travesseiros, pensou que uma afirmação reiterada, por válida que fosse, acabava misteriosamente perdendo o significado, pois a repetição ecoava, derrubando as palavras. Havia observado o fenômeno em si próprio. Disse: "Ainda vale a pena afirmar o racional".

Shulbred inclinou a cabeça. "Se não me engano, o senhor é advogado. No caso, vai poder retomar a profissão no ponto em que a deixou. Mais feliz do que alguns."

"E menos do que outros."

"Eu sei." O médico se levantou. "Virei visitá-lo novamente." Estava com a mão no ombro de Exley.

Assim que Shulbred saiu, uma das enfermeiras escocesas entrou com um bilhete. "A senhorita Xavier telefonou."

Era um recado: Rita viria depois das cinco. Ele o pôs de lado: Sempre é possível dispensá-la.

"Esse ventilador está muito forte."

"Foi o médico que aumentou a velocidade."

"Mas isso não quer dizer que precise ficar assim." Ela o desligou. "Vou trazer o seu chá." Tocando-lhe o braço como fizera o médico — do mesmo modo, Peter pensou, que as pessoas tomam liberdades com os velhos e os moribundos: mostrando simpatia, transformando a mera cordialidade em intimidade. Tomando conta. Uma última oportunidade de mostrar boa vontade, de apresentar o mundo com uma cara melhor.

Quando a enfermeira voltou com a bandeja, ele lhe pediu que telefonasse para Rita: "Diga-lhe, então, que é melhor que venha na hora de sempre". E lá ficou, segurando a xícara de chá, sem apetite para a torrada insossa.

Todos os outros dias, Rita fora visitá-lo depois do trabalho. Levava o necessário — creme de barbear, giletes, a soma de um cheque descontado, um livro da livraria russa da rua Ice House, suas cartas. Resolvia pequenas questões com as enfermeiras. Quando a concentração dele melhorou, passou a ler em voz alta. Quando Peter falava, Rita respondia; quando ele se calava, ela ficava em silêncio. Chegava no final da tarde, de vestido verde ou com uma bonita estampa, quando o ar estava mais pesado e a persiana de palha mal oscilava com a brisa. Sem muita conversa nem cumprimentos esfuziantes, sentava-se na única cadeira: jamais intrometida, jamais falsamente bem-humorada, jamais para ficar muito tempo. Já que não podia curar a ferida, nada fazia para inflamá-la.

Essa habilidade, calma ou utilidade era própria da mulher ideal: os préstimos que a auto-anulação coroava. Nada disso poderia ocorrer sem uma sensibilidade que Exley não fazia nenhum esforço para reconhecer. Sua imaginação tinha se esgotado tentando alcançar a mente dos outros. Ele se esforçou para manter sua cabeça equilibrada, como um homem que carrega cuidadosamente seu corpo doente.

Algumas semanas antes, ele pudera se ocupar de muitos assuntos ao mesmo tempo — como todo mundo normalmente faz. Agora, sua consciência se voltava para uma idéia de cada vez, como se episódios considerados durante anos estivessem sendo descartados, um a um. Era debilitante para ele pensar nas pessoas dissipando sua experiência através do mundo, sem cessar: memória, pesar, idéias e prazeres gritando como ratos numa jaula. A experiência emanava de multidões agitadas.

A experiência dele próprio não era grande coisa, no entanto preenchera-lhe o pensamento à custa de outros poderes. Sua consciência era como as cidades antigas semi-escavadas que conhecera: incapaz de futuro, apenas aguardando mais um acréscimo do passado.

Por exemplo, havia a compulsão para voltar à calamidade da filha de Liu — a deplorá-la uma vez mais, ou a reconstituir tudo com um final feliz. Escapar por pouco — por um triz — é, fazia tempo que ele percebera, um tema vigoroso da vida e da arte: poderoso por criar suspense. Ninguém perde totalmente a esperança de que Hamlet escape ao florete envenenado, de que Julieta desperte a tempo, de que Cavaradossi se levante vivo e de que a família real consiga fugir de Varennes. O mundo gosta dos longos conflitos — a Maratona, Lepanto, a Armada, Dunquerque. Quanto a isso, pensou, tive minha cota de salvamentos: primeiro Crindle em Florença, depois, Leith no deserto. E aproveitei pouco o adiamento. A boa sorte é um prodígio que a gente precisa estar à altura para aproveitar. Sem prática em tais situações, é óbvio que eu não poderia salvar a filha de Liu, nem a mim mesmo.

Havia uma sarcástica completude na própria tentativa.

Essas idéias levavam a Rita. Havia uma espécie de boa intenção, que era maldita. E disso Rita tinha noção, chegava mesmo a ter aversão: "O senhor procura ser amável. Mas só... isso" — e, então, seu gesto cortante e um coração mirrado.

Casar com Rita seria renunciar a toda ilusão, tanto da parte dela como da dele. E Rita não tinha idéia da solidão a que ele a levaria — uma vida de ostracismo, afazeres domésticos, tédio suburbano. A Política da Austrália Branca. Semelhante aventura talvez fosse possível se movida a muita paixão. Ele e Rita não estavam às voltas com paixão ou indiferença, e sim com uma proposta de resignação compartilhada. Casar com ela seria perpetrar um ato de egoísmo que não encontraria oposição, mas sem obter um mínimo de satisfação.

Oferecer-lhe essas desculpas era impensável: seria como oferecer um pedido de desculpas particular para um delito público.

Peter recordou Hendriks declarando: “A tolerância, isso ainda está muito longe: longe demais para você e para mim”. Também havia Glazebrook dizendo-lhe: “A senhorita Xavier é muito séria” e, Monica, com suas “lágrimas de antes de ir para a cama”. Sabendo de tudo aquilo, Rita construíra suas defesas. E agora ficava à cabeceira de Peter nos fins de tarde, vulnerável. Ele deveria sentir gratidão. As pessoas esperavam que disso saísse algo conveniente.

Eu também sou sério, pensou. Não a amo. Não desejo usá-la, não quero um anjo da guarda que é totalmente indiferente às pessoas. Ela que seja viva e exigente, e que apague o olhar que me endereçou ao dizer, “Pode ser que morra, por mais que você faça”, no último dia da minha vida anterior. A veracidade era o derradeiro bem que lhe restava, coisa que ele não encobrira nem minimizara em nome da segurança. Tinha saído com ela do incêndio, não intacta, mas com as devidas cicatrizes. Como uma abstração, ela não podia ajudá-lo, jazendo inerte na tarde asiática. Restava saber se ainda conservava algum poder secreto.

TERCEIRA PARTE

17.

Da última vez que Leith, saindo de uma guerra, voltara para casa, outra guerra se preparava. A paz européia, celebrada três anos antes, havia perdido seu apelo arrebatador, e Londres, na fria primavera de 1948, achava-se tão maltratada e sombria como durante o conflito, e coberta de cicatrizes — a libertação se manifestava, de noite, na velha colméia de luzes e, de dia, no arrefecimento de propósitos, enquanto a população aguardava um indício de tempos melhores.

A última etapa da sua viagem de volta da Ásia, ele fez a bordo de um avião militar, o que explicava o fato de Leith ser recebido, uma vez mais, por um motorista do Exército — um homem já maduro, que se apresentou batendo uma ruidosa continência ("Senhor!"), livrou-o da bagagem, tirou o impermeável de seu braço e apontou para um canto do aeroporto, onde estava o velho Humber, com seu brilho metálico.

Depois de dobrar o legendário casaco no banco da frente, o motorista se perfilou à porta traseira do automóvel. Obrigado a bancar o oficial, Leith não fez objeção, desejando apenas redescobrir em silêncio a cidade em que tinha nascido.

"Não corra muito. Eu quero olhar." Pediu para darem uma volta perto do rio. Perguntou o nome do motorista.

"O senhor não vai acreditar, mas me chamo Carr." Uma vez estabelecido o contato e cansado do papel de autômato que — para impressionar ou por autodefesa — às vezes representava, Carr soltou o verbo.

Tinha a impressão de que o passageiro era estrangeiro: "Já esteve em Londres?".

"Há alguns anos. Fiquei pouco tempo aqui, logo depois da vitória." Poderia ter acrescentado: Para me divorciar.

"Bons tempos aqueles."

Passava do meio-dia. As configurações de nuvem e água estavam grávidas dos telhados, curvas e arestas da existência normal. A luz escassa propunha silêncio, mas o motorista embarcou em uma torrente, em que sua esposa e a filha deslizavam alegremente ao lado das recordações do Deserto Ocidental, da queda de um míssil em Islington no começo de 1945, de um fox-terrier chamado Spiv, da ração de carne de seis pennies — e da inauguração da transmissão automática nos Estados Unidos: "Tira a graça da coisa".

Pelo amor de Deus, cale a boca, pensou Leith, atento ao cenário frio, prateado, estilhaçado. Perto da Torre, porém, deixou escapar uma exclamação que deu mais estímulo ao interlocutor.

"É, a Todos os Santos de antigamente, triste de ver agora."

Vigas chamuscadas por cima de paredes derrubadas.

Na infância, as visitas à torre geralmente começavam pela All Hallows. ("All Hallows *Barking*", a avó fazia questão de dizer; e o menino, sem nada saber de abadias ancestrais, evocava um cachorro feroz.)

"Deve ter sido em dezembro de 1940. Ouviu-se um estrondo esquisito, logo depois da trégua de Natal." O carro estava quase parando. "Engraçado, eles e nós, todo mundo em plena ceia de Natal." As orações e os hinos, o mesmíssimo Deus-é-amor. Com "engraçado" ele queria dizer "maluco". "Bom, eles nos acertaram. E nós devolvemos com juros. Embora os dois lados pudessem ter vivido em paz."

"Eu concordo."

O evento seguinte, ainda em obras, foi o Monumento.

"E aqui o senhor chegou ao ponto culminante de Londres."

"Será possível que ainda esteja no lugar?" O passageiro abriu a janela. Ele tinha esquecido as dimensões, ou dado um desconto à recordação da infância. O próprio plinto já parecia uma edificação enorme. Uma família havia se afastado alguns passos para calcular melhor a altura da coluna, na dúvida se valeria a pena subir: sua hesitação, um sinal da paz. Aldred se lembrou da escalada, da contagem dos degraus. ("Trezentos e ONZE!", gritara seu primo, já sem fôlego.) Então, no parapeito arrematado por chamas falsas, surgia o panorama do seu mundo tão seguro: torres, abóbadas, templos e o rio elástico.

"Também tivemos o nosso Grande Incêndio."

"É verdade."

Então contornaram o platô de pedregulho e relva que cercava a catedral de St. Paul. As ruas estavam povoadas e vibravam com ônibus, caminhões, bicicletas, e com as multidões em movimento, já não mais vestidas para o combate: pálidas pernas de tesoura de mulheres pálidas, passos escuros e determinados de homens na cadência dos guarda-chuvas fechados. As ruas estreitas, outrora sem luz em plena manhã, agora estavam vazias de deslocamentos febris. O entulho e até o lixo haviam sido removidos, deixando atrás de si uma austeridade dolorosa.

Leith tinha uma reserva em um hotel de Piccadilly, próximo a Park Lane. E lá, com Carr ainda em pleno ímpeto informativo e o Green Park envolto em fria glória, deixaram a bagagem.

"Não há ninguém à sua espera?"

"Eu queria passar uma hora a sós."

"Um pouco de paz e sossego, hein? Todo mundo precisa disso."

"Em todo caso, fui muito bem recebido" — Leith decidira entrar na história imaginada por Carr, quase se considerando mesmo estrangeiro. E deu ao motorista uma nota de dez xelins.

Carr se perfilou. "O senhor vai achar os ingleses um pouco fechados no começo. Mas, quando quebrar o nosso gelo, vai ver que somos um povo muito afetuoso."

Atrás da porta giratória, o vestíbulo dava para um saguão em que as vitrines expunham porcelana inglesa e cachecóis macios, feitos exclusivamente para exportação. Ao balcão, ele disse à recepcionista: "Vou passar no quarto antes do almoço".

"Já foi servido, senhor."

O relógio marcava uma e quarenta.

"Eles param de servir à uma e meia." Detectando a fita vermelha da condecoração no casaco, ela se voltou para um menino uniformizado: "Vá perguntar se é possível abrir uma exceção".

Quando Leith entrou no restaurante, estavam oferecendo pequenos pudins e finas fatias de bolo. Um sorvete solitário, rosa-claro, passou por ele em uma bandeja de prata. Um sorvete tão delicadamente insubstancial, tão lisa e castamente rosado, tão belo em sua moldura de prata, que ele o recordaria durante anos como um emblema do seu regresso.

Serviram-lhe duas costeletas duras, caprichosamente guarnecidas. Sem graça, o restaurante era amplo, com pé-direito bem alto. No teto, as guirlandas de gesso convergiam para o lustre. O grosso tapete azul e as cortinas de veludo contribuíam para um silêncio que amplificava as pequeninas colisões da colher com a louça, assim como, escandalosamente, qualquer voz mais alta, masculina ou feminina, dos clientes que restavam — todos trajando sóbrias e boas roupas escuras e, no caso das mulheres, chapéus. Estas, em geral, eram bonitas.

Desistindo da costeleta ressecada, Leith olhou à sua volta — e esse mero olhar foi tomado, aqui e acolá, por um incômodo —, pensando em Carr e no sorvete rosado na bandeja de prata. Quando o senhor quebrar o nosso gelo.

A conduta de Leith tinha mantido o caos à distância. Ele ponderou se não poderia abandoná-la agora, por não resolver muita coisa.

"Infelizmente, senhor, o digestivo de menta acabou. O café está sendo servido na sala de estar. O chá é servido entre as quatro e as cinco, no salão Brummell. Aos domingos, oferecemos um bufê no almoço."

Leith foi ao balcão apanhar a correspondência. Como Helen não tinha seu endereço, ele não podia esperar a única carta que realmente lhe interessava. Mesmo assim, no elevador, não deixou de ter uma sensação de esperança frustrada.

No quarto, examinou a correspondência. Havia duas páginas rabiscadas de Norfolk: sua mãe ensinando-lhe a melhor maneira de chegar. No fim: "E pensar que vou vê-lo em algumas horas". Havia um bilhete vindo de Regent's Park, enviado por Aurora, a quem ele telegrafara. "Espero você, então, por volta das sete." Havia recados, cartões-postais e livros de amigos, além de um par de envelopes oficiais relativos ao seu trabalho. Leith separou as páginas com a caligrafia da mãe e solicitou uma ligação para Norfolk. Enquanto ele esperava o telefonema, o menino da recepção bateu na porta — "Flores para o senhor"— e lhe entregou uma caixa de flores de estufa, embrulhadas em jornal molhado, que a avó de Aldred lhe enviara do campo aquela manhã.

Leith levou o buquê ao banheiro e o regou. Pensou em dá-lo a Aurora, já que dificilmente sobreviveria à viagem do dia seguinte. Completada a ligação para Norfolk, mãe e filho foram corteses, contidos. Tão corretos quanto possível — pelo menos, foi o que ele achou. A espontaneidade só começaria em casa, se começasse. A casa já não era dos pais: a propriedade lhe fora legada; no papel, os cômodos lhe pertenciam. Sempre seria a casa de sua mãe, evidentemente, a menos que, com o tempo, Helen acabasse se afeiçoando a ela. Se havia feito isso com um barracão pré-fabricado nas montanhas do Japão, não lhe seria difícil se apropriar de um monumento de pedra à beira do mar do Norte.

Leith resolveu dar uma volta enquanto havia claridade. Vestindo o casaco com esforço, acercou-se da janela, de onde o mundo se mostrava coberto e colorido por prédios e ramos nus, povoado de mastros de bandeiras e torres, animado, até o horizonte cinzento, por uma agitação de homens, mulheres e máquinas. E pelos muitos que, como ele, tinham sido novamente atraídos, depois da guerra e das perambulações, pelo magnetismo da capital. A vista das ruas o levou a se arrepender de haver deixado a escolha do hotel por conta de outra pessoa. Não tendo tomado o cuidado de especificar o que desejava, agora se encontrava naquela cidadela — como se, em uma festa, lhe tivesse cabido o fardo de uma companhia enfadonha. Fazia tempo que não se via em um mundo tão forrado, no qual tanta importância se dava aos acolchoados e à tapeçaria de damasco, no qual se estendiam cretones, alcatifas e paina para absorver os impactos da existência — acolchoados que, havia pouco tempo, possivelmente salvaram vidas.

Saindo do hotel, Leith entrou no parque, voltando-se para contemplar as ruínas das belas casas enfileiradas ao longo de Piccadilly. Antes caracterizados pelas residências de pessoas abastadas, os limites de Queen's Walk mostravam agora uma sombria paliçada: escombros em cujas janelas entabuadas os cartazes anunciavam reforma ou demolição. Em pequenos pátios, o arame farpado restringia a alvenaria. Nos canteiros abandonados, os brotos verdes, que teriam sido encantadores, erguiam-se desamparados. Aquelas mansões devastadas, que, durante a juventude de Leith, permaneciam absortas em suas próprias vidas encantadas, já não ostentavam nenhuma bem-aventurança.

Ele passou diversas vezes diante das casas, então se virou, entrou na galeria e tomou o rumo de Strand.

Quando retornou, à noitinha, o calor ronronava na calefação fria. As cortinas tinham sido fechadas, havia um cheiro de flores, agora arrumadas em vasos. Tinham tirado a colcha, que ficara dobrada aos pés da cama. Por precaução contra a falta de luz, deixaram uma vela em um castiçal de cerâmica na escrivaninha: uma vela amarela, espiralada, com aspecto de marzipã velhíssimo. Leith, que estava com frio e cansado, ficou contente com tudo isso e esqueceu que não tinha gostado do cômodo. Jogou o jornal em uma mesa, abriu a mala e encheu a banheira. Pela janela do banheiro, que se abria com um longo rangido, podia-se ter um vislumbre das chaminés de terracota enegrecidas pela fumaça do carvão, cujo cheiro chegava até ali. A vidraça estava embaciada, o parapeito encardido de fuligem. Contudo, as toalhas permaneciam aquecidas em uma barra elétrica, o sabonete era de lavanda, a banheira, espaçosa, e as enormes torneiras de latão, do tamanho de sua mão.

Enquanto tomava banho e vestia uma roupa civil, pensou em Aurora, com quem iria jantar e com quem não tinha contato havia sete anos. Ela era amante de seu pai e, muito tempo antes, fora amante de Aldred. Alegrava-o ir se encontrar com ela, mais do que com qualquer outra pessoa daquele lado do mundo.

Foi de metrô até a rua Baker e seguiu a pé. O hall do prédio de Aurora era escuro, gélido, gasto. Fiapos viscosos de tinta pendiam do teto. As paredes assinalavam uma histórica derrocada. À espera do mesmo lento elevador eduardiano, movido a pressão de água e com um ranger de correntes, Leith se perguntou se Aurora também estaria transfigurada — talvez gorda ou flácida e envelhecida. Conseqüentemente, avaliou suas próprias alterações — o aparecimento precoce de alguns fios de cabelo branco e uma sensação de desgaste generalizado. Então chegou à porta do apartamento dela e a tomou nos braços, enquanto ela, chorando, ria de felicidade.

"Você está com as mãos frias", ela disse. "Veio sem luvas."

Era um código de anos atrás, algo dito à primeira vez que ele chegara à sua porta.

Foram para a mesma saleta, sentaram-se junto à lareira: "É o único cômodo atualmente. O apartamento todo está sendo reformado, imagine o transtorno". A mesma voz baixa. O mesmo fogo na lareira, as flores e o uísque. Nas paredes, a seda azul tinha sido substituída por um papel frisado. Na cornija, a Britannia estava reinstalada sob o quadro em que as moças reluziam à beira do rio. O brilho teatral havia desaparecido, ou só existira aos olhos da juventude.

Ele lhe entregou a caixa úmida de flores, explicando de onde vinham. Uma garrafa de vinho tinto estava respirando perto da lareira. No outro lado da sala, um fogareiro a gás era ineficiente.

Aurora trajava um bonito vestido preto de lã, acinturado e graciosamente rodado, na última moda. Mais magra, mais velha, mais delicadamente bela. O homem disse esta última palavra.

"Oh..." Ela empurrou os cabelos para trás, que estavam mais curtos e com um tom diferente de dourado. "Agora nós todos estamos grisalhos e subnutridos. Ou gorduchos de tanto comer o chocolate mendigado aos ianques."

"Não acho que você esteja nem grisalha nem gorducha. Subnutrida, talvez. Diga: como você está administrando a coisa?" A morte do pai dele.

Aurora o encarou durante um bom tempo, depois desviou a vista. Os dois chegaram a pensar que ela iria chorar, mas não chorou. "As emoções são tantas, elas se alternam sabe? Dor, revolta, incredulidade. Ternura. Remorso."

"Acho que você não tem por que se sentir culpada nessa história, Aurora."

"Não é culpa. É remorso. Justo arrependimento. Responsabilidade. Não queira tirar isso de mim, Aldred, pois essa é uma das maneiras de se chegar a conhecer a si mesmo. Como eu tenho feito. As pessoas dizem que o tempo resolve tudo — precisam dizer alguma coisa. Não percebem que a gente tem medo do tempo, da diminuição. *Não quero* superar isto." E ainda disse: "Ele e eu... nós nos encontrávamos pouco nos últimos anos. Ele não vinha à cidade com muita freqüência, e, evidentemente, eu não podia ir lá. Isso fez com que eu me ressentisse, mais do que antes, do aspecto marginal da minha vida — o centro de Oliver passou a ser cada vez mais a casa em Norfolk, aquele lugar estranho e deprimente, e sua mãe".

"Você já viu a casa?"

"Já. Três vezes. Sua mãe não estava. Aliás, em uma ocasião, e isso é uma vergonha, ela estava no hospital. Ele queria que eu visse o lugar em que morava e escrevia. E eu tinha certa curiosidade, embora a idéia em si não me agradasse muito. Evidentemente, isso só serviu para aumentar a sensação de exclusão." Aurora continuou: "Quando voltou da Grécia, dois anos atrás, ele não estava simplesmente mais velho, estava idoso. Eu deveria ter dado mais atenção a isso. Oliver era uma pessoa difícil, deixava todos ansiosos por sua causa, mas, então, eu bem que gostaria que ele se preocupasse comigo. A última vez — há cinco semanas —, Oliver foi mais gentil, mais carinhoso comigo. Veio aqui como de costume, e depois nós saímos, fomos almoçar fora — ele gostava disso, de uma pequena comemoração".

Chegou aqui como de costume, e depois saímos. Sem saber que era a última vez que dormiam juntos.

"Eu o acompanhei até o trem, o que não era meu costume. Um gesto à toa, para alegrá-lo. Mas nem sempre a gente sabe por que vai se alegrar, depois. Ou o que vai lamentar, ou como a memória nos há de trair." Ela avisou: "O jantar sai em um ou dois minutos". Ela segurou a mão de Leith e a soltou. "Parece tão natural você estar aqui."

Leith havia lhe trazido um presente: condimentos e arroz do Oriente. "Você gostava dessas coisas, não?"

Aurora os enfileirou, tocando-lhes os exuberantes vermelhos e amarelos. "Até os potes são fogosos. Do lado quente do mundo. No Ministério, costumávamos brincar de adivinhar o que iríamos comer depois da guerra. Eu dizia: 'Pimenta-do-reino moída na hora'." Em um episódio insólito, Aurora tinha passado um ano no Ministério da Produção Aeronáutica. "Oh, o Ministério. Oh, a mortandade, a mesquinhez, a sordidez." Ela sorriu, tanto quanto agora era possível sorrir à simples idéia. "Como havia muita gente em situação pior, ninguém podia se queixar." Com satisfação, acrescentou: "Mas eu me queixava". Recolocou os potes de condimentos na embalagem e lhes atirou um beijo. "Isso foi na gestão de Stafford Cripps no Ministério. Cripps tinha sido afastado de um cargo político bem mais importante e estava enfrentando a situação com grandeza. E isso nos dava a medida da tenacidade." E completou: "A tenacidade, a nossa deusa nacional, talvez esteja finalmente perdendo o fôlego".

Leith também lhe trouxera um bracelete de jade entalhado, da cor nomeada martim-pescador. Aurora lhe deu um livrinho embrulhado. Ele disse: "À tarde fui a pé até St. Paul". Levantou-se e, aproximando-se da lareira, examinou o belo quadro. "O que aconteceu com John Bull?"

"Esquecemos de embalá-lo, e uma blitz o levou." Aurora disse: "Você viu a cidade, não é? A remoção dos escombros só fez aumentar seu aspecto desolado. Restituiu-a ao passado. Quando você esteve aqui em 1945, os destroços proporcionavam uma espécie de vizinhança".

"Oh, eu estava muito envolvido com o meu próprio entulho para prestar atenção. As igrejas, todas elas estão em ruínas."

"É. Coitado de Deus."

Ao sair da rua Fleet, ele havia entrado pela passagem rumo à St. Bride e passara algum tempo sentado no adro destruído.

Ela disse: "Presumo que isso signifique o fim dos monumentos. Difícil imaginar arcos do triunfo, memoriais de guerra e estátuas eqüestres novas em folha".

"Mesmo porque a gente se arrisca a homenagear o cavalo errado."

Aurora disse de repente: "Foi uma pena eu não ter visto você em maio daquele ano".

"Uma ocasião fatídica sob todos os aspectos."

"Eu estava em Truro, com minha mãe." Ela acrescentou: "Acabei não conhecendo sua esposa".

"Talvez qualquer dia você a conheça."

Aurora notou a ambigüidade, mas não lhe deu importância. Ergueu os olhos para ele. "Você se tornou um homem terrível."

"De jeito nenhum." Poucos homens detestariam essa idéia. "Só fiquei mais velho."

"Mais velho! Estou com cinqüenta e um anos, você deve saber." Aurora disse: "Jason teria trinta e quatro... Vou servir nosso jantar, ganhei galinhas-d'angola". Então, com as mãos nos olhos: "Tudo anda tão carregado de tristeza".

O telefone tocou. Com um gesto, ela lhe pediu que atendesse, e Leith obedeceu. Uma voz masculina disse com jovialidade: "Alô, alô, alô. Rory?".

"Lamento, ela não pode atender no momento."

"Ah... quem está falando?"

"Um parente."

Aurora riu.

Ao desligar, Leith comentou: "Uma voz alegre. O doador de galinhas-d'angola".

Foi se servir com Aurora. O corredor estava um gelo, a luz era mínima, e os sapatos rangiam no assoalho nu. O vestido preto era todo abotoado nas costas, feito uma camisola de criança.

A cozinha estava alegre devido ao calor do fogão e ao cheiro de ave assada, e por haver uma bandeja com pratas, cristais e guardanapos azuis sobre a mesa de mármore. Encostado no fogão, Leith notou, na área, um penhoar, meias de lã e uma fileira de peças íntimas penduradas no varal. No balcão e na mesa, as velas apagadas formavam pequenas poças de cera derretida. Todos, sinais dos afazeres.

Aurora serviu batatinhas com cebolinha-branca. "E alface, em homenagem ao seu regresso. Você almoçou?"

Leith sentiu fome ao lhe falar da costeleta absurda.

Ela estava corada, com o vapor e a emoção. "No fim do mês, vou para o Quênia, em busca de calor."

Aurora partindo bem agora, quando ele acabava de retornar.

"Meu marido — quer dizer, o pai de Jason — deixou um pouco de dinheiro. Que coisa mais esquisita."

"Então ele morreu?"

"Sim, em Mombasa, coitado, em 1946. Um desses acidentes remanescentes da guerra: a explosão de um arsenal." Ela disse: "Vou buscar uma coisa no forno, já volto". Afastou-se. "Pobre Geoff, pobre homem. Só depois soube que ele me deixou algum dinheiro. Aconselharam-me a tirá-lo do Quênia antes que comece o barulho, que vá tudo pelos ares, ou que o boom termine. O diabo é que, se eu trouxer o dinheiro para cá, o imposto me toma até o último centavo. E andam falando em desvalorizar a libra. Por isso, resolvi viajar e gastar parte do dinheiro lá mesmo." Leve movimento dos lábios, lembrança dos sorrisos de outrora: "Nunca estive na selva".

Junto à lareira, enquanto comiam, Aurora lhe disse: "Você vai ver que não param de dizer: 'A Inglaterra acabou' — com uma certa complacência, como se fosse uma solução".

"É o que dizem de todas as nações do mundo. Como se os países simplesmente afundassem no mar feito um barco furado."

"E todo mundo enfileirado no convés, batendo continência, enquanto a água sobe. Desprezando os botes salva-vidas. Imagino que esperávamos ganhar um prêmio por ter agüentado a guerra. Como no colégio. Mas acabamos foi passando fome, sentindo frio, falidos e bem perplexos."

Leith tirou da cornija da lareira o Beaujolais, que estava ao lado da estatueta. A Britannia estava em dificuldades: coitada da mamãe. Ele encheu o cálice de Aurora e o dele. "Que delícia, Aurora. Há anos que não tomo um vinho tão bom."

"Pelo que me disseram, o ano passado e este foram ótimos. Ao menos para os vinhos. Eu deveria guardar ou beber umas caixas antes de viajar."

Ele estava contrariado com essa viagem. "Pois eu gostaria que você não fosse."

"Depois de ficar tanto tempo ausente, você esperava encontrar todo mundo exatamente no lugar em que estava, feito um regimento de Penélopes? Vou à África para passar algum tempo longe da penúria." Aurora baixou a cabeça.

Leith se aproximou e se agachou junto à cadeira dela. Na juventude, costumava se pôr de joelhos diante dela nas ocasiões apaixonadas, mas agora era uma espécie de irmão mais velho, tocando-a sem desejo e dizendo: "Aurora querida", ao mesmo tempo que lhe afagava os cabelos de um dourado desconhecido. Ajoelhando-se como se faz para consolar uma criança. Mas pensando: Duas semanas atrás, num dia como esse, a terrível separação de Helen. Se fosse possível, ele teria contado naquele instante: Estou apaixonado e quero me casar. E Aurora só poderia escutar e ser infinitamente receptiva. Entretanto, era ela quem precisava de atenção.

O transe passou. Leith voltou ao seu lugar. Começaram a conversar sobre o trabalho dele e, superficialmente, sobre as viagens que havia feito. Aurora quis saber dos pertences que, havia anos, ele deixara guardados na casa dos pais.

"Preciso organizar tudo. Vou arranjar para mim um canto aqui na cidade. Amanhã vou a Norfolk, passar alguns dias." Já imaginava as paisagens descoradas do seu lar naquela estação, seu emaranhado de águas. Não se permitiria temer aquela retomada de contato, nem a agitação de sua mãe.

"Mais uma experiência forte. Quantos sentimentos intensos você está provocando, Aldred."

"É uma faca de dois gumes." Ele a convidou para jantar dali a uma semana. Ela também tinha ingressos para uma peça, e anotava as ocasiões e os lugares em uma caderneta, entre outras bobagens desse tipo. Leith se lembrou de Audrey Fellowes com sua pequena agenda verde, e com sua imensa bondade. Belas mulheres, guardando o rastro das coisas.

O elevador não estava funcionando. Aurora desceu com Aldred, usando uma lanterna elétrica para iluminar a escada: "Eu não deveria deixá-lo ir embora a esta hora". Estremecendo, olhou para a rua silenciosa. O metrô estava fechado, e Leith seria obrigado a voltar a pé a Piccadilly.

"Aurora, obrigado pelo livro." Apontou-o, ele ainda estava embrulhado.

"É um romance, lembro que você gostava de ler romances. Leia-o no trem amanhã." Ela disse: "Sinto muito carinho por você", e o abraçou.

Leith ouviu a porta se fechar com um clique. Sob o arco da lua nova, tomou a direção da rua Baker na gélida escuridão, raramente avistando um transeunte. Sentia-se confortado, mas, também, afetado pela noite aconchegante de que Helen não havia participado e pela impossibilidade de imaginar, naquele instante, a situação e as circunstâncias obscuras em que ela se achava, enquanto ele atravessava a cidade calada e ferida, conhecida no mundo todo. E, lembrando de seus olhos e de sua infinita desolação naquela última manhã, teve vontade de chorar. Coisa que não se podia atribuir à viagem longa nem à exausta necessidade de dormir que sentia.

No quarto de hotel, desembrulhou o presente de Aurora. O livro, obra recente de um escritor que ele apreciava, intitulava-se *Retorno*. Ele o devorou naquela noite, e só pegou no sono pouco antes do amanhecer.

18.

A mãe providenciou para que o motorista de um furgão que costumava passar perto da sua casa fosse buscar Leith na estação. Apesar dos muitos atrasos, conseguiram chegar antes do anoitecer. A terra, até então pardacenta, estava estriada de vida prestes a nascer. Ao se aproximar da casa a pé, Leith teve a sensação de que ela poderia não passar de uma ilusão: o fato de aquela bela e antiga construção estar em campo aberto, cercada de um cheiro e de uma história ligados ao mar, ao leste, e não à diligente Inglaterra, era improvável como tantos outros fatos confirmados. Muito alta, toda feita de pedras claras, ela chamava a atenção. Depois de mais de dois séculos de existência, a harmonia entre a estrutura e os arredores tinha se perdido.

A mãe o aguardava no alto dos poucos degraus de pedra que levavam à porta da rua. Leith não tinha lembrança dela numa atitude como essa — a não ser na sua mais remota infância, pois, naquele momento, uma sombra de recordação o devolveu ao passado. E ele também ficou surpreso com sua própria emoção: uma mescla de ansiedade e desespero.

"Querido", ela disse. "Meu querido." Como se tivesse esquecido o seu nome.

Os dois se abraçaram e entraram. Leith deixou a bagagem no hall. A luz que vinha da janela elíptica — como em uma igreja, ela se abria acima da porta principal — apresentava paredes e escadas de uma brancura mais pura, ou mais austera, do que ele recordava. Em comparação com o que guardava em sua memória olfativa, os aromas domésticos de agora, todavia, pareciam efêmeros, como se, ultimamente, aplicassem menos tinta nas paredes, menos cera no chão.

Eles se sentaram juntos em uma sala enorme, diante da lareira, na qual a mãe de Aldred colocou as pinhas e um pouco de lenha tirada de uma cesta cheia. Era uma sala de pé-direito alto, com longas janelas e muitos livros, alguns quadros e pequenos objetos interessantes sobre as mesas. Ele lhe segurou a mão. Viu que ela receara não tornar a vê-lo, não tanto pelas suas viagens e pelos perigos, mas pela sua indiferença. Poderia ter escolhido nunca mais voltar. Conquanto ainda fossem retomar certas simulações sociáveis, aquela consciência momentânea não deixaria de ligá-los. Era principalmente com as mulheres que aquilo acontecia.

Trajando um costume de lã vermelha, sua mãe estava bem apresentável, como ela mesma diria — não como Aurora, romântica, na última moda, e sim de acordo com um convencionalismo sofisticado. O filho se lembrava do antigo broche de brilhante e da pulseira de ouro em forma de corda. Ela se arrumara para ele como faria para um visitante ilustre.

Uma jovem criada que Leith nunca tinha visto serviu champanhe e sorriu-lhe. Sua mãe disse a ela: "Pode ir, Dorothy, vá antes que escureça". A consideração vibrou sua própria nota nova. Quando a menina tornou a abrir a porta para sair, uma cadelinha entrou correndo e, aproximando-se do sofá, pôs-se a saltar para subir.

“Não é possível que seja você, Gussie.” Ele pegou no colo a pequinesa, que se retorceu de alegria, lambendo-lhe os pulsos e os dedos, erguendo a carinha achatada para lhe lamber o rosto. “Gussie, sua beijoqueira”, ele disse enquanto a cachorra o pisoteava com as patas em êxtase.

“Ela está com catorze anos. Um dos gatos também deve ser do seu tempo.” A mãe lhe disse: “Todo esse barulho porque o cachorro reconhece o seu Ulisses — se é que todo cachorro reconhece o dono até o fim da vida”. Iris desdenhando Homero.

Leith pôs a cachorrinha ao seu lado e serviu o champanhe. “Deve ser difícil conseguir uma garrafa, não é?”

“Do tipo certo, sim.”

Esse foi o tom do passado: um alívio, de certo modo, já que a mudança pesava no coração. Por cima das taças erguidas, ela o fitou nos olhos com um amor indagativo, mas desviou a vista antes que aquilo se tornasse constrangedor. Em seu tato recém-adquirido, a mãe mostrava a timidez de uma pessoa muito mais velha.

O cabelo de Iris, tão negro quanto o do próprio Aldred, apresentava fios brancos. Os olhos dela, negros como os do filho, pareciam maiores, talvez cheios de candura. Ele disse: “Acho que somos bem parecidos, fisicamente. Eu me vejo em você”. Iris ficou contente, mas disse: “Você tem a cabeça do seu pai — a forma do crânio e a testa”. O intelecto que ela não podia arrogar a si. Estava se preparando para falar sobre o pai de Leith. “Aquela manhã, ele estava tranqüilo como sempre, foi a pé até a vila depois do café, voltou com o jornal. Exatamente como de costume.”

Era uma novidade: o seu pai, tão temperamental, apresentado como uma pessoa de costumes locais, acomodado aos modos rurais, cujo fim chegara como a culminação de uma existência ordenada. Muito embora a natureza de Oliver mal ocultasse um traço de violência contida. Sempre fora possível imaginar que teria morte súbita, ainda que não em conseqüência de um doce e habitual passeio campestre.

Iris disse: "Já pensou no que fazer com o apartamento de Londres?". Era o pequeno apartamento da rua Sydney, no último andar de um prédio velho: outrora, sem dúvida, uma espécie de garçonnière. A mãe costumava se hospedar lá quando ia à capital, provavelmente com um sentimento de intrusão, de afronta, de mal-estar.

Nem a mãe nem o filho desejavam ocupá-lo. Seria necessário esvaziá-lo. Leith disse: "Lembro-me de uns livros, mas era um lugar muito espartano. Pretendo ter onde morar em Londres, mas não quero que seja lá".

A mãe também esperava ter onde ficar em Londres, mas não chegou a propor que ficassem no mesmo local.

"Então é melhor vender o apartamento do papai."

"Aldred, agora ele é seu." Notando a preocupação dele, Iris disse: "Você vai conversar com os advogados, há bastante coisa para resolver, muita coisa para assinar. É muito mais dinheiro do que se imaginava. Vai demorar um ano para inventariar tudo. Oliver era engenhoso nessas coisas — em tudo, creio. Há acordos sensatos neste país e insensatos no estrangeiro. Além de nós e de Aurora, são numerosos os beneficiários. Ele gostava de guardar segredo. Eu posso fazer o que quiser. Prefiro continuar aqui no meu quartel-general. Mas também... quero voltar a viajar, rever os lugares que conheci... caso ainda existam e conhecer outros lugares. Ver gente nova". Ela procurou controlar a voz. "Nem sempre me bastou ficar aqui, à margem das coisas, e com a guerra. E Oliver se ausentava muito."

Ocorreu a ele dizer: "Eu também".

"Você estava na guerra."

Depois, nos últimos três anos, estivera longe por opção.

Ela havia ficado entediada e só, às vezes desesperada. Nas noites de inverno, a casa escura, fria, silenciosa, e o país sem luz. Os bombardeiros roncando no céu. A imagem outrora cultivada — de Iris governando seu reino, dando ordens, dedicando-se, ostensivamente até, ao seu pai, aparecendo perifericamente nas entrevistas como a *châtelaine*, o ponto fixo, devotado, indispensável — tornara-se uma ilusão. Ela se sentia velha, tratada como ponto pacífico, insuficientemente amada.

Quanto ao apartamento na capital, pensara em um prédio na rua Sloane, em que moravam alguns amigos.

"Eram amigos de papai também?"

"Oh, não. Oliver não os tolerava."

Oliver não fazia segredo quando não gostava de alguém.

Então ela perguntou: O que você achou de Aurora?, com quem ela falava regularmente nos últimos tempos.

"Foi bom revê-la." Atitude nova, sem dúvida, ela falar em Aurora, cuja existência ficara tanto tempo e tão assiduamente oculta de sua mãe. "Mas também está arrasada."

"A morte de Oliver foi particularmente dura para ela. Por outro lado, as pessoas estão exaustas, nas cidades. Há o anticlímax de a vida continuar sendo dura."

Leith lhe contou que havia percorrido Londres a pé, como se estivesse em Pompéia.

"Você deve ter visto tanta destruição em outros lugares."

"Mas esta é a demolição da minha própria experiência."

Ela acendeu o abajur. A sala estava fria. "Esta sala, eu só uso nas ocasiões especiais. Podemos jantar onde você quiser. Ganhei um galo silvestre de presente. Em conserva, mas bom."

Primeiro galinha-d'angola, agora galo silvestre. A Inglaterra vivendo de suas aves.

"Fico contente", ele disse, "de eu ser uma ocasião especial."

Levantando-se, ela disse: "Então você esteve com Aurora, e agora veio me ver. Creio que, quando um homem volta, geralmente é para as mulheres".

"Aurora disse: 'Tantas Penélopes'." Leith sabia que a mãe queria muito perguntar: Você ama alguém? Ele se imaginou contando a história se ela perguntasse.

Iris disse, com seu novo olhar hesitante, que havia preparado o quarto do pai para ele. Tratava-se do cômodo contíguo ao gabinete, no qual Oliver Leith costumava dormir depois de trabalhar noite adentro. Havia ali uma lareira que, por compartilhar a chaminé da lareira do próprio gabinete, aquecia o aposento. Aqueles eram os dois cômodos da casa mais estranhos ao menino que Aldred fora, os menos visitados por ele.

"Pode escolher outro se quiser. A casa é sua." Aproximando-se mais, ela disse: "Embora eu tenha dito que gostaria que este continuasse a ser o meu quartel-general, entendo que talvez você tenha outros planos para esta casa".

"Claro que não, como pode pensar isso?"

"As coisas mudam. É possível que você queira se casar novamente."

Ele respondeu: "É possível. Mesmo assim, certas coisas não mudam".

No hall frio havia um crisântemo enorme em um cachepô de madeira de salgueiro. Era japonês, tinha uma franja de flores prateadas que lembravam estrelas cadentes. Havia sido recomendado por um homem de Kew.

"Que bom que você gostou. Imaginei que ele o faria lembrar o Japão."

Tudo me faz lembrar o Japão.

"Não temos nada no jardim, e com os longos invernos e as tempestades terríveis não adianta plantar. E é tarde demais para os meus heléboros."

Leith sorriu. “Neste momento, parece que você não mudou nada.”

“Mudei e estou muito mais velha.” Nenhuma expectativa coquete de negação. “Ora, você também, Aldred, está bem diferente.”

“Foi o que disse Aurora.”

“Um homem de classe.” Reconhecendo, com um leve sorriso, o quanto sua mente e sua vida lhe eram desconhecidas.

Quando foram para a mesa, ela disse: “Chegaram umas cartas para você. Estão no seu quarto”.

No gabinete do pai, sobre a escrivaninha despojada da vida anterior, havia cartas no mata-borrão. A mágoa de não encontrar nenhuma carta de Helen teria sido pueril se não fosse inteiramente adulta, e ele teve vontade de lhe escrever imediatamente, para o incerto endereço que ficava a um mundo de distância. Sabia que Helen certamente escrevera, e que a carta talvez chegasse — como de fato chegou — na manhã seguinte. Entretanto, para ambos, os diversos e irreversíveis acontecimentos já se acumulavam de permeio.

A lareira estava acesa nos dois aposentos. Ele precisava perguntar à mãe sobre a lenha, que, provavelmente difícil de se conseguir e cara, convinha economizar.

Apagou a luz no gabinete e o ambiente ficou mais agradável com a claridade do fogo. No quarto, havia mais livros, quadros e uma almofada carmesim em uma poltrona junto à janela. Ele recordou que aquela parte da casa dava para o sul. Sentou-se na cama, onde já haviam colocado um roupão quente. A surrada sacola de Leith fora desfeita.

A estante mais próxima de sua mão estava repleta de edições e traduções das obras de Oliver Leith, os romances que, lidos por milhões, deram ao escritor fama e uma aura de crescente notoriedade, e tornaram seu filho um homem rico — que, fazia dez anos agora, raramente precisara de dinheiro. A seu alcance, encontrava-se um livro mais antigo: *Uma luz em Tróia*, que Aldred provavelmente tinha lido havia muito tempo. Leith viu que toda a prateleira continha os trabalhos de juventude de seu pai, alguns publicados antes do seu nascimento. Lê-los agora poderia suscitar simpatia ou sugerir explicações. Ele não estendeu a mão para tais indícios.

Dispondo-se a ir para a cama, descobriu que os lençóis tinham sido aquecidos com uma bolsa de água quente. Deitou-se e ficou olhando para as paredes, naquele quarto que antes ele pouco freqüentava, muito menos se deitava. Os dois melhores quadros da casa ficavam lá: uma cena italiana do século XVIII, com muito verde e azul, e uma severa marinha de 1820, pintada por um aquarelista da região. Havia um espelho francês, não muito grande, com moldura vermelha e dourada. O piso estava totalmente coberto por um carpete neutro, sobre o qual se estendiam dois tapetes persas. O quarto era agradável e capaz de sugerir intimidade.

O seu último contato com o pai tinha sido ali, na véspera de sua partida para o Oriente. Iria viajar no dia seguinte antes do amanhecer e fora se despedir. Oliver estava lendo na cama. Suas canelas, nuas e muito brancas, podiam ser vistas entre os pés calçados de chinelos e a barra do roupão macio. O filho não se lembrava de ter visto as pernas do pai nuas, a não ser na infância, à beira-mar — bronzeadas, viris, ainda viçosas.

Fechando o livro, Oliver fizera menção de se levantar, coisa que o filho impedira. Aldred se sentara na poltrona siena já desbotada, que continuava no mesmo lugar, perto da janela. Não a puxara para junto da cama, o que poderia criar uma atmosfera de invalidez, mas, pela primeira vez, tivera consciência de estar presenciando o declínio do pai: o filho guerreiro, de volta da batalha, partindo novamente para suas aventuras, saudava o progenitor debilitado. Essas impressões eram todas recíprocas, o próprio Oliver as tivera. E se mostrara, naquela noite, mais ácido que nunca, amargurado com o hemisfério que o filho optara por abandonar, sarcástico com o Oriente tumultuado. Despido de qualquer nota íntima. Quando Aldred se levantou para sair, seu pai se erguera de pronto, pousando vigorosamente os pés no chão e apertando-lhe a mão — o tempo todo com um olhar duro e brilhante. Proferindo palavras duras e insensíveis: "Então, boa sorte... Espero notícias suas... Avise se precisar de alguma coisa...". Difícil imaginar que aquela indiferença seca fosse usada para dissimular afeto e preocupação.

O filho se fora com uma breve e costumeira dor no coração.

Ocorria-lhe agora que as pernas do pai, expostas dos joelhos para baixo, apresentavam na época manchas devidas a uma irritação comumente chamada psoríase — uma descamação da pele ressecada, comum nos velhos durante os invernos rigorosos —, e que ele tinha desviado os olhos e a mente daquele pormenor comum e patético, que o comoveu irremediavelmente.

Por intermédio da mãe, aos poucos ele poderia conhecer aquele homem.

Reclinando-se no travesseiro aquecido, deu-se conta de que nunca havia reparado no teto daquele quarto, no qual os arabescos de gesso se deviam a uma reforma graciosa feita no século XIX. Os olhos inquietos de seu pai deviam ter percorrido inúmeras vezes aqueles laços e floreios. Aldred Leith se lembrou das vigas e dos bambus sob os quais ele mesmo dormira, e das dobras inchadas da lona molhada. Freqüentemente, houvera constelações visíveis, e também círculos de insetos na lâmpada oscilante de algum hotel melancólico. Longe dali, anos antes, em abóbadas e cúpulas pintadas, houvera cenas sobre-humanas, coloridas. E as ornamentadas rosetas no teto do quartinho em que John Keats morrera.

E só agora, pela primeira vez, via aquele claro teto paterno. Aurora o tinha visto. Era estranho indagar se, mesmo nos primeiros anos, sua mãe dormira ali. Mal se lembrava do aspecto do quarto de seus pais, da cama deles. Quem poderia saber como, nos últimos anos, tinham encarado o amor entre eles, que parecia ter definhado muito tempo antes. Era possível se equivocar com essas coisas, com quase tudo.

Helen dormiria ali. Ele iria lhe escrever contando.

Aldred apagou o abajur. A luz do fogo, vacilante, provavelmente era a única luz acesa na casa. O balanço do longo vôo de regresso não o incomodara. Lá fora, o vento chegava do mar do Norte, ora soprando com força, ora zunindo com um tanger de cordas. Ele sabia que, com o mau tempo, os homens saíam em barcaças, de madrugada, para colher junco e cana nos mangues próximos, pois o junco, que poderia ter a altura de um homem e cortar cruelmente, era colhido com mais facilidade na água congelada. Transformado em colmo, proporcionava moradia — imemorial abrigo. Na juventude, ele saíra algumas vezes de barcaça com os homens, regressando azulado e tiritante como eles, a murmurar, "Puxa, que frio, caramba, estou congelado!", como forma de testar sua virilidade.

Graças ao longo vôo, percebia que a região das margens, tanto vista da terra como lá do alto, não era propriamente um litoral ou uma praia, e sim um aguaçal, orlado e coberto por uma vegetação dura e profundamente entranhada ali.

Ele também contaria a Helen essas coisas — e era o que estava fazendo quando adormeceu em sua própria casa, de volta do lado quente do mundo.

Sua mãe estava respondendo cartas de pêsames na austera saleta próxima à porta da rua, a que chamava de gabinete. Depois de beijá-la, Aldred foi para a cozinha pedir o café-da-manhã. Em um corredor, viu o retrato do jovem geólogo que ainda não tinha se tornado seu pai: o retrato parecia ter melhorado com o tempo. Na cozinha alta e espaçosa, havia uma mesa central, grande e pesada. Quase exatamente como ele a recordava, embora estivesse precisando de uma pintura. Uma velha empregada trabalhava ao fogão. Depois de diminuir cuidadosamente o fogo e enxugar as mãos com uma toalha branca, veio apertar a dele: "Sou a senhora Castle, senhor". As feições da mulher lhe eram familiares, embora inexplicavelmente envelhecidas. Vendo-o hesitar, ela sorriu: "Talvez o senhor esteja me confundindo com Jessie, que trabalhava aqui no seu tempo". Jessie, uma irmã muito mais nova, alistara-se no Exército de Terra, Land Army, em 1941, e tinha se casado com um polonês exilado, do Corpo de Pioneiros.

No meu tempo. Minha mãe também dissera isso. Como se ele fosse um velho criado que voltara. Aurora o acusara de alimentar a expectativa de encontrá-los todos esperando no mesmo lugar.

A sra. Castle disse: "Eu só estou substituindo Jessie durante algum tempo. É bom vê-lo, senhor. Seja bem-vindo. Lamento a morte do seu pai, um grande homem. Tenho pena da sua mãe, depois de tantos anos. Perder o companheiro da vida toda, eu sei o que é isso". Perguntou-lhe o que queria comer e para onde deveria levar a bandeja. Ele respondeu que tomaria o café-da-manhã ali mesmo, à mesa, desde que isso não a atrapalhasse.

"A que horas chega a correspondência?" Aldred preferia não fazer essa pergunta à mãe.

"Já deve estar chegando. O velho carteiro se aposentou, agora é um garoto que a traz, de bicicleta."

Serviu-lhe chá e torrada, e Leith comeu sentado em uma cadeira com assento de palhinha — vinda, como ele supunha, da

Itália — perto de um antigo fogão de coque aceso, que queimava com um leve rubor opaco. De vez em quando, a pesada porta, que dava para o quintal gramado, abria-se com uma corrente do delicioso ar matinal, frio e úmido, para dar passagem a um jovem, que, embora ele não conhecesse, fazia-lhe um breve aceno de cabeça, com certa curiosidade, antes de ir cuidar dos próprios afazeres em outro canto. Do fogão vinha um chiado de cebola refogada, um odor de coque em brasa e um antiqüíssimo relento de umidade das lajes gastas, dos trapos torcidos e de um varal de panos de prato secando no alto. Leith foi invadido por uma mistura de sensações de estranhamento e familiaridade, sensações que, por enquanto, ele podia se eximir de esmiuçar.

A sra. Castle ainda trouxe uma fatia de presunto e um ovo. Aldred se perguntou quanto sacrifício não estariam fazendo por sua causa. Talvez aquilo fosse o restante da ração de alguém — o último saco de coque, a última cebola. Ele trouxera consigo excelentes chás e outros suprimentos exóticos.

Ficou esperando a carta. Queria mostrar a Helen as ruas arruinadas, e ela iria com ele visitar Aurora, depois de ter estado no trem, no caminhão, ao lado de sua mãe, na cama dele. Depois de ter estado naquela cozinha — a face corada e os estranhos olhos a brilhar. Ah, Deus, como ela está longe, como nós somos inseparáveis.

Um rapaz de cerca de vinte anos abriu a porta do quintal. Não era o carteiro. Bonito e musculoso no seu casaco azul, tirou do ombro uma sacola de lona surrada, repleta de lenha cortada. A sra. Castle, dizendo “Espere um pouco”, arrastou para fora um pedaço de lona surrada, que o jovem tirou das mãos dela e estendeu nas lajes.

Aldred se levantou e lhe apertou a mão. “Eu o conheço.”

“Esse é Dick Laister, sr. Leith. Era um menino quando o senhor foi para a guerra.”

Laister, desamarrando a sacola, começou a tirar a lenha. Tudo isso acontecia outrora — mas o rapaz era jovem demais para ter feito esse trabalho naquela época.

"Era o seu pai quem trazia a lenha para nós, não é?"

"Ele mesmo, senhor." A madeira estava sendo jogada e alinhada metodicamente. Havia uma saleta fechada, uma despensa em desuso, onde ela foi empilhada, arrumada, disposta de maneira apresentável para a sala de estar. "Papai foi ferido na guerra."

Calmamente, a sra. Castle acrescentou: "O pai de Dick perdeu o pé".

"Então foi uma mina?"

"Não, congelamento. Ele estava na Marinha mercante. Fez comboios para a Rússia: Archangel, Murmansk. Foram postos a pique no Ártico, ele ficou em um bote salva-vidas. Dos oito navios, sobreviveram só quatro pessoas." Ajoelhou-se, olhando por cima da lenha. "Está em casa, no mesmo lugar, perto de Norwich. Mas minha mãe morreu. Então ele se sentiu desamparado."

"Ele conversaria comigo?"

"Acho que gostaria muito."

"Lembro-me dele ainda jovem, no tempo em que eu era menino. Depois, quando eu já estava maior, você vinha com ele, um garotinho." De cabelo curto, calado, só observando tudo.

"Quando eu era ajudante. Agora, só estou dando uma mão."

Gente temporária, chegando de seu mundo alterado. Ajuda extra, convocada por causa do retorno de Leith ou do luto de sua mãe: cortês, prestativa, independente.

A sra. Castle disse: "Dick terminou o serviço militar".

"E agora?"

"Consegui um bolsa do Exército para estudar biologia. Vou ficar em casa só por mais algumas semanas. Depois vou para Aberystwyth."

"Dá para viver com a bolsa?"

"Mais ou menos. Não é como antigamente, o governo começou a ajudar depois que o Partido Trabalhista chegou ao poder." Não havia nenhum traço de hostilidade em suas palavras: Laister sabia que estava falando com um militar.

Aldred arrastou a cadeira para ver a lenha. Era uma de suas lembranças mais antigas: a pesada carga recolhida para escapar ao sereno ou à chuva, secando no calor da cozinha. A lona estendida, e os pedaços de madeira jogados com rudeza, um a um. A cortiça solta, o pó de madeira. Os gravetos removidos e separados. O menino, que ele era, acocorado em silêncio no canto, observava as formas, as texturas, as cores, as manchas coloridas, as nuances. Os fragmentos de cortiça, brilhantes, ou os pedaços lisos, angulares, feito ossos. Formas arqueadas e sulcadas como uma lagosta, ou com uma corcova, tal uma baleia. Articulações escuras, de folhas grudadas, como louros esquecidos em um caldeirão. Pinhas e um maço de folhas de pinheiro, ainda em broto no ramo cortado. E as criaturas que saíam se arrastando, correndo ou se retorcendo, sabendo que o jogo chegara ao fim: lesmas, vermes brancos, larvas pequeninas saindo às pressas como que rumo a um destino. Uma lagarta ondulante, e um ser implacável, com ferrões. Ou o lento deslizar de um caracol sem concha — o *hodmedod*, como o chamavam por lá — revisitando o líquen, as pigmentações e as lâminas de fungo grudados no seu único lar — a vegetação mosqueada, como se salpicada de chocolate, com amoras vermelhas e glóbulos de cera branca. O cheiro úmido da terra, cheiro de floresta. A ferramenta deixada de lado, o Laister mais velho bravo com ele: "Não chegue perto do machado. Estou avisando". Havia na cena um homem ainda mais velho, que lhe endereçava uma piscadela: "Agora cuidado, pirralho". Era o avô de Dick Laister.

"Muito pinheiro, não?"

"Mais da metade. Este aqui", referia-se a um toco escuro e grosseiro, "é carvalho. É muito duro, mas demora para queimar. Se bem que está um pouco seco. O pinheiro é bom para a lareira, mas queima depressa. Esquenta de repente e logo vira cinza. Com o tempo, a resina acaba entupindo a chaminé. Agora, este aqui é amieiro."

Era o pai daquele homem que mostrava um galho de amieiro e dizia para o menino:

Alder dry, or alder green,
Will make you a fire
*That's fit for a queen.**

Aldred reparou nas mãos de Dick Laister: dedos longos, ainda que grossos, ossos salientes no pulso. Gestos contidos, práticos, responsáveis. O rapaz estava debruçado sobre a lona, como costumava fazer seu pai ao cuidar da lenha. Todavia, a continuidade era um engano, e o garoto seria biólogo. Parecia que estavam chegando tempos melhores, pelo menos para alguns, e aquele rapaz podia optar por ser seu amigo.

Ouviu-se a campainha de uma bicicleta. Leith perguntou tranqüilamente: "De onde vem a lenha agora?".

"Da mesma floresta perto de Norfolk. Mas é difícil de encontrar, como pêlo em casca de ovo, principalmente no fim do inverno. E cobram os olhos da cara."

A sra. Castle, com a correspondência numa das mãos, dava uma moedinha.

Leith disse: "A gente precisa marcar um dia para eu visitar o seu pai. Você me avisa?".

* Amieiro seco ou amieiro verde, / Dá uma boa fogueira pra você / Fogueira pra uma rainha. (N. T.)

"Falo com ele à noite. É uma casa de família, com muita confusão. Geralmente ele fica no quarto. Amanhã aviso."

A sra. Castle disse: "Cartas para o senhor, patrão".

Meu amor,

Os últimos dias pareceram uma imensidão — de distância, de oceano, de céu: sobrevoei uma infinidade de lugares desertos. Uma imensidão de tempo, de perda e saudade, de triste desolação. Não lhe escreveria assim se não soubesse que nós dois compartilhamos tudo isso, que você me imagina como eu o imagino, de modo que vivemos um no pensamento do outro. E você nem acreditaria em mim se lhe escrevesse de outro modo.

Hoje, em Sydney, recebi uma carta do Japão, tão rapidamente como se ela tivesse viajado no mesmo avião que eu. (Tivesse eu pensado isso, e haveria um sentido melhor para o nome Dakota, que significaria angústia eterna.) Meu querido, agradeço muito suas palavras e a felicidade que elas renovaram. Pensar que há apenas uma semana estávamos juntos. Amanhã, imagino, você vai estar chegando a Londres, com tudo o que isso significa. Vou querer saber de tudo.

Chegamos a Manila à noite e fomos para um hotel — um bom hotel com um aviso dizendo: "A inspeção das armas de fogo é obrigatória". Que aflição! Que atordoamento! De manhã, mais um vôo interminável, o vazio a se estender céu afora. E eu não parava de pensar que precisaria retornar quilômetro por quilômetro para reencontrá-lo. Novamente na escuridão, a chegada a Darwin. Bombardeada durante a guerra, a cidade parecia uma favela, a não ser pelas instalações militares. No aeroporto, as pessoas foram gentis, pareciam entender a experiência terrível que tínhamos amargado. Serviram-nos um prato enorme de bife com ovos, intragável. Então começou a travessia do deserto, que durou muitas horas. Foi como percorrer Marte. Como descrever isso, a não ser contando que, depois de quilômetros e quilômetros inabitados, a visão de uma casinha isolada naquelas paragens era pior do que na imaginação? Depois do deserto, houve outras paradas, outros bifes, e a chegada. Hoje fui passear na cidade, sem nada registrar, só pensando em você. Não tenho lágrimas, como se eu estivesse além delas.

Até agora, nenhuma notícia de Ben. Isso só vai ser possível depois que ele chegar a Honolulu. Também está viajando, perdido, em uma imensidão na qual prefiro não pensar.

Em breve devemos partir para a Nova Zelândia, em um naviozinho, numa viagem que vai demorar muitos dias. Em Wellington, alugaremos uma casa, mas o primeiro endereço é o do hotel St. George, na rua Willis. Lugares que nem você nem eu vimos, nomes no fim do mundo, ao passo que você, no centro da Terra, passa por ruas que reconheço. Você tem o endereço de Bertram, tomara que o encontre e fale de mim.

Tenho muito medo de que nossas cartas acabem se extraviando. Aconteça o que acontecer, você saberá que escrevi. Necessito de suas palavras — para tanto afeto, precisaria existir outra palavra além de *amor*.

Ele tinha levado a carta fechada para seus cômodos, onde encontrou a cama arrumada e a janela aberta, e açafrão num vidro. Pôs as flores sobre o mata-borrão do pai, lembrando-se do quanto duvidara do vaso de rosas de Oliver no retrato e pensando que, agora, as coisas precisavam mudar. Sentou-se à escrivaninha, supondo que aquela carta, com seu nome escrito pela letra dela, deixaria seu coração eternamente disparado, já que sempre era assim.

Terminando de ler, levantou-se com as duas folhas na mão e começou a andar de um quarto para o outro, pois sentia necessidade de movimento, incapaz de dar conta de responsabilidades nesse momento idênticas à paixão. Contrariamente à razão, ela precisava se afastar dele ainda mais, sempre mais, sem fazer bem a ninguém e fazendo muito mal a ambos. A juventude de Helen, que os separava, mal existia diante daquela carta. Um ano antes, Helen era a linda sereiazinha de que falara Ginger, estranho produto da negligência e da intuição, a criança trocada pelas fadas. Que agora escrevia do cadinho do padecimento adulto.

Quando os pais dela estivessem instalados naquele arquipélago longínquo, Aldred lhes pediria que a libertassem. Precisaria falar com a mãe dela, iria escrever a Bertram Perowne. Iria escrever a Helen, e sentou-se para fazê-lo.

A cadeira de rodas de George Laister, das mais ordinárias, tinha sido fornecida pelo governo. Em uma perna, ele tinha um pé artificial em uma bota completamente preta. Na outra, a calça estava dobrada sobre a amputação. Com o cabelo branco recém-lavado, estava barbeado e vestido com asseio. Tinham-no arrumado para a visita, assim como a própria sala.

Laister disse, "Quanta bondade a sua, de vir aqui" — sem querer de fato dizer isso, não queria dizer nada.

Leith respondeu: "Faz tempo que eu queria vir. Estava viajando, mas deveria ter sabido".

Dick Laister ofereceu uma cadeira. Saiu da sala, fechando a porta e enxotando uma mulher que, cheia de curiosidade, espiava do corredor.

Leith disse: “Vi Dick chegar com a lenha, no meu primeiro dia em casa”.

“Lembra? As pessoas gostam de dizer: os velhos tempos, os velhos e bons tempos. Mas não eram tão bons assim. A gente trabalhava como burro de carga. Houve a primeira guerra e a Depressão. Gente decente acabou pedindo esmola na rua. Depois, esta porcaria.” Um gesto de desdém na direção do pé. “Dick não foi feito para isso, logo vai embora.”

“Vai estudar.”

“Vamos ver no que isso vai dar.” Ele continuou, com truculência: “Não é fácil conviver comigo, bem sei”.

“Você nos faz uma visita, George, se eu vier buscá-lo um dia desses? Antes que Dick viaje. A gente pode combinar.”

“Aqui só há um Land Rover, e não consigo entrar nele. Além disso, falta gasolina.”

“Nisso eu posso dar um jeito. Você precisa sair um pouco quando o tempo melhorar. Ver o mar.”

“Foi o mar que fez isto comigo.”

“Ora essa, George, não estou querendo bancar o lorde Bountiful, o lorde bondoso, eu também preciso de um pouco de reabilitação.”

“Eu sei que você foi ferido. Mas deu a volta por cima.”

Leith achou graça. “O que você sabe disso? Só estou querendo dizer que eu ficaria contente com o passeio.” E acrescentou: “Soube que sua mulher morreu”.

“Ainda por cima isso.” Sempre mal-humorado: “O seu pai também se foi. Você vai tomar o lugar dele?”.

“Preciso descobrir o que isso significa. Escrevi um livro e ainda vou ter muito trabalho com ele.”

“Ele também escrevia livros, seu pai. Nunca deu muita bola para mim.”

“Nem para mim, eu pensava às vezes. Também preciso lidar com isso.”

Dick Laister voltou. Leith se levantou.

George lhe apertou a mão. "Você deve estar achando bom ir embora. Não é fácil ficar comigo."

"Eu vou voltar, se você não se importar."

"Quero só ver."

Dick disse: "Vamos tomar chá?". Pararam no corredor. "Não tem graça nenhuma, eu sei."

"Acho que a gente pode fazer alguma coisa por ele, mudar um pouco de ares."

"Ele é difícil de ajudar. Mas, é verdade, a atmosfera aqui não é nada boa."

"Vamos combinar, então."

Havia uma comprida sala comum, antiga, sem ser pitoresca: atestando a labuta na qual as mulheres envelheciam debruçadas sobre panelas enegrecidas e roupa por lavar, servindo intermináveis refeições pesadas para homens que chegavam exaustos da roça e dos currais. Um lugar de silêncios carrancudos, ásperas gargalhadas ocasionais, sofrimento e uma certa brutalidade. Prestes a mudar. Dois trabalhadores, robustos e sarcásticos, estavam se aquecendo junto ao fogão, um alto e outro baixo. Evidentemente, ambos tinham sido soldados. Eram primos de Dick, que resmungou qualquer coisa para Leith e foi cumprimentá-los. O irmão caçula de Laister se levantou de um comprido banco ao lado da mesa, passando o garfo para a mão esquerda e sorrindo. Uma gata malhada se aproximou, ondulando sobre os tornozelos.

Havia uma menina, uma criança de nove ou dez anos.

Leith se sentou no lugar que lhe indicaram. Embora reservado, Dick Laister se mostrava mais dono de si em casa, mais familiar no falar e nos modos. Seus primos se serviram de um caldeirão na mesa. Embora a mesa estivesse posta, nenhuma mulher apareceu — a não ser a garotinha, que ficou olhando fixamente para Leith do outro lado da mesa. De cabelos ralos, claros, olhos cinzentos, implacáveis. Vestindo um aventalzinho desbotado. Com um dente encavalado na frente. Calada, sem ser tímida. Leith lhe perguntou o nome. Era Edith.

Mencionou-se Madge: "Deixe Madge saber disso", "Madge não vai querer, Madge não". Leith pensou em Melba Driscoll.

Entrou outro homem, corpulento, pesado, de trinta e poucos anos: uma vez mais, o notório passado militar. Sentou-se, serviu-se. Perturbado, perturbador, desagradável. Dick Laister falou com ele, que cumprimentou Leith com um movimento de cabeça. Os homens se puseram a falar do governo, criticando-o, "Melhor do que os outros, em todo caso", e olhavam de relance para Leith, sondando. Dick atalhou: "O major Leith esteve na guerra, Tony".

O sujeito mal-humorado disse: "Eu vi que o senhor recebeu a Medalha Militar, e o resto". Tratava-se de uma condecoração somente para soldados, mas Tony conseguira mencioná-la como uma acusação.

Eles não davam a mínima para Attlee, mas gostavam muito de Bevin e Bevan, todos membros do Partido Trabalhista.

Leith comeu, desajeitadamente, pão com mel. A gata se levantou no banco, ao seu lado, enfiando a cabeça dura e redonda debaixo do seu braço. Ele lhe acariciou as costas arqueadas com o cotovelo e disse: "Não posso tocá-la com a mão lambuzada de mel. Ela passaria o resto do dia se limpando".

O irmão caçula de Dick observou: "Não são outros os planos dela".

Edith disse a Leith: "Eu quero ir a Londres".

"Um dia você vai."

"O senhor vai estar lá?"

"É bem provável." Ele disse: "A gente pode ir passear".

"Onde?"

"Você escolhe."

"É melhor o senhor escolher."

"Ora, por quê?"

"Se eu escolher, o senhor vai ficar bravo e brigar comigo."

Leith disse: "Edith, se você diz isso agora, imagine quando crescer".

Um dos homens observou: "Ela é de morte, essa pirralhinha".

Edith continuou olhando para Aldred.

"O senhor é casado?"

Os homens caíram na gargalhada. "Deixe Madge saber disso." "Não perca a esperança, Ede."

Criança ou não, tratava-se do eterno desafio, e eles precisavam enfrentá-lo.

Na sua pequenez, a menina corou, mas insistiu. "É ou não é?".

"Por enquanto, não." Enfrentando-lhe o olhar, ele acrescentou: "Logo serei". Todos prestaram atenção.

"Ela é bonita?"

"É. A maioria das moças são bonitas, eu acho. Ela também tem sua beleza."

"Como assim?"

"Já passou por muita coisa, sem receber quase nenhuma ajuda. É o que costuma acontecer com as moças." Como você logo vai descobrir, Edith.

Os homens escutaram, sem saber ao certo se ele estava se fazendo de palhaço ou não. A afetação era sempre ridícula, mas, por outro lado, toda fala deixava a pessoa exposta. Dick Laister e o irmão estavam acima disso — se bem que só Deus sabia como conseguiam. A menina pertencia a uma categoria à parte, como a gata.

Laister o levou à estação no Land Rover. "Obrigado pela visita." Olhando para os trilhos. "Bom, meus primos... Jeff tem aquele jeito dele, mas é boa gente. Tony anda nervoso. Começou a andar em más companhias, está encrencado. E, ainda por cima, foi preso."

"Como é o prontuário de guerra dele?"

"É bom. Um pouco brutal. Mas não é má pessoa, palavra. Metido a besta, fala demais."

"Quando foi que aconteceu?"

"No fim do mês. Em Guildford."

"Se você me entregar a papelada logo, vejo o que se pode fazer."

Laister disse: "O trem vem vindo". Apertou-lhe a mão. "É muita bondade sua, muita mesmo. Vai dar tudo certo. Obrigado."

Leith disse: "A gente precisa pensar no seu pai".

Quando Dick Laister voltou à fazenda, Tony disse: "Acho que o seu amigo grã-fino andou falando besteira. Quer dizer, para Ede. Pôs minhocas na cabeça da menina".

Jeff disse: "Ede não precisa de ninguém para pôr minhocas na cabeça dela".

"Eu gostei dele." Laister se serviu de uma xícara de chá forte. "Tony, eu preciso da papelada do tribunal. Leith vai ver o que dá para fazer."

Edith disse: "Eu o achei maravilhoso".

Aldred chegou em casa na hora do jantar. Sua mãe, que estava costurando a barra de um vestido preto de renda junto à lareira, fitou-o com satisfação. "A água do seu banho já está quente."

Aquela noite, ele terminou de escrever a carta para Helen: "Sim, falo sobre você com meus amigos. Às vezes, até mesmo com quem não é meu amigo — eu a elogio como se você fosse um salvo-conduto, um talismã".

19.

Estamos em maio, Aldred, faz um ano que nos conhecemos. E o inverno está começando neste lado do mundo, onde eu nunca teria me imaginado quando estava sentada em sua cama na manhã daquela morte terrível, que foi o começo do nosso amor, creio. Ben e eu tínhamos acabado de dar a volta ao mundo, como se fosse especificamente para conhecê-lo lá. Uma viagem medida até o último centímetro.

Meu querido, agora estamos instalados nesta casa. Até certo ponto, tenho saudade do hotel — ao qual me acostumei e onde eu tinha um quarto separado e não ficava à mercê do ambiente doméstico. Já tinha me habituado às cortinas cor de caril, imagino, ao carpete mostarda e aos empregados gentis que me serviam carne de cordeiro com batata e manjar branco no restaurante e punham cobertores extras na minha cama. Aos bondes que passavam, ruidosos, na esquina central e ao silêncio total que se instalava toda tarde às seis horas — com exceção das sextas-feiras, quando as lojas ficam abertas até mais tarde e eu podia ir às livrarias — às muitas, pequenas e boas livrarias dali.

A casa fica em um lugar alto, coberto de neblina pela manhã. Não posso dizer que alguma coisa aqui seja como no Japão, embora talvez haja semelhanças. Os aposentos são bem amplos, neles nunca bate sol, são velhíssimos. O jardim é sombreado por árvores, principalmente faias, e cercado por uma sebe de teixos devido ao vento incessante. Nenhum canteiro de flores, porém muitas plantas e arbustos que florescem no inverno — brincos-de-princesa, hortênsias. As camélias desabrocharam quando chegamos, e com uma variedade de cores que eu nunca tinha visto. Há samambaias e bosques exuberantes em que aparecerão violetas e lírios-do-vale quando setembro chegar.

Oh, meu amado, será que ainda vou estar aqui? Como isto vai prosseguir? E como vai mudar? É um castigo estar tão longe. Por que nos castigam tanto, o que fizemos de errado?

Na face norte, mais protegida, onde chega um pouco de sol, uma glicínia nua, a não ser pelos brotos verdes, está estrangulando uma árvore abandonada. Tudo isso chama um pouco a atenção de Jimsy Frazer, de Dumfries, que cuida dos jardins do bairro, e também da srta. Fry, que ocasionalmente vem costurar para minha mãe e consertar as cortinas puídas, os móveis, as toalhas de renda e até os tapetes dos proprietários ausentes.

A srta. Fry traz silêncio. Rápida no trabalho, infinitamente gentil, observa-nos, sem dúvida, mas nada conta de si. Entretanto, diversas fontes confiáveis nos informam que seu nome é Elinor, que ela fala francês (o que faz dela um prodígio neste país) e que perdeu o noivo no fim de 1914. Beirando os sessenta anos, mora com a mãe viúva em Kelburn, um subúrbio vizinho do nosso. A srta. Fry tem uma cara muito boa — bonita, ainda que um pouco vazia, talvez por ter dado tanta atenção sem nada receber em troca. De constituição miúda, está sempre bem arrumada com seus dois costumes, como dizem aqui: casaco e saia acompanhados de blusa de cores pálidas, ao gosto de Fry.

O que ela traz não é silêncio, e sim calma. É a melhor coisa que acontece. Mesmo porque — desculpe a vaidade — ela me nota, e olha para mim quando apareço. Ninguém mais aqui faz isso.

De noite no quarto, escrevendo sua carta, Helen Driscoll se sentia em plena posse de seus poderes. Era a única ocasião agradável do seu exílio: a hora preservada de e para uma outra vida, anterior. Destilada nesse exercício, a existência era emblemática em seus materiais: um bloco de papel azul importado, uma boa caneta-tinteiro preta, os envelopes em que se estampava VIA AÉREA, sinônimo de liberdade, no qual escrevia o nome dele, e a caixinha florentina de couro com uma confusão de selos da Nova Zelândia. Quando ela sopesava os incidentes do dia para possivelmente relatá-los na carta, era menos pelo interesse que ofereciam do que pela oportunidade de expressão, até de expressão artística. Uma moça transportada à derradeira curva do globo às voltas com escrever o que um grande homem iria ler no coração setentrional do mundo. O amor que então a movia era quase alegre, não sacrificado pela distância.

A srta. Fry trabalhava à tarde. Era Helen que preparava a bandeja de chá e a levava ao lugar em que ela, com um avental de linho ocre, cuidava de seus afazeres: sempre a bandejinha redonda de lata, a xícara Rockingham branca e dourada e dois biscoitos de gengibre colocados como moedas no pires. A srta. Fry — que dizia: “Obrigada, quanta gentileza”, ao ver chegar a bandeja, e “Obrigada, estava uma delícia”, quando esta era retirada — um dia olhou por cima da borda de porcelana com delicada receptividade. Elas chegaram a trocar outras palavras — se bem que nunca, durante o lento transcorrer dos dias, muitas ao mesmo tempo, pois Elinor Fry lidava com a amizade como se lida com um bicho arisco, lagarto ou lebre, capaz de fugir de uma mão impertinente.

> A srta. Fry me convidou para ir à casa dela. Segunda-feira que vem, às quatro, vou à estrada Nightingale. Dizem que a mãe dela é uma figura, embora isso, em Wellington, possa não significar nada. Já lhe contei que fui à cidade com o meu casaco verde e que todo mundo ficou olhando para mim? Nestas ilhas, a virtude começa com a auto-anulação, e qualquer sinal de vida é um espalhafato. As pessoas decentes vão para casa às seis horas e, então, é bem possível que, tal como as ruas da capital, mergulhem no silêncio. Apesar disso, há, paradoxalmente, suficiente decência genuína para que seja impossível não gostar dela.
>
> Tive notícia de Tad Hill, cujo casaco verde provoca tanto escândalo. Voltou aos Estados Unidos e largou o Exército. Pretende estudar japonês na Califórnia — "Em Berkeley", ele disse. Quando for para lá para ser entrevistado, vai visitar Ben, de quem, aliás, só tenho notícias clínicas. Escrevo-lhe, mas nunca sei se lêem as cartas para ele. Tad ficou de levar-lhe uma carta minha. A lembrança do dia em que o levaram embora, da última vez em que o vi, só se tornou suportável graças ao que você fez — por ele e por mim. O seu impulso de resgatar é o que há de mais lindo, sim, porque faz parte da sua reserva.

No domingo, Helen saiu sob uma garoa, usando uma capa de gabardine e um par de sapatos grosseiros, incapazes de atrair um só olhar. Despojadas de olhares, as ruas suburbanas subiam e desciam em ladeiras jurássicas. Não passava nenhum carro, nenhuma pessoa. Ouvia-se o latido recluso de um cachorro entediado e um estremecimento de gotas caídas de galhos baixos e frios. As casas de madeira ficavam afastadas dos caminhos, irreais. Os telhados de ferro corrugado tinham sido pintados de vermelho-escuro. Por trás das cercas de madeira ou das sebes de buxo, os jardins, dispostos como formações militares, dificilmente se tornariam rebeldes com as estações. O vento de um desolado frescor lufava nas curvas e nos declives a sua frialdade meridional. Para o sul, também havia uma vista do mar cinzento e das colinas distantes cobertas de tojos, que formavam a baía. Do outro lado do estreito, e além do perfil apagado das terras mais remotas, o importante era o pólo sul, por cujo branco ímã a nação era irresistivelmente atraída, por mais que projetasse seus anseios em outra parte.

No vasto cenário, a cidade era pequena, instável, irrelevante: não respondia ao destino. E Helen se viu arrastando-se, liliputiana, naquela topografia negligenciada, indo a Kelburn, sem expectativa de mudança.

Sonhando, uma vez mais, o único sonho possível.

Perto da estrada Nightingale, um ciclista a cumprimentou. Aquele rapaz impermeável — que ia equilibrando um cesto no guidão — era Sid Briggs, cujos pais organizavam jantares. Cozinhando e servindo, os Briggs alugavam por uma noite não só pratos e talheres como também, por um preço fixo, um arranjo de frutas de estufa, que podia ser devolvido no dia seguinte mediante o pagamento adicional dos itens eventualmente consumidos por algum comensal imprudente ou atrevido. (Os cachos de uva, cortados aqui e ali ou lavados, podiam ser usados mais uma ou duas vezes, ao passo que as pêras ou os pêssegos um pouco passados costumavam ser disfarçados com folhas verdes.) Nas festas, o pai — pugilista na juventude, ainda conhecido como Tigre Briggs — chegava mais cedo para preparar os coquetéis, enquanto Sid, na cozinha, picava e refogava com muita habilidade. No entanto, era a sra. Briggs quem comandava o espetáculo, dava ordens e cultivava sua fama. De baixa estatura e morena, com a vivacidade sempre dentro de limites, dominava a situação e estava satisfeita por ser uma personalidade — nas recepções mais importantes, sabia o que oferecer como bebida ao primeiro-ministro e levava em conta a úlcera do alto-comissário. Zombava das saudações de sir Keith ou de sir Patrick, mas nunca chegava a tomar liberdades, mesmo porque, para ela, a liberdade carecia de importância. Uma medida do seu poder benigno mas indiscutível era o o papel que ela assumia depois dos jantares, com o vestido preto de raiom, o avental de organdi ondulado e os punhos brancos como as patas imaculadas de um bicho de estimação. Em casa contava aos seus homens o que tinha ouvido e, graças a isso, reinava.

Helen havia observado a sra. Briggs, quando estava começando a notar outros que haviam renunciado ao desejo nacional de viver em outro lugar, mesmo que isso significasse nunca sair daquelas praias. Lá ninguém se sentia verdadeiramente em casa, nem mesmo os indígenas, que eram, eles próprios, invasores. A experiência britânica era hesitante, quase se desculpando: sucessivas gerações permaneciam ali, mas como recém-chegadas. Ao passo que a sra. Briggs tinha se estabelecido definitivamente. *Fatalité des lieux*. Seu exemplo inspirava respeito, e enchia a moça de pavor.

No número 12 da rua, Helen empurrou um portão maciço. As chaminés eram visíveis acima das velhas árvores. Os arbustos, esporadicamente ainda em flor, davam lugar a flores outonais. O telhado, de ardósia azulada, também se destacava por ser grande e alto, com testeira de madeira trabalhada nos beirais. No primeiro andar e no térreo, as *bay windows* brilhavam como espelhos, exibindo cortinas de voile branco. Sem alegria, mas com muita leveza.

E a srta. Fry estava à porta, sorrindo gentilmente e estendendo a mão gentil.

Helen entregou a capa e o guarda-chuva. Não o abrira, de modo que seus cabelos estavam empapados e mais escuros. Nesses dias, não tinha noção de sua aparência. Em tais momentos, podia renunciar à vida adulta, e se acanhava. A srta. Fry, porém, não se investiu de autoridade — como as pessoas costumam fazer quando se encontram em seu próprio território. E, assim, ambas ficaram momentaneamente imobilizadas.

A sala de estar estava aquecida e encerada, refletindo o esmero de Elinor Fry. Tabletes de carvão do tamanho de ovos de pata ardiam na estufa. Havia franqueza, uma simplicidade totalmente livre do cristal lapidado e do verniz de nogueira, nos quais a vizinhança tanto insistia. Poltronas, escrivaninha, sofá, móveis antigos e admiráveis, evidentemente tinham vindo do grandioso além-mar. Havia um enorme tapete das Índias. As estantes envidraçadas conservavam as cores do couro dos livros antigos. Em outra sala, mais livros se alinhavam em estantes abertas. Tudo parecia em agradável condição de uso. Em uma mesa, um abajur permanecia aceso no dia escuro. No teto, cúpulas de vidro pendiam de três correntes claras.

"Você achou a estrada Nightingale." Sobressaltada, a sra. Fry acabava de se levantar de uma cadeira.

A filha explicou: "Mamãe tem o costume de aparecer de repente".

"Quer dizer que você veio nos trazer um pouco de alegria?"

Helen disse: "Eu não sabia que essa era a condição para ser recebida aqui".

"Isso é compreensível." A sra. Fry era uma haste reta, florescendo em um nimbo de cabelos brancos. Quando se sentou, seu vestido escuro se espalhou nas almofadas do sofá, que tinham a textura da areia fina. A beleza, havia muito despojada de apelo erótico, permanecera como um hábito. "Quem quer que chegue do mundo exterior traz novidades. Ainda mais uma moça tão bonita."

"Mamãe, acho que você está sendo muito invasiva." A srta. Fry acabara de pôr um cesto de costura no colo. Assumindo o papel de filha, não cedera em termos de caráter. E começou a ficar bonita — com os cabelos grisalhos presos no coque, a testa pensativa e o pulso flexível.

"Você tem olhos singulares, o que é uma sorte, pois os olhos se conservam mais." Os olhos escuros da sra. Fry, ora doces, ora brilhantes, tinham se conservado. "Tenho os olhos do meu pai. Ele era bispo em Wellington, meus pais vieram para cá por causa do trabalho dele. Naquele tempo a viagem da Inglaterra até aqui, por mar, demorava quatro meses. Qualquer um que venha para estas ilhas, mesmo agora, sente que é para sempre. A distância é fatal."

"Mamãe, você vai assustar nossa amiga."

"Eu estou assustada, sim."

"Exatamente como os seus pais, os meus vieram com prazo determinado. Mas nem sempre a vida concorda com esses arranjos."

As duas mulheres falavam em voz baixa, clara, sem hesitação.

"Meu pai mandou construir esta casa conforme seu gosto — gosto é algo intransferível. Na época, isto aqui era uma floresta, estávamos na área rural. Lembro que, quando eu tinha sete anos, nas nossas terras derrubaram uma grande mata de agatis, para construir casas. Todas as construções eram de madeira naquele tempo, mesmo na cidade, porque se tinha muito medo dos terremotos. Curiosamente, foi só depois do grande terremoto de Napier, há menos de vinte anos, que começaram a usar seriamente o concreto e os tijolos. Os homens se sentem compelidos a testar o destino, querem saber, de uma vez por todas, quem é que manda. A lição nem sempre é do seu agrado."

"Lá onde moramos", a moça disse, "predominam as faias."

"Bétula nativa, como dizem. Não sei por quê."

"*Nothofagus*." A srta. Fry estava bordando um desenho geométrico, vermelho vivo, em uma dobra de cânhamo.

"Mesmo a estrada só foi aberta depois da nossa chegada. E evidentemente recebeu o nome da heroína, não do pássaro. A srta. Nightingale ainda estava viva quando foi homenageada, mas graças a Deus morreu pouco antes da Grande Guerra. Elinor também tem o nome dela: Elinor Florence."

A srta. Fry observou que o nome era muito comum em épocas anteriores, mas desaparecera por algum tempo. "Foi ressuscitado no século passado pelos ingleses que viajavam à Itália. Virou moda. O próprio Shelley deu o nome de Florence a um filho que nasceu na Itália." Com muita elegância, ela puxou mais um fio de seda de uma meada encarnada.

"Nasci aqui mesmo", disse a sra. Fry, retomando o fio da sua própria meada. "No quarto em cima desta sala. A casa era para ser a segunda residência do bispo, mas meu pai a adorava e, quando o seu tempo aqui chegou ao fim, resolveu comprá-la. E nós ficamos. Minha pobre mãe estava morrendo de tuberculose e não tinha condições de empreender a viagem de volta. Quando ela morreu, meu pai e eu fomos embora, e esta casa passou muitos anos alugada." Ela continuou: "Elinor está impaciente, pois já conhece essa história toda de cor".

"Não parece impaciente."

"E não estou mesmo", a srta. Fry disse. "Mas vou buscar o chá."

"Às vezes ela diz: 'Mamãe, não me venha com lembranças'."

"Só quando o tema é triste." A filha pôs o trabalho de lado. "Temos o chá indiano, é claro, mas também um chinês excelente. Qual você prefere?"

"O chinês, por favor."

Quando a srta. Fry saiu, a mãe observou: "Como não contar a história da gente? Há tão poucas histórias aqui, ou talvez haja medo de contá-las, medo da mera idéia de que cada um de nós tem importância. Eu mesma esqueci grande parte dos quarenta anos que passei na Inglaterra depois de me casar. Durante todo esse tempo, estive aqui só duas vezes. Era uma longa viagem, fosse pelo mar Vermelho, fosse pela rota da Cidade do Cabo. Como ainda é".

Helen sabia precisamente: eram seis ou sete semanas, dependendo do navio, da rota.

À beira-mar havia uma agência da linha Shaw Savill. Na rua, uma vitrine mostrava o casco negro e as chaminés rubras zarpando imponentes. As pessoas entravam para pegar folhetos, indagar, embelezar a fantasia. Durban, a Cidade do Cabo, Las Palmas — a peregrinação que a nação inteira sabia de cor. E a coisa morria ali mesmo. Nisso os jovens depositavam suas esperanças, depois começavam a recuar lentamente rumo à impossibilidade.

Se não fosse domingo, Helen não estaria visitando — na casa daquelas sibilas — outro século. Em seu afã de viajar, poderia ter pulado essa experiência.

A sra. Fry disse: "Não fique triste. Você vai mudar isso tudo. A sorte é sempre bem-vinda. Mas não é aqui que vai encontrá-la. Esta não é uma sociedade feliz. Em todo caso, a gente precisa realizar as grandes mudanças por si mesma, do contrário não se acrescenta nada ao destino". A essas palavras, a casa mergulhou em um silêncio profundo, como mergulharia um dia com a sua ausência. Na cozinha distante, Elinor Fry não se manifestou. A velha disse: "As possibilidades estão abertas para você. O terrível é ficar totalmente à mercê dos acontecimentos, como ocorre nessas guerras".

Ficar presa, a um mundo de distância dele, por causa da guerra. Agora a imprensa falava em guerra como se ela fosse continuar.

•Acima da cornija da lareira, havia uma paisagem com um vasto céu. Helen a contemplou com uns olhos que, tocados por uma afabilidade íntima, brilharam com lágrimas íntimas.

"Fiz sozinha a viagem para cá, meu bem, logo depois que enviuvei. Foi no começo de 1914. Esse se tornou um ano memorável e horrendo, a gente chega a esquecer que transcorreu quase todo em paz. Elinor estava no Sul da França. Tinha se apaixonado por um francês, um fazendeiro do Var, e os pais dele disseram: 'Fique'. E ela ficou. A idéia era que os dois precisavam se conhecer melhor. O adiamento, para o qual eu mesma colaborei, resultou em uma fatalidade. Eles tinham uma casa decrépita: um *mas*, como a chamavam — bonita, mas não confortável, como o próprio homem, aliás. Que foi morto naquele mês de outubro, no promontório de Ypres. E Elinor ficou no Var."

Elinor Fry voltou, impassível, trazendo uma enorme bandeja de teca.

"Que gostoso, Elinor, o cheiro desse chá! Deve ser uma caixa nova."

A srta. Fry se sentou e contou a Helen: "Há um importador...".

"O único", a mãe especificou.

"... em Customhouse Quay, no primeiro andar, em uma sala sem janelas."

"Fica bem escondido. Elinor o descobriu por intermédio dessa gente que aluga frutas e flores."

"Os Briggs."

As três sorriram.

"Esse homem vende patê e conservas interessantes. São pequenos prazeres, que, em Wellington, precisam ser dissimulados. A herança escocesa aqui é fortíssima, daí a mortificação da carne e do espírito."

"Que exagero, mamãe."

"Eu, que sou meio escocesa, posso dizer. Minha mãe era uma MacPherson, de Fife. Como estes biscoitos estão bons, Elinor!"

Helen disse: "Tudo está ótimo, uma festa. Um verdadeiro *high tea*".

"Nem tanto, meu bem. O *high tea*, para ser correto, precisa incluir carne — língua prensada, pelo menos, ou peixe defumado. Precisa incluir, costumávamos dizer, alguma coisa que já tenha respirado. Que expressão curiosa. Sanduíche de presunto não serve, muito menos de sardinha. Os nossos bolos também são banais demais para um *high tea* genuíno. Elinor fez todos eles, com exceção desse com cobertura, preparado pela nossa empregada italiana e chamado *zuppa inglese*. Dizem que foi inspirado em *trifle*, a bagatela, feita de bolo, creme inglês e frutas — se é que uma bagatela pode servir de inspiração para outra. Elinor, agora precisamos de água quente."

Quando a filha saiu, a sra. Fry retomou: "O simples fato de estar sobre a face da Terra durante a Primeira Guerra Mundial foi o mesmo que passar pelo Hades. E depois, em toda parte, o clima de luto. A França, quando fui visitar Elinor em seu cativeiro do Var, era um vale de lágrimas. Foi isso, pode-se dizer, que me fez começar a pensar em voltar para casa — não para este país, também enlutado, mas para esta casa, que, na minha lembrança, continuava sendo um refúgio. Estou contando, Elinor, o que lhe propus em 1927: quer ir comigo?".

"Era uma aventura", Elinor disse ao retornar. "Eu estava disposta a fazer uma coisa dessas."

"Uma coisa dessas! Não existe nada que se compare com uma mudança para a Nova Zelândia." Ela disse: "Em todo caso, Elinor não tinha nada a perder, a não ser o tormento de continuar onde estava".

"Aprendi a ser útil." Elinor e sua compostura. No entanto, no seu caso, não era difícil imaginá-la jovem e chorando desesperadamente. Ou a situação de nada ter a perder, para a qual a mãe tinha colaborado.

"Ela reconstruiu a casa na França: os tapetes, a mobília, até os quadros. Recuperou tudo. O jardim, a horta — até mesmo o chiqueiro — ficaram bonitos. Lá havia uma *allée* indescritivelmente romântica, na qual os pavões passeavam à noitinha, subindo no lusco-fusco para se empoleirarem nos cedros."

"Eu não tive nada a ver com isso. Já havia pavões muito antes do meu tempo." A filha tornou a pegar o trabalho, estendendo o braço macio que levava lavagem para os porcos. "Nunca alterei a extensão do caminho, que era sublime. Para descansar, o trabalho era uma satisfação."

"Ela aprendeu a tomar conta das coisas." Ela colocou certa ênfase na palavra.

"Para o próprio bem delas", Elinor disse. "Não por interesse."

A mãe fez um gesto amplo, foi a primeira vez em que moveu as mãos. "Tudo aqui é obra dela. Um dom especial para a reparação."

"Apenas gosto das coisas bem-feitas."

A mãe disse: "É a carência de amor. As mulheres frustradas no amor se voltam para a religião, para a enfermagem, os bichos e as plantas, para as coisas inanimadas. A Grande Guerra excluiu da experiência do amor a geração da minha filha. 'A tua espada arrancou das mulheres os filhos', a Bíblia diz".

A srta. Fry estava com a caixa de costura no colo.

"No período abominável que se seguiu, encontravam-se essas mulheres nas escolas, trabalhando nas enfermarias dos hospitais. Para algumas, talvez, a vida até ganhou um significado, foram poupadas de algumas outras crueldades. Mas isso é uma hipótese, ao passo que a negação do amor é um fato."

"Mas os homens", Helen disse, "foram eles que morreram." O seu homem, ele poderia ter morrido.

"Foram enganados", Elinor Fry disse, "pelo desejo de ação. Especialmente os países remotos não prometiam nenhuma outra experiência, não ofereciam nenhuma outra saída. Eles não chamavam aquilo de morte, diziam que era ação. Morreu em ação. Morreu fugindo."

Com a mão trêmula, a moça pousou a xícara sobre a mesa. "Segundo Tucídides, os jovens anseiam por conhecer lugares distantes e não acreditam que podem morrer." Helen, que empalidecera, estava recuperando o controle e a cor; os cabelos, agora secos, desciam, soltos e claros. Já estava parecida consigo mesma — com aquela que tinha sido e que ainda estava por ser. "Toda juventude de Atenas desenhava o mapa da Sicília no chão. Na imaginação, já eram conquistadores."

E a sra. Fry, ainda que languidamente: "Em seus pensamentos, todos os homens são conquistadores".

Mãe e filha se puseram a pensar, com leves suspiros: a expedição à Sicília, o Dardanelo, o promontório de Ypres, o Somme. Enquanto a mocinha se perguntava: Quando conseguirei partir? — e, mentalmente, desenhava o mapa-múndi.

A mãe, com um segundo gesto, pareceu apontar para o céu.

Elinor Fry disse: "Um tremor".

No teto, o lustre oscilou ligeiramente nas três correntes de latão. Na estufa, os ovos incandescentes se desmancharam em cinzas.

A vibração, infinitesimal mas inegável, passou pela sala e seguiu adiante, percorrendo todos os subúrbios decentes: quebrando um pouco de estuque, rachando um ou dois enfeites e, em uma sala da rua Thompson, derrubando um pequeno quadro do monte Egmont.

"Eu gostaria de mais alguma coisa", a sra. Fry disse, "mas não sei do quê." Depois de empilhar os pratos, prosseguiu: "A gente poderia ler essa passagem à noite, Elinor, a de Tucídides". Depois de fechar os olhos como se fosse cochilar, disse repentinamente, referindo-se aos terremotos: "Eles estão mais freqüentes este ano".

No caminho de volta, na chuva, Helen Driscoll pensou: Não levei nenhuma alegria para elas, muito pelo contrário. Aquele era um mundo de mulheres, com a sala impecável e a filha serena tentando conter a mãe despachadíssima. Embora tivessem mencionado o bispo, não descreveram o marido e pai. Vidas femininas suspensas no verão monstruoso de 1914. Mas a sra. Fry rira o riso de uma menina feliz, e Elinor chegara a empregar a palavra "sublime". E o terremoto passara despercebido.

Escreveria tudo isso a Aldred, naquela mesma noite. Também tinha algo dela para contar: ela não havia alimentado a expectativa de ficar curiosa no fim do mundo, em sua própria suspensão. Queria que houvesse outro lugar para ir além de sua casa.

Seria interrogada sobre a ocasião, a moradia, a mãe excêntrica. Sobre tantas coisas que teriam por resposta: "Linda" — ou qualquer outra evasiva do gênero.

Depois de tirar a mesa, Elinor Fry voltou a se sentar na poltrona. Sabia — a sra. Driscoll não fazia nenhum segredo — da paixão da mocinha por um homem famoso do outro lado do mundo. Tinha passado algum tempo pensando no quanto era difícil consolá-la. As duas mulheres concordaram que Helen, que no fim recobrara o brilho da vida, deveria voltar, de preferência em outro domingo — "Dia", na opinião da sra. Fry, "em que todo mundo precisa ser salvo."

A filha achava que a salvação era bem-vinda em qualquer dia da semana; na verdade, fazia tempo que tais conceitos tinham se tornado impessoais, a não ser no caso dos outros. Quando a mãe disse: "Pensando bem, é melhor deixar para outra ocasião a leitura sobre a expedição da Sicília", Elinor concordou e, por força do hábito, retomou a costura. Mais tarde, porém, ficou com as mãos ociosas e pensou em coisas, nobres ou terríveis, que só ela sabia. E nos pavões desfilando na *allée*, liderados pelo mais velho, o chefe, que um dia seria suplantado por um jovem desafiante, em um duelo ritual mortífero.

Quando as duas se levantaram para subir, como faziam havia mais de vinte anos, a sra. Fry observou: "É possível que, neste momento, a pequena Helen esteja escrevendo uma carta para o seu amado".

"Tomara que sim", Elinor Fry respondeu.

20.

Aurora trazia um chapéu bem justo, com um véu lançado para trás, que lhe deixava a testa descoberta e roçava sua nuca. Estava forçando a vista para estudar o cardápio, já que não gostava de usar óculos.

Aldred comentou: "Que linda, Aurora. Os homens vão enlouquecer no Quênia".

"Manterei você a par." Ela começou a dizer: "Falando nisso, já que vamos passar três meses sem nos ver, posso perguntar se...". Mas vacilou.

"Se há uma mulher na minha vida?"

"Exatamente."

"Há, sim."

"O casamento pode esperar até minha volta?"

"Precisamos esperar. Há dificuldades. Eu queria já ter contado a você."

"Então, ou ela é casada ou é muito jovem."

"Ainda não completou dezoito anos. E, por enquanto, mora na Nova Zelândia."

"Ninguém mora *por enquanto* na Nova Zelândia. Os pais são contra?"

"Totalmente."

"Você tem uma fotografia dela?"

Leith pegou a carteira e extraiu uma pequena foto tirada por Tad Hill.

Aurora disse: "Ninguém tem o direito de ser assim".

Eles sorriram, ficaram de mãos dadas. Pediram comida e vinho. Leith guardou o retrato.

Aurora perguntou: "Você vai buscá-la?".

"É só nisso que penso todo santo dia. A gente ficou de dar tempo ao tempo, depois ela viria para cá." Leith disse: "Acho que também desenvolvi uma consciência".

"Como sempre."

Passaram algum tempo falando da viagem de Aurora. O apartamento dela seria reformado durante esse tempo. Um amigo iria ficar acampado lá, para supervisionar a obra.

Ela disse: "Olhe, Aldred, eu tinha dezessete anos quando me casei. É verdade que Jason já estava a caminho, mas nós, Geoffrey e eu, acabaríamos nos casando de qualquer maneira. Também é verdade que eu não trabalhava e que Geoffrey era um bêbado. No entanto, seja como for, vivemos cercados de casais infelizes — divorciados, separados, amarrados por causa dos filhos — que se casaram na idade certa e eram mais sensatos do que um juiz. Noivas que apareciam na capa da *Country Life*, exibindo o esplendor e os anéis, e a cabeça ajuizada. Isso é uma grande loteria".

Como a guerra.

Ela disse: "Não posso dar nenhum conselho, o que eu sei? Só que você vai se arrepender o resto da vida se não o fizer, e que ela vai precisar morrer e reinventar a própria existência. Há quanto tempo você não a vê?".

"Faz dois meses. Ela saiu do Japão na mesma época em que saí. Passamos juntos o último dia."

Aurora perguntou: "Você a engravidou?".

"Não. Nós não fizemos isso."

"Meu Deus!" E a seguir: "Até que seria uma solução".

"Disse que desenvolvi uma consciência. Aurora, ela seria obrigada a enfrentar a situação sozinha, a dezesseis mil quilômetros de distância."

Aldred estava contentíssimo com sua companhia. Os dois se tratavam com tanto carinho. Ele se lembrou daquilo que nunca tinha esquecido: de que, nos meses em que foram amantes, chegaram a falar em ter um filho. Ele seria o pai do sucessor de Jason. Aurora não pensava em casar: "Isso iria desencaminhar sua vida", ela dizia. Tinha mais de quarenta anos, coisa considerada perigosa.

Ela também, ele sabia, estava recordando essas coisas, o que a levou a dizer: "Oliver não queria nem pensar em ter outro filho".

O filho de Oliver, por labiríntico amor, ficou indignado com o egoísmo do pai.

"Eu me sinto velha", Aurora disse, "com a gente falando desse modo. Como se fosse uma coisa histórica."

"Não. Correto e bom. Ninguém mais pode deitar essa luz em nós." Aldred achou insuportável ver a mão dela tremendo ao mexer o café e lhe tomou a colherinha. "Posso lhe perguntar uma coisa... Meu pai chegou a saber que estivemos juntos?"

"Não. Suas credenciais de amigo de Jason eram impecáveis." Ela disse: "Lembro que no almoço daquele dia, quando conheci Oliver, você ficou afastado, observando. Aquela foi nossa verdadeira separação, sua e minha. Achei melhor deixar que você ficasse...". Hesitação.

"Com a vantagem?" A única que eu tive sobre ele, mas enorme.

Quando saíram, ele a acompanhou até o táxi. Ainda conversariam por telefone, Aurora embarcava dali a dois dias. Beijaram-se, e ela acenou para ele, sorrindo com lágrimas nos olhos. Aldred seguiria na mesma direção, mas, se tivesse entrado no táxi, acabaria voltando com ela. Haveria um fim — a consumação ritual, como com Moira. Aurora também sabia disso.

Quando Aldred lhe telefonou aquela noite, ela disse: "Você não me contou o nome dela".

Ele disse: "Helen".

Helen. Como é bom escrever esse nome — e como vou ser feliz quando puder escrevê-lo menos e dizê-lo mais. Essa é a coisa mais importante das várias que tenho para contar. A segunda é que terminei meu trabalho sobre a China e estou escrevendo a parte sobre o Japão. Em breve, o texto vai ser entregue à datilógrafa e, depois, ao editor — tudo com a bênção de ter amadurecido debaixo da cama de Ben. Penso que a parte mais extensa, sobre a China, está boa, tanto quanto me foi possível, mas parece ter acontecido em outra vida — dever ser o efeito da sua entrada em cena, assim como do estágio terminal, que o mundo está presenciando, da guerra chinesa.

Tenho conversado com muita gente, inclusive com alguns advogados. Jantei com Aurora Searle, que foi para o Quênia. Quando lhe mostrei a sua fotografia (tirada por Tad Hill, perto do jardim das pedras), ela disse que ninguém tinha o direito de ser tão linda. O meu medo é que outros vejam os seus olhos e os seus cabelos de prata e se interponham no meu caminho. Descobri em mim algo que me perturba: que me preocupo demais com coisas que não acontecem. Eu já era assim no Japão, ou é o resultado da nossa separação? Não poder confortá-la nem saber realmente como decorrem os seus dias, isso é terrível.

Peço-lhe que me mande outras fotografias. É um alívio saber que não serão tiradas por Tad, que, morando na Califórnia, a julgar pelo mapa, está milhares de quilômetros mais perto de você do que eu.

Berkeley é uma universidade muito prestigiada, conta com um centro de estudos japoneses.

Como é provável que você e eu passemos algum tempo em Norfolk, estou pensando em incorporar mais um cômodo à "minha" parte da casa — atualmente ocupo o gabinete, o quarto e o banheiro que eram do meu pai. Não a incomodaria com coisas tão prosaicas não fosse a felicidade que me dá pensar na sua chegada a um lugar em que, às vezes, já a imagino no quarto ao lado.

Bertram Perowne respondeu, enviou uma bela carta de Yorkshire, dizendo que estará aqui no mês que vem, quando vamos nos conhecer. A coisa ficou um pouco complicada com o súbito aparecimento de Hugh Calder, o estudioso do Renascimento, do qual você deve se lembrar, do Japão. (Ben lhe deu uma aula sobre Erasmo no dia em que você e eu nos conhecemos.) Calder me convidou para um aperitivo no Ritz. Ficamos num terraço afastado, escondido por vasos de palmas — aonde, de pura fanfarronada, eu às vezes levava uma moça, no auge do furor juvenil, quando tinha dinheiro. Calder me fez uma proposta, que recusei.

O fato é que Calder, se não for catedrático, deve ser agente do governo ou, para falar claramente, espião. Começou com isso na guerra, mas continuou, com menos mérito, na paz. Propôs que eu me alistasse na mesma atividade. Mas isso está fora de questão. Tudo isso tem a ver com meu conhecimento dos dialetos wu e com o desejo dos aliados de, quando Mao tomar o poder, rastrearem as relações da China com os soviéticos. Eu seria obrigado a passar por um período de "instrução", como eles dizem, em um centro clandestino no Oeste do Canadá. Não tenho intenção de viver ou morrer assim. A quase certeza, que anda se disseminando, de que haverá uma nova guerra mundial, parece-me infame.

A sua segunda e inofensiva proposta era que eu fosse à Alemanha, por um curto período de mais ou menos três semanas, para dar uma olhada no Alto Comissariado, que é considerado ineficiente. Não haveria nada de sub-reptício nisso, porém, uma vez mais, trata-se do contexto da Ocupação, do qual acabo de sair. Não sei como eu poderia contribuir em semelhante inspeção, mas concordei em discutir o assunto. Nada iminente, e você pode continuar enviando as cartas a Norfolk. Se eu viajar, as primeiras provas do livro provavelmente ficarão prontas quando eu estiver voltando.

Contei a Calder que pretendo sair do Exército muito em breve e que espero me casar. Ele me deu os parabéns pelas duas coisas, e acho que acertou.

Se eu for à Alemanha antes de viajar, vou contar à minha mãe os nossos planos. Ela tem demonstrado muito afeto desde que voltei para cá e vai ficar contente por eu fazer alguma coisa da vida.

Fizeram uma proposta para que eu me candidate ao Parlamento. A idéia se deve à eterna condecoração, assim como as fantasias semelhantes de eu integrar conselhos e comissões. Tudo isso me parece uma tentativa de me atrair para um futuro que há muito tempo descartei. O melhor da condecoração é eu ter a possibilidade de fazer pequenas intervenções em benefício dos feridos de guerra. Um senhor que teve o pé amputado e que antigamente fazia trabalho temporário na nossa propriedade vai receber cuidados mais adequados e uma pensão melhor. E o sobrinho dele vai ter uma última e implausível oportunidade de trilhar o bom caminho.

Espero não ter dado a impressão de que isto aqui é um pequeno reino, em que se distribui esmola, faz-se justiça e se dividem cômodos supostamente ancestrais. É novo para mim encontrar um lar ou me ver apegado a ele, por mais que necessite ainda correr para Londres, afastando-me disto aqui. Talvez isso também valha para você, Helen, que, como eu, teve uma vida errante. Não que lamentemos, como seria possível, nossos *années de pèlerinage*.

Gostei de saber dos seus encontros com as Fry: autenticidade reclusa da qual espero que me conte mais coisas. Seu irmão disse que você precisa de afinidade. As Fry vão mais além, endossando o amor. É bom que você tenha essas conversas, contanto que seja com velhotas simpáticas.

Quando Leith terminou a carta, o telefone tocou. Era Dick Laister sugerindo que o passeio com seu pai fosse na quinta-feira. Ao combinar o encontro, Leith perguntou: "Edith não quer ir?".

"Vai morrer de alegria. Podemos buscá-la na saída da escola."

Minutos depois, Laister tornou a telefonar: "Madge diz que também quer ir".

"Não. Madge não. Madge pode ir na próxima vez." Leith continuou: "Diga a ela que minha mãe vai ser a babá".

Laister riu. "Melhor para você. Vou lhe contar que aí não é o castelo do Barba-Azul."

Quando se sentaram, Bertram perguntou: "Como vamos nos tratar?".

"Eu só o conheço por Bertram."

"Prefiro que me chame de Bertie. A gente podia passar um ou dois anos sendo Leith e Perowne, mas as circunstâncias não colaboram."

Estavam perto de uma janela alta. Os carros passavam. Bertram havia proposto que jantassem no seu clube. Estava com bom aspecto, ainda que vestido modestamente: era magro, não muito alto, o cabelo claro começando a escassear. Bem ajustado, bem-apessoado. Tudo proporcional, com exceção das orelhas de abano, enormes. Como era de se esperar, parecia compassivo, e não tinha ficado assim sem sofrer.

Ele disse: "Nosso problema é que só nos conhecemos como modelos de perfeição".

"No seu caso", Leith respondeu, "aceito a evidência. Benedict dizia que você era Adão, aquele que deu nome às coisas."

"Eles teriam dado nome a tudo sem mim. Aos dez anos, Benedict já era um literato. Um garoto lindo quando o conheci, uma espécie de menino-anjo de Dickson, condenado à extinção. Frágil, mas ainda não tão afetado pela doença. A cor dele, vê-se em Helen."

"É verdade."

"Ela também, os dois liam juntos quando Helen ainda era uma coisinha minúscula. No jardim-de-infância, tiravam-na da sala de aula para ler em voz alta para os alunos mais velhos, para mostrar como fazer aquilo. Mais tarde, ela costumava rir disso, dizia: 'Como deviam me detestar'. Mas eu duvido. Helen não era rival nem contemporânea. Naquele país, então, era um ser à parte."

"A criança trocada pelas fadas."

"Sim, tanto quanto Ben." Bertram disse: "A irmã mais velha também era inteligente no começo. Desconectou-se, recolheu-se em si. Virou uma caricatura da mãe. Casou-se, pelo que dizem, com um idiota. É óbvio que se pode dizer: a culpa é dos pais. Mas eles também tiveram um começo incerto. É assim mesmo, ninguém pode rastrear tudo até chegar, digamos, a Adão. A seleção é feita na adolescência — alguns se salvam, outros se contentam com menos, outros vão para o lixo. Um processo tão misterioso quanto a arte".

"É o que eu mesmo tenho observado: o pós-guerra, as inexplicáveis exceções."

Bertie disse: "Ben, nunca mais vão trazê-lo da Califórnia. Há anos que querem se livrar dele. A enfermidade do rapaz os horroriza. O próprio Driscoll queria ser campeão, atleta. O pai não pôde seguir a carreira médica. A família não tinha recursos, mas se empenhou muito para que o filho fosse médico. Driscoll chegou a se formar, mas nunca exerceu a profissão. O filho, Benedict, foi designado para inverter o equilíbrio. Você sabe o que aconteceu: nada deu certo, com exceção do fato de o garoto entender absolutamente tudo, e poder viver em sua própria mente, e ter alguém que o amava e confortava, a irmã".

"E eles contavam com você."

"Precisei tomar muito cuidado, sabe? Mal era tolerado lá, tinha ido para a Austrália numa situação indesejável, mas não vamos falar sobre isso, prefiro assim. Quando a guerra se intensificou, eu ainda tinha contatos, mexi os pauzinhos e voltei. Tudo isso demorou. Entretanto, andavam de olho em mim, pois eu tinha ganhado um prêmio de matemática antes de cair em desgraça, e tinham selecionado meu nome para o serviço de decodificação. Quando eu estava em alto-mar, driblando torpedos, os Driscoll foram para Bengala. Decidi manter o contato, e então, no ano passado, os dois vieram para cá."

"Voltaram a contar com você, que fez tudo por eles. Sei que a mãe os deixou nas suas mãos."

"Foi bom para mim. Eles estavam tão entusiasmados, reagiam tão bem. Minha situação tinha melhorado, e pude ser útil. Sabia que não voltaria a ver Benedict."

"Eu também sei, agora."

"Fiz as peregrinações médicas com Benedict. Ele ainda estava bem o suficiente para ir normalmente às consultas, e a gente podia viajar. Ben sabia o que estava acontecendo, e Helen também. Quando os coloquei no navio, no dia da separação, foi terrível." Bertie disse: "Os navios sempre foram o centro de tudo quanto é extremo. Imagino que as coisas vão se acelerar agora, inclusive a dor e a alegria. O mundo se acelera. Ou melhor, tira o significado das coisas. O que nos leva a Helen, cujas circunstâncias podem se acelerar sem perda de significado".

Leith disse: "Recebi a resposta dos pais de Helen à carta em que eu pedia que a autorizassem a vir para cá e ficar aos cuidados da minha mãe, ou então que propusessem qualquer outro arranjo. Recusa absoluta, fizeram até uma leve ameaça".

"De processá-lo, imagino — desencaminhamento, rapto, alguma coisa do gênero. Conheço um pouco da jurisprudência relativa a esses assuntos e garanto que eles não podem e não vão fazer isso. Têm certa autoridade sobre ela até os vinte e um anos, mas praticamente não têm como exercê-la nesse contexto. Podem fazer um escândalo, pois você é uma pessoa conhecida. Isso convém evitar, por ela e por você. Mas é possível se prevenir."

Bertie, sonhador, para a janela: "Por acaso você já ouviu falar em Lillian Geary?".

"Não, nunca."

"É uma mulher doce, simples e plácida, que é amante do brigadeiro Driscoll há doze anos. Viajou discretamente de Sydney aos vários portos de escala dos Driscoll, Bengala, Kure, e atualmente está instalada num subúrbio de Wellington, na Nova Zelândia. Driscoll, por quem curiosamente ela tem adoração, vive no pavor de ser descoberto — até agora conseguiu evitá-lo, se bem que foi por desconfiança que Melba voltou abruptamente de Londres a Bengala no ano passado. Na sociedade rígida da qual fazem parte, semelhante revelação seria o fim da carreira próspera de Driscoll. Acho que Helen não sabe de nada. Ben, eu tenho certeza de que percebeu. Portanto é isso, amigo. Situação meio ruim, mas não desesperadora."

Tad provavelmente sabia disso: calara-se por escrúpulos ou para poupar Helen. Ou para não pavimentar totalmente o caminho do amigo rival. Ou por todos esses motivos. Leith disse: "Nada seria mais detestável para mim do que desafiar Driscoll — ou melhor, chantageá-lo — ainda mais por causa de uma questão como essa".

"Evidentemente. No entanto, houve ocasião em que Driscoll recorreu a mim para sair do aperto justamente por causa disso. Lillian continua em contato comigo. Não vai fazer nenhum mal se ele descobrir que você sabe. Lillian é uma mulher amável, afetiva, frustrada, muito maltratada, e tomaria o partido de Helen. Ela sabe de você, viu-o no Japão."

"Não me lembro dela."

"Ela apenas o viu, pois era o seu motorista que levava Driscoll à casa dela. Ele não usava o carro oficial para visitá-la. E, de vez em quando, ela o via em Kure com o mesmo motorista."

Brian Talbot. Outro que sabia segurar a língua.

Bertie disse: "É preciso tirar Helen disso tudo. Os jovens gostam de ser salvos. Quando ela vier para cá, poderá ficar comigo se quiser. Estou reformando uma casa velha em Philbeach Gardens, abalada pelas bombas. Espaço é o que não falta. Também tenho a casa de Yorkshire, que está precisando de telhado novo". Bertie estava contente. Revelou: "Acontece que tive sorte".

Uma vez, Driscoll dissera dele: Um pervertido, um fracassado.

"Eu tinha dois irmãos, não que a gente se desse bem. Um morreu na guerra, solteiro. O outro, que tinha quatro filhas, morreu agora. Resultado: passei a ser o herdeiro."

"Há algum título envolvido nisso?"

"Claro que sim. Eu queria recusá-lo, mas minha irmã faz questão de que o conserve. Ela me apoiou muito quando fui deportado para a Austrália, arranjava dinheiro para mim quando podia. Dinheiro dela, e meu, mas seu marido era um casca-grossa e eu não tinha condições de reclamar. Se você está preocupado com a família para a qual vai entrar, pense na minha. Mas eu queria que você conhecesse minha irmã."

Quando estavam se despedindo, Bertie lhe disse: "Sabe, mandaram Helen fazer um curso de datilografia. É uma sentença de morte. Talvez você consiga deter isso. Não posso imaginá-la em um escritório".

Leith pensou em Aurora trabalhando no Ministério. Não lhe ocorrera, já que tinham tanta coisa pela frente, que Helen poderia precisar de muito mais, neste mundo, do que viver em companhia dele. Poderia estudar, como já estudara. Ele não conseguia imaginá-la tentando biologia na Aberystwyth. Mas disse simplesmente: "Helen vai escolher quando chegar. Por ora, a única coisa que sei é que está à procura de um professor de francês".

"Eu diria que é mais para compensar a fábrica de betume. O francês dela é bom, eu mesmo lhe ensinei. O que ela precisa é praticá-lo. Uma das velhotas que ela freqüenta, a que costura, indicou-lhe um professor. Ela arranjou uma amiga lá, no curso de francês."

"Uma moça chamada Barbara. Ao que parece, só tem feito amizade com mulheres, coisa que me agrada."

"Ela continua precisando ser salva." Então, bruscamente: "A separação é dura, sobretudo com toda essa distância. Uma verdadeira morte. Eu posso atestar".

"Vou cuidar disso. Essa é minha grande preocupação." Sua mãe havia dito: "Obsessão", sem hostilidade, se bem que tal palavra sempre fosse hostil. Dissera, com indulgência, que iria escrever a Helen. E acrescentara: "Quando você tiver quarenta e dois anos, Aldred, ela vai estar só com vinte e oito". Como se ele mesmo não pudesse fazer a conta e entender o significado dessa diferença. O aspecto romântico da relação um dia vai acabar, e talvez ela o procure em outro lugar.

Leith disse a Bertie: "Vou passar duas semanas na Alemanha, faz parte de uma pesquisa. Parece que estou começando a ter um nome a preservar. Na volta, vamos nos encontrar". Quando estavam aguardando para atravessar a rua St. James, ele disse: "Quanto à salvação, preciso lhe contar que Helen já me salvou".

"De quê, precisamente?"

"Impediu-me de ser terrível."

"Ainda não totalmente."

21.

O vento forte do pólo soprou a semana toda, erguendo espuma no mar e areia na cidade. Na sexta-feira, abrandou-se. E a cidade, até então obscurecida pela poeira e pela força visível que a levantava, reconstituiu-se em telhados de ferro vermelho, paredes de tábuas amareladas e prédios de concreto, considerados modernos, de antes da guerra. Na manhã de sábado, já não se sentia o vento Sul, a não ser nas lufadas de sal nas esquinas e encruzilhadas da cidade, onde ele era habitual.

Convidada pela amiga do curso de francês a ir à baía de Lowry, Helen atravessou a cidade em um dos primeiros bondes a fim de tomar o ônibus para as baías, que partia de um abrigo perto da estação. As lojas e os escritórios ficavam abertos até a hora do almoço, e o bonde foi balançando atrás de um bando de Morris Minor, automóveis muito populares, e bicicletas, fazendo soar, com sinos antigos, a sua nota do passado, ao mesmo tempo que adernava para entrar na rua principal da capital, na qual passou muito perto dos toldos de metal arrimados em pilares dentados, tão perto que dava para ver o linóleo manchado de um pequeno restaurante, os pães doces sob uma redoma de celulóide e os títulos dos livros na vitrine da South.

A manhã estava radiante nas ruas esburacadas. Das esquinas, avistavam-se, além dos cais, o porto azul e as montanhas brancas, cuja grandiosidade inefável, por mais que a cidade lhe fosse indiferente, podia se estampar em uma folhinha. A lonjura, por demasiada, havia gerado um temor próprio, e a população se aferrava à segurança de seus pequenos interesses, tal como seus antepassados se apegaram àquelas ilhas, saudando-as como jangadas e mastros no oceano bravio, mais do que como destino. Tinham deixado seu destino para trás e, ali, só poderiam recriar seus emblemas menores. A audácia se exaurira com a chegada ao ponto mais remoto da Terra. Acima de tudo, queriam fingir que nada havia acontecido.

No ônibus, havia uma arca de Noé de bonés e cardigãs, saias e blusas. Havia a mistura de areia e melancolia, e um robusto casal de sangue maori. E a criança gorda, feliz, por ora, de ser amimada no colo da mãe, enquanto o bebê choramingava no colo da avó. Um homem de trinta e poucos anos, que havia perdido a mão na guerra, segurava o jornal com uma prótese de metal e couro preto. Na quietude nacional, podia-se ouvir um farfalhar toda vez que, com um brilho de aço, ele virava a página.

As paredes de tábuas escasseavam, os mourões das cercas sugeriam ruralidade. Estavam perto do mar, e o ônibus passava pelas depressões cheias de pedregulho e varria, com seu bafo de gasolina, o mato invasor. Como alunos em uma sala de aula, os passageiros ansiavam por distrações impróprias, se outros as proporcionassem.

Era o que parecia a ela, apartada dos seus melhores pensamentos.

Os morros, cada vez mais próximos, eriçavam-se de denso tojal, com o qual os fundadores haviam resgatado a Escócia: introduzido por sentimentalismo, ele agora dominava, inerradicável. Foi o que disse alguém, para o ônibus em geral, já que o tojo constituía um tema tão impecável quanto o tempo. E as palavras públicas ficaram no ar, como que escritas com fumaça, já que ninguém se dignou a exorcizá-las com uma resposta.

Até que um homem de basto cabelo branco virasse um pouco o corpo no banco de metal e dissesse bem alto: "Era a saudade". O paletó de tweed avermelhado estava abotoado a ponto de arrebentar. "Saudade da pátria."

Toda manifestação ruidosa era deplorável, alarmante como a nudez. Quanto ao falante, não ficou claro se ele se distinguiu ou se caiu em desgraça, coisa que não pareceu preocupá-lo. Ele sorria com os lábios carnudos e com os olhos de um azul-claro inadequado à sua idade. Algo carnal não era incompatível com a sensibilidade.

Ele desceu em uma encruzilhada da estrada. Helen, à sua janela embaçada, observou-o afastar-se por um caminho de terra, sorrindo distraidamente e balançando levemente uma sacola de crochê com pequenos embrulhos de jornal. Mesmo assim, havia o toque neozelandês da desolação: a trilha indistinguível de todas as outras, a orla do caminho coberta de poeira, a sacola reticulada. A caminhada rumo ao esquecimento.

Uma cobertura de metal servia de ponto final, onde Barbara a aguardava. Quando ela saiu à luz do sol, alta, sorridente e vestida de azul, as pessoas foram forçadas a admirá-la e a pensar: Parece que vai se encontrar com o amante.

As duas moças trocaram um aperto de mão. Afastaram-se pelo caminho de terra, rindo sem muita naturalidade, pois era inegável que estavam contentes com a atenção momentânea dos passageiros que desembarcavam e com sua quase louvável juventude. Também ali o mato fechava o caminho, mas elas estavam perto de uma ladeira de formosos abetos, e mais perto ainda da praia de areia, à direita.

"No ônibus, um homem começou a falar em saudade."

"É mesmo? Em voz alta?"

"Ora, deu para ouvir claramente." Helen acrescentou: "Só umas poucas palavras". Queria dizer que o sujeito não era maluco.

"Aposto que eles tiveram um ataque."

"Ficaram petrificados." Recordou a face rosada e sensual do homem, o cabelo e as sobrancelhas brancos e densos, os olhos enormes. Em outro lugar, ele poderia representar um perigo para as mocinhas. Mas lá, a savana o tinha devorado.

Agora já não havia ninguém para ver como aquelas moças estavam lindas com suas roupas coloridas e como realçavam a paisagem ao passar. Elas mesmas se davam conta do desperdício.

A casa dos Baillie tinha árvores no fundo e uma prainha clara na frente. Na outra extremidade da faixa de areia, havia mais uma casa, parecida mas menor, também pintada de "creme". Ambas construídas pelo avô Baillie, arquiteto de uma casa na cidade e personagem bigodudo de um incompetente retrato em um prédio público da estrada Tinakori. A profissão se transmitira ao pai de Barbara, que era empreiteiro — um sujeito bem-humorado, de rosto vermelho, que bebia bastante, ganhava muito dinheiro e se orgulhava, ainda que desconcertado, das três filhas delicadas e articuladas. Bruce Baillie seria um sujeito agradabilíssimo em outra parte, mas a grande ferida do Sul estava nele, como em tantos homens do hemisfério: a sensação de que ele exigia, e de que dele se exigia, mais alguma coisa. Quando Bruce ria, seus olhos ficavam escuros e vidrados como os de um ursinho de pelúcia.

A mãe de Barbara, nascida em Timaru, ostentava um parentesco distante mas significativo com um dos signatários do Tratado de Waitangi. Pálida e de pálpebras pesadas, com a boca cavada e amendoada, ombros curvados, tristes, e membros finos, usava roupas discretas, que pareciam desbotadas mesmo quando novas. Certo brilho juvenil havia se consumido na fidalguia obsessiva, que, sem nenhum fulgor, tudo ressecava. Embora dessemelhantes, marido e mulher não chegavam a ser totalmente diferentes: o erro compartilhado do seu casamento se transformara em um vínculo.

Cautelosa demais para detestar, a sra. Baillie praticava, com certa regularidade, o não gostar muito. Não gostava muito da ligação de Barbara com a filha dos Driscoll — que tinha morado em territórios de ultramar, mas não nos lugares certos, e que, segundo dizia sua assertiva mãe, estava apaixonada por um homem maduro que conhecera na Índia ou no Japão. Estar apaixonada já não era muito desejável, nada tinha a ver com anunciar o noivado e aparecer — discreta, pensativa, numa névoa de tule — no *The Dominion*. Na rua Featherston, atrás do edifício Government Life Insurance, havia uma graciosa loja que exibia fruteiras Crown Worcester, um aparelho de chá com desenhos de rosas, descansos de mesa, revestidos de cortiça, estampados com reproduções de cenas campestres inglesas de Rowland Hilder. Um dia, estando com Helen diante desse santuário, a sra. Baillie disse: "Eu acho que Barbara deveria começar a guardar algumas coisas". E o silêncio da moça não agradou. Aprimorando o argumento, a mãe observou que estudar francês era muito bom, mas não teria nenhuma serventia na vida futura de Barbara — observação que não se referia nem ao amor nem à religião e, sim, à domesticidade.

Agora, as moças, depois de atravessarem a varanda de madeira que dava para a baía, estavam entrando em uma gruta de cretone macio, tapetes de peônias cinzentas e bandejas de lata com rosas pintadas. Galhos de autênticas rosas Dorothy Perkins, entrando pelas janelas do norte, participavam da poeira interior. Uma reprodução de *O cavaleiro sorridente* pedia que a endireitassem. Para entretenimento, um rádio se equilibrava em pernas vacilantes, e pastas de partituras amareladas se empilhavam em um piano de parede. Os livros, na única prateleira de frontão entrelaçado, eram de um passado lacrimoso ou solene: *Adversidade*, *A força de uma paixão*, *O prisioneiro de Zenda*. Os odores externos de mato e maresia não podiam competir com a umidade da roupa nos armários, o fumo de cachimbo, a cânfora, o pão embolorado e um ligeiro vazamento de gás.

Só a presença das belas filhas, das três juntas, era capaz de deixar entrar um pouco de luz.

Na cozinha, Barbara pôs leite em uma panela esmaltada e tirou colheradas de pó de café de uma lata. Elas se revezaram no vigiar e mexer. Gotas da colher caíram no linóleo. A janela acima da pia dava para uma clareira cercada entre a casa e o bosque, onde, mesmo naquela época, brotavam plantas da primavera. O quintal terminava em um matagal e nos picos gêmeos dos montes de compostagem e lixo.

Quando o leite começou a ferver, Barbara pegou uma peneira, serviu a mistura em canecas e jogou os sedimentos na pia. Helen ficou com a caneca melhor — sem rachadura e na qual estava escrito DIA DA COROAÇÃO, 9 DE AGOSTO DE 1902 —, que estampava o casal real em vermelho e amarelo: a rainha Alexandra com colar de pérolas e corpete de cetim, o rei Eduardo, incorrigível, de arminho.

Lá ficaram: sorvendo, mastigando. Se dependesse do mundo, poderiam permanecer eternamente assim, naquela cozinha ou em outra parecida. De tal ameaça, ambas estavam mortalmente conscientes.

Na sala de estar, a luz entrava pelas vidraças. Elas iriam rever a lição de francês. Cada qual com um livro na mão, virando as páginas. Barbara Baillie, esticando as pernas no sofá e se imaginando uma terceira pessoa, perguntou-se quem era mais bonita, ela ou Helen. A decência não permitia uma decisão imediata a seu favor. O caso de Helen era curioso: tão baixa, quase insignificante, porém toda feita de doçura e com traços inegavelmente interessantes — e com pulsos e tornozelos que os franceses chamavam de *les attaches fines*. Algum homem grandalhão e grosseiro poderia proteger sua pequenez, pois os homens ficavam, e queriam ficar, desarmados pela mera evidência.

Não se poderia dizer que a situação de apaixonada de Helen lhe conferisse luminosidade. Tão apaixonada absorção inspirava dó ou certo receio. Só quando parecia esquecer essa remota condição é que ela se mostrava original, viva e realmente destinada a outras terras e a tempos gloriosos. Por ora, os meses transcorriam, assim como a primavera austral.

Começaram a ler em voz alta aquela que Barbara denominava "a passagem famosa", tal como o professor se referia a ela: "A célebre passagem do sabiá". Elas abriram os livros rindo, mas logo se puseram decentemente atentas.

> *Hier au soir, je me promenais seul; le ciel ressemblait à un ciel d'automne; un vent froid soufflait par intervalles.*

Anseios que, nelas, era uma consumação.

> *Transporté subitement dans le passé...*

Declamando semelhantes versos em um lugar tão remoto, aquelas mulheres não eram provincianas, e sim exiladas.

Prosseguiram na leitura, revezando-se pela magia — que, em Barbara Baillie, atuava de maneira menos consistente. Ela sabia da discrepância, mas não reprimia — mesmo quando alçava a voz para as palavras cristalinas — alguns pensamentos sobre o amor, as roupas e uma possível viagem à baía das Ilhas quando chegasse o verão. Para ela, para as suas contemporâneas, o amor era, acima de tudo, uma liberação da ternura — a qual elas tinham muito mais do que qualquer homem era capaz de suportar. De transgressão, essas meninas não tinham a menor noção, e Wellington estava longe de ser o lugar mais indicado para sair dos trilhos.

Fazia três anos que o pai dela vinha prometendo, anualmente, largar o trabalho e levar a família à Inglaterra: três meses no mar para ir e voltar e outros três para compreender aquela terra deslumbrante. Ele mesmo não tinha grandes expectativas, mas sabia que sua situação e, mais obscuramente, sua própria existência impunham tal coisa: afinal, teriam realizado tudo aquilo, a qualquer preço, e teriam do que se vangloriar quando regressassem.

Mas sempre prevalecia a recusa formal. E, no terceiro ano, quando ele renovou as desculpas, Barbara perguntou — não se tratava da filha naquele momento, pois falou calmamente, de igual para igual — "Então não vamos nunca?". Ele mudou de posição, agitou-se e resmungou: "Claro que vamos. Claro". Ficou olhando para o ar que o rodeava e, de vez em quando, pegando um punhado de frutas secas — uvas passas e lascas de damasco — de uma tigela no aparador. A moça teve pena dele, sabia que ficaria preocupado com as despesas e pouco à vontade no estrangeiro; sabia, inclusive, que ele receava a própria excursão. Mas disse: "Eu queria ter a oportunidade", sem compreender tudo o que isso implicava. Ainda contemplando o nada, o pai respondeu: "Ora, está bem. No ano que vem a gente vai". Não pôde evitar uma pontada quando, enfim, olhou para a garota e deu com os seus olhos suplicantes, penetrantes.

E pensou: A viagem é uma coisa. Mas, no fim, ela vai ser obrigada a ceder. Mesmo sua esposa, por mais que se jactanciasse, havia cedido no resto, criando as filhas e se entregando a lavar, e passar, e a cozinhar e costurar, à sina. Também por ela, temia a grande viagem de ida e volta, em meio a pessoas glaciais, cujo gelo nem Waitangi, nem Timaru, nem a maldita Canterbury inteira poderiam quebrar. Disse consigo: Pobre mulher, envelhecendo aos poucos, sem nunca ter a menor capacidade de rir; embora ainda tenha algumas fantasias ruminadas em silêncio, com lágrimas nos olhos.

Nas mulheres, a decepção pode ocupar o lugar da experiência.

Sem nunca se esquecer disso, sua filha ficava largada entre úmidas almofadas, no fim do mundo: girava um pé, retorcia uma mecha de cabelo. Na mesa baixa, as canecas, com suas manchas e seus resíduos, pareciam abandonadas. Deixando Chateaubriand de lado, Barbara observou: "Nenhum homem daqui toleraria isto", querendo dizer, a tais elucubrações, a essa poesia.

"Não conseguiriam suportá-las." Essa vulnerabilidade deveria tornar um homem forte. Que pudesse haver pensamento sem desamparo, sem aquele mesmo desamparo em que suas mulheres vegetavam, como se, pelo mero fato de existir, cada qual se tornasse uma vítima.

Ela teria dito: Eu conheci um homem totalmente adulto. Mas temia aquelas penas de morte que lhe chegavam como que da perspectiva dos anos vindouros: o consolo neozelandês de um dia haver tocado a infinitude. Como se, na velhice, ela recordasse as noites exóticas em que passeava de charrete, cantarolando "Foggy dew".

Passaram então a ler numa antologia de poemas de tempos de guerra, impressa em papel de tempos de guerra, versos sobre a França desditosa, que, qual espasmos, percorreram a sala inerte e sem brilho. Deixaram-na de lado, Barbara por sua vez girou as pernas, das quais se orgulhava, e propôs uma caminhada pela praia. A manhã tinha passado, como lá costumavam passar as manhãs, com isto e aquilo. Mais tarde, haveria sanduíches e cerveja de gengibre.

Na praia, a ventania, retornando em lufadas arenosas, machucava os olhos e a garganta e fazia os cabelos voarem para a frente e para trás. Como a voz era levada para longe, não era possível usar palavras vãs acerca do mar bravio e da passagem difícil da balsa de Picton, então cada uma se pôs a pensar no que tinha sido lido e dito e a recordar as rimas de amor apaixonado. Quando, numa trégua da ventania, elas se esticaram debaixo das árvores, Barbara perguntou: "Mas você conheceu — quero dizer, no estrangeiro — um homem realmente capaz de falar coisas como 'toi seule existes'?".

"Sim." E então: "Sim, sim, sim".

"Pensei que eles só existissem nos livros." Barbara levou as duas mãos aos cabelos. "Oh, eu queria tanto descobrir."

O mar havia subido tão alto no horizonte que quem estivesse observando poderia se imaginar lançado por terra na praia. Em um intolerável lapso de vida, Helen se perguntou em que rua elegante do antiqüíssimo outro lado do mundo os transeuntes estariam olhando para ele, que era mais presente para ela do que aquela areia e aquele porto e mais dela do que todas as lindas ilhas dispersas do grande país do Sul.

Foram andando até o fim da prainha, conservando-se longe da casa menor.

"Essa casa é nossa, mas está alugada. Não quero que pensem, sabe, que viemos bisbilhotar." Barbara disse: "Meu avô a construiu para os filhos, para tê-los sempre ao alcance de um grito. Uma boa idéia, ou talvez não. Mas o filho mais velho morreu na primeira guerra, e vovó morreu logo depois. Então a casa ficou abandonada."

"Parece vazia."

A casa precisava de pintura, o parapeito da varanda estava quebrado, e a horta da frente parecia descuidada. Sentiam-se as lascas nos degraus de madeira.

"Mesmo assim, deve haver alguém aí." Barbara deu meia-volta, pisando um montículo de algas, conchas, pequenas carapaças e cacos de vidro colorido. No caminho de volta, disse: "Na primavera e no verão, nós a entregamos àqueles rapazes, os Fairfax. Eles vêm da cidade de vez em quando".

Os dois irmãos ingleses estavam em Wellington aguardando o pai retornar da Antártida. O pai explorador partira meses antes, da ilha Sul, chefiando uma expedição, e deveria voltar no fim do verão. Nesse meio-tempo, os filhos ficariam conhecendo aquele pedaço do mundo. A julgar pela idade, o mais velho talvez nem tivesse participado da guerra, e o mais novo parecia andar lá pela casa dos vinte. Por lá ficariam, figurantes de uma lenda qualquer, até que o gelo, derretendo-se, libertasse o pai. Aquela era sua situação, quase antiga. O mais velho estava escrevendo uma dissertação, cujo tema ninguém sabia qual era. Tampouco se sabia do que o mais novo se ocupava. Raramente separados, formavam uma bela dupla nas calçadas irregulares da capital: bem constituídos e bem vestidos, de olhos claros e bonitos. A mãe de Barbara havia declarado: Dois príncipes. As damas da cidade os adoravam; já os homens, ressentidos, continham-se, dando mostras de um autocontrole silencioso, fazendo observações azedas e zombando da realidade do pai preso ao gelo, cuja tradição polar tinha sido coroada em Lyttelton, em 1910, pela fatal partida do capitão Scott para a morte.

Helen gostaria de saber que livros o pai explorador levara aos glaciares, e a que luz os lia; queria descobrir o cheiro da fumaça de óleo de baleia e se o sol acaso aparecia no inverno. Tinha visto os dois irmãos uma noite no Majestic — um grande salão vazio, vermelho e escuro, em que se dançava e que servia de cinema. Mostraram-lhe os rapazes, e ela tentou entender se, em seu próprio país, eles também pareceriam principescos ou apenas um par de garotos loiros e impassíveis. Com essas coisas na cabeça e o cotovelo na toalha de mesa viscosa, viu-os recusarem sanduíches secos e tomarem café ralo em pesadas xícaras e notou que se levantaram com modos corteses para dançar bem com cada uma das mulheres da festinha. Enquanto isso, o café de Barbara esfriava. E, quando seu parceiro daquela noite a tirou para dançar o *hokey-kokey*, ela cobriu a xícara com o pires, para mantê-lo quente.

Barbara disse: "É óbvio. Eles juraram, ao vir para cá, não se comprometer com as garotas daqui, não correr o risco de, estabelecendo vínculos com alguém da colônia, verem-se fadados a viver numa prisão perpétua". Pegou um seixo, como se fosse atirá-lo, mas se pôs a examinar suas manchas. "O que me incomoda é eles imaginarem que a gente não enxerga isso." Riu, então, rolando a pedra na mão. "Se um deles me convidasse para sair, provavelmente eu iria. Você não?"

"Acho que sim." Por curiosidade, ou tédio.

"Gozado. Você é tão indiferente. Em todo caso, quando eles vieram ver a casa, minha mãe os convidou para o chá. Foi por pura gentileza, mas deu a impressão de que era de propósito. Janet não apareceu, Flora e eu nos limitamos a sorrir. Ficamos até com dor nas bochechas de tanto sorrir. E mamãe, aliás, estava de chapéu, com aquele chapelão branco que ela comprou na Kirk. Usou-o em sua própria casa, como se estivesse no Castelo de Windsor."

O chapéu branco de Kirkaldie, achatado e circular: um pires para impedir que continuasse esfriando.

"Não voltaram a nos procurar. Têm um apartamento emprestado na cidade e passam a maior parte do tempo lá mesmo."

"De quem é o apartamento?"

"Não sei. Com certeza de alguém que tem filhas. Fica na rua Buckle, perto do museu." Barbara abriu a mão com a pedra e a deixou cair. "Por serem únicos, eles se tornaram misteriosos e desejáveis. Como as mulheres devem ser."

Se se casasse com um dos Fairfax, Barbara se encarregaria da espontaneidade e da candura. Dando-se conta disso, por que um deles não caía de joelhos diante dela? Isso foi o que pensaram as duas moças, algo tão claro para elas que não foi preciso dizê-lo.

Chegando em casa, de volta à pia, beliscaram *corned beef* com mostarda. Barbara havia trazido da cidade um pouco de pudim de pão, e elas comeram na sala, em um banco perto das janelas plúmbeas. Não voltaram aos livros, pois aquele aspecto do dia estava encerrado.

Barbara levou os pratos de volta à cozinha e abriu a torneira da pia de ardósia, molhando a caneca da coroação: ENTRONADOS NO CORAÇÃO DO POVO. Diziam que a rainha Alexandra nunca tirava aquele colar de pérolas e brilhantes porque, certa vez, tentara cortar a própria garganta. Provavelmente falsa, a lenda dava a medida da privacidade em semelhante casamento.

Pela janela, olhou para o quintal arruinado, que, tanto quanto ela podia se lembrar, fora sempre assim, com variações sazonais. Teve vontade de correr, como a moça do poema que haviam lido de manhã, que corria ao encontro do seu amado pela rua, debaixo da chuva.

Não recordava se o amante também corria ao encontro dela, ou se simplesmente parava para esperá-la.

Quando chegou a hora de acompanhar Helen até o ônibus, Barbara fechou a casa por causa do vento. Ao longo da praia, o mar se erguia e se arqueava, caindo pesadamente. E tornava a subir, com estrondo, para se precipitar de novo. A ventania atormentava os tojos, e a casinha dos príncipes estava se preparando para perder um pouco mais da sua frágil decoração. Solitária, irrelevante, chegava a sugerir o derradeiro e obscuro retiro de um monarca destronado: dava para imaginar a fotografia histórica. Lugares improváveis como aquele, à espera dos depostos.

Barbara estava recordando, sem alegria, o dia em que, vindo de Auckland, o irmão de seu pai, lá hospedado com a família durante uma visita, partira o parapeito da varanda ao apresentar um número de equilibrismo. A menina gostava do tio Doug, que era engraçado e bonzinho. Houve outros estragos, inclusive uma torradeira quebrada, e as férias acabaram mal. Quando foram embora, sua mãe se sentara em uma cadeira e dissera: "Agora vocês sabem como é Auckland".

O ônibus estava no ponto, à espera dos passageiros. Helen encontrou um lugar vago no fundo. Ela e Barbara se despediram pelo vidro e acenaram para demonstrar afeto. Quando Helen olhou para trás, na curva da estrada, Barbara continuava lá, não observando o ônibus, mas de cabeça baixa, subjugada pela ventania, e segurando a saia para que não se levantasse.

Das sensações do dia, Helen poderia evocar a solidão que, agora, nunca se separava dela totalmente. E conseguiu pensar no que haviam lido sobre o passado, repleto de desejos, sonhos e desilusões, de modo que o passado parecia carregado de aspirações humanas, existindo, quase sempre, silenciosa e inutilmente. Pensou no irmão, para quem Thaddeus Hill lera suas cartas, e que iria morrer sem ela. E na srta. Fry, cujo talento se devotava aos consertos. E na mãe dela, que tinha colaborado.

Havia o clima de resignação, que se abrira para recebê-la e então se fechara às suas costas, e do qual ela precisava sair. A sra. Fry havia dito: Você precisa se salvar. Ela iria escrever e lhe contar: Estou chegando.

Lembrou-se do trajeto na manhã radiante e do homem de cabelo branco que tinha falado alto por estar com saudade e que desembarcara exultante consigo mesmo, apenas consigo mesmo. Não era suficiente.

Entre os passageiros, reconheceu o mais velho dos irmãos Fairfax, lendo sozinho. A parte posterior de sua cabeça, sobretudo a nuca, nada tinha de invulnerável. Talvez o tivessem julgado mal. Às vezes ele erguia os olhos para a janela, para se lembrar dos lugares de onde viera ou de sua existência. No acostamento, figuras solitárias passavam, enfrentando bravamente a ventania. No ônibus, a mesma aceitação perplexa da obscuridade.

Ela iria escrever e contar: Estou chegando.

Na casa de chá ao lado da South, Helen está a sós com Sidney Fairfax. A hora, quase no fim do expediente, não é propícia à demora, e o próprio estabelecimento — as paredes, o balcão e o cabide — começa a dar mostras de impaciência. O livreiro vizinho já trancou as portas e foi embora. Devido às leis de alvará, na cidade não há um bar onde possam ficar conversando.

A primavera continua turbulenta e relutante. Muito mais ao sul, o gelo polar permanece, para as almas lá presas, irredutível.

Helen e Sidney saíram de uma sessão do filme A *lagoa azul*, em que um menino e uma menina, depois de sofrerem um naufrágio, crescem sozinhos em uma ilha tropical. No início, os dois recebem a ajuda de um terceiro náufrago, um velho gentil, que, depois de lhes ensinar os rudimentos da sobrevivência e prestar o seu serviço cinematográfico, morre convenientemente. Chegando à adolescência, os garotos se tornam amantes em toda inocência e geram um filho. No fim, são encontrados e levados para o mundo barulhento, acusador e hostil.

Sidney Fairfax diz que há livros e outros filmes sobre o tema, e que se trata da velha história — o Jardim do Éden, Adão e Eva, a Expulsão. O velho mentor era Deus Pai, revelando o mundo e entregando-o a eles. Sidney sabe que Helen julga que ele leu demais o óbvio e que a fórmula é a sua concha de segurança e autoridade. Ele próprio tende a concordar, já que sempre achou seus pensamentos mais originais do que suas expressões.

"Um caso simples", diz, sorrindo, tolerante com um mundo constituído de lugares-comuns que se recusam a abandonar o sentimento. Sidney está de fato se tornando um filósofo, essa será a sua profissão. Enquanto espera em Wellington o pai encalhado na neve, conclui sua tese de doutorado. É outro homem levando páginas e páginas pelo mundo afora. Ele, o mais velho dos dois irmãos reticentes, é agradável. O mais moço, Gerald, é brusco, fechado, por vezes arrogante. Pelo menos é essa a opinião da capital.

Sobre o filme, Helen diz: "A primeira parte é mais ou menos como o meu irmão e eu com o nosso professor". Nunca mencionou o irmão ausente, mas a história é conhecida pela cidade onisciente. No cinema, ela precisou refrear as lágrimas.

Diz: "Presumo que já não existam ilhas desertas. Só náufragos".

Antes disso, Sidney se encontrou com ela só duas vezes, mas acredita já ver sinais de deterioração: todos juntos considerados, eles vão consumi-la. (Não era da sua natureza dizer "quebrá-la".) Sabe — quem não sabe? — que ela foi separada de um homem mais velho. Isso não o preocupa. Ouviu a mãe dizer, "Nós cortamos o mal pela raiz". A sra. Capuleto.

Helen diz: "Vão nos envenenar aqui se não formos embora".

"Sinto que já o fizeram." Eles dividiram um dos pãezinhos doces. "Tem de haver um lugar onde se possa conversar meia hora. Se a gente fosse para o saguão do hotel St. George, você ficaria com a reputação fatalmente comprometida na sociedade local?"

"Daria na vista. Mas os recepcionistas de lá me conhecem." Certamente a culpa não iria perseguir o galante Fairfax, só a mocinha atrevida.

Eles se levantam, e Sidney diz: "Que bonito o seu casaco verde". Está sem agasalho, mas com um longo cachecol listrado enrolado no pescoço, como o de um calouro. Bochechas coradas, olhos azuis, cabelo comprido, pernas curtas e corpo compacto, parece um estudante. Mas Sidney, que tem vinte e quatro anos, foi soldado em Ardenas.

Sob a frugal iluminação pública, eles percorrem o frio quarteirão rumo ao hotel, onde o recepcionista cumprimenta Helen educadamente: "Senhorita Driscoll, como vai?". São autorizados a passar algum tempo no saguão, onde tudo é marrom e por onde passam, tranqüilamente, caixeiros-viajantes de Invercargill e Wanganui, e onde os alto-falantes anunciam telefonemas de longa distância.

Sidney observa: "Poderiam ser menos repressores. Afinal, não pedimos um quarto".

Helen ri alto, os dois riem da idéia e se sentam amigavelmente. Sidney diz: "Nunca estive tão consistentemente consciente da minha situação na face da Terra, você já? Cercado pelo mar, bem ao sul, afastado. E o meu pai, mais próximo ainda do pólo."

Helen acha "na face da Terra" uma bela expressão. Então: "É, as ilhas parecem à deriva no atlas. Falta registrar o nosso desamparo. Imagino que possa ser visto flutuando sem rumo".

"Meu pai não está desamparado. Ele escolheu. Seu sepultamento lá nos preocupa, mas é voluntário."

Helen diz que Sidney e o irmão também escolheram passar ali os meses de espera.

Sidney Fairfax diz: "Nem tanto".

Ela pergunta como o irmão passa os dias.

Sidney não consulta o relógio, mas diz: "No momento, está me esperando. Nas outras horas, também escreve". Agora, pela primeira vez, Sidney se volta de verdade para Helen, vendo-a não exatamente como ela mesma, ou como uma mulher, mas como o ser sensível com quem ele pode compartilhar, naquele lugar marrom, um fragmento do seu eu, com gratidão. "Meu irmão Gerald", diz, "está escrevendo a história da sua vida. Como é um sujeito com pendores literários, sugeriram que isso poderia ajudá-lo a se recuperar de um colapso de dois anos atrás, que é um dos motivos da nossa presença em Wellington. Seu colapso teve origem na violência que sofreu no colégio quando era menino, mas a crise só se manifestou nos meses de serviço militar, quando ele entrou em grave conflito com o meio que o cercava e foi designado para tarefas particularmente duras, para que se tornasse um homem de verdade. Quando ele soçobrou, em um episódio sobre o qual acho difícil falar, providenciaram sua dispensa médica, principalmente devido à influência do meu pai. Sim, ele tem influência, graças a Deus.

"Com isso, Gerald passou algum tempo desaparecido, foi morar com uma mulher inescrupulosa, a primeira da sua vida, com a qual teve um filho, que morreu ao nascer. Então meu irmão tentou o suicídio e, desde então, passou por uma série de tratamentos, o último dos quais prossegue aqui intermitentemente. Tudo é precário. Minha mãe, que deve chegar em breve, para o retorno do meu pai, passou por tudo com muita grandeza e agora está exausta. Sentíamos que cada um de nós precisava descansar um pouco dos outros. Uma conseqüência curiosa de tudo isso é o fato de minha mãe ter começado a estudar direito. Eu não havia percebido que existem advogadas mulheres — por enquanto, são poucas.

"Nesse meio-tempo, meu pai partiu para o seu branco sepultamento. É preciso dizer que dificilmente poderia deixar de fazê-lo. Os preparativos dessas expedições tão difíceis costumam começar com muita antecedência — no caso desta, antes do fim da guerra. A desistência do meu pai teria frustrado tudo. Ele sofreu com isso. É um homem bom, foi muito carinhoso com Gerald durante a sua crise. No entanto, no bom e no mau sentido, faz parte do seu caráter ir hibernar nesta época. A única coisa que se pode criticar nele, talvez, seja o alívio imenso com que deve ter olhado para as primeiras geleiras ao navegar ao sul de Lyttelton.

"Para meu irmão e para mim, Wellington é a nossa geleira. Tive motivos para vir. Quando a vida sai dos trilhos, as baixas são muitas. A gente se torna, alternadamente, paciente, quase um santo e furiosamente ressentido. Essas flutuações ocorrem em rápida sucessão ou simultaneamente, e o hábito da abnegação perde o sentido. Como outros, eu me volto para o trabalho, que por vezes se torna cansativo. Eu amargo o meu compromisso quebrado — com a vida e com uma moça. Mas agora este limbo é melhor para nós dois, já que não faz exigências. É bom para o meu irmão se ocupar um pouco, ensaiar ser normal. Tenho amigos na universidade, ainda que nenhuma grande amizade. Vamos devolver a casa na baía. Mesmo quando fazia bom tempo, era melancólico."

"Eu me lembro." Aquele lugar triste, estilhaçado, o lugar do exílio. Ela diz: "Que história cruel. Será que todo mundo tem uma história cruel?".

"Estou começando a desconfiar que sim. Quando a gente tem sorte, a parte cruel ocorre em um contexto melhor."

"As pessoas o visitam em casa?"

"Visitam. Você iria, Helen?"

"Claro."

"Ele precisa de companhia que não seja conhecida ou solícita. Uma pessoa meio diferente é bom, contanto que seja sadia."

"Espero preencher os requisitos." A srta. Fry seria perfeita. Helen diz: "Mesmo o meu irmão, que é doente, tem sido uma força para mim".

"Da próxima vez, você me conta."

Eles saem, atravessando o saguão; Helen acena, com ademanes reais, para a recepção.

Sidney Fairfax vai lentamente com ela até o bonde e a ajuda a embarcar. Subindo a ladeira de volta para casa, sente com muita certeza o que não vai acontecer: o homem distante não virá buscá-la: muito tempo, muita distância, muito desânimo. Aqueles dois já viveram seu sonho, nunca mais vão se ver. Está no rosto dela, em seu destino. Todo mundo tem uma história cruel.

Em casa, Gerald deixou a luz da varanda acesa para ele e acendeu a lareira. Tais gestos podem ser enganosos, mas são bem-vindos. Gerald está lendo *The Dominion*, mas deixa o jornal quando Sidney entra e diz: "Hoje eu senti saudade de casa pela primeira vez. Não é uma loucura?".

22.

"Aurora, vou buscar mais um para você."

"Não, não é preciso. Só quero ficar aqui, olhando."

"É a melhor coisa que há para fazer aqui, olhar."

"Dá uma sensação diferente do globo." Ela disse: "Adoro esta vadiagem. Ficar ao sol, que ainda não atingiu o meu tutano".

"Foi a mesma coisa na minha primeira vez. Mesmo assim, ainda não me aqueci, e já se passaram dois anos. Aproveite."

Ela estava aproveitando o calor, as montanhas e as cores, o terraço florido e a festa. "Todo mundo me trata bem."

"É porque você é adorável, Aurora. Aurora não é um amor?"

"Continue assim. Eternamente assim."

"Vou pensar." Riu. Pensou: Não.

"O que você estava tomando? Pimms? Vou buscar outro."

"Aurora, há uma pessoa que quer conhecê-la. Ray Harkness."

"Acho que não o conheço."

"Não *a* conhece, é uma mulher. A senhora Harkness. Outra que é um amor. Mora aqui perto, numa bela propriedade, com o marido e os dois filhos. Pediu-me para apresentá-la, está lá dentro. Há certa ligação."

Aurora se levantou. "Tudo bem, posso ir falar com ela."

"Eu vou junto. Ela está na sala do fundo. É jovem e bonita, como você."

Na sala do fundo, a sra. Harkness virou a cabeça. Passava dos trinta, talvez, e era linda, sem dúvida. Alguém disse: "O marido é um grosseirão. Ela agüenta bravamente".

"Ray, esta é Aurora Searle, que estava ansiosa para conhecê-la."

Rosto claro, rosado, olhos grandes e escuros.

"Muito prazer." Leve sotaque. Um pouco tímida. Não chegou a apertar a mão de Aurora, apenas segurou-a um instante. "Se a gente pudesse conversar a sós um momento..."

Alguém disse: "Segredos. Ali há um cantinho gostoso, atrás da cortina. Venham, eu mostro a vocês. Ninguém vai incomodá-las".

Sentaram-se em um sofá. A sra. Harkness estava vestida com simplicidade, um traje claro e perfeito. Disse: "Creio que a senhora conhecia o escritor Oliver Leith".

"Éramos muito amigos." Oh, Oliver, que diabo você andou fazendo com essa beldade?

"Soube que ele morreu."

"É por isso que estou aqui. Tentando me acostumar."

"Lamento muito. Esses são os grandes desgostos: *i grossi dispiaceri*." Voz suave e franca. "Eu conheci o filho dele, antes da guerra."

Então é isso. "Aldred."

"Nós o apelidamos Dino — primeiro Aldredino, depois Dredino, depois Dino." Um sorriso. "Ele morou na casa da minha família, em Florença. Conheceu-me como Raimonda Mancini."

"Eu me lembro. Foi na época em que o conheci. Ele era colega de escola do meu filho."

"O seu filho está aqui?"

"O meu filho morreu."

"Foi na guerra?"

"Foi." E se eu chorar agora? E se nós duas chorarmos? Por que não? Ela também, eu tinha me esquecido, passara por experiências extremas na guerra. "Então você quer notícias de Aldred? Eu posso lhe dar boas notícias dele."

"Li no jornal que ele sobreviveu à guerra e foi valente."

"Como nenhum outro."

"Ele foi bom para nós quando tivemos o primeiro problema, mais do que bom, um anjo. O pai dele também, até nos mandou dinheiro quando precisamos, mesmo sem nos conhecer. Aldred mora na Inglaterra?"

"Eu estive com ele em Londres há um mês. Foi à China depois da guerra, para escrever um livro, e voltou. Foi ferido em combate, mas agora está recuperado, e as coisas vão indo bem para ele. Continua como sempre, admirado e querido."

"E se casou?"

"Casou-se durante a guerra, mas os dois se separaram e acabaram se divorciando. Nenhum drama, eu creio. Ele está pensando em se casar outra vez. Com uma mocinha que conheceu no Oriente, um romance. Sempre foi romântico." Você deve se lembrar, como eu.

Raimonda disse: "Costumávamos provocá-lo quando ele ficava sério. Quando escondia o coração de ouro que tinha. Minha família, nós todos o admirávamos, não passava de um menino, mas já era um homem, o melhor dos homens". Ela disse: "Ficou meio apaixonado, durante algum tempo, pela minha irmã".

E você, Raimonda? Você pergunta por ele com lágrimas nos olhos.

"E você, Raimonda, como enfrentou a guerra?"

"Restaram dois irmãos vivos, todos os outros morreram. Gigliola morreu na guerra, meu pai antes disso, e minha mãe pouco depois. Não vamos falar de coisas tristes. Um dos meus irmãos mora na casa de Florença, com a mulher e os filhos, e a está reformando. O outro vive em Nova York, mas logo virá me visitar aqui. Eu tenho dois meninos e espero poder mostrar a Itália a eles um dia."

"Vou escrever o endereço de Aldred para você." Saíram em busca de papel e caneta. "No momento, ele está na Alemanha, mas volta logo."

"Você vai vê-lo?"

"Claro."

"Pergunte se ele se lembra de Raimonda Mancini."

Minha querida,

Estou em uma cidadezinha da Alemanha. É a sede do Comando Britânico e seu *entourage*. Toda cercada de arame farpado, nove décimos das casas estão ocupados pelo nosso Exército, e os únicos alemães que se vêem no lugar são os que trabalham para nós. A área rural em volta é agradável e ficou intacta, mas não entusiasma. O que importa é a extrema futilidade da nossa existência. A única coisa concreta é a ameaça soviética, que nos torna temerosos e impotentes. Andam falando em uma união ocidental para criar esperança. Seria possível fazer muito mais, porém isso não vai acontecer. Talvez haja uma crise, quase uma guerra, para reanimar o Ocidente. Eu gostaria de poder acreditar nisso.

Estou uma vez mais em um exército da Ocupação, e com menos apetite do que nunca pelo papel de vencedor. Em consideração à sua juventude, não vou descrever as formas assumidas pela vitória nas cidades arruinadas que vi. Como, diante de tudo isso, os homens conseguem imaginar mais guerra, é incompreensível e apavorante. E também está completamente além da possibilidade de gente como nós exercer alguma influência. Por fim, passei a acreditar que, no homem, o primitivo prevalece. Minha maior angústia é que a guerra acabe por prendê-la na Nova Zelândia. Se a guerra começar antes de eu ir buscá-la, peço-lhe que faça o que puder para vir para cá, onde, apesar dos muitos perigos, estaremos juntos. Minha atitude perante a guerra é intrigante, mesmo para mim: creio que virei pacifista, sem nenhuma doutrinação. Tendo me aventurado uma vez a corrigir o mundo, declino a segunda oportunidade.

Perdoe-me se estiver assustando você. O melhor disso tudo é que precisamos começar sem demora a nossa aventura. Minha missão aqui foi ampliada, mas dentro de um mês volto à Inglaterra, onde vou providenciar imediatamente meu afastamento definitivo do Exército. Preciso lhe contar que passei umas horas muito agradáveis com Bertram — Bertie, como ele me pediu que o chamasse —, e, evidentemente, a maior alegria foi falar de você com uma pessoa que a conhece e a estima. Ambos estamos ansiosos por receber notícias de Benedict. Se eu não receber nada de Tad ao voltar para a Inglaterra, vou telegrafar para ele. Nesse meio-tempo, Bertie foi útil de várias maneiras.

Embora eu tivesse tomado providências cuidadosas para receber a correspondência, ela se extraviou entre Norfolk e Londres. De modo que estou amargurado à espera da sua carta. Helen querida, como eu a amo e a quero e preciso de você neste momento. Que felicidade se você estivesse aqui, como seremos felizes.

As notícias de Peter Exley não são boas. Manda cartas breves a longos intervalos, e as principais informações sobre ele me chegam por intermédio de Audrey Fellowes, que continua no Japão. Vou tentar cuidar disso também.

Muito obrigado pelas fotografias, tão lindas, que suponho que aí tenha a mão da srta. Fry, que faz tudo com perfeição. Como é evidente que foram tiradas com carinho, não quero nem imaginar outra pessoa envolvida nisso.

Caro Aldred,

Helen me disse que você receberá esta carta quando voltar para a Inglaterra. Eu estive na Alemanha em minha viagem de volta aos Estados Unidos: um cenário terrível. Pior do que Hiroshima. Sempre senti, em Hiroshima, que a crosta da Terra tinha sido revirada só para revelar mais horrores fabricados pelo homem que estavam por baixo dela. Mesmo na Califórnia, continuo ouvindo o barulho de um mundo lambendo as próprias feridas.

Meus estudos impõem o ritmo aqui, o que é bom para mim e agradável. Fiz algumas amizades. Examino os Estados Unidos do pós-guerra e me pergunto se estou precisando trocar os óculos. Também olho para o Japão daqui deste lado do Pacífico; não sou mais o Tad Pinkerton que viajou há um ano. Novos poderes estão à procura de novos mundos para esmagar; prefiro ficar fora disso.

Você certamente não espera, imagino, boas notícias de Ben. Douro um pouco a pílula para Helen, mas, para você, posso dizer que o fim está para chegar a qualquer momento. Tudo começou a falhar, inclusive a respiração. O coração dele se esforça. Ele me reconhece quando está acordado. Somando a fraqueza e a sedação, essas ocasiões não são muitas. Thorwaldsen é atencioso, mas cheio de jargão e, além disso, incapaz de ter dúvidas em alguns aspectos fundamentais. Ou talvez só precise fazer um curso básico de inglês. Eu lhe mando um telegrama se ocorrer alguma mudança drástica da situação; para Helen também. Os pais ficarão sabendo por Thorwaldsen. A reserva de um telefonema para a Nova Zelândia, como você decerto sabe, precisa ser feita com 24 horas de antecedência, com certa abreviação em caso de emergência. Longa distância, sem dúvida.

Li as cartas de Helen para Ben. Mesmo que não consiga assimilá-las, ele compreende a mensagem: eu sei que é assim. Você certamente vai entender quando digo que gosto de ficar com ele. Acho bom estar à mão. Adoro aquele garotinho, e não vou esquecê-lo.

O mesmo vale para Helen e — uma vez mais, acredite em mim — para você.

Caro Aldred,

Como você vê, escrevo de Hong Kong, onde voltei a morar no Gloucester. Meu irmão está comigo e tem ajudado muito, embora deva voltar a Yokohama daqui a mais ou menos uma semana. As notícias não são boas, mas — como você verá — poderiam ser piores. Há dez dias, Peter tentou se suicidar — uma tentativa muito engenhosa, com comprimidos, frustrada pela portuguesa que o visita no hospital Queen Mary e que conseguiu avisar a equipe a tempo. O moral não está bom, como se pode imaginar, e achei melhor vir dar uma mão. Os pais de Peter chegaram de Sydney — gente amabilíssima, que, evidentemente, está muito abalada e com a qual meu irmão tem sido nada menos que angelical. O médico, pessoa de confiança, também ajudou um pouco com os pais, assim como meus primos, os Gladwyn, dos quais você deve se lembrar por causa daquele dia que nós todos enfrentamos juntos a mesa do governador.

É possível que a aragem de atenção — a salvação por um triz, até a chegada dos pais — tenha feito bem a Peter, ainda que não dure muito. Eu vejo nele uma baixa de guerra. As pessoas sensíveis têm muita dificuldade para se orientar sem mergulhar em chamas que não são suas. Estas observações são, no seu caso, *les véritables charbons à Newcastle*. Peter se preocupa com a dívida que contraiu com a prestativa srta. Xavier, do seu escritório, que agora consertou heroicamente as coisas lhe salvando a vida. Parece que você disse a Peter um provérbio chinês, segundo o qual a gente é eternamente responsável pela vida que salva. Quando escrever a ele (e tenho certeza de que você o fará), diga-lhe que tudo isso foi um grande equívoco.

Sinto que Peter está contente com a minha presença. É um fardo pesado. Vou ficar algum tempo por perto para ver como ele evolui. À parte isso, preciso lhe contar que o alicerce da minha pretensa casa na baía de Big Wave já está assentado. Ela só fica pronta daqui a um ano, o que vai ser tarde para a sua viagem de núpcias com Helen, mas perfeito para o primeiro aniversário.

Eu diria...

Cuide bem da sua vida nesta fase decisiva e empolgante. Da próxima vez que eu escrever, nós todos aqui teremos entrado em outra fase, inclusive Peter, os pais dele e a srta. Xavier.

Mande notícias. O nosso relacionamento é importante para mim. Com carinho, se me for permitido...

Audrey

Ele mandou dois telegramas a Hong Kong. O texto para Peter era maior do que o destinado a Audrey. Nenhum dos dois era extenso, ambos claros e sinceros. Tal como seu próprio senso de emancipação.

Poderia ter suspendido sua vida e viajado a fim de cuidar de Peter, que tentara morrer. Era esse o padrão da longa solidariedade deles, da camaradagem viril nas atrocidades compartilhadas da guerra. Mas, por ora, Peter estava entregue aos cuidados de mulheres. A emergência de Peter exacerbava a noção de Helen. Leith sentia, como se fosse dele próprio, a situação precária em que ela se achava naquele fim de mundo.

À parte sua imaginação, tudo, na face da Terra, se arrastava em câmara lenta. Assim tinha sido a separação, a consciência compartilhada convergindo para um ponto central dificilmente geográfico. Leith estava em Londres e deixou uma mensagem para a mãe em Norfolk. Solicitou a ligação para a Nova Zelândia, que se completaria em horas, e se informou sobre a seqüência de vôos que o levaria a Auckland. Terminados esses preparativos, dormiu.

A chamada o despertou: "O senhor tem exatamente cinco minutos". Ouviu uma voz de mulher, nem a de Melba nem a de Helen. Era a empregada de Wellington, que disse que recebiam vários telefonemas, mas aquele era o primeiro da Inglaterra. Sem compreender, Leith pediu para falar com Helen, que não estava.

"O senhor soube do acontecido?"

Com grande pavor: "Não".

"O garoto deles nos Estados Unidos. Morreu."

"Eu sinto muitíssimo. Quando foi?"

"A notícia chegou ontem à noite."

Já era o dia seguinte na Nova Zelândia. "Não há ninguém aí?"

"Eles foram a Auckland. Vão para os Estados Unidos, enterrá-lo."

"Helen foi junto?"

"Eles foram a Auckland, a menina também, para tomar o *Mariposa*."

"*Mariposa*?"

"O navio." Surpresa com a ignorância. "O navio que vai para os Estados Unidos. Está zarpando. A outra filha embarca também, no Havaí."

Leith telefonou para Bertie, que disse: "Não digo pobre Ben. É querido Ben, extraordinário Ben".

Bertie sabia do *Mariposa*. Seus amigos da companhia de navegação poderiam informá-lo sobre as partidas.

Leith solicitou uma ligação para Elinor Florence Fry, que constava no auxílio à lista. Explicou que se tratava de um caso de falecimento e recebeu prioridade de algumas horas. A telefonista, em sua humanidade, não exigiu nenhuma prova. Ele pensou nas doces ironias de Ben com essas coisas. Pensou que Thaddeus Hill iria esperar o *Mariposa* em San Francisco.

Antes que completassem a ligação para a srta. Fry, chegou um telegrama de Helen:

Ben morreu hoje de manhã. Por favor telefone. Meu amor.

E de Tad:

Vou lhe telefonar. Benedict morreu. Abraço.

A sra. Fry atendeu o telefone, a compostura em pessoa: "Muito prazer, nós só temos cinco minutos. Como conseguiu o meu número? Eu não sabia que existia esse serviço. Sim, em Auckland, para embarcar no *Mariposa*. Mas Helen não quer viajar, não é o que deseja. O senhor está ouvindo? Helen não vai com eles. Helen volta para Wellington quinta-feira".

"Então já terei partido para a Nova Zelândia. Demora alguns dias."

"Tenha em mente a Linha de Mudança de Data. O senhor será muito bem-vindo aqui, senhor Leith. Nós a convidamos a vir para cá, para que não fique sozinha. Mas, como o senhor vem vindo, não vamos insistir... Vamos avisá-la. O senhor vai chegar muito cansado da viagem. E, se o senhor me der licença, muito contente também. E ela..." Houve uma interrupção, depois sua voz voltou, sumida. "Feliz... se o senhor me permite dizê-lo."

Gente que lhe era desconhecida estava favorecendo a sua causa e a dela, como se ele tivesse encontrado um filão não esgotado de boa vontade humana.

Mas começava a amanhecer, como no dia de sua separação: a terra estava sem cor. Não havia ônibus nem táxi, e ele pediu carona a um motorista qualquer, no centro. Nunca tinha visto uma cidade circunspecta tão silenciosa. Ao saber da longa viagem, o motorista disse que o levaria ao endereço: "Nada fica muito longe em Wellington". No entanto, tudo estava longíssimo. O que ela lhe dissera: um hemisfério de céus e mares, um mundo disso, sendo a terra uma mera e enrugada interrupção. No fim, a cidade de madeira, aglomerada e frágil, tal como ela a descrevera, agarrada a seus ancoradouros improvisados.

Um sol alaranjado começava a subir no ar fresco e azul do Pacífico, nas montanhas cobertas de tojo. Ele agradeceu ao motorista, que disse: "Sempre às ordens". Não haveria nenhuma outra ocasião parecida.

Leith ergueu o trinco do portão que rangia e tomou o caminho musgoso. Naquela solidão, os sons retiniam, vibrando, estalando, e sumiam para todo o sempre. Mas o lugar em si, o terreno cercado, era calmo, atento, e o homem tremia com um prazer de viver que jamais havia experimentado na vida.

Ela não estava — como Iris — aguardando à porta, mas dormindo, à espera dele, numa cadeira de balanço na varanda. Vestida, enrolada num cobertor. E Leith se lembrou da ocasião em que a vira em sua cama e havia imaginado seu possível amante, que agora era ele próprio.

Leith disse "Helen", e se curvou e chorou.

O momento chegava naturalmente para ela. Tinha-o vivido tantas vezes, afinal, e se entregou ao seu abraço. Quedaram-se quase mudos, quase assexuados, para não perturbar sua imensa ventura, enquanto a enferrujada cadeira de balanço soltava uma série de rangidos metálicos e se reclinava ao peso deles.

Helen disse: "Que felicidade!".

"Você não viajou."

"Senti que você poderia chegar." E, se não chegasse, não chegaria nunca. "Uma distância tão grande", ela disse, e chorou pelo risco que tinham corrido.

"Eu já estava preparando a viagem antes de saber de Ben. Deixe-me olhar para você. Você não partiu."

Ela disse: "O *Mariposa*".

"Ben diria: Outra Marselha. Você nos resgatou, Helen." Não se pode discutir com a exultação. "Agora podemos ir juntos a Aix-en-Provence. Ben deveria ir conosco." Ele lhe acariciou os cabelos. "Você passou a noite aqui?"

"Tive medo de dormir e não ouvir a campainha."

"E que eu desse meia-volta e fosse embora sem encontrá-la?" Ele disse: "A senhorita Fry é um amor".

"Podemos telefonar para ela."

Leith disse: "Depois".

"Sim. Ela está tão contente por nós."

"Vamos telegrafar para os seus pais." O *Mariposa* não daria meia-volta para retornar.

"Você chegou no escuro. Como conseguiu vir até aqui? A cidade deve estar deserta."

"A capital estava silenciosa e dócil. Um anjo me trouxe de carro."

Helen disse: "Oh, é maravilhoso", e o segurou como certa vez tinha segurado o irmão, para se certificar da vida. "Aquela manhã, em Kure, você perguntou: 'Essas lágrimas são suas ou minhas?'." O sol já estava alto, e ela disse: "Vamos entrar. Você deve estar exausto. Quer comer alguma coisa?".

"Não."

Helen se levantou, arrastando a manta e arrancando um gemido cansado da cadeira de balanço. Havia uma porta de tela, que rangia, e outra de madeira, empenada. Os dois pararam no corredor ressumando mofo, e ela lhe tomou o rosto entre as mãos, dizendo: "Nós estamos mais velhos".

"Começamos a envelhecer naquela manhã no Japão. O pior dia." E você cresceu, Helen, em todas as horas transcorridas. Ele riu. "No entanto, nós nos reconheceríamos em qualquer lugar." Continuou: "Helen, como precisamos um do outro!".

Ela pronunciou o nome dele. "Agora será perfeito. Será realidade." Perguntou: "Você quer dormir?".

"Não. Quero viver plenamente estas horas. Você quer fazer amor comigo?"

"Sim. Naquele dia, você disse que precisávamos estar a sós, em segurança, tendo conforto e tempo."

"E quanto me arrependi, depois, das minhas nobres palavras. Arrependi-me delas na mesma hora. Está com medo?"

"Não." Helen disse: "É melhor na minha cama, onde o imaginei tantas vezes".

Percorrendo o rosto dele com os olhos e os dedos. "Agora vamos nos conhecer de modo diferente." Portanto, até isto é uma despedida. "Em que você está pensando?"

"Na facilidade com que eu poderia ter morrido, enquanto isso se formava, esperava, sem que a gente soubesse."

Mesmo para ela, Leith não iria dizer sem meias palavras que estava pensando na morte: nos muitos que morreram na juventude, diante dos seus olhos, nos que ele matara e dos quais nada sabia. No rubro campo de batalha, para onde nunca hei de voltar, na guerra inextinguível.

Aquelas horas seriam vividas plenamente. Anos de horas se seguiriam, mas não aquelas. Leith havia sentido sua chance passar, Helen também, com medo. Por isso ele viajara ao porto batido pelos ventos, vazio, onde, como uma lenda, ela dormia em uma cadeira de balanço, tomada de fungos, esperando. Tal como se tivesse pulado do convés no mar e chegado à praia a nado, ela fugira do navio por ele. Dezesseis mil quilômetros foram novamente percorridos até o último centímetro que o separava dela, quando, então, ele podia despertá-la, e tocar, e dizer-lhe o nome.

Muitos tinham morrido. Mas não ela, não ele, ainda não.

ESTA OBRA FOI COMPOSTA EM ELECTRA PELO ACQUA ESTÚDIO E IMPRESSA
EM OFSETE PELA GRÁFICA BARTIRA SOBRE PAPEL PÓLEN SOFT DA SUZANO BAHIA SUL
PARA A EDITORA SCHWARCZ EM MARÇO DE 2006